INARA SCOTT

Internat der Geheimnisse

DIE NEUE CHANCE

Aus dem Englischen von
Petra Knese

Schneiderbuch
EGMONT

1. Auflage

verlegt durch EGMONT Verlagsgesellschaften mbH,
Gertrudenstraße 30–36, 50667 Köln

Erstmals in Deutschland erschienen unter dem Titel »Night Academy – Die Begabte« bei Egmont INK, 2011

Originalverlag: Hyperion, an imprint of Disney Book Group
Originaltitel: The Talents
Übersetzung aus dem Englischen: Petra Knese
Umschlag: Carolin Liepins, München,
unter Verwendung diverser © Shutterstock-Motive
Dieses Werk wurde vermittelt durch die Literarische Agentur
Thomas Schlück GmbH, 30827 Garbsen
Satz: Greiner & Reichel, Köln
Printed in the EU (675292)

ISBN 978-3-505-13671-9

MIX
Papier
FSC FSC® C017859

Für Kraig, Leo und Annija, deren Liebe mir alles bedeutet, und für Susan, die mir den Glauben an mich selbst geschenkt hat.

Ich danke auch Jennifer Besser, Wonderwoman im Gewand einer Lektorin.

PROLOG

Der Mann hatte schulterlanges, fettiges Haar, um seinen prallen Bauch spannte sich ein fleckiges, weißes T-Shirt. Schon von Weitem roch es nach verfaultem Obst, als er sich dem Aufnahmetresen in einer Ecke des überfüllten Wartebereichs näherte. Etwas an ihm beunruhigte mich, vielleicht der wilde Ausdruck in seinen Augen oder das zitternde Kinn. Ich sah zu meiner Oma, doch die war ganz in ein Gespräch mit jemandem vertieft, der fast genauso alt und blind war wie sie selbst.

»Ihr habt sie umgebracht. Ihr habt sie umgebracht.« Der erste Satz war noch leise und zaghaft, doch dann wurde der Mann immer lauter. Und zog aus einem speckigen Rucksack eine Pistole.

Ich erstarrte. Oma brach mitten im Satz ab und sah fassungslos auf die glänzende Waffe, die sich auf uns richtete. In meinen Ohren begann das Rauschen, übertönte alle anderen Geräusche. Und als ich aufsprang, spürte ich das vertraute Kribbeln bis in die Fingerspitzen.

I

»Dancia!«

Ich zog die Kopfhörer runter und lauschte in der Hoffnung, es wäre nur der Fernseher und nicht Oma gewesen. Auf der Uhr war es Viertel nach zehn, eigentlich saß sie um diese Zeit vorm Fernseher, denn da lief *Der Preis ist heiß*.

Doch beim nächsten Mal war das Rufen noch näher. »Dancia, kannst du bitte mal kommen? Du hast Besuch.«

Noch immer dröhnte die Musik aus den Kopfhörern, ich beugte mich über meinen silbernen Uralt-CD-Player und drosselte die Lautstärke. Bestimmt hatte ich mich bloß verhört. Wer sollte mich schon besuchen? Mich, Dancia Lewis, das unglaublich unsichtbare Mädchen? Ausgeschlossen.

Als ich die Zimmertür aufriss, erwartete ich also eher, dass meine winzige Oma eine der Nachbarkatzen zu Gast hatte. Doch weit gefehlt: Zwei gut gekleidete Fremde saßen auf unserer Wohnzimmercouch, drehten sich völlig synchron nach mir um und erhoben sich dann mit einem Lächeln.

Am liebsten hätte ich die Tür gleich wieder zugeschmissen.

Vor mir stand ein Teenager mit unglaublich dichtem kastanienbraunem Haar, schokoladenfarbenen Augen und einem markanten Kinn – bislang hatte ich ja gedacht, nur die Reklametypen hätten ein Abo darauf. Er trug eine Khakihose und dazu ein weißes Hemd – typische Privatschülerkluft, nur dass es bei ihm einfach total scharf aussah.

Der Mann neben ihm hatte schwarzes Haar, die Schläfen allerdings waren vollkommen weiß und die Augen so unfassbar blau wie das karibische Meer. Nicht, dass ich jemals dort gewesen wäre, aber man hätte seine Augen herausschneiden und direkt in einen Werbeprospekt für die Bahamas kleben können.

Ich hingegen wirkte, als könnte ich nicht mal eine Waschmaschine bedienen. Auf meiner kurzen Sporthose klebte noch die Erdbeermarmelade vom Frühstück, mein verknittertes graues T-Shirt sah aus, als hätte ich darin geschlafen (hatte ich auch), und die Krempe meiner Seattle-Mariners-Baseballkappe zierte ein dunkler Schmutzring.

Oma zuckte förmlich zusammen, als sie mein Outfit in Augenschein nahm. Ihr Geschmack geht in Richtung Samttrainingsanzüge, also kümmere ich mich meist nicht so um ihre Meinung, doch diesmal musste ich ihr recht geben.

Mit einer schnellen Handbewegung riss sie mir die Baseballkappe vom Kopf, sofort sprangen meine Locken in alle Himmelsrichtungen. Automatisch strich ich mir das Haar glatt, dabei hätte ich doch allmählich wissen müssen, dass es hoffnungslos ist. Ich gebe mir die größte Mühe, nicht aufzufallen, aber gegen mein Haar komme ich nicht an. Es ist hellblond und superlockig. Ziemlich auffällig. Marke Blonder Afro, wenn euch das was sagt. Einmal habe ich sogar versucht, es zu färben, aber färbe mal trockenes, krauses Haar. Kein schöner Anblick.

Oma zerrte mich die drei Meter von meinem Zimmer zur Couch. »Das ist meine Enkelin, Dancia Lewis«, sagte sie stolz.

»Freut mich sehr, dich kennenzulernen, Dancia. Ich bin Richard Judan. Ich bin auf der Night Academy für die Anwerbung von Schülern zuständig.« Der Ältere der beiden trat vor und schüttelte mir die Hand. Er hatte die warme, tiefe Stimme eines Politikers oder Nachrichtensprechers.

»Night Academy?«, plapperte ich wie ein dummer Papagei.

Die Night Academy ist eine stinkvornehme Privatschule am Stadtrand von Danville, wo auch Oma und ich wohnen. Bis nach Seattle sind es circa 130 km; zu weit zum Pendeln, aber angeblich kaufen manche sich ein Haus zwischen Seattle und Danville, nur damit sie in Seattle arbeiten und ihre Kinder auf die Night Academy schicken können. Denn mal im Ernst, wer würde schon freiwillig in Danville wohnen?

Die Schule liegt auf einem Hügel, von dem aus man unsere ganze Stadt überblicken kann. Rings um die ausgedehnten Rasenflächen, die selbst im Sommer noch grün sind, wenn sonst alles in Danville verkümmert, zieht sich ein Zaun aus Schmiedeeisen. Riesige Tore öffnen sich ausschließlich für die Busse, die die Schüler zur Schule bringen und wieder abholen. Man muss den Wagen auf einem gesonderten Parkplatz am Fuß des Hügels abstellen und den Bus hinauf nehmen, selbst die Lehrer. Wohl eine Sicherheitsmaßnahme. Wahrscheinlich stammt die Hälfte der Schüler aus fernen Ländern. Jedenfalls hängen sie nicht in der Stadt ab. An meiner Schule macht man sich über die Schüler der Night Academy lustig, so wie über Filmstars oder den Präsidenten. Berühmtheiten eben, die man aus der Ferne bewundert und bei denen man nicht mal im Traum annimmt, ihnen jemals zu begegnen.

»Ja, die Night Academy.« Karibikblau-Auge schenkte mir ein strahlendes Lächeln und deutete auf seinen Kumpel. »Das ist Cameron Sanders. Im Herbst kommt er in die Oberstufe. Den Sommer über assistiert er mir bei der Suche nach neuen Schülern und der Werbung für die Schule.«

»Kannst mich ruhig Cam nennen.« Der Junge streckte mir die Hand entgegen. Er war groß, viel größer als ich, und ich bin schon gute einsfünfundsiebzig. An meiner alten Schule habe ich immer versucht, mich kleiner zu machen, damit keiner merkt, dass ich das größte Mädchen in der Klasse bin. Klar, dass Oma mich ständig ermahnt, gerade zu stehen.

»Hi, Cam.« Verstohlen wischte ich mir die Hand an den Shorts trocken, denn auf einmal hatte ich ganz schwitzige Hände, und ich wollte auf keinen Fall, dass Cam mich für so eine Schweißhand hielt. Ich konnte seinem Blick nicht ausweichen, also sah ich ihm in die Augen. Sofort flatterte ein ganzer Schmetterlingsschwarm in meiner Brust. Natürlich war mir klar, dass jemand mit Cams Aussehen nie im Leben ein Mädchen wie mich beachten würde, dennoch blickte er mich ganz offen und freundlich an. Er wirkte wie ein Outdoor-Sportler – als könnte er Marathon laufen oder auf einen Felsen klettern und würde dabei immer noch göttlich aussehen.

Zögernd streckte ich ihm die Hand entgegen.

»Schön, dass ich dich endlich kennenlerne, Dancia.« Als sich seine Hand um meine schloss, zuckte ich zusammen, denn mich hatte ein elektrischer Schlag getroffen.

Ich weiß, es klingt merkwürdig, aber ich habe wirklich etwas gespürt, so wie damals, als ich mit fünf den Finger in die Steckdose gesteckt habe. Wahrscheinlich statische Ladung vom Teppich, allerdings fühlte es sich stärker an. Eingebildet haben konnte ich es mir auch nicht, denn es war kein angenehmes Gefühl, und bei Cam wäre meine Fantasie ganz bestimmt in die andere Richtung gegangen.

Erschrocken zog ich die Hand weg. Bevor ich den Blick senkte, erhaschte ich noch sein Lächeln. So als wollte er mir versichern, dass er es auch gespürt hatte und dass alles okay war.

Auch Mr Judan lächelte, nur hatte sein Lächeln nichts Tröstliches, eher etwas Triumphales. Er sah aus, als hätte er gerade im Lotto gewonnen oder so.

Einen Moment lang standen wir schweigend da, verlegen trat ich von einem Bein aufs andere und rieb mir die Hände, bis mir klar wurde, dass die anderen nur darauf warteten, dass ich mich setzte. Ich schnappte mir einen Esszimmerstuhl – auch wenn wir streng genommen überhaupt kein Esszimmer haben und an einem Tisch zwischen Flur und Wohnzimmer essen – und setzte mich neben Cam.

»Womit können wir Ihnen dienen?«, fragte Oma schließlich. Sie lächelte strahlend mit ihren falschen Zähnen, und in dem Moment wusste ich, dass die Ärmste sich Hoffnungen machte. Anwerber … Night Academy … Man konnte förmlich sehen, wie es in ihrem Kopf ratterte. Im Geiste sah sie mich wahrscheinlich schon den Bus zu den magischen Toren nehmen, was absoluter Irrsinn war, denn 1) waren wir nicht reich, 2) war ich nicht außergewöhnlich intelligent und 3) waren wir ja so was von überhaupt nicht reich.

Oma kümmert sich um mich, seit meine Eltern gestorben sind, da war ich erst vier. Wir leben mehr oder minder von ihrer Rente. Ihr gehört das Haus, das ganz in der Nähe meiner Schule liegt, und zu essen haben wir auch genug. Wenn ich mir mal eine neue CD oder ein Buch kaufen will, das die Bücherei nicht hat, babysitte ich Kinder aus unserer Gemeinde. Ein Handy kann ich mir nicht leisten, aber das macht nichts, denn ich habe eh keine Freunde zum Simsen.

Eine Privatschule können wir uns schon gar nicht leisten.

»Wir sind hier, um mit Ihnen und Ihrer Enkelin über die Night Academy zu sprechen.«

»Warum?«, fragte ich und bemühte mich, nicht allzu misstrauisch zu klingen. Obwohl ich den Blick fest auf Mr Judan geheftet hatte, sah ich immer wieder heimlich zu Cam hinüber. Selbst im Sitzen wirkte er noch beeindruckend. Seine Hände ruhten auf den Knien, kräftig und braun gebrannt. Ich versuchte, ihn zu ignorieren, aber irgendetwas an ihm sandte mir ermunternde und superniedliche Signale, als würde es ihm nichts ausmachen, wenn ich ihm gleich mal auf den Schoß spränge.

Mr Judan breitete beim Sprechen die Hände aus. »Dancia, bestimmt kommt das für dich sehr unerwartet, aber das Direktorium hat sich einstimmig für dich entschieden. Wir möchten, dass du diesen Herbst an unserer Schule anfängst.« Er schnurrte geradezu.

Oma hielt die Luft an. »Wirklich? Aber wir können uns das gar nicht … Wie sollen wir das bloß …« Sie deutete um sich, und eine leichte Röte stieg in ihre zerknitterten Wangen.

Und da wurde ich dann wütend. Nicht auf Oma natürlich, sondern auf Mr Judan. Denn es war doch wohl ganz offensichtlich, dass wir uns diese Schule nicht leisten konnten. Warum musste er dann meine Oma beschämen? Sollte das ein Witz sein? Die Schüler der Night Academy wohnten in Villen und hatten Personal. Oma und ich hatten weder das eine noch das andere.

»Geld spielt keine Rolle, Mrs Lewis. Viele unserer Schüler haben ein Vollstipendium. Darunter auch Cameron. Dancias Kosten würden vollständig übernommen werden.«

»Du darfst sogar auf dem Campus wohnen«, sagte Cam zu mir. Als sich Omas Wangen daraufhin noch tiefer färbten, sagte er rasch: »Nichts gegen Ihr schönes Haus. Ich dachte nur, dann könnte Dancia die Schulbibliothek und die Computerräume jederzeit nutzen.«

Da hatte er ja gerade noch mal die Kurve gekriegt. Mit zwei winzigen Schlafzimmern, einer Miniküche, einem Bad und einem Wohnzimmer machte das Haus nicht viel her. Man kann das gesamte Haus saugen, ohne auch nur einmal die Steckdose zu wechseln. Das weiß ich so genau, weil ich das Putzen meist übernehme. Oma hat Arthritis und kann den Staubsauger nicht schieben, die Spüle schrubben, den Kühlschrank auswischen oder sonstige körperlich anstrengende Tätigkeiten verrichten.

»Ach so.« Oma tupfte sich die Augen trocken und lehnte sich zurück. Ihre trüben blauen Augen tränen unentwegt, sie muss sie ständig wischen. Trotzdem legt sie viel Wert auf ihr Aussehen. Selbst wenn sie ihre Trainingsanzüge trägt – wie dieses rosa Modell mit den lila Ziernähten – ist ihr Haar perfekt gelegt, und sie ist immer geschminkt.

Irgendwie irritiert es mich schon, dass Oma mehr Zeit vorm Spiegel verbringt als ich.

»Und wenn ich nicht in der Schule wohnen möchte?«, fragte ich. Schließlich konnte ich Oma nicht so einfach im Stich lassen, wo sie kaum die Einkaufstüten vom Auto ins Haus schleppen konnte.

»Unter der Woche halten wir unsere Schüler dazu an, auf dem Campus zu wohnen«, erwiderte Mr Judan. »Das ist ein wichtiger Teil der Ausbildung und für die Schüler eine gute Möglichkeit, einander kennenzulernen und Freundschaften zu schließen. Aber am Wochenende ist es dir freigestellt, nach Hause zu gehen.«

»Am Anfang hat mir das auch Sorgen gemacht«, sagte Cam. »Aber es wird dir gefallen. Man lernt die anderen ganz schnell kennen, weil man so viel Zeit zusammen verbringt. Das Essen ist super, und in der Bibliothek kann man hervorragend arbeiten. Mein Vater wohnt in Seattle, und bis ich in die Night Academy gezogen bin, ist mir nie aufgefallen, wie laut es in unserer Wohnung eigentlich ist. In den Ferien und an langen Wochenenden fahre ich nach Hause, die Kosten werden übernommen. Bei dir natürlich auch.«

Wie offen Cam mit seinem eigenen Stipendium umging, beeindruckte mich. Als wäre es ihm überhaupt nicht peinlich.

»Warum ich?«

»Auf die Night Academy kommt man nur auf Einladung, Dancia«, sagte Mr Judan und strich eine imaginäre Hosenfalte glatt. »Wir wählen jeden Schüler aufgrund seiner besonderen Begabungen aus. Uns ist an einer guten Mischung gelegen. Einige Schüler sind Tänzer, andere haben einen Sinn für Zahlen, wieder andere dichten. So sehr sie sich auch in ihren Fähigkeiten unterscheiden, eine Sache eint sie: Nach dem Ende der Schulzeit erwarten wir, dass sie große Dinge im Dienste der Menschheit leisten, und wir werden nicht enttäuscht. Unsere Schüler werden

Senatoren, Vorstandsvorsitzende, Primaballerinas und Nobelpreisträger. Und wir möchten dich gerne auf unserer Schule haben.«

»Wir halten dich für etwas ganz Besonderes, Dancia«, sagte Cam und beugte sich vor, als wollte er mich mit dem ganzen Körper von seiner Aufrichtigkeit überzeugen. »Sonst wären wir nicht hier.«

Ich schnaubte verächtlich. Nicht gerade sehr attraktiv, ich weiß, aber ich konnte nicht anders. Das war einfach total absurd.

»Besonders?«, sagte ich und versuchte ruhig zu bleiben. »Das muss eine Verwechslung sein. Meine Noten bewegen sich höchstens im Zweierbereich, und meine Ballkünste sind eher mittelmäßig.«

Oma funkelte mich wütend an, doch ich ließ mich nicht beirren und warf Mr Judan einen fragenden Blick zu. Niemand war so durchschnittlich wie Dancia Lewis. Dafür hatte ich schon gesorgt. Es sei denn, sie hatten irgendwie …

Meine Gedanken wurden von Mr Judans Schmeichelstimme unterbrochen, die selbst einen jähzornigen Pitbullterrier besänftigt hätte. »Doch, Dancia, du bist etwas sehr Besonderes.«

Er machte seine Sache nicht schlecht. Gegen meinen Willen entspannte ich mich.

»Aber ehrlich gesagt hätten wir vielleicht nie erfahren, dass es dich gibt, wenn nicht der *Danville Chronicle* einen Artikel über den Vorfall im Krankenhaus gebracht hätte. Danach haben wir uns dann mit deinen Lehrern unterhalten. Ziemlich schnell war klar, dass du auf die Night Academy gehörst.«

Das Herz schlug mir bis zum Hals, als ich meinen letzten Gedanken im Kopf beendete: Es sei denn, sie hatten irgendwie … von meinen Kräften erfahren.

2

Ich holte tief Luft. Cam versuchte meinen Blick einzufangen, doch ich hielt die Augen fest auf Mr Judans perfekte weiße Schläfen gerichtet. Er konnte es unmöglich wissen. Manchmal weiß ich ja selbst nicht genau, was ich da eigentlich tue, und nicht einmal im Nachhinein wird es mir klar.

»Sie haben den Artikel gelesen!« Nun lächelte Oma so breit, dass ihr Gesicht praktisch aus zwei Hälften bestand. »War das nicht ganz bemerkenswert? Ich weiß nicht, was geschehen wäre, wenn Dancia nicht eingegriffen hätte. Da waren überall Kinder. Der Mann hätte Fürchterliches anrichten können.«

»Gut, dass er gestolpert ist«, sagte ich. »Ich habe eigentlich gar nichts getan.«

»Inmitten einer vollen Wartehalle hast dich auf einen bewaffneten Mann gestürzt, der alle bedrohte. Meiner Meinung nach ist das ziemlich viel«, sagte Mr Judan.

»Das war doch kein großes Ding.« Ich wandte mich ab, damit niemand sah, dass ich rot wurde.

Die Sache ist vor etwa einem Monat passiert, und ich bereue

es ganz bestimmt nicht, dass ich auf den Typ losgegangen bin. Schließlich hätte er Oma verletzen können. Auch wenn sie schon hundert ist und ich mich manchmal für sie in der Öffentlichkeit schäme, weil sie gewisse Körperfunktionen nicht mehr ganz im Griff hat, ist sie immer noch meine Oma. Oma ist alles, was ich habe, und da werde ich doch nicht zulassen, dass ihr jemand was antut.

Trotzdem war die ganze Sache furchtbar.

Wir waren wegen Omas Augen im Krankenhaus. Sie lässt ihren Grauen Star regelmäßig untersuchen, danach darf ich uns dann nach Hause fahren, auch wenn das natürlich total verboten ist. Ziemlich cool. Welche Vierzehnjährige darf schon Auto fahren? Jedenfalls saßen wir in dieser Wartehalle und blätterten durch alte *Highlight*-Magazine, als dieser Typ reinkam. Hat rumgeschrieen, dass das Krankenhaus seine Frau auf dem Gewissen hat und wir nun alle dafür büßen müssten. Seine Worte waren ein einziger Brei aus Schmerz und wirren Gedanken. Ich hatte nur den einen Gedanken, dass er Oma nichts tun darf.

Also bin ich auf ihn los. Und bevor ich michs versah, lag er regungslos auf dem Rücken. Oma meint, ich sei auf ihn zugestürmt, und da ist er einfach umgefallen und hat sich den Kopf aufgeschlagen. Soviel ich weiß, liegt er immer noch im Koma. Es heißt, ich hätte ihn erschreckt, und da sei er dann gestolpert. Natürlich hat keiner bemerkt, wie er mich angesehen hat, als er durch die Luft gesegelt ist: entsetzt, mit blutroten Äderchen in den aufgerissenen Augen.

Und die Lippen haben lautlos Worte geformt, so etwas wie »stopp« oder »bitte«.

Vielleicht auch beides.

Jede Nacht vor dem Einschlafen sehe ich ihn vor mir, die unrasierten Wangen und die dunklen Augenringe. Anfangs hatte seine Stimme so erstickt geklungen, als würde er jeden Moment in Tränen ausbrechen.

»Sehr ungewöhnlich für dein Alter«, sagte Mr Judan. »Nach dem, was uns deine Lehrer erzählt haben, ist es nicht das erste Mal, dass du alles getan hast, um andere zu beschützen. Schon das allein ist eine Gabe. Mut ist eine Gabe.«

Und dabei hatte ich mir die ganze Zeit eingebildet, mich wunderbar unauffällig verhalten zu haben. Dumme, neugierige Lehrer.

»Was soll das denn heißen?«, fragte ich. »Als würden Teenager nie jemandem helfen.«

»Natürlich tun sie das«, sagte er mit einem tiefen Grollen in der Stimme. »Aber bei jungen Menschen sind die Selbsterhaltungstriebe noch sehr stark ausgeprägt. Stärker als alles andere. Wenn ein Kind diese Instinkte überwindet und sich in Gefahr begibt, um anderen zu helfen, ist das wirklich außergewöhnlich.«

Das Wort »Kind« kam bei mir nicht so gut an. Immerhin wurde ich im November schon fünfzehn. Außerdem war ich ja nicht gerade scharf darauf, mein Leben aufs Spiel zu setzen. Diesem Typen hatte ich gar nichts antun wollen. Aber sobald ich mitbekomme, dass jemand in Gefahr ist, übernimmt mein Körper die Kontrolle und verrückte Dinge passieren.

»Echt jetzt, ich finde es total beeindruckend, was du getan hast«, sagte Cam.

Als ich einen Blick auf ihn riskierte, durchflutete mich ein angenehmes warmes Gefühl im Bauch. Er sah mich direkt an, und gegen meinen Willen stahl sich ein dümmliches Grinsen auf meine Lippen.

»Du warst so etwas wie eine Heldin«, fügte er hinzu.

Einen Moment lang sonnte ich mich in seiner Bewunderung und dachte über das, was er und Mr Judan gesagt hatten, nach. Sie hielten mich nicht für eine Irre mit magischen Fähigkeiten. Für sie war ich eine Heldin.

Heldin war natürlich schon mal viel besser als Irre. Es sei denn, ich sollte weiter solche Heldentaten vollbringen. Das kam gar nicht in die Tüte.

Denn ich habe keine Kontrolle über meine Kräfte. Oder anders gesagt, kann ich in bestimmten Situationen, wenn jemand verletzt oder in Gefahr ist, nicht umhin, sie zu nutzen. Bei mir ist das ein Reflex, wie wenn man die Hände schützend vors Gesicht schlägt, wenn man mit einem Ball beworfen wird. Plötzlich steigen mir Bilder in den Kopf.

Meistens habe ich in solchen Momenten Angst, bin sauer oder weiß nicht weiter, dann stelle ich mir etwas vor, und wie von Zauberhand geschieht es. So wie ich mir im Krankenhaus vorgestellt habe, dass der Typ stolpert und sich den Kopf an der Tischkante aufschlägt; oder damals im Wasserpark, als der Mistkerl, der das pummelige Mädchen im Badeanzug verlacht hat, unter dem Stuhl des Bademeisters begraben wurde.

Hört sich vielleicht cool an, aber es macht mir ganz schön Angst. Denn wenn ich meine Kräfte einsetze, kommt jemand zu Schaden, auch wenn ich es gar nicht will. Na gut, vielleicht hatten die beiden es verdient, aber was maße ich mir da eigentlich an? Vielleicht gibt es ja Leute, die bereit wären, die Verantwortung zu übernehmen, jemanden ins Koma befördert zu haben, aber ich ganz bestimmt nicht.

Schon vor langer Zeit habe ich beschlossen, meine Kräfte nicht zu nutzen. Die Folgen sind einfach zu schwerwiegend, und die Fehler, na … die male ich mir lieber gar nicht erst aus. Mein ganzes Leben ist darauf ausgerichtet, meine Kräfte in Schach zu halten, und zumeist gelingt mir das auch. Aber dann gibt es Situationen, wie die im Krankenhaus, wo ich machtlos bin. Dann übernehmen die Reflexe.

»Bestimmt fliege ich schon nach der ersten Woche wieder raus«, sagte ich und schob den Gedanken ans Krankenhaus beiseite. »Ich habe in Mathe bislang nur einfache Gleichungen gelöst, und in Chemie bin ich richtig mies. Ist der Unterricht an der Night Academy nicht auf hohem Niveau? Da kann ich gar nicht mithalten.«

»Bei uns fliegt keiner«, sagte Cam. »Wenn du erst mal aufgenommen wurdest, spielen die Noten keine Rolle.« Er warf Mr Judan einen entschuldigenden Blick zu, der hob eine Braue. »Ich meine, natürlich spielt der Schnitt eine Rolle, und man muss sich anstrengen, aber deswegen fliegt keiner raus. Nicht jedem liegen die normalen Schulfächer. Wie Mr Judan bereits gesagt hat: Es gibt auch Künstler, Tänzer oder Computerfreaks. Irgendwo passt du sicher rein, du wirst schon sehen.«

Ja, klar. Offenbar wussten sie nicht, mit wem sie es hier zu tun hatten. Dancia Lewis passte nirgendwo rein, sie passte sich an. Das war ein Riesenunterschied.

»Eine Bedingung haben wir jedoch an der Night Academy«, mischte sich Mr Judan ein, »und die nehmen wir auch sehr ernst. Alle neuen Schüler müssen den Schuleid unterzeichnen. Du musst versprechen, deine Begabung nur im Sinne der Gemeinschaft und zum Wohle der Menschheit einzusetzen. Einfach, aber unverzichtbar. Die Night Academy wird dir sehr viel Rüstzeug an die Hand geben, deine Talente zu schulen. Aber mit diesen Fähigkeiten bekommst du auch Macht, und Macht sollte nicht missbraucht werden.«

Mir fiel die Kinnlade runter. Einen Eid? Spinnen die?

»Ein Junge wurde der Schule verwiesen, weil er ins Computersystem des Weißen Hauses eingedrungen ist«, sagte Cam mit todernstem Blick. »Er hat versucht, geheime Regierungsdokumente zu verkaufen. Wir mussten ihn rausschmeißen. Er war sogar im Gefängnis.«

Im Zimmer herrschte absolute Stille, jeder von uns dachte über den Vorfall nach. Mir drehte sich der Kopf. Einerseits wollte ich jetzt schon unbedingt auf diese Schule, wenn auch nur, um Cam nahe zu sein, andererseits verspürte ich den Wunsch, schreiend davonzulaufen.

»Worin bist du gut?«, fragte ich Cam. Wenn ich mich auf ihn konzentrierte, konnte ich alles andere ausblenden.

»Ich kann gut kommunizieren«, sagte er. »Ich habe nie die besten Noten, aber trotzdem bin ich immer Jahrgangssprecher. Die Leute mögen mich.« Er lehnte sich in unserer schäbigen Couch zurück und wirkte kein bisschen eingebildet.

»Du bist Jahrgangssprecher?« Das konnte ich mir gut vorstellen. So wie er aussah, musste er der Sprecher von irgendetwas sein.

»Im letzten Jahr war ich es. Im Herbst wählen wir neu. Du kannst dich übrigens auch aufstellen lassen. Bei den Neuntklässlern sind die Wahlen immer sehr offen, weil alle noch neu sind.«

Ich konnte nichts dafür, ich musste schon wieder schnauben. »Ich? Im Schülerparlament? Ganz bestimmt nicht.«

»Auf der Night Academy kannst du alles sein.« Cam lehnte sich vor, und unsere Knie berührten sich. Ich schnellte ungefähr zwei Meter in die Luft.

Na toll, Dancia. Willst du, dass Cam dich für eine totale Idiotin hält?

Oma räusperte sich. »Ich hole mal etwas Zitronenlimonade«, sagte sie. »Möchten Sie ein Glas, Mr Judan? Cameron?«

Beide nickten und erhoben sich, als sie aufstand.

»Sehr gerne, Mrs Lewis.« Mr Judan beugte sich zu seinem Aktenkoffer und zog einen Stapel Papiere hervor. »Vielleicht können wir gemeinsam die Anmeldung ausfüllen, während Dancia und Cameron sich unterhalten.«

»Moment mal!« Ich sprang auf und schüttelte die Cameron-Starre ab. »Das muss ich mir erst noch überlegen.«

Oma bedachte mich mit einem Bist-du-wahnsinnig-geworden-Blick. »Dancia, was gibt es denn da noch zu überlegen?«

Panisch stammelte ich irgendetwas. »Ich bin mir nicht sicher, ob ich wirklich … Ich meine, ich habe mich echt auf Danville High gefreut … und all meine Freunde und … was ist mit Fußball?«

Oma verschränkte die Arme vor der Brust. Ich glaube, sie wusste, dass alles erstunken und erlogen war, außer, dass ich tatsächlich nicht wusste, was ich wollte. Das stimmte wirklich, denn ich fühlte mich überrollt. Auf Danville High erwarteten mich weder Freunde, interessante Fächer noch sonst irgendwelcher Spaß, aber zumindest wusste ich, wie es werden würde. Dort konnte ich die Sache kontrollieren und mich anpassen.

Von der Night Academy wusste ich so gut wie gar nichts.

Mr Judan verzog den Mund und bedachte mich mit einem kalten Blick, doch dann schenkte er mir ein Lächeln, das wohl bedeuten sollte: *So reagieren sie alle, wenn man ihnen ein Vollstipendium auf der Night Academy anbietet.* »Ich habe eine Idee. Warum triffst du dich nicht morgen mit Cameron zu Mittag? Dann kannst du heute Abend alles in Ruhe bedenken und morgen die Fragen loswerden, die noch aufgetaucht sind.«

Oma durchlöcherte mich praktisch mit ihrem Blick, also wandte ich mich zu Cam und sagte widerstrebend: »Okay. Um 12 bei Bev's?«

Cam nickte. »Hört sich gut an.«

Mr Judan zuckte entschuldigend mit den Schultern. »Danach brauchen wir jedoch deine Entscheidung. Ich dränge dich nur ungern, aber wir müssen ein paar Eignungstests mit dir machen, um einen optimalen Unterrichtsplan zusammenzustellen. Die Orientierungsveranstaltungen beginnen schon nächste Woche, und bis dahin gibt es noch einiges an Papierkram zu erledigen.«

Ich schluckte schwer.

In diesem Moment musste ich an einen Comic mit Goofy denken, in dem Goofy von einem Schneeball mitgerissen wird und in dieser Kugel mit ausgestreckten Armen und Beinen hilflos den Hügel hinabrollt.

Denn genauso kam ich mir jetzt vor.

3

Eine halbe Stunde später bedachte uns Mr Judan zum letzten Mal mit seinem ultraweißen Zahnpastalächeln, dann schob er Cam hinaus zu einem schwarzen Benz. Kaum waren die Autotüren zugeschlagen, brausten sie auch schon davon.

Sobald sie außer Sicht waren, hielt Oma mir ihren knorrigen Arthritisfinger unter die Nase und schimpfte: »Was fällt dir überhaupt ein? Du willst nicht auf die Night Academy? Weißt du überhaupt, wie bedeutend diese Schule ist? Und welche Ehre, ausgewählt zu werden! Aus welchem Grund könntest du nicht hingehen wollen? Am Geld kann es nicht liegen, denn die wollen dir ja alles bezahlen. Und erzähl mir ja nichts von Freunden, die du vermissen würdest, und wie sehr du dich auf die Highschool freust. Erst letzte Woche noch wolltest du, dass der Sommer nie endet. Und was soll dieser Quatsch mit dem Fußball? Du hast selbst gesagt, die nehmen dich nie in die Highschool-Mannschaft auf.«

Gut gemacht, Dancia. Erzähl deiner Oma doch gleich alles.

Leider hatte Oma mit allem recht. Ich liebte Fußball, war aber nicht gut genug, um in die Schulmannschaft zu kommen. Und

Freunde hatte ich auch keine, und auch keine tollen Fächer oder sonst irgendetwas, auf das ich mich hätte freuen können. Und da sieht man mal, wie niedergeschlagen ich war, dass ich meiner Oma alles brühwarm erzählt hatte.

Aber auch wenn Danville eher deprimierend war, die Night Academy machte mir Angst. Wie sollte ich denn da untertauchen?

Bleib möglichst unauffällig und lass dich mit niemandem ein – mit diesen beiden Strategien versuchte ich, meine Kräfte unter Verschluss zu halten. Denn je näher mir jemand war, desto eher war ich versucht, ihn mit meinen Fähigkeiten zu schützen. Nach der sechsten Klasse hatte ich deshalb aufgehört, Freundschaften zu schließen. Damals wurde meine beste Freundin Aileen von so einem Fiesling drangsaliert, zur Strafe habe ich ihm einen Ast auf den Kopf fallen lassen.

Er kam ins Krankenhaus. Zwanzig Stiche und eine Gehirnerschütterung.

Ohne Freunde war ich weniger versucht, die Kräfte für andere einzusetzen, und indem ich mich selbst möglichst bedeckt hielt, musste ich sie auch nicht für mich einsetzen. Ich schloss mich keiner Clique an, um mir keine Feinde zu machen. Ich war weder besonders klug, schön oder strebermäßig. Ich war einfach nur Dancia Lewis, das Mädchen, das niemand wirklich kannte.

Mein Geheimnis war die Dancia-zwei-Schritte-Methode, die ich über die Jahre entwickelt hatte und die sich in den meisten Situationen bewährte. Schritt 1: Gib vor, auf jemanden zu warten, sei gelangweilt oder ungeduldig. So traut sich niemand an dich ran, und du wirkst immer noch einigermaßen cool. Schritt 2: Sollte sich jemand dennoch nicht abschrecken lassen, stell dem anderen Fragen. Jeder spricht gerne über sich selbst. Später denkst du dir dann irgendeine Ausrede aus und verschwindest. Im Nachhinein haben die Leute eine nette Erinnerung an das Gespräch, wissen aber rein gar nichts von dir. Schritt 2 bietet einige Klippen, denn mitunter vergesse ich, dass ich ja keine Freundschaften schließen will und führe ein ehrliches Gespräch. Aber dann kehre ich bei der nächsten Begegnung einfach wieder zu Schritt 1 zurück.

Was, wenn meine Zwei-Schritte-Methode auf der Night Academy nicht zog? Und ich dort nicht so einfach untertauchen konnte? Würde ich dann alle mit Ästen erschlagen? Wie viele Leute müsste ich noch ins Krankenhaus befördern, bevor mir jemand auf die Schliche kam?

»Du hast doch gehört, wie sie von diesem Eid gesprochen haben«, sagte ich und gab mir große Mühe, Mitleid zu erwecken. Mitleid war jetzt meine einzige Chance. »Ist doch komisch, oder? Ich meine, wie kann man denn versprechen, niemals irgendetwas zu tun, was nicht gut ist oder der Menschheit schadet, oder was auch immer er gesagt hat?« Mir schossen die Tränen in die Augen, was mir peinlich war, denn ich weinte nicht gerne vor Oma.

Ihre Züge wurden weicher. »Liebling«, sagte sie und nahm mich in den Arm, »worum geht es denn eigentlich?«

Oma in den Arm zu nehmen, ist wie ein Kind zu umarmen, weil sie viel kleiner ist als ich. Manchmal wünschte ich, sie wäre zwei Köpfe größer, dann hätte ich tatsächlich das Gefühl, sie kümmert sich um mich und nicht umgekehrt. Trotzdem war es irgendwie schön, und ich weinte noch mehr. Schließlich zog sie mich auf die Couch und reichte mir ein Taschentuch – Taschentücher haben wir immer en masse wegen Omas Augen. Ich putzte mir die Nase und fühlte mich gleich ein wenig besser.

»Du bist ein gutes Mädchen, Dancia. Du kannst den Eid ruhig leisten, auch wenn er etwas albern ist. Und wenn du wirklich was Böses im Schilde führen würdest, könnte dich so ein dummer Eid wohl auch nicht abhalten, oder?« Sie lächelte mich an, und ich musste lachen. Dann wurde sie wieder ernst. »Hast du sonst noch was auf dem Herzen? Willst du mir was sagen?«

Genau vor dieser Frage hatte ich mich gefürchtet. Immer wenn ich meine Kräfte eingesetzt habe, bin ich hinterher vollkommen niedergeschlagen. Und auch wenn ich mir die größte Mühe gebe, mir nichts anmerken zu lassen, riecht Oma den Braten immer sofort. Dann löchert sie mich mit diesen tiefschürfenden Fragen, woraufhin es mir noch schlechter geht. Zwar lässt sie mich am Ende immer in Ruhe, doch vorher sieht sie mich mit ihren Tropfaugen ganz traurig an und sagt: »Du kannst mir alles sagen, wirklich alles, ich bin immer für dich da.«

Ich würde ihr ja gerne alles beichten, aber Oma hat schon genug am Hals. Sie hat Diabetes, Bluthochdruck, Grauen Star und jede Menge anderen Kram, den ich nicht mal aussprechen kann. Ich weiß das so genau, weil ich sie immer zum Arzt begleite. Jeden Tag muss sie eine ganze Handvoll Tabletten schlucken, da kann ich nicht noch mit meinen Problemen kommen. In ihrem Alter hätte man ihr eigentlich gar kein Kind mehr aufbürden sollen, und von der restlichen Verwandtschaft hat sie nie Unterstützung bekommen. Wahrscheinlich haben die sich gedacht, na prima, das Kind ist versorgt, da halten wir uns hübsch raus.

»Ich stehe nicht gern im Mittelpunkt«, sagte ich. »Die machen so einen Wind um die Sache im Krankenhaus, das kann ich nicht ab.«

Oma nickte. »Das weiß ich sehr wohl, Danny, aber das ist nicht immer so gewesen. Als du klein warst, hast du die Aufmerksamkeit genossen.«

»Wirklich?«

»Und wie. Tanzaufführungen, Schulkonzerte, alles Mögliche. Deine Mutter war genauso. Sie hat für ihr Leben gern auf der Bühne gestanden. Ich wünschte …« Omas Augen wurden feucht, diesmal waren es echte Tränen. Mir ist es lieber, Oma fängt erst gar nicht an, von Mom zu reden, denn dann weint sie gleich, und ich möchte dann auch weinen, und das ist mir alles zu viel.

Als ich vier war, sind meine Eltern bei einem Autounfall ums Leben gekommen. Sie wurden von einem anderen Fahrzeug von der Straße gedrängt, der Fahrer war wahrscheinlich betrunken. Damals haben wir noch in Seattle gewohnt, doch der Unfall geschah hier in Danville. Ich glaube, Oma hat Schuldgefühle, weil meine Eltern sie besucht hatten. Manchmal entschuldigt sie sich bei mir, als wäre der Unfall ihre Schuld.

Ich kann mich kaum noch an Mom erinnern, aber Oma hat ganz viele Fotos in ihren Alben. Abends, wenn ich im Bett bin, holt sie die Alben manchmal hervor, schaut sich die Bilder an und weint. Ich habe sie oft dabei ertappt, wenn ich spätabends noch mal aufs Klo musste. Aber ich habe jedes Mal so getan, als bemerkte ich es nicht. Mom war Omas einziges Kind, also hat sie ihr Tod umso schwerer getroffen. Oma hat sogar meinen Namen geändert, damit ich Moms Mädchennamen trage. Sie will die Erinnerung an Mom lebendig halten – als könnten wir sie je vergessen.

Mir fällt es schwer zu glauben, dass ich früher gern im Rampenlicht gestanden habe. An die Schulkonzerte kann ich mich nur noch schwach erinnern, das war, bevor ich mir meiner Fähigkeiten bewusst wurde. Doch sobald mir klar war, dass die seltsamen Dinge, die um mich herum geschahen, nichts mit Zufall zu tun hatten, hat sich mein Leben von Grund auf geändert.

»Zwing mich nicht, auf diese Schule zu gehen, Oma.« Nur mit Mühe hielt ich die Tränen zurück.

Oma schüttelte den Kopf. »Ich würde dich niemals zwingen, Danny. Aber denk wenigstens mal ernsthaft darüber nach. Deine Mutter wäre so stolz. Sie wollte immer nur das Beste für dich.« Und schon bahnte sich eine Träne ihren Weg durch Omas babyrosa Rouge. »Sie hat davon geträumt, selbst auf die Night Academy zu gehen.« Ihre Lippen zitterten beim Versuch zu lächeln.

»Im Ernst?« Mir war nie in den Sinn gekommen, dass es die Schule ja auch schon gegeben hatte, als Mom klein war.

»Deine Mutter wollte Sängerin werden«, sagte Oma. »Sie war ein willensstarkes kleines Ding. Tag und Nacht hat sie geübt, keine Gelegenheit ausgelassen, in der Schule oder in der Kirche zu singen, immer in der Hoffnung, man würde auf sie aufmerksam werden und ihr einen Platz auf der Night Academy anbieten.«

»War sie gut?« Seltsam, dass ich das nie über Mom gewusst hatte. Ich habe natürlich Fotos gesehen, auf denen sie singt, aber ich hatte keine Ahnung, wie wichtig ihr das Singen war. Ich dachte bislang immer, für sie sei es bloß ein Hobby gewesen wie mein Fußballspielen. Es macht Spaß, aber das war es auch schon.

Oma lachte ein wenig traurig. »Gut genug für Danville, doch nicht gut genug für die Night Academy. Schließlich hat sie der

Schule einen Brief geschrieben und um ein Vorsingen gebeten. Daraufhin erhielt sie eine freundliche Absage. Nach der Highschool hat sie dann kaum noch gesungen.«

Ich stellte mir das Mädchen vor, das ich von den Fotos kannte. Sie hatte weit auseinanderstehende Augen wie ich, aber glattes Haar und ein umwerfendes Lächeln. Man wollte auf Anhieb ihre Freundin sein. »Und du meinst, sie würde trotzdem wollen, dass ich auf die Night Academy gehe?«, fragte ich.

Inbrünstig hoffte ich, Oma würde nein sagen.

Doch ohne Umschweife sagte sie: »Oh ja, ganz sicher. Das wäre, als würde ihr eigener Traum am Ende doch noch wahr. Die Lehrer an deiner alten Schule waren nicht gerade toll, und wenn ich das Geld hätte, hätte ich dich schon längst auf eine Privatschule geschickt. Danville High ist auch nicht wirklich gut. Du wirst dich dort ganz bestimmt langweilen. Auf der Night Academy würde man dich fördern. Stell dir mal vor, du wärst mit lauter Leuten zusammen, die ebenso klug und talentiert sind wie du!«

Nichts gegen Oma, aber die Zweien bekam ich ja nur aus Langeweile. Oma war überzeugt davon, dass in mir ein Genie schlummerte, das nur nie gefördert wurde.

Na ja, es stimmt schon, dass ich vielleicht auch Einsen schaffen könnte, wenn ich wollte, aber geärgert werden immer die superguten und die grottenschlechten Schüler, also gehe ich mit den Zweien auf Nummer sicher.

»Oma, was ist, wenn ich was Schlimmes anstelle und die mich aus der Schule werfen?« Ich suchte verzweifelt nach Gründen, die es rechtfertigten, dass ich ihr und meiner verstorbenen Mutter das Herz brach. »Das wäre doch furchtbar, oder nicht?«

»Du willst es also gar nicht erst versuchen?« Unter ihrem eisernen Blick fühlte ich mich wie eine Fünfjährige, die man gerade beim Kaugummiklauen erwischt hatte. »Das ist nicht meine Dancia. Die Dancia, die ich kenne, ist kein Feigling. Sie ist eine Kämpfernatur und das tapferste Mädchen überhaupt.«

Na toll. Jetzt versuchte sie es mit Psychologie. Und es funktionierte, denn ich bekam sofort Schuldgefühle.

»Aber Oma, ich kann dich nicht so einfach allein lassen. Du brauchst mich doch.«

Sie legte die Stirn in Falten. »Liebling, ich weiß, dass du dich hier um alles kümmerst, aber das ist ja gerade das Problem. Du verbringst deine ganze Zeit damit, dich um eine alte Frau zu kümmern. In deinem Alter solltest du dich mit deinen Freundinnen treffen oder shoppen gehen, oder was Mädchen heutzutage so machen. Du brauchst mehr als das Leben in diesem Haus, doch solange du hier mit mir eingepfercht bist, wird sich nichts daran ändern.«

Oma sah unglücklich aus, und ich fühlte mich scheußlich, denn mir war es nie in den Sinn gekommen, dass Oma sich dafür verantwortlich fühlte, dass ich so eine Einzelgängerin war. Nur allzu gerne hätte ich ihr gesagt, dass sie damit gar nichts zu tun hatte und meine Kräfte an allem schuld waren, aber das konnte ich ja nicht.

»Es ist deine Entscheidung, Danny. Ich zwinge dich zu nichts.« Und während sie mein unglückliches Gesicht betrachtete, glätteten sich ihre Züge. »Warum triffst du dich nicht einfach morgen mit diesem Jungen und hörst dir seine Meinung an. Vielleicht kann er dir helfen.«

Cam. Oh nein, den hatte ich ja ganz vergessen.

Mittagessen mit Cam.

Vor Angst und Vorfreude wurde mir ganz schwummrig, und ich musste mich setzen.

»Einverstanden«, stieß ich hervor. »Das ist eine gute Idee. Ich treffe mich morgen mit Cam, und dann entscheide ich, ob ich auf die Night Academy gehe.«

Wie ich dort überleben sollte – *wenn* ich mich dafür entschied –, war mir allerdings ein Rätsel.

4

Am nächsten Tag hatte ich schon eine Stunde vor dem Treffen die totale Krise. Im Zuge meiner Unsichtbarkeitspolitik habe ich mir ausschließlich unscheinbare Klamotten zugelegt. Bislang hatte mir das nichts ausgemacht, denn ich war ja noch nie mit einem heißen Typen zum Mittagessen verabredet. Nun wurde mir schmerzhaft bewusst, dass keine meiner Sachen richtig saß – die Klamotten kamen vom Grabbeltisch oder direkt aus der Altkleidersammlung –, und das Farbspektrum bewegte sich von Schwarz über Braun zu Beige. Heute war ich also zwar sauberer als gestern, aber nicht viel attraktiver.

Ich schloss mein Fahrrad am Parkverbotsschild an und betrat um Punkt zwölf Bev's Café, übrigens das einzige halbwegs vernünftige Restaurant in Danville. Aus der Jukebox ertönte nervige Schlagermusik. Oma liebt das Bev's. Der Boden ist schwarz-weiß gefliest, die Tische sind weiß, die Sitze aus rotem Leder. Sie findet das ganz reizend. Mir schmecken einfach die Hamburger.

Cam hatte schon eine Sitzecke bezogen und winkte mir zu.

Panik ergriff mich. Er war noch süßer als in meiner Erinnerung.

Ich holte einmal tief Luft und schlenderte auf ihn zu, dabei versuchte ich möglichst entspannt zu wirken, als würde ich mich jeden Tag mit scharfen Jungs treffen.

»Hallo, Dancia. Schön, dass du da bist.« Er lümmelte auf seinem Sitz herum, das Haar fiel ihm wild in die dunklen Augen.

»Ja, hi.« Die Worte blieben mir wie ein Riesenklumpen Erdnussbutter im Hals stecken. Mir war natürlich klar, dass er sich nur mit mir traf, weil das sein Job war. Aber Träumen war ja nicht verboten!

Ich setzte mich ihm gegenüber, und sofort kam eine Kellnerin herbeigeeilt. Ihre Miene hellte sich auf, als sie mich erkannte. »Dancia, meine Süße, wie geht es dir? Was macht die Oma?«

»Geht ihr gut, danke, Patty.« Hoffentlich fand Cam das jetzt nicht total uncool von mir, dass ich mich mit der Kellnerin unterhielt. Oma und ich aßen hier fast jede Woche, da lernte man die Leute unweigerlich kennen. »Wie geht's Ella?« Ella war Pattys Katze, und während manche Leute in ihre Kinder vernarrt sind, war Patty in Ella vernarrt.

»Nett, dass du fragst! Also neulich hat sie mal wieder so etwas Niedliches gemacht …« Während sie uns die Karte reichte und die Wassergläser füllte, ließ Patty sich weitschweifig über die goldigen Taten ihrer Katze aus, die offenbar gerade ihre Wohnzimmergardinen in Fetzen gerissen hatte. Dann sah sie Cam fragend an. »Bist du neu in der Stadt? Aus der Highschool kommst du mir nicht bekannt vor.«

Cam streckte ihr die Hand entgegen. »Ich bin Cameron Sanders. Ich gehe auf die Night Academy.«

»Oh.« Patty trat einen Schritt zurück. Sie starrte einen Moment lang auf seine Hand, dann wischte sie ihre an der Schürze ab.

»Night Academy? Ach was? Euch sieht man hier ja nicht gerade häufig.« Hastig schüttelte sie ihm die Hand.

»Das ist ein Fehler.« Er schenkte ihr ein strahlendes Lächeln. »Toller Laden hier. Von jetzt an weiß ich, wo ich an meinen freien Tagen hingehe.«

Stumm starrte Patty ihn an und rang die Hände. Ich konnte ihren Blick nicht so recht deuten, empfand sie nun Grauen oder Hochachtung? Bislang hatte ich mir kaum Gedanken gemacht, wie die Night Academy auf andere Leute wirkte. Die Kinder an meiner alten Schule haben die Privatschüler immer als reiche Irre abgestempelt, aber insgesamt haben wir uns nicht groß um sie gekümmert. Oma hingegen hat von dieser Schule geredet, als müsste man ein Halbgott sein, um dorthin zu kommen.

»Schreibt einer eurer Lehrer wirklich die Reden für den Präsidenten?«, fragte Patty, die Worte sprudelten nur so aus ihr hervor. »Meine Schwester meint, das stimmt gar nicht, aber ich habe es so gehört. Und der Präsident soll dieses Jahr vielleicht auch zu Besuch kommen.«

Cam nickte. »Ja, das ist im Gespräch, aber es steht noch nicht fest.«

»Das wäre echt toll.« Pattys Lächeln sah wie eine Grimasse aus. »Den Präsidenten würde ich wirklich gerne mal sehen.« Dann neigte Patty kurz den Kopf, was beinahe wie eine Verbeugung wirkte, und huschte davon.

Ich stürzte mein halbes Glas hinunter. Vielleicht war diese Schule doch eine Nummer zu groß für mich.

Nun, da Patty fort war, schwiegen wir uns an. Frag ihn doch was, sagte ich mir. Das funktioniert immer.

»So, ähm, dir gefällt es wohl auf der Night Academy?«

Er musterte mich mit seinen großen braunen Augen. »Total. Dir würde es bestimmt auch gefallen.«

»Was gefällt dir denn daran?«

»Mmh« – er sah mich direkt an – »ich kenne eine Menge Leute, die das Gefühl haben, an ihrer Schule nicht sie selbst sein zu können. Die meinen, sie müssten sich anpassen, um dazuzugehören. Auf der Night Academy ist das ganz anders. Jeder ist, wie er ist. Schwer zu glauben, aber es stimmt. Bei uns muss man sich nicht verstellen.«

Seine Stimme wurde immer leiser, und seine Worte fuhren mir direkt ins Herz. Sich nicht verstellen müssen! Wie würde sich das wohl anfühlen?

»Du kannst einfach du selbst sein, Dancia. Wäre das nicht toll?«

Cams Stimme hatte eine hypnotische Wirkung auf mich. Das Restaurant, Patty, selbst die kitschigen Schnulzen verblassten. Ich schloss die Augen und stellte mir vor, wie ich den Gang der neuen Schule entlangging. Im Vorbeigehen grüßten die Leute, Freunde warteten vor der Klasse auf mich. Tränen brannten mir in den Augen, und ich kämpfte mit dem Kloß in meinem Hals.

Als ich die Augen wieder aufschlug, ruhte Cams Blick auf mir. Er hatte die Stirn leicht gerunzelt, als mache er sich Sorgen. »Ich weiß, es klingt blöd«, sagte er leise, »aber du bist nicht die Einzige, der es so geht.«

Konnte er etwa Gedanken lesen?

Ich winkte ab und versuchte ganz locker zu klingen. »Meine alte Schule war gar nicht so schlecht. Echt jetzt. Klar gab es da die Außenseiter und die Coolen, aber alles in allem sind wir doch gut miteinander ausgekommen.«

»Natürlich.« Er nickte und nahm die Karte in die Hand. Damit endete die magische Verbindung zwischen uns. »Was nimmt man denn hier?«

»Hast du echt noch nie hier gegessen?« Meine Überraschung konnte ich kaum verhehlen. »Bist du nicht schon seit zwei Jahren auf der Schule?«

Cam wirkte ein wenig verlegen. »Ich bin immer ziemlich mit Schulkram beschäftigt.«

Mir kamen Pattys Worte wieder in den Sinn, die Schüler der Night Academy kämen hier niemals her, und da stellte ich bestürzt fest, dass mir vor Cam noch nie einer über den Weg gelaufen war. Klar haben wir uns Geschichten über sie ausgedacht, aber geredet hatten wir noch mit keinem. Auf einmal kam mir das seltsam vor, vielleicht hielten die sich auch nur für was Besseres. Nur Cam nicht. Dafür würde ich meine Hand ins Feuer legen.

Ich versuchte, ihn zu beschwichtigen: »Oh, das sollte keine Kritik sein. Ich dachte eben nur, alle in Danville essen bei Bev's. Hier gibt es richtig gute Hamburger und Fritten. Aber von der Muschelsuppe solltest du lieber die Finger lassen.«

Er grinste. »Danke für den Tipp.«

Als ich zwei Stunden später nach Hause kam, marschierte ich mit grimmigem Gesicht auf Oma zu.

Sie legte nicht einmal die Zeitung beiseite. »Wie war's beim Essen?«

»Toll«, sagte ich schnippisch. Umwerfend. Der reine Wahnsinn. Und jetzt war ich total verliebt in einen Typen, mit dem ich wahrscheinlich nie wieder ein Wort wechseln würde.

»Worüber habt ihr euch denn unterhalten?«

»Gar nichts. Schule. Night Academy.«

Über alles. Wir haben über Fußball geredet, und darüber, dass die Mädchenmannschaft eine neue Stürmerin brauchte. Über die coolen Wahlpflichtfächer, die man auf der Night Academy belegen konnte: Popmusik, Lyrik und offener Unterricht, wo man sich das Thema selbst ausdenken durfte. Cam hat mir von seinem Vater erzählt, und dass er ihn in der Schulzeit vermisste, aber wie lustig es war, auf dem Campus zu leben. Ich spielte die Coole, tat so, als hätte ich massenhaft Freunde, doch ich glaube, er hat mich durchschaut. Dabei war er nicht gemein. Er war … süß. Mitfühlend. Verständnisvoll. Hat mir von richtig spannenden Schulaktionen erzählt wie einem Besuch auf Cape Canaveral. Einer der Astronauten, der auch mal auf die Night Academy gegangen ist, hat eine Führung für den Astronomiekurs gemacht. Und erst all die Musiker, die dort als Gastlehrer unterrichteten. Nicht nur klassische Musiker, auch coole Leute. Leute, von denen sogar ich schon gehört hatte.

»Und, hast du dich entschieden?«

Energisch schob ich das Kinn vor. »Ich werde auf die Night Academy gehen, aber wenn es mir bis Weihnachten nicht gefällt, wechsle ich auf die Danville High.«

Ungerührt blätterte sie weiter. »Klingt prima, Liebling.«

»Dir liegt doch was auf der Zunge«, blaffte ich. »So was wie ›Hätte ich dir gleich sagen können‹?«

»Warum sollte ich das sagen?«, fragte Oma und schlug das Heft zu. »Also, was wollen wir zum Abendbrot essen?«

Wütend stampfte ich in mein Zimmer, Oma hatte mal wieder ihren Willen bekommen.

5

Nach einer unruhigen Nacht wachte ich schon früh am Morgen auf. Schlaftrunken stolperte ich ins Bad. Durch verquollene Lider nahm ich meine Bettfrisur in Augenschein – halb Krause, halb Kringel –, vom Kissen hatte ich noch einen Abdruck auf der Wange.

Halbherzig drückte ich an meinen Mitessern herum. Irgendwie war ich gar nicht ich selbst. Die halbe Nacht hatte ich mir ausgemalt, wie es wohl wäre, mit Cam zusammenzusein, wie wir Arm in Arm den Flur entlangschlenderten. Selbst in der Vorstellung war es schrecklich schön, nur nicht gerade schlaffördernd.

Wieder und wieder führte ich mir vor Augen, dass er einfach nur nett zu mir war, einfach nur seine Pflicht erfüllte.

Als könnte mich das von einer Jahrhundertschwärmerei abhalten.

Ich beschloss, zu laufen. Beim Laufen bekam ich immer einen klaren Kopf. Und wegen Cam musste ich ja jetzt auch noch meine Figur halten.

Ich kramte im Wäschekorb herum und fand alte Shorts und ein

einigermaßen sauberes T-Shirt mit einem Logo vom Krankenhaus in Danville darauf.

Oma hat es nicht so mit dem Wäschewaschen, ich leider auch nicht.

Ich war erleichtert, dass Omas Schlafzimmertür noch zu war, denn ich hatte den leisen Verdacht, dass sie sofort nach dem Aufwachen über die Night Academy reden wollte. Auf Zehenspitzen schlich ich mich an ihrem Zimmer vorbei und durchs Wohnzimmer nach draußen. Dann trabte ich in gemächlichem Tempo los.

Laut dem, was Oma erzählt, haben die Leute hier früher mit der Mühle und dem Holzfällen gutes Geld verdient. Doch noch bevor ich auf die Welt kam, haben sie aufgehört, Bäume zu fällen, und auch die Mühle geschlossen. Heute sind die Häuser hier heruntergekommen, und die Leute haben keine Arbeit. Genau wie Oma und ich kommen die meisten gerade mal so über die Runden.

Dafür ist der Wald hier jung und dicht gewachsen, und in der Nähe gibt es viele Pfade. Als Kind hat Oma mich immer zum Picknicken und Wandern in den Wald geschleppt. Obwohl ich gemurrt habe, habe ich es heimlich genossen. Im Wald geht es mir besser, da scheinen meine Probleme auf einmal viel kleiner.

Mount Rainier ist auch nicht weit, das hat mich immer ein wenig beunruhigt, denn angeblich ist es nur eine Frage der Zeit, bis der Vulkan wieder ausbricht. Und bei meinem Glück wäre es mir glatt zuzutrauen, in einen Megalavastrom zu geraten. Doch heute Morgen konnte ich nur seinen schneebedeckten Gipfel ausmachen. Alles wirkte ganz friedlich, die Luft war feucht, es war windstill. Das Platschen meiner Turnschuhe auf dem Boden war das einzige Geräusch weit und breit, und allmählich wurde ich innerlich ruhiger.

Möglicherweise hatte Cam ja recht, und auf der Night Academy würde alles anders werden. Vielleicht wäre ich dort nicht ständig unter Druck, mich unsichtbar machen zu müssen. Auf meiner alten Schule fiel man schnell aus dem Rahmen, aber bei all den außergewöhnlichen Kindern auf der Night Academy würde hoffentlich keiner auf mich achten.

Auch wenn ich Oma gar nicht gerne allein ließ, musste ich mir doch eingestehen, dass sich die Night Academy ziemlich cool anhörte. Keine Arzttermine, kein Putzen und Kochen, dafür Computer und eine Bibliothek, die ich jederzeit nutzen durfte ... Und dann gab es da auch noch Cam. Auf der Night Academy würde ich ihn jeden Tag sehen.

Der Gedanke an Cam schien alle anderen Hirnleistungen lahmzulegen, deshalb wäre ich auch fast mit einem Jungen zusammengestoßen. Er sah sich beim Laufen nach hinten zur Straße um, die Augenbrauen finster zusammengekniffen. Seine Arme und Beine waren lang und dünn, das Haar schwarz, die Haut bleich. Auf dem Oberarm schien er eine Tätowierung zu haben.

»He!«, brüllte ich und sprang gerade noch rechtzeitig aus dem Weg, fast hätte er mich überrannt.

Er blieb stehen und wirbelte herum. Sein Blick huschte hektisch von mir zur Straße und zurück. Schweißperlen standen ihm auf der Stirn. Mit zitternder Hand wischte er sie fort.

In seinen Augen lag Angst, er schien nicht still stehen zu können, zuckte ständig nervös.

»Kann ich dir irgendwie helfen?«, fragte ich.

Er warf einen erneuten Blick zur Straße und machte einen Schritt auf mich zu. Dann packte er mich bei den Schultern und sah mich direkt an. »Wenn ein Mann fragt, ob du mich gesehen hast, sagst du nein, okay?«

Wunderschöne silbergraue Augen blickten mich unter dichten Wimpern an. Ich erstarrte, war wie gebannt von seinem Blick.

»Okay?«, wiederholte er und schüttelte mich. Seine Stimme brach.

Ich schluckte, das Herz schlug mir bis zum Halse. Auf einmal bekam ich einen Vorgeschmack auf die Angst, die ihn zu verzehren schien. »Soll ich die Polizei rufen?«

»Nein!«, wieder brach ihm die Stimme weg. »Nein«, wiederholte er. »Sag nur, dass du mich nicht gesehen hast.«

Er ließ mich los und lief bis zur nächsten Ecke. Dort bog er nach rechts zum Feld am Stadtrand ab.

Kaum war er außer Sicht, tauchte ein beiger Sedan am Ende der Straße auf, noch mehrere Querstraßen entfernt. Der Wagen fuhr betont langsam.

Als er näher kam, sah ich, wie sich der Fahrer aufmerksam nach allen Seiten umschaute. Er war blond und glatt rasiert, eine verspiegelte Sonnenbrille verdeckte das halbe Gesicht. Sobald er mich bemerkte, fuhr er rechts ran und drehte das Fenster runter, der Sicherheitsgurt schnitt ihm in die Schulter, als er sich aus dem Fenster lehnte.

Er schob die Sonnenbrille hoch, sortierte seine Gesichtszüge und gab sich besorgt: »Entschuldigen Sie, Miss, aber ist hier gerade ein Junge vorbeigekommen? So ungefähr in Ihrem Alter, groß, mit einer Tätowierung am Arm.«

Mein Herz pochte wie wild, setzte einen Schlag aus und begann von Neuem zu pochen. In meinen Ohren rauschte es wie bei einem Sturm. »Nein«, sagte ich, bemüht, ruhig zu klingen. »Mir ist niemand begegnet.«

Er kniff die Lippen zusammen, dann brachte er eine sorgenvolle Miene zustande. »Sind Sie sicher? Wissen Sie, mein Sohn und ich haben uns gestritten, und dann ist er davongerannt. Ich mache mir große Sorgen. Haben Sie ihn wirklich nicht gesehen?«

Spätestens jetzt wusste ich, dass hier was im Busch war. Dieser Typ log, es sei denn, er war schon in der Grundschule Vater geworden. Und der Junge hatte vollkommen verängstigt ausgesehen. Was steckte dahinter?

»Ich habe Ihnen doch schon gesagt, dass ich niemanden gesehen habe. Ich bin gerade mitten im Training, also wenn Sie mich jetzt entschuldigen wollen.« Mit einem genervten Blick wandte ich mich ab und lief los. Es kostete mich ungemeine Willenskraft, in ein regelmäßiges Tempo zu fallen und dabei die Schultern entspannt zu halten, als wüsste ich nicht, dass hier etwas vor sich ging. Hinter mir hörte ich, wie der Wagen zurücksetzte und mit quietschenden Reifen davonbrauste. Ich warf einen kurzen Blick über die Schulter und sah, wie er zum Feld abbog.

In die gleiche Richtung also, in die auch der Junge vor ein paar Minuten verschwunden war.

Der Junge steckte in Schwierigkeiten. Keine Ahnung, woher ich das wusste, ich wusste es einfach. Und irgendwie musste ich ihm helfen.

In meiner Hilflosigkeit fixierte ich den Sedan, dann tauchte ein Bild in meinem Kopf auf. Sekunden später platzten beide Vorderreifen mit einem lauten Knall. Der Wagen geriet ins Schleudern. Bremsen quietschten, und es krachte laut, als der Sedan einen parkenden Pick-up rammte.

Ich hielt die Luft an, machte kehrt und rannte zum Wagen. Mein Herz schlug so schnell, dass ich die einzelnen Schläge nicht mehr auseinanderhalten konnte.

Ich hatte einen Kloß im Hals.

Nie hätte ich damit gerechnet, dass er einen solch heftigen Unfall bauen würde.

Bitte, lass ihm nichts geschehen sein. Bitte, lass mich ihn nicht verletzt haben.

Eine Frau im Bademantel kam aus dem Haus gestürmt, in der Hand hielt sie ein Telefon. Über ihre Schulter hinweg erhaschte ich einen Blick ins Wageninnere.

Gott sei Dank.

Er musste mit dem Kopf aufs Lenkrad geknallt sein, denn im Brillenglas war ein Riss, und ein dünnes Rinnsal aus Blut verlief zwischen den Augenbrauen. Aber er war am Leben. Laut fluchend nahm er die Sonnenbrille ab und zerrte am Gurt.

Die Frau mit dem Telefon begann ihn auszufragen. »Geht es Ihnen gut? Können Sie mich hören? Welchen Tag haben wir heute?«

Der Mann brüllte irgendetwas, aber ich verstand ihn nicht. Das Rauschen dröhnte mir immer noch in den Ohren, auch wenn es inzwischen nur noch wie fernes Meeresrauschen klang. Der Typ schnappte sich sein Handy und funkelte die Frau böse an, die einen Schritt zurückwich. Verschwörerisch beugte sich der Typ über sein Handy und sprach leise in den Hörer. Kurz darauf klappte er das

Handy zusammen und drückte gegen die Wagentür. Aber die rührte sich nicht, was eine erneute Fluchtirade bei ihm auslöste.

Mehr und mehr Leute strömten aus den Häusern. Offensichtlich war die Situation unter Kontrolle. Die Frau im Bademantel rief die Polizei oder den Krankenwagen an, während sich der Mann filmreif durchs Wagenfenster zwängte. Stinksauer sah er dabei aus, anschließend tigerte er fluchend den Gehweg auf und ab.

Abermals setzte ich zum Laufen an, ganz locker und entspannt, damit es ja nicht nach Flucht aussah. Erleichterung machte sich in mir breit, dazu kam ein Gefühl, das mir bis dato gänzlich unbekannt gewesen war: Triumph.

Wenn ich meine Kräfte einsetze, geht es mir hinterher immer schrecklich. Dann werfe ich mir vor, mich eingemischt statt meinen Instinkt unterdrückt zu haben. Am Ende ist immer irgendjemand verletzt, und dann sorge ich mich um den Verletzten. Ich frage mich, ob ich richtig gehandelt habe und ob ich überhaupt das Recht hatte, eine solche Entscheidung zu fällen. Diesmal hätte ich dem Typen ernsthaft schaden können. Nicht auszudenken, wenn er keinen Gurt umgehabt hätte.

Trotzdem hatte ich den seltsamen Wunsch, dem Sonnenbrillentyp ins Gesicht zu lachen. Und das nur, weil er einem taffen Jungen mit Tätowierung gefolgt war, den ich noch nicht einmal kannte!

Aus genau diesem Grund musste ich mich von den Normalsterblichen fernhalten. Ganz offensichtlich hatte ich sie nicht mehr alle. Statt mich mit Schuldgefühlen zu plagen, frohlockte ich bei der Erinnerung daran, wie sich der Sonnenbrillentyp aus dem Wagenfenster gezwängt hatte.

Ganz automatisch bog ich zum Feld ab und folgte dem Jungen. Klar, dass er schon weg war. Als ich zwei Drittel des Weges zurückgelegt hatte, verklangen die Unfallgeräusche allmählich, und die morgendliche Stille kehrte zurück. Ich sah auf die Uhr: noch nicht mal sechs. Es erstaunte mich immer wieder, wie viel in so kurzer Zeit geschehen konnte.

In dem Moment hörte ich Schritte.

Ich drosselte das Tempo, versuchte möglichst flach zu atmen, damit ich besser hören konnte, doch mein Herz wummerte zu laut. Das Feld lag in einiger Entfernung, menschenleer.

War der Sonnenbrillentyp mir etwa gefolgt? Nach wie vor waren Schritte zu vernehmen, ich sah mich hektisch um.

Nichts.

Ich lief noch langsamer, und die Schritte wurden schwächer, kaum mehr hörbar. In meiner Angst blieb ich stehen und fuhr herum.

Die Straße war leer.

Ich wischte mir den Schweiß von der Stirn und rang mir ein Lächeln ab. Tattoo-Kid hatte mich angesteckt. Jetzt litt ich schon selbst unter Verfolgungswahn. Wie dumm war das denn, bitteschön?

Ich ging ein Stück, dabei ließ ich die Straße nicht aus den Augen. Als ich wieder etwas hörte, rief ich: »Wer ist da?«

Eine Frau öffnete die Tür eines winzigen Bungalows, von dem die gelbe Farbe schon abblätterte. Sie blickte einmal die Straße hinunter und starrte mich dann an, wahrscheinlich hielt sie mich für eine Bekloppte, die laute Selbstgespräche führte. Mit einem nervösen Kichern setzte ich mich wieder in Trab.

Ein paar Häuser weiter kam eine rot-weiß gefleckte Katze die Auffahrt hinuntergetrottet und machte es sich mitten auf dem Gehweg gemütlich. Sie leckte sich die Pfote und glotzte mich an.

Ich streckte ihr die Zunge heraus und machte Tempo. Diesmal hielt ich erst zu Hause wieder an.

6

Als Oma und ich eine Woche später auf den Parkplatz der Night Academy fuhren, blickte ich voller Selbstvertrauen und Optimismus auf das kommende Schuljahr. Ich schwang mich aus dem Wagen, bereit für meinen ersten Tag. Allen schenkte ich mein strahlendstes Lächeln, denn ich wusste, dass mir hier einfach alles gelingen würde …

Von wegen! Als ich den Gurt löste, um mich aus dem alten Volvo-Kombi zu hieven, hatte ich das dumme Gefühl, gerade den schlimmsten Fehler meines Lebens zu machen.

Je länger ich über den Autounfall nachdachte, desto mieser fühlte ich mich.

An jenem Abend hatten sie den Unfall in den Lokalnachrichten als Vorwand benutzt, um auf die Bedeutung von Sicherheitsgurten hinzuweisen, dabei hatten sie blutige Bilder von Leuten gezeigt, die nicht angeschnallt gewesen waren. Ein Mann hatte sich den Kopf an der Windschutzscheibe gestoßen und war zwei Tage später an Hirnblutungen gestorben. Ich hätte den Mann im Sedan umbringen können.

Auf der Night Academy würde ich mich nie einfügen. Ich verursachte Autounfälle nach Lust und Laune, ließ Äste auf Kinder fallen. Gleich in der ersten Woche würde ich wahrscheinlich einen Amboss auf eines ihrer Genies hinabstürzen lassen und dann selbst Ziel einer geheimen Regierungsermittlung werden.

»Ich bin ja so stolz auf dich, Dancia, weil du es auf der Night Academy versuchen willst. Bestimmt fühlst du dich gerade etwas erschlagen von allem, aber das wird schon.« Oma strahlte mich an, und ihre wässrigen Augen troffen vor Glück.

Ich brachte ein mattes Lächeln zustande. »Sicher. Dann also bis Freitag.« Schnell gab ich ihr einen Kuss auf die Wange und sprang aus dem Wagen, bevor sie noch mehr sagen konnte.

Ich lief um den Volvo herum und schlug dreimal kräftig gegen den Kofferraum, damit er aufging. Als die Klappe endlich aufsprang, wuchtete ich den hässlichen schwarz-silbernen Koffer, den wir beim Secondhandladen im Müll gefunden hatten, mit Schwung aus dem Wagen und ließ ihn auf den Boden plumpsen. Jeder durfte einen Koffer mitbringen, der sollte dann vom Parkplatz abgeholt und auf unsere Zimmer gebracht werden, während wir an den Einführungsveranstaltungen teilnahmen.

Ich sah mich um. Reihen von Parkplätzen zogen sich über das schmale Areal. An einem Ende stand eine vereinzelte Eiche, ein paar Meter außerhalb des Eisengitterzauns, der das tadellos gepflegte Privatschulgrün umgab. Der Baum hatte kümmerliche, weit verzweigte Äste und eine schiefe Krone. Auf der einen Seite waren die Äste mit ihren dunklen Blättern zum Greifen nah, auf der anderen Seite jedoch sprossen büschelweise junge Zweige aus einem Aststumpf.

Aus irgendeinem Grund empfand ich die ungleichen Äste als tröstlich, außerdem schien der Stamm dick genug, um sich dahinter zu verstecken.

Es ist immer gut zu wissen, dass man mehrere Möglichkeiten hat.

Ich stand einen Moment lang reglos da und sah zu Oma. Sie winkte mir durchs Fenster zu und schob sich dann ihre riesige Plastiksonnenbrille über die normale Brille. Mit ihrem blau-weißen Nicki-Zweiteiler und dem rosa Lippenstift war sie gut gerüstet für einen Morgen im Einkaufszentrum. In ihrer Nähe ging es mir besser, und kurz überlegte ich, ob ich sie bitten sollte zu warten, wenigstens bis der Bus kam.

Aber kein Neuntklässler wartet mehr mit seiner Oma auf den Schulbus. Heute Morgen hatte ich noch einen Riesenaufstand darum gemacht, dass sie mich nur kurz absetzen und dann gleich weiterfahren sollte. Das hatte sie dann auch versprochen. Da sie mit der Night Academy ja ohnehin schon den Gesamtsieg davongetragen hatte, dachte sie wohl, diese eine Schlacht könnte sie auch mich gewinnen lassen. Nun wünschte ich, sie hätte nicht so schnell klein beigegeben.

Widerstrebend hob ich die Hand und winkte, bis sie außer Sicht war. Mir blieb keine Wahl, also drehte ich mich um und nahm die Zeugen meines Untergangs in Augenschein.

Die anderen Neuntklässler.

In einer Karawane aus fetten Geländewagen und brandneuen Subarus kamen sie vom Highway 78 und fuhren mit knirschenden Reifen über den Schotter. Ich fragte mich, ob ich wohl die Einzige hier ohne Treuhandfonds war. Na schön, eigentlich fuhren alle in der Gegend Subarus, und manche meiner neuen Mitschüler sahen auch stinknormal aus, aber auf die achtete ich nicht. Ich konzentrierte mich auf die Superreichen. Würde das nicht jeder machen?

Am Rande des Parkplatzes formierte sich ein kleines Grüppchen: Mädchen mit superhüftigen Shorts und knappen T-Shirts, in denen ihre perfekten Brüste und flachen Bäuche gut zur Geltung kamen. Die Jungs standen ein paar Meter weiter, trugen Jeans oder Lowrider-Shorts und gaben vor, die Mädchen nicht abzuchecken. Ihr Gepäck lag ringsum verstreut, glänzende schwarze Koffer mit silbernen Beschlägen an den Ecken, vollgepropfte Taschen, die aus den Nähten zu platzen drohten. Manche Koffer hatten leuchtende Farben und waren mit Vereinsmaskottchen oder Skateboardaufklebern verziert. Keiner war so alt und schäbig wie meiner.

Je länger ich mich umsah, desto klarer wurde mir, dass diese Kids hier ganz anders waren als in meiner alten Schule. Abgesehen von den Superreichen gab es die üblichen Gruppierungen der Sportler, Streber und Emos gar nicht. Zwar waren hier durchaus Schüler, die man in diese Kategorien hätte packen können, aber die hingen in Zweier- oder Dreiergrüppchen zusammen, während die unterschiedlichsten Typen eintrudelten. Mädchen mit langen Haaren und Gymnastikanzügen, Jungen mit Rastalocken, ein Mädchen mit Trommelstöcken, Kids mit ungewöhnlichen Piercings und Strebertypen mit Hemden, die stramm in Hosen steckten, die bis zu den Achseln hochgezogen waren. Zudem hatte es in meiner alten Schule nur Weiße gegeben, und hier waren sämtliche Hautfarben vertreten.

Ein paar Jungs warfen sich ein Frisbee zu, ein sportliches Mädchen in Fußballshorts und Laufschuhen schloss sich ihnen an. Sie war genau der Typ, den ich auf Anhieb hasste – ihr glattes braunes Haar war zu einem straffen Pferdeschwanz gebunden, sie hatte eine makellose Figur, war gebräunt und schien keine Angst zu haben, die Scheibe fallen zu lassen oder sich anderweitig zu blamieren.

»Spielst du auch?«

Ich war so auf das Objekt meines Hasses fixiert (bestimmt hatte sie auch noch so einen bezaubernden Namen wie Beth oder Sarah), dass mich die Stimme aufschreckte.

»Hä?« Ich riss die Augen von Perfect Girl los und widmete mich dem weitaus normaleren Mädchen neben mir. Dieses Mädchen war zum Glück klein und hatte ebenso lockiges Haar wie ich. Nur, dass sie offenbar noch nicht gelernt hatte, dass man solche Locken lieber nicht kämmte, denn ihr Haar umrahmte ihr Gesicht wie eine kürbisgroße schwarze Wolke. Sie trug eine weiße Bluse und Jeans, und das, obwohl es bei uns im August auch schon morgens um neun knallheiß ist und wir extra Anweisung bekommen hatten, bequeme Kleidung zu tragen, da einige der Aktivitäten im Freien stattfinden sollten.

»Frisbee. Spielst du Frisbee?«, fragte sie mich fröhlich und lächelte breit.

Ich zuckte die Schultern und versuchte nicht ganz so verschlossen zu wirken. »Eigentlich nicht.«

»Ich auch nicht! Bin ein hoffnungsloser Fall. Ich ziele in die eine Richtung, und die Scheibe fliegt in die andere. Ich heiße Esther, und du?« Sie schien sich von meiner schroffen Art nicht abschrecken zu lassen; grinsend ließ sie ihren Rucksack fallen. Er war aus weichem, braunem Leder und hatte wohl so viel gekostet wie Omas Volvo. Ein paar Meter weiter stand ein dazu passender brauner Lederkoffer. Wahrscheinlich war der dann so viel wert wie unser ganzes Haus.

»Dancia.«

»Wow, cooler Name. Was bedeutet das?«

»Keine Ahnung. Hat sich meine Mom bestimmt nur ausgedacht.«

Esther lachte. »Klingt jedenfalls cool. Bist du eigentlich auch so aufgeregt wie ich? Ich glaube, ich habe heute Nacht höchstens eine halbe Stunde geschlafen.«

Gegen meinen Willen musste ich grinsen. »Damit stichst du mich aus. Ich habe wenigstens eine Stunde geschlafen.«

Sie seufzte theatralisch und zwinkerte mir zu. »Ich bin neidisch. Tu mir einen Gefallen, stups mich an, wenn ich was Wichtiges verschlafe! Bei meinem Glück muss ich noch vor Schulbeginn nachsitzen.«

Ich vermutete mal, dass Esther ihr Lebtag noch nicht nachgesessen hatte.

Wir unterhielten uns eine Weile. Esther stellte mir alle möglichen Fragen: woher ich kam, wie meine alte Schule war, auf was ich mich hier auf der Night Academy besonders freute. Dann erst wurde mir klar, dass sie mich mit meinen eigenen Waffen schlug. Beeindruckend wie sie mich zum Reden brachte. Wobei Esther im Gegensatz zu mir nicht nur Fragen stellte, sondern auch von sich selbst erzählte. Und eh ich michs versah, redeten wir wie zwei alte Freundinnen.

Nur, dass ich doch keine Freundschaften schließen sollte.

Gerade als ich beschlossen hatte, das Gespräch ausklingen zu lassen, fuhr ein Bus durch das riesige schwarze Tor, und wir klappten beide den Mund zu. Von der Form her glich er dem rollenden gelben Käse, mit dem ich früher zur Schule kutschiert worden war, nur dass dieser Bus stahlgrau war. Hinterm Tor blieb er stehen, also schwang ich mir den Rucksack auf die Schultern, schnappte eine Ecke meines Koffers und begann ihn in Richtung Bus zu zerren. Auch wenn ich Esther gleich an Ort und Stelle hätte stehen lassen sollen, war ich wohl doch zu aufgeregt, um alles allein durchzustehen.

Ich drehte mich zu mir um. »Kommst du?«

Sie nickte eifrig und hob ihren Rucksack auf. Ihr Koffer hatte einen Griff und Rollen, also konnte sie ihn hinter sich herziehen. Sie lächelte mich an, und ich lächelte wohl oder übel zurück. Esther war so voller Zuversicht, in ihren Augen waren wir bereits beste Freundinnen, und irgendwie konnte ich dem nicht widerstehen.

Sogleich begann sie wieder zu plappern: »Meinst, wir passen alle in den Bus? Vielleicht fährt er auch zweimal? Ich kann es nicht fassen, dass man nicht selbst bis hoch zur Schule fahren darf. Dad meint, das sei eine wirksame Sicherheitsmaßnahme, aber ich finde es etwas übertrieben, du nicht?«

Ich nickte, sagte aber nichts. Dafür war ich viel zu sehr damit beschäftigt, meinen Koffer zu ziehen, ohne ihn mir bei jedem Schritt in die Hacken zu rammen. Esther schien das kaum zu bemerken, sie erzählte mir, dass ihre Mutter Anwältin sei und für den Staatsanwalt arbeite, dass ihr Vater sie heute hergefahren habe und dass es ein ziemlich langer Weg gewesen sei, da sie außerhalb von Seattle wohnten, aber dass ihr Vater meinte, es würde sich auf jeden Fall lohnen. Laut Esther waren sechs Abgeordnete aus dem Repräsentantenhaus und zwei aus dem Senat auf die Night Academy gegangen, nicht zu vergessen der Typ, der gerade an den Obersten Gerichtshof berufen wurde. Natürlich war ich über gar nichts im Bilde, aber Esther schien sich in der Politik gut auszukennen.

Außerdem redete sie gern. Wirklich, wirklich gern.

Mich störte das nicht, denn solange sie redete, brauchte ich wenigstens nichts zu sagen.

Wir stießen zur Schülermenge, die sich vor dem Bus gebildet hatte. Die Tür öffnete sich zischend, und zwei Jungs sprangen heraus. Ich blieb gebannt stehen. Es waren Cam und ein mir unbekannter Typ. Allein Cams Anblick wischte meine Ängste und Zweifel mit einem Mal fort, und ein Gefühl der Hoffnung kehrte zurück wie damals bei Bev's.

Cam schüttelte sich eine wilde Strähne aus den Augen und hob die Arme. Seine Bizepse wölbten sich beeindruckend unter dem Stoff seines dunkelgrünen T-Shirts. Ein goldener Drache schwebte vorne über den Worten »Night Academy«, und hinten stand, ebenfalls in goldenen Lettern, »Personal« geschrieben.

»Hallo, alle zusammen, darf ich mal ganz kurz um eure Aufmerksamkeit bitten?«

»Meine Aufmerksamkeit kannst du jederzeit haben, Sweetie«, murmelte Esther.

»Ich bin Cam Sanders und gehe in die Elfte. Ich leite mit anderen zusammen die Einführungsveranstaltungen und helfe euch bei der Eingewöhnung. Das neben mir ist Trevor Anderly.« Er deutete auf den anderen Jungen, der ebenfalls ein »Personal«-Shirt trug. Trevor war einen halben Kopf kleiner als Cam, hatte kurzgeschnittenes blondes Haar und hellblaue Augen, mit denen er alle Schüler gleichzeitig zu mustern schien. Als er mich ins Auge fasste, überfiel mich ein leichter Schauder.

»Trevor gehört ebenfalls zu den Organisatoren der Einführungsveranstaltungen und ist einer der Gruppenleiter. Er wird euch die Gebäude und das Gelände zeigen. Ansonsten kommen die höheren Semester erst nächste Woche, also habt ihr die Schule erst mal ganz für euch allein.«

Hier und da klatschten einige, Cam dankte mit einem Lächeln, bat aber erneut um Ruhe. »Wie ihr den Mitteilungsbriefen bestimmt schon entnommen habt, dienen die kommenden Tage dazu, euch in der Schule und in Residence Hall – oder Res, wie wir es nennen und wo ihr wohnen werdet – einzuleben. Für heute haben wir ein paar Begrüßungsspiele geplant, und ihr werdet Zeit haben, auszupacken und eure Zimmergenossen kennenzulernen. Morgen bekommt ihr eure Stundenpläne, trefft eure Tutoren und Lehrer. Mittwoch werdet ihr in eure Gruppen eingeteilt. Am Donnerstag beginnt dann der Unterricht, aber keine Sorge, bis dahin werden wir euch schon auf Trab halten.«

Ein Raunen ging durch die Menge, hier und da flogen Finger in die Luft.

Cam schüttelte den Kopf. »Bestimmt habt ihr ganz viele Fragen, aber die müssen warten, bis wir oben in der Schule sind.« Mit einem Grinsen wandte er sich dem Bus zu und tätschelte liebevoll die Tür. »Das ist die alte Silberkugel«, sagte er. »Sie bringt euch zur Schule und holt euch auch wieder ab, und heute muss sie noch mal extra fahren, um euer Gepäck zu holen. Wenn ihr am Wochenende zu Hause wart, müsst ihr euch Montagmorgen hier auf dem Parkplatz um halb acht einfinden.«

»Der Unterricht beginnt Viertel vor acht, wenn ihr den Bus um halb verpasst, kommt ihr zu spät«, sagte Trevor. Er schob ganz lässig eine Hand in die Hosentasche, aber die Geste passte überhaupt nicht zum Ton in seiner Stimme. »An eurer Stelle würde ich mir das gut überlegen, denn fürs Zuspätkommen haben die hier wenig Verständnis.«

»Meine Güte«, sagte Esther. »Für wen hält der sich denn, für den Sensenmann?«

Ich grinste verstohlen. Dieser Trevor wäre wahrscheinlich alles andere als begeistert, wenn er mitbekäme, dass wir uns als Neuntklässler über ihn lustig machten.

»Also«, ergriff Cam wieder das Wort, »ihr könnt euer Gepäck drüben im Gras liegen lassen und jetzt in die Silberkugel steigen. Wir haben heute noch viel vor, auf mit euch.«

Der Haufen formierte sich zu einer mehr oder minder geraden Reihe, und die Ersten stiegen ein. Viel wurde nicht geredet. Irgendwie waren alle etwas aufgeregt. Selbst Perfect Girl zupfte nervös an ihrem Hosenbund herum.

Cam stand neben der Tür und schenkte jedem ein Lächeln, während Trevor uns vom Ende der Schlange mit finsteren Blicken bedachte. Als ich an Cam vorbeikam, senkte ich schnell den Blick, doch er winkte und nahm mich in den Arm, als wären wir dicke Freunde.

»Dancia, schön dich zu sehen«, sagte er und drückte mich. »Sag Bescheid, wenn du was brauchst, okay?«

Vielleicht habe ich genickt, aber ehrlich gesagt habe ich alles nur noch verschwommen wahrgenommen. Von dem Moment an, wo er den Arm um mich gelegt hat, wurde die Welt um mich dunkel und leise, für mich gab es nur noch Cam. Er war warm und roch ein wenig nach Wald, wie Pinien an einem heißen Sommertag. Von Nahem lockte mich sein sanfter Blick.

Im nächsten Moment war sein Arm wieder verschwunden, und er winkte jemand anderem zu. Doch seine Botschaft war klar und deutlich gewesen, und die umstehenden Schüler sahen mich ehrfürchtig an.

»Du kennst ihn?«, zischte Esther überrascht, sobald wir im Bus waren.

»Er hat mich angeworben«, versuchte ich lässig darüber hinwegzugehen.

»Dich angeworben?«, wiederholte Esther. »Was meinst du damit?«

»Er ist mit Mr Judan zu mir nach Hause gekommen, um mich zu überreden. Sind die denn nicht auch bei dir gewesen?«

Sie schüttelte den Kopf. »Nein, ich habe nur einen Brief mit der Post bekommen. Vielleicht haben die meine Mom mal angerufen. Aber warum sollten die es nötig haben, Schüler anzuwerben? Jeder weiß doch, wie cool die Schule ist.«

»Mmh, ja, stimmt.« Jetzt war mir die Sache unangenehm, und ich suchte nach Gründen, warum sie zu mir, aber nicht zu Esther gekommen waren. »Wahrscheinlich, weil ich gleich hier in Danville wohne. Bei denen gehen sie wohl persönlich vorbei.« Das mit dem Mittagessen erwähnte ich gar nicht erst, denn das kam mir mit einem Mal komplett seltsam vor.

»Ja«, sagte sie. »Ist ja auch egal. Ich kann's nicht fassen, dass er dich in den Arm genommen hat.« Ihr Lächeln zeigte mir, dass ihr die Sache mit dem Anwerben schnuppe war, und ich atmete erleichtert auf.

»Esther!« Ein Mädchen winkte aus dem hinteren Teil des Busses.

Esther kreischte: »Hennie?«

Das Mädchen hatte langes schwarzes Haar und einen olivfarbenen Teint. Ihre Augen waren dunkelbraun, und sie hatte ein Grübchen in der Wange. Ich tippte auf indische Abstammung. Wenngleich sie noch hübscher war als Perfect Girl, würde ich sie nie hassen können. Das lag wohl an ihrem gehetzten Ausdruck. Nervös waren ihre Augen im Bus hin und her geglitten, und sie hatte Esther auch nur sehr zögerlich zugewunken, als sei sie nicht sicher, ob die Wiedersehensfreude beiderseitig sein würde.

Esther schleifte mich den Gang hinunter bis zu Hennie. »Dancia, das ist Hennie. Wir sind jahrelang zusammen ins Feriencamp gefahren. Wir waren beste Freundinnen, bis sie nach L.A. gezogen ist.« Sie beugte sich zu Hennie und umarmte sie von der Seite. »Was machst du überhaupt hier?«

Hennie strahlte über das ganze Gesicht und kicherte. Von diesem reinen, glockenhellen Klang konnte ich nur träumen, bei mir kam in so einem Fall immer ein Schnauben heraus. »Was glaubst du wohl? Wir sind zurück in Seattle. Als ich meine Einladung für die Night Academy bekam, hat sich mein Dad hier auf einen neuen Job beworben. Willst du neben mir sitzen?« Sie klopfte auf das Polster neben sich, dann erstarrte sie und schlug erschrocken die Hand vor den Mund. »Oh mein Gott, das tut mir leid! Du sitzt bestimmt neben deiner Freundin. Das habe ich nicht so gemeint …«

»Schon gut.« Ich winkte ab. »Kein Problem.«

»Ja, kein Problem. Dancia sitzt neben mir.«

Ich fuhr herum, die Stimme kam mir nicht bekannt vor. Dann klappte mir die Kinnlade herunter. Dort saß der dunkelhaarige Junge, wegen dem ich den Unfall verursacht hatte. Nur wirkte er jetzt nicht im Mindesten verängstigt.

7

Einen Moment lang stand ich völlig unter Schock.
»Wer bist du?«, fragte ich.

Esther, die Verräterin, hatte mich ebenso schnell wieder vergessen, wie sie sich mit mir angefreundet hatte. Nun saß sie neben Hennie und schnatterte, was das Zeug hielt. Wie zwei Frischverliebte hielten sie Händchen und lächelten selig. Wenn sie nicht so glücklich gewesen wären, hätte ich mich glatt aufregen können, dass ich so schnell vergessen und den Haien zu Fraß vorgeworfen wurde.

Ähm … dem Hai. Wow. Bei näherer Betrachtung sah er viel besser aus, als ich ihn in Erinnerung hatte. Damals hatte er wohl nicht geduscht oder war krank gewesen oder so, denn jetzt sah er komplett anders aus. Sein dichtes schwarzes Haar hing ihm in die Stirn und bedeckte teilweise seine stahlgrauen Augen. Zackenförmig schauten die Konturen seines Tattoos unter dem T-Shirt-Ärmel hervor. Er hatte ein kantiges Gesicht, hohe Wangenknochen und ein spitzes Kinn. Das dunkle T-Shirt schmiegte sich eng um seinen drahtigen Oberkörper.

Er verdrehte die Augen. »Komm schon, du kennst mich doch«, sagte er. »Ich schulde dir sogar einen Gefallen.«

»Wie meinst du das?« Ich versuchte, nicht auf sein Tattoo zu starren, doch es zog meinen Blick immer wieder auf sich, als würde ihm etwas über den Arm krabbeln.

»Du hast mir den Typen vom Hals geschafft. Also stehe ich dir für immer zu Diensten.« Linkisch verbeugte er sich halb.

»Vergiss es.« Verstohlen sah ich mich nach einem anderen freien Sitzplatz um. An diesen Tag und daran, was mit dem Sonnenbrillentypen hätte geschehen können, wollte ich bitte gar nicht mehr erinnert werden. Denn beim bloßen Gedanken an den Unfall und an die Angst des Jungen wurde mir schlecht.

»Könntet ihr euch bitte alle hinsetzen, damit wir losfahren können?«, rief Cam von vorne.

Der Junge klopfte auf den Sitz neben sich. »Ich beiße nicht, das schwöre ich.« Als ich immer noch unschlüssig dastand, schenkte er mir ein kleines, beinahe entschuldigendes Lächeln. »Wahrscheinlich sollte ich mich vorstellen. Ich bin Jack, und ganz egal, was du denkst, ich bin im Grunde ganz nett.«

»Ach ja?«, erwiderte ich misstrauisch. »Warum hat dich dieser Typ denn verfolgt?«

Jack winkte ab. »Ach, das war nur ein Missverständnis. Unwichtig.«

»Ein Missverständnis? Danach hat es aber nicht ausgesehen. Du hattest totalen Schiss.«

Jack rutschte in seinem Sitz umher, das Lächeln war mit einem Mal verschwunden. »Ja, na ja, ich werde eben nicht gerne verfolgt.« Dann sah er aus dem Fenster und knackte mit den Fingern. Kurz darauf drehte er sich wieder zu mir. »Ich glaube, die warten auf dich«, sagte er und deutete nach vorne.

Mit Entsetzen stellte ich fest, dass ich die Einzige war, die noch nicht saß, und Cam mich erwartungsvoll ansah.

»Oh. Okay.« Mit einem verkrampften Lachen ließ ich mich auf den Sitz gleiten. »So, du bist also Jack? Einen Nachnamen gibt es nicht?«

Er grinste, sortierte seine langen Beine und schob den Rucksack beiseite, damit wir mehr Platz hatten. »Jack Landry.«

Die Sitze waren aus dunkelgrünem Kunstleder und boten gerade mal genug Platz für zwei. Während der Bus über den Parkplatz rumpelte, achtete ich darauf, dass sich unsere Beine nicht berührten, Jack hingegen schien damit kein Problem zu haben. Jedes Mal, wenn er sich gegen mich lehnte, wäre ich vor Schreck fast aus dem Sitz gekippt. Genauso gut hätte ich neben einem Außerirdischen sitzen können, so viel Erfahrung hatte ich im Umgang mit Jungen wie Jack. An meiner alten Schule hatte es nicht gerade von dunkelhaarigen, gut aussehenden Jungen mit Tattoos gewimmelt. Nicht, dass ich ständig die Jungs ausgecheckt hätte. Ein Freund könnte ebenso wie eine beste Freundin meine Kräfte auslösen, also habe ich mich damit gar nicht erst rumgeschlagen. Ich habe die Jungs links liegen lassen und sie mich mehr oder minder auch.

»Ich bin dir dankbar«, sagte er. »Nicht jeder hätte einem Fremden einfach so geholfen.«

»Kein Ding.« Ich wich seinem Blick aus, hoffte, er würde endlich aufhören, davon zu reden.

»Was hast du überhaupt zu ihm gesagt? Ich dachte, er wäre mir ganz dicht auf den Fersen.«

»Ich habe einfach behauptet, ich hätte dich nicht gesehen, wie du gesagt hast.«

»Mehr nicht? Du musst sehr überzeugend gewesen sein.« Irgendwie wirkte er skeptisch.

Traute er mir nicht? Was könnte ich seiner Meinung nach denn noch getan haben?

Ich tat ganz unbekümmert. »Na, du hast es mir doch so gesagt. Da musst du doch davon ausgegangen sein, dass er es mir abkauft.«

»Wahrscheinlich schon.« Jack sah mich an, als würde er noch auf weitere Erklärungen warten.

Und während ich überlegte, womit ich ihn ablenken könnte, hielt der Bus plötzlich, und alle verstummten. Durch die offenen Fenster drang eine Staubwolke herein, und vor uns ragten die großen schmiedeeisernen Schultore auf. Der Fahrer hielt ein Stück vor einem quadratischen schwarzen Kasten am Straßenrand, woraufhin ein lautes Piepen ertönte und sich die Tore langsam öffneten. Mich erinnerte das Geräusch an den ersten Anstieg beim Achterbahnfahren.

Sobald die Tore weit genug offen standen, fuhren wir hindurch, alle schauten gebannt. Nachdem wir durch waren, wandte ich den Blick ab, doch die laute Automatenstimme war unüberhörbar: »Achtung, die Tore schließen! Achtung, die Tore schließen!«

Kurz darauf hallte das Klirren schwerer Metallgitter durch den Bus.

Jack fuhr zusammen, und sein Kopf schnellte herum, als vermutete er, jemand schleiche sich von hinten an ihn heran.

Es herrschte Totenstille. Dann rülpste jemand, und der Bann

war gebrochen. Erleichtert wurden die Gespräche wieder aufgenommen.

»Ist ja wie im Kindergarten hier.« Ich versuchte es mit einem Lächeln, aber das war nicht so einfach, denn Jack war vollkommen erbleicht. Er reagierte nicht.

Ich betrachtete meine Fingernägel. Jacks Hände lagen in seinem Schoß, die Knöchel waren weiß. Als ich aufschaute, sah ich, wie er schwer schluckte. Er reckte den Hals, um die Straße hinter uns sehen zu können.

»Das mit der Sicherheit nehmen die ja wohl ziemlich ernst hier«, sagte ich.

»Sicherheit?«, fragte Jack.

»Na, ich meine, die Schüler und Besucher zu schützen.« Ich deutete auf unsere Mitschüler. »Die Bösen draußen halten.«

»Die Bösen draußen oder uns drinnen halten?«

Er hatte sehr leise gesprochen, und ich war mir nicht sicher, ob die Worte überhaupt für mich bestimmt waren; doch sie wogen schwer und ließen sich nicht so einfach beiseiteschieben. In dem Moment fiel mir auf, dass ich meine Hände zu Fäusten geballt hatte. Langsam, Finger für Finger entspannte ich sie wieder.

»Das ist ein Witz, oder?«

Er schnaubte verächtlich. »Ja, ich mache nur Witze. Warum sollten sie uns hier einsperren wollen? Wir sind ja bloß Kids. Bloß ein Haufen Kids.«

Jack drehte sich weg und starrte aus dem Fenster, ein leichtes Lächeln spielte um seine Lippen. Eigentlich wollte ich noch etwas entgegnen, aber irgendwie hatte Jack einen so seltsamen Blick, und ich wusste nicht, ob es ihm ernst war. Ich drehte mich zum Gang um, wo Cam neben dem Fahrer stand.

»Jetzt, wo wir hier sind«, sagte Cam, »möchte ich euch ein wenig mehr über den Ort verraten, an dem ihr die besten vier Jahre eures Lebens verbringen werdet. Oder wenigstens die besten Jahre bislang.« Hinten im Bus klatschten und johlten die Leute, so dass Cams nächste Worte im Lärm untergingen.

Irgendwie beruhigte mich Cams Anwesenheit, erleichtert wandte ich mich ihm zu, versuchte, alle Gedanken an die zufallenden Tore aus dem Kopf zu bekommen.

Cam begann mit der Geschichte der Night Academy: Die Schule war vor rund sechzig Jahren von dem Ehepaar Delcroix gegründet worden. Peter und Cindy Delcroix wollten Schüler mit besonderen Begabungen fördern. Ende der Achtziger waren sie verstorben, doch hatten sie der Schule einen großen Batzen Geld hinterlassen, damit sie weiterbestehen konnte.

Dann folgten Einzelheiten über die Night Academy, die wirklich niemanden interessierten, außer vielleicht Esther. Bestimmt war sie ganz begeistert. Nie hätte ich mir ausgemalt, dass Cam langweilig sein könnte, doch ich verlor zunehmend das Interesse an seinem Vortrag und sah verstohlen zu Jack hinüber. Er trommelte sich mit einem Finger auf der Brust herum und hörte ganz offensichtlich überhaupt nicht hin. Ein wenig Farbe war schon in sein Gesicht zurückgekehrt, wobei man das bei seiner blassen Haut ohnehin schwer sagen konnte, auch sein Blick wirkte nicht mehr ganz so wild.

»Alles in Ordnung?«, fragte ich schließlich.

»Klar«, sagte er. »Alles okay.« Seine Stimme klang brüchig, und er räusperte sich. »Alles okay«, wiederholte er.

Ich zögerte und sagte dann: »Wenn es dich beruhigt, ich bin auch ziemlich aufgeregt.«

Jack ließ den Kopf in die Polster sinken. »Ich habe in letzter Zeit nicht viel geschlafen«, räumte er ein.

»Ich auch nicht.«

»Mir wäre es lieber, wir müssten nicht in der Schule wohnen«, sagte er. »Die Vorstellung, nachts von einem Haufen Lehrer umzingelt zu sein, macht mich nicht gerade an.«

»Am Wochenende dürfen wir ja nach Hause. Lebt deine Familie hier in der Nähe?«

Er schüttelte den Kopf. »Ich komme aus Portland, aber ich kann hier bei einem Freund pennen. Und du? Kommst du aus Danville?«

Ich nickte. »Ich wohne bei meiner Oma. Sie ist schon ziemlich alt. Am Wochenende muss ich nach Hause, um ihr zu helfen.«

»Oma, mmh? Wie ist sie denn so, deine Oma?«, fragte er.

»Meine Oma?« Die Frage überraschte mich, bislang hatte mich noch niemand nach meiner Oma gefragt. »Sie ist ganz okay. Meine Eltern sind gestorben, als ich noch sehr klein war, also ist sie wohl eher meine Mom. Und wie steht es bei dir? Hast du Großeltern?«

Jack schüttelte den Kopf. »Ich weiß es eigentlich gar nicht«, sagte er. »Wir sind uns nie vorgestellt worden.«

Ich lachte beklommen. »Machen das normalerweise nicht die Eltern?«

»Meine Eltern nicht.«

»Oh.« Ich nickte. In meiner alten Schule kannte ich viele mit verkorksten Eltern. So viele, dass ich mich manchmal fragte, woher denn die Kids aus den Fernsehshows kamen, deren Mütter nicht arbeiteten, sondern ihren Kindern stattdessen bei den Hausaufgaben halfen, und deren Väter einen Schlips trugen und in dunklen hochglanzpolierten Autos zur Arbeit fuhren. Damit will ich nicht behaupten, dass es diese Kids nicht gab. Nur bin ich wahrscheinlich noch keinem begegnet.

Vielleicht gehörte Esther ja zu diesen Kids. Und Hennie. Womöglich wimmelte es auf der Night Academy nur so von diesen Schülern, und nur ich hatte eine verkorkste Familie.

Ich und Jack, vielleicht.

»Also … wie fühlt es sich denn an, auf die großartige Night Academy eingeladen worden zu sein?«, fragte Jack.

Ich lachte. »Wenn die Schule so großartig ist, frage ich mich, was sie mit mir wollen.«

Jack stieß mich in die Seite. »Komm schon, irgendein besonderes Talent musst du doch haben. Mathecrack? Wie ein Computerfreak siehst du jetzt nicht gerade aus. Vielleicht bist du ein wandelndes Wörterbuch?«

»Wohl kaum. Ich weiß wirklich nicht, warum ich hier bin. Ich bin so ziemlich in allem mittelmäßig. Und du?«

»Ich bin das obligatorische arme Kind. Wegen der sozialen Streuung oder so.«

»Kann nicht sein.« Ich schüttelte den Kopf, und zum ersten Mal an diesem Morgen entspannte ich mich. »Da haben sie doch schon mich.«

Zehn Minuten später, nachdem die Rundfahrt übers Schulgelände beendet war – von der ich so gut wie gar nichts mitbekommen hatte, da Jack und ich unsere mangelnden Talente verglichen –, kam der Bus vor der Schule zum Stehen. Ich glaube, Cam sagte irgendetwas von Hauptgebäude. Jack verstummte sofort, und staunend nahmen wir die Schule in Augenschein.

Zwei steinerne Drachen bewachten das Gebäude, ich glaube, kurz bevor ich gedanklich abgedriftet war, hatte Cam ein Schulmaskottchen erwähnt. Eine Marmortreppe führte hinauf ins dunkle Innere, weiße Säulen säumten den Eingang. Rund um den Backsteinbau spross üppiges Grün, ganz im Gegensatz zu meiner alten verwitterten Schule, wo nur kümmerlicher Rhododendron und verdörrtes Gras gedieh. Seitlich führte ein Weg am Hauptgebäude vorbei, dahinter konnte man einen weiteren Backsteinbau ausmachen. Das musste das Res, unser Wohnheim, sein. Ein drittes Haus, ein quadratisches weißes Gebäude mit Fensterläden und einer breiten Veranda, lag links neben dem Hauptgebäude. Wahrscheinlich waren dort die Lehrer untergebracht, die unter der Woche auf dem Campus wohnten. Cam nannte es Bly. Offenbar war jemand namens Bly gestorben und hatte der Schule das Geld für das Gebäude vermacht. Eine riesige Kletterrose rankte am Bly empor, und obgleich wir einen heißen Sommer hatten, waren die Blätter noch immer grün, und in Höhe des zweiten Stocks blühten sogar prachtvolle rote Rosen.

Unsere Rosen zu Hause hatten fleckige gelbe Blätter und, wenn es hochkam, ein bis zwei vertrocknete Blüten.

Auf der Night Academy tickten selbst die Blumen anders.

Jack und ich warteten schweigend, bis sich der Bus geleert hatte. Die seriösen Gebäude, die an ein superschickes College erinnerten, führten mir schmerzhaft vor Augen, dass hier alles eine Nummer zu groß für mich war. Was ich Jack erzählt hatte, stimmte leider. Ich war kein superschlaues, hochbegabtes Genie – ich war eine

Schwindlerin, die man für eine Heldin hielt, die in Wahrheit aber ein Feigling war. Früher oder später würden sie es herausfinden.

Ich stieg vor Jack aus dem Bus. Er folgte mir die Stufen hinunter, doch als ich mich noch einmal nach ihm umdrehte, war er schon davongeschlendert. Die Hände tief in die Taschen vergraben, starrte er mit zusammengebissenen Zähnen zu den riesigen Säulen hoch. Er sah zwischen den Schülern und der Schule hin und her und bedachte jeden, der sich näherte, mit einem bösen Blick. Wahrscheinlich war es bloß seine Aufregung, doch er wirkte ernsthaft bedrohlich, also hielt ich mich von ihm fern.

Irgendwie war ich enttäuscht, denn ich hatte mich so wohl mit ihm gefühlt und war erleichtert gewesen, jemanden gefunden zu haben, der über die Night Academy ähnlich dachte wie ich.

Aber wahrscheinlich war es besser so. Schließlich war ich ja nicht hergekommen, um Freundschaften zu schließen.

Ich stieg die weiße Schultreppe hinauf und versuchte, möglichst nicht zu touristenmäßig rüberzukommen, während ich alles genau unter die Lupe nahm. Drinnen erinnerte mich die Schule an Danville High, nur kleiner. Die Wände zierten Schwarze Bretter, Glaskästen mit Trophäen und Fotos ehemaliger Schulleiter. Doch im Gegensatz zu Danville High hingen hier auch noch unglaubliche Gemälde und Schwarz-Weiß-Fotografien in matten Silberrahmen. Auf vergrößerten Zeitungsausschnitten sah man die Gründung eines neuen Balletts in Texas, einen Soldaten die Hand des Präsidenten schütteln und einen Arzt ein Krankenhaus einweihen. Ehemalige Schüler, vermutete ich.

Alle schienen sich in Grüppchen zu bewegen, und obwohl ich eigentlich allein sein wollte, fiel es mir schwer, die anderen gemeinsam lachen zu sehen. Deshalb setzte ich wahrscheinlich auch keine abweisende Miene auf, als Esther und Hennie kurz darauf auf mich zugestürmt kamen.

Im Stehen war Hennie sogar noch niedlicher, aber kurz bevor sie bei mir war, stolperte sie über ihre Schnürsenkel, und wenn Esther sie nicht blitzschnell aufgefangen hätte, wäre sie mitten im Foyer ganz spektakulär auf die Nase gefallen. Esther schrie vor Lachen. Auch wenn Hennie sich alle Mühe gab, ungerührt zu wirken, hatte sich ihr hübsches Gesicht doch zwei Nuancen dunkler verfärbt. Aber dann sah sie zu Esther und bekam einen Lachanfall.

»Hennie, du bist so tollpatschig wie immer!«, neckte Esther sie.

»Dancia, du kannst dir gar nicht vorstellen, wie oft ich Hennie schon vor dem Super-GAU gerettet habe. Ich schwöre dir, du wirst nie wieder jemanden treffen, der motorisch so unbeholfen ist.«

»Na, schönen Dank auch«, sagte Hennie. »Wenigstens lache ich nicht wie eine Hyäne.«

Daraufhin musste Esther nun wieder furchtbar lachen, und so lachten beide, bis ihnen die Tränen kamen. Irgendwie steckte mich ihr Lachen an, und schließlich konnte ich mir das Grinsen nicht mehr verkneifen.

»Jetzt hält uns Dancia bestimmt für total gestört«, sagte Esther.

»Nicht total gestört«, sagte ich. »Aber auch nicht normal. Aber das gefällt mir.«

Hennie nickte ernst. »Ich dachte mir schon, dass du uns verstehst.«

Esther hakte sich schmunzelnd bei mir ein und drehte uns einmal im Kreis. »Ist die Schule nicht unglaublich? Schaut euch nur mal all die Bilder an! Wie in einer Kunstgalerie.«

»Mom hat mir erzählt, sie hätten für die Kunstgegenstände ein eigenes Sicherheitssystem. Und ich habe gehört, Kofi Annan sei letztes Jahr hier gewesen. Könnt ihr euch das vorstellen?«, fragte Hennie.

Ich wusste gar nicht, von wem sie sprach, versuchte aber möglichst verständig dreinzuschauen. »Ja, unglaublich.«

Esther piekte ihr in die Rippen. »Du bist immer so tiefsinnig, Hennie! Lass uns mal über Wichtiges reden: Habt ihr die ganzen süßen Jungs im Bus gesehen? Und neben wem hast du denn eigentlich gesessen, Dancia? Was ist denn das für einer?«

Ich ließ meinen Blick unauffällig durch die Menge gleiten, um zu sehen, ob Jack noch irgendwo in der Nähe herumlungerte. Tatsächlich stand er mit finsterem Gesicht etwas abseits. Ich lotste Hennie und Esther noch ein Stück weiter weg und flüsterte: »Wir sind uns vorher schon einmal begegnet. Aber kennen tun wir uns eigentlich nicht.«

»Er ist scharf, also stellst du uns mal lieber vor«, sagte Esther streng.

»Findest du?« Aus den Augenwinkeln betrachtete ich Jack. Vom Gesicht her sah er älter aus als die anderen Jungs, doch sein Körper war eher kindlich, mit mageren Armen und Beinen.

»Esther steht auf düstere, problembeladene Jungs«, sagte Hennie.

»Und du auf heitere Blondschöpfe?«, fragte Esther. »Das ist ja mal was ganz Neues.«

Hennie sah sich um und deutete dann auf einen hochgewachsenen, schlacksigen Jungen mit Piercings in Nase, Augenbrauen und Lippe und langen Dreadlocks.

»Den?«, fragte ich verwundert. Trotz allem, was Esther gesagt hatte, konnte ich mir die süße, tollpatschige Hennie nur schwerlich mit diesem Nasenring-Typen vorstellen. »Der gefällt dir?«

»Er ist Künstler«, sagte Hennie verträumt. »Ich habe ihn zeichnen sehen, als wir auf den Bus gewartet haben.«

»Oh, Dancia, jetzt haben wir ein echtes Problem«, stöhnte Esther. »Wenn sich Hennie erst einmal jemanden in den Kopf gesetzt hat, dann hört sie nicht auf, *von* ihm zu reden. Aber so schüchtern, wie sie ist, wird sie nie *mit* ihm reden.«

Hennie kicherte, steckte Esther an, und ehe ich michs versah, krümmten sich die beiden schon wieder vor Lachen. Diesmal lachte auch ich mit, und ein warmes Gefühl durchflutete mich.

Ich weiß nicht, was mich wieder zur Besinnung gebracht hat. Vielleicht Jack, der mit den Händen in den Taschen an uns vorbeilief und die Schülerschar mit einem verächtlichen Blick bedachte. Vielleicht ließ die euphorisierende Wirkung des Lachens auch ganz von selbst nach, oder das Gedrängel und Geschubse war schuld, das einsetzte, nachdem Cam und Trevor und ein paar andere mit »Personal«-Shirts uns am Ende des Foyers zusammentrieben.

Jedenfalls folgte dem Glücksgefühl ein dumpfer Schmerz. Freunde machen dich verwundbar, gemahnte ich mich. Sie verleiten dich zu Dummheiten, und am Ende landete nur wieder jemand im Krankenhaus. Keine Freunde, keine Bindungen, das war die Dancia-Lewis-Methode. Anders ging es nicht.

»Bitte kommt alle ins Auditorium«, erklang Cams Stimme über den Lärm hinweg. »Direktorin Solom wird euch offiziell willkommen heißen.«

8

Die Rede von Direktorin Solom kann ich in drei Worten zusammenfassen: Willkommen im Ausbildungslager.

Natürlich war das nicht alles; wir durften auch noch einen Film anschauen, in dem Raketen gezeigt wurden, die Wissenschaftler der Night Academy gebaut hatten, und Krankenhäuser, in denen Kinder mit grauenhaften Krankheiten von Ärzten der Night Academy geheilt wurden. Daneben gab es auch noch Szenen mit Schülern, die sich sportlich betätigten, Theaterstücke und Tänze aufführten.

Als der Film zu Ende war, legte die Direktorin los. Sie war winzig, höchstens einsfünfzig, also konnte sie nicht vom Podium sprechen, denn dahinter wäre sie komplett verschwunden. Bestimmt war sie schon so alt wie Oma, aber sie hatte nicht den sanften, hilflosen Blick einer alten Dame. Stattdessen sah sie aus, als würde sie keinen Moment zögern, einen in den Schwitzkasten zu nehmen und einem notfalls den Ellbogen in den Magen zu rammen, sollte man sich erdreisten, Widerspruch zu leisten. Obwohl ich ziemlich weit hinten saß, ließ mich ihr Blick erschaudern.

Eine Stunde lang marschierte sie auf der Bühne auf und ab und bellte ihre Regeln.

Der Schultag fing um 7.45 Uhr an und ging bis 15.30 Uhr. Zwischen 19.30 Uhr und 21.30 Uhr hatte man zu lernen, entweder auf dem Zimmer oder in der Bibliothek. Um 22.30 Uhr wurde das Licht gelöscht. Außerdem gab es Regeln, wann man das andere Geschlecht besuchen, den Computer nutzen und wie laut man die Musik aufdrehen durfte. Selbst fürs Handy gab es spezielle Zeiten. Natürlich tangierte mich das herzlich wenig, denn ich besaß ja gar kein Handy.

Direktorin Solom erklärte uns, dass das Res ein hufeisenförmiges Gebäude mit vier Geschossen war. Auf jeder Etage lagen die Zimmer der Mädchen auf der einen und die der Jungen auf der anderen Seite, dazwischen befand sich ein großer Gemeinschaftsraum. Darin gab es auch ein Telefon, aber man konnte es nur mit vorheriger Anmeldung nutzen.

Ich bezweifelte, dass es viel Konkurrenz um das Telefon geben würde. Wenn die Night Academy meiner alten Schule auch nur ein wenig ähnelte, dann war ich die Einzige ohne ein Handy. Blöd war das trotzdem, denn das Telefon war nur wenige Stunden am Tag zugänglich. Während der Schulstunden, der Stillarbeit und nach dem Löschen des Lichts war der Gemeinschaftsraum nämlich tabu.

Ausbildungslager, sag ich doch.

Während die anderen Schüler nach dem Vortrag noch blieben und sich unterhielten, begab ich mich gleich auf die Suche nach meinem Zimmer. Mir schien das die einzige Möglichkeit, Hennie und Esther aus dem Weg zu gehen. Beim Verlassen des Auditoriums hängte ich sie ab und sprintete über den Rasen zur Residence Hall. Wie das Hauptgebäude war es ein imposanter Backsteinbau. Doch während das Hauptgebäude mit seinen weißen Säulen und Marmorlöwen offenbar errichtet worden war, um Eindruck zu schinden, schickte sich das Res an, mit Gardinen und Stiefmütterchen Heimeligkeit zu verbreiten.

Mit einem Zuhause konnte das wohl keiner verwechseln! Um die Haustür zu öffnen, musste man einen elektronischen Ausweis benutzen, den wir morgens gleich als Erstes ausgehändigt bekommen hatten, und jede Zimmertür war mit einer Tastatur versehen, in die man einen Sicherheitscode eingeben musste. Angeblich sollte uns das die ewige Schlüsselsucherei ersparen, aber mir gab es das Gefühl, in einer Bank zu leben: Andauernd musste man irgendwelche Knöpfe drücken und auf grünes Licht warten.

Als ich eintrat, stand Trevor lachend mit zwei anderen Helfern im Flur. Sie waren überrascht, mich zu sehen.

»Das ging aber schnell«, sagte Trevor. »Bist du etwa gerannt? Hat dir Direktorin Solom einen solchen Schrecken eingejagt?«

»Wenn es geht, möchte ich einfach nur auf mein Zimmer«, sagte ich. Ich war echt nicht in Stimmung für Trevors Scherze.

Einen Augenblick lang sah Trevor regelrecht besorgt drein. »Ist alles okay?«

»Alles prima. Kannst du mir vielleicht die Zimmernummer sagen?«

Er musterte mich mit seinen beunruhigend hellblauen Augen, und ich hatte das ungute Gefühl, er könnte direkt in mich hineinsehen. »Klar.« Dann zog er einen Umschlag aus einer Kiste. »Zimmer 422. Der Code für die Tür ist im Umschlag, verlier ihn nicht.

Du teilst dir das Zimmer mit Catherine Arkane. Einfach nur die Treppe hoch und dann links. Fast ganz bis zum Ende durch.«

Ich nickte und wandte mich ab. Gerade als ich bei der Treppe war, spürte ich eine Hand am Ärmel. Trevor war mir nachgegangen. Ich schluckte und wappnete mich für eine Strafpredigt, von wegen Respekt gegenüber älteren Schülern, doch stattdessen sah er mich bekümmert an. »Wenn dir jemand dumm kommt, dann sagst du mir einfach Bescheid, okay?«

»Ähm … ja. Danke.«

Als würde ich mich je vertrauensvoll an Trevor wenden.

Ich rannte die Stufen hoch und fand das Zimmer ganz problemlos. Im Umschlag steckte eine Karte mit einer sechsstelligen Zahlenkombination. Ich tippte die Zahlen ein, dann öffnete sich die Tür mit einem Klick, und ich spähte ins Zimmer. Mitten in dem winzigen, steril anmutenden Raum warteten schon zwei Koffer: mein schäbiges Modell und ein makellos schwarzes mit Silber beschlagenes, auf dem Etikett war »Catherine Arkane« zu lesen. An der schrägen Wand unter dem Mansardenfenster stand ein Bett. Das zweite befand sich in der gegenüberliegenden Ecke. Ansonsten gab es noch zwei gleiche Schreibtische und Kommoden.

Ich machte die Tür zu und legte mich auf die gestreifte Matratze unter dem Fenster. Dann versuchte ich mir noch einmal in Erinnerung zu rufen, wie Cam seinen Arm um mich gelegt hatte. Ein schönes Bild, nur dass es kurz darauf von Jack abgelöst wurde, wie er bleich und mit geschlossenen Augen im Sitz lehnte. Was hatte er gleich noch gesagt? *Die Bösen draußen oder uns drinnen halten?*

Was für ein verrückter Typ. Dieser wilde Blick, als wir uns das erste Mal begegnet waren, und dann noch dieser Sonnenbrillentyp.

Jack bedeutete Ärger, auch wenn er der Einzige an der Night Academy war, der mich verstand. Ich konnte es mir nicht leisten, mich mit ihm einzulassen, wo ich doch selbst schon eine Aussätzige war.

Ich kniete mich hin, um aus dem Fenster zu sehen, doch außer dem dichten Nadelwald rings um die Schule vermochte ich nichts zu erkennen. Vergeblich suchte ich nach einem Riegel, das Fenster ließ sich nicht öffnen. Hier drinnen war es kalt, obwohl draußen über dreißig Grad herrschten. Wahrscheinlich gab es eine Klimaanlage und deshalb sollten die Fenster nicht geöffnet werden.

Schwer vorzustellen, dass Jack in ein paar Minuten nur wenige Schritte entfernt seinen Koffer auspacken würde wie ich jetzt meinen. Was ein Typ wie Jack wohl dabei hatte? Nach Fotos und Schnickschnack sah er nicht gerade aus.

Cam würde mit den anderen Elftklässlern im zweiten Stock wohnen. Ich stellte mir sein Zimmer warm und einladend vor. Bestimmt hingen bei ihm viele Fotos an der Wand, auf manchen wäre vielleicht Trevor neben anderen Freunden. Er musste viele Freunde haben. Und eine Freundin. Wahrscheinlich war sie bildhübsch.

Dieser Gedanke zog mich runter, also machte ich mich ans Auspacken.

Lange brauchte ich dafür nicht. Meinen CD-Spieler stellte ich auf die Kommode neben das Bett, meine Klamotten verstaute ich, Stifte und Blöcke tat ich in die Schreibtischschublade, und Laken und Daunendecke warf ich aufs Bett. Aufs Fensterbrett stellte ich ein Foto von Oma und mir.

Mehr besaß ich nicht.

Lärm drang vom Gang herüber, dann kicherte und johlte es direkt vor meiner Tür. Ich legte mich mit dem Foto aufs Bett. Mit einem Mal wurde mir klar, dass ich heute zum ersten Mal nachts von ihr getrennt sein würde. Ich hatte ja keine Freunde zum Übernachten, und meine Fußballfreizeiten fanden immer nur tagsüber statt. Beim Gedanken an Oma verspürte ich einen brennenden Schmerz in der Brust. Was, wenn sie beim Kochen meine Hilfe brauchte? Wer würde ihr denn den Geschirrspüler beladen oder die Suppe umrühren, während sie im Haus herumwerkelte und mal wieder alles vergessen hatte?

Nach ein paar Minuten wurde der Lärm im Gang immer lauter, dann klickte es, und die Tür wurde so brachial aufgerissen, dass sie gegen die Wand knallte und wieder zurücksprang.

Ein mageres, mürrisch dreinblickendes Mädchen in blauen Bermudas und weißer Hemdbluse stand in der Tür. Ihr langes schwarzes Haar wurde von einem roten Haarband zurückgehalten. Sie war nicht hässlich, aber ihre schmalen Lippen waren zusammengepresst, und sie stemmte die Hände in die Hüften, während sie das Zimmer inspizierte.

Ich sprang auf. »Hallo, ich bin Dancia …«

»Du hast dir also gleich das bessere Bett genommen«, fauchte sie.

Ich fuhr zusammen. »Tut mir leid, ich wusste nicht, dass du …«

»Schon gut. Kannst es behalten. Ich bin Catherine. Angenehm.« Sie sprach merkwürdig abgehackt, ihr Blick wanderte von meinen Klamotten zum Zimmer und blieb dann an dem Foto von Oma und mir hängen. »Also«, sagte sie, »wo kommst du her?«

»Danville.«

»Echt?« Sie klang entsetzt. »Wo bist du vorher zur Schule gegangen?«

Ich blinzelte verwirrt. »Hier in Danville.«

»Was machen deine Eltern?«

»Meine Eltern sind tot. Ich lebe bei meiner Oma. Und die macht gar nichts, außer zum Arzt zu gehen und *Der Preis ist heiß* zu schauen.«

Ich hatte das dumme, kindische Verlangen, ihr die Zunge herauszustrecken.

»Aha.«

Sie stolzierte zu ihrem Koffer, positionierte sich so, dass ich auch garantiert nichts sehen konnte und öffnete das Zahlenschloss. Dann holte sie ein großes Foto in einem Silberrahmen aus dem Koffer. Darauf war sie in Schuluniform zu sehen, mit dunkelblauem Faltenrock, weißer Bluse und Schlips. Sie schüttelte Mr Judan die Hand.

»Ich wurde ganz persönlich von Mr Judan angeworben«, sagte sie und stellte das Foto mit einem liebevollen Tätscheln auf ihren Schreibtisch. »Er ist zu mir aufs Internat gekommen. Damals bin ich aufs Mädcheninternat Saint Mary in San Francisco gegangen. Das ist eine Eliteschule, die nur vierzig Schüler pro Jahrgang aufnimmt, und ich war in jedem Jahr Jahrgangsbeste. Im Eignungstest für die Hochschule habe ich in Mathe die volle Punktzahl erreicht. Mr Judan meint, ich bin ein Mathegenie. Darum wollte er mich unbedingt auf der Night Academy haben.«

»Oh.« Wahrscheinlich hätte ich jetzt sehr beeindruckt sein sollen, und da ich sie schon wegen des Betts, meiner Herkunft und meinen toten Eltern verstimmt hatte, rieb ich ihr lieber nicht unter die Nase, dass Judan auch zu mir gekommen war und mich aufgrund meines außergewöhnlichen Mutes angeheuert hatte. »Toll.«

Ich lehnte mich im Bett zurück und zupfte an meiner Hosennaht.

Es würde schwer werden, Catherine Arkane nicht zu hassen.

Ich dachte daran, was Esther mir im Bus erzählt hatte: Niemand hatte sie angeworben, eventuell hatte ihre Mutter einen Telefonanruf bei der Arbeit erhalten. Daraufhin fragte ich mich sofort wieder, warum die Schule Cam und Mr Judan zu mir und Oma geschickt hatte.

»Wie war das denn so?« Ich gab mir Mühe, beeindruckt zu klingen. »Als er dich angeworben hat, meine ich. Habt ihr euch allein getroffen?«

»Mein Dad war auch noch dabei«, sagte sie. »Er ist deswegen extra aus Washington gekommen.«

»Und das war es dann? Sonst keiner mehr von der Night Academy?«

Sie rümpfte die Nase. »Immerhin ist Mr Judan der Chef seiner Abteilung, reicht das etwa nicht?«

Ich hielt den Blick auf meine Hose gerichtet. Also hatte Cam sie nicht besucht! Diese Information war aufregend und gleichzeitig raubte sie mir den letzten Nerv. Mir gefiel der Gedanke, dass Cam und ich eine besondere Verbindung hatten, gleichzeitig konnte ich nicht umhin zu denken, dass ihm und Mr Judan mit mir ein Irrtum unterlaufen war. Irgendwie mussten sie den Namen verwechselt haben oder beim IQ-Test die Zahlen vertauscht. Catherine Arkane gehörte ganz offensichtlich auf die Night Academy, ich hingegen nicht.

Catherine zog ein weiteres Foto aus ihrem Koffer, auf dem sie und ein Mann in Anzug und Krawatte zu sehen waren. »Das ist mein Dad. Er ist auch auf die Night Academy gegangen, jetzt arbeitet er im Weißen Haus.«

Blinzelnd betrachtete ich das Bild. Catherines Vater sah aus wie sie: groß, hager und schlecht gelaunt. Aber was wusste ich schon, ich hatte ja nicht mal einen Vater.

»Cool.«

Catherine stellte das Foto auf den Schreibtisch. »Genau. Cool.«

Dann holte sie noch drei weitere Bilder hervor: Auf zweien war Catherine in Schuluniform abgebildet, daneben Männer in Anzügen, und auf einem umarmte sie linkisch eine Frau im Anzug. Trug in dieser Familie eigentlich auch mal jemand Jeans?

»Ist das deine Mom?«, fragte ich.

Sie nickte. Offenbar hatte Catherine das Interesse an mir verloren, da ich ihr nicht das Wasser reichen konnte.

Mit weichen, effizienten Bewegungen packte sie ihren Koffer aus, als hätte sie ihr Leben lang nichts anderes getan. Sie schien ganz genau zu wissen, wohin jedes Bild gehörte und wie ihre Kleider in die Schubladen passten. Ich setzte die Kopfhörer auf und legte eine CD ein, tat so, als würde ich sie nicht beobachten.

Als Catherine mit Auspacken fertig war, setzte sie sich auf die Bettkante und räusperte sich. Misstrauisch richtete ich mich auf.

»Zeit für ein paar Grundregeln«, sagte sie. Ihre dunklen Augen bohrten sich in mich.

»Grundregeln?«, ich nahm die Kopfhörer ab.

»Hör zu, ich gehe schon seit der fünften Klasse aufs Internat, also kenne ich mich mit Zimmergenossinnen aus. Folgendermaßen läuft es hier: Du rührst meine Sachen nicht an, du verhältst dich während der Stillarbeit ruhig, und um zehn wird das Licht ausgemacht. Hast du mich verstanden?«

Ich nickte. Was hätte ich auch sagen sollen? Irgendwie passend, dass ausgerechnet ich mir mit so einer Durchgeknallten das Zimmer teilen musste.

»Ich bin hier, um zu lernen und zu arbeiten. Für mich ist es eine große Ehre, auf die Night Academy zu gehen, und ich hoffe, du siehst das genauso. Ich habe vor, Mr Judan und meinen Vater und alle, die vor mir hier waren, stolz zu machen. Und nichts wird meinem Erfolg im Weg stehen. Hast du mich verstanden?«

»Natürlich«, sagte ich. »Du hast absolut recht. Deine Regeln sind super. Ich wünschte, ich wäre selbst darauf gekommen.«

Sie kniff die Augen zusammen, als sei sie nicht sicher, ob ich sie auf den Arm nahm. Ich verzog keine Miene, lächelte auch nicht. Für mich war Catherine Arkane eine Miniausgabe unserer Direktorin. Hochgradig motiviert und bereit, die Ellenbogen einzusetzen. Zum Glück hatte ich Erfahrung mit Leuten wie Catherine und fand die Handhabung relativ einfach: Verneige dich vor ihnen, sage zu allem Ja und Amen, und komme ihnen bloß nicht in die Quere.

Natürlich musste ich bislang noch nie mit so jemandem zusammenwohnen.

Das könnte die Dinge verkomplizieren.

9

»Okay, kommt alle mal her«, rief Trevor.

Ich schluckte, aber gehorchte wie alle anderen auch. Hochgewachsene Fichten und spindeldürrer Weinblatt-Ahorn umgaben uns. Sie schufen kleine Schattenseen inmitten der Morgensonne.

»Schaut euch um. Eure Gruppe besteht aus diesen zehn Leuten hier. Jede Gruppe hat ihren eigenen Gruppenleiter, einen Gemeinschaftsraum, zusammen Ethikunterricht und Stillarbeit. Ihr werdet euch jeden Tag sehen und euch hoffentlich im Laufe des Jahres gegenseitig unterstützen. Auch wenn ihr offiziell nur die Neunte in euren Gruppen verbringt, werden euch diese Freundschaften die ganze Schulzeit begleiten. Die Leute aus meiner ehemaligen Gruppe sind auch nach zwei Jahren noch dicke Freunde.«

Ich besah mir den Schaden. Links neben mir stand Perfect Girl, wie ein Heiligenschein umrahmten die Kringellöckchen ihr Gesicht. Wie ich tags zuvor erfahren hatte, hieß sie Allie. Na toll!

Jack war auch mit von der Partie. Das hat mich ebenfalls nicht weiter verwundert, denn offenbar schien uns das Schicksal immer wieder zusammenzuführen. Gleich am zweiten Schultag war Jack morgens in der Aula neben mir aufgekreuzt. Dort wurden uns die Lehrer vorgestellt, und wir bekamen unsere Stundenpläne ausgehändigt.

Es stellte sich heraus, dass Jack und ich viele gemeinsame Kurse hatten. Wir sind dann den ganzen Tag zusammen herumgezogen, haben uns auf der Suche nach den Unterrichtsräumen verirrt und die ganze Zeit darüber geredet, wie seltsam die anderen drauf waren. Mir kam das sehr gelegen, denn abgesehen von Esther und Henny, denen ich möglichst aus dem Weg ging, fühlte ich mich unter den anderen Neuen, die alle überbegabt, überklug und übercool waren, extrem unwohl. Deshalb tröstete es mich, dass Jack ebenfalls keinen Plan hatte, warum er hier war.

Am meisten beeindruckte mich, dass es ihm anscheinend vollkommen gleichgültig war, was andere von ihm dachten. Einmal kam eine Lehrerin während einer Versammlung zu ihm, um ihn zu ermahnen, leise zu sein. Er sah sie nur provozierend an, und sie zog ohne ein weiteres Wort wieder ab.

Heute nach dem Frühstück hatten uns die Gruppenleiter in Teams eingeteilt und waren dann mit uns in den Wald gegangen. Sofort war Jack neben mir aufgetaucht. Selbst auf dem schmalen Waldpfad, der mitunter so eng wurde, dass wir im Gänsemarsch hintereinander laufen mussten, wich er nicht von meiner Seite. Einige der anderen Mädchen, darunter auch Allie, warfen ihm einladende Blicke zu, doch Jack unterhielt sich nur mit mir.

Gerade stand er etwas abseits vom Kreis und schaute gelangweilt drein. Bei Trevors Ansprache rollte er mit den Augen, was ziemlich dreist war, da Trevor ihn direkt ansah.

»Mr Landry, erweisen Sie uns die Ehre und gehen Sie einmal den Kreis durch und nennen die Namen«, sagte Trevor. »Bestimmt erinnern Sie sich noch vom Verlesen der Liste an alle.«

Manche grinsten nervös, andere wirkten eher frustriert. Ich ließ mir nichts anmerken.

»Dancia, Allie, Alessandro, Paul, Emma, Hector, Marika, Gideon und Yashir«, sagte Jack und zeigte dabei auf die jeweilige Person.

Die anderen schauten verblüfft. Ich hatte mir kaum mehr als zwei oder drei Namen gemerkt. Trevor kniff die Augen zusammen, ganz offensichtlich war er sauer, dass es ihm nicht gelungen war, Jack bloßzustellen.

Wir sind dann den Kreis noch ein paarmal durchgegangen und haben die Namen aufgesagt. Alessandro war klein, hatte olivfarbene Haut und schwarzes, eher langes Haar. Paul, Emma und Gideon sahen aus wie stinknormale weiße Mittelklasse-Kids. Hector war groß und muskulös, auf dem Gang würde ein Typ wie er mich glatt übersehen. Marikas schwarzes Haar war zu langen Zöpfen geflochten, auf ihre bäuerliche Art war sie irgendwie süß. Yashir entpuppte sich als der Typ, auf den Hennie so stand. Ernst, aber nett. An fast jedem seiner Finger prangte ein silberner Ring, und beim Sprechen spielte er mit seinen Dreads.

»Gut, jetzt wo ihr euch alle kennt, wollen wir mal loslegen.« Mitten im Wald führte er uns zu einer riesigen Wand. Sie bestand aus glatten dunklen Holzbrettern und war mindestens dreieinhalb Meter hoch und ebenso lang.

»Das ist die Wand. Auf der Rückseite gibt es eine Leiter, die zu einer Aussichtsplattform führt, von der man hinüberschauen kann. Folgt mir, das ist eure einzige Chance, euch alles anzusehen.«

Er führte uns um die Wand herum. Beim Anblick der Aussichtsplattform verebbte auch noch das letzte nervöse Gekicher, sie lag beängstigend hoch.

»Der spinnt doch wohl«, schnaubte Jack.

Trevor funkelte ihn böse an. »Eure Aufgabe als Gruppe ist es, diese Wand zu überwinden. Nachdem ich euch die Regeln erklärt habe, habt ihr eine halbe Stunde Zeit und keine Minute länger.«

»Wir sollen da rüberklettern?«, fragte Gideon zweifelnd, als wir schließlich wieder vor der Wand standen.

Trevor lächelte. Es war kein freundliches Lächeln, mehr ein Feixen. »Wie ihr über die Wand gelangt, ist mir egal, allerdings gibt es ein paar Regeln. Ihr dürft natürlich nicht außen herumgehen oder euch an den Seiten festhalten. Aber ihr dürft zwei Leute auf der Aussichtsplattform platzieren, die den anderen beim Rüberklettern helfen, doch die Reihenfolge muss gewahrt bleiben. Sobald es jemand geschafft hat, darf er rumkommen, um den anderen Tipps zu geben, aber er darf sie nicht anfassen.«

Allgemeines Gestöhne. Trevor brachte uns mit seinem eisblauen Blick zum Schweigen und zeigte uns ein paar Sicherheitsgriffe. Falls jemand abrutschte, sollten wir ihn gegen die Wand pressen, was in meinen Ohren ziemlich sadistisch klang. Wir übten ein paar Minuten, bis er uns mit einem Handzeichen um Ruhe bat.

»Ihr kennt jetzt die Regeln. Ich werde euch beobachten, damit ihr euch daran haltet. Und die Zeit läuft.« Trevor drückte einen Knopf an seiner Uhr und lehnte sich dann gegen einen Baum.

Hector ging zur Wand und streckte sich, seine Hand reichte zu zwei Dritteln hoch. Er gab Paul, dem Schmalsten unter uns, ein Zeichen. »Stell du dich doch mal auf meine Schultern.«

Hector geriet mächtig ins Schwanken, während die anderen versuchten, Paul auf seine Schultern zu hieven. Als er dann oben war, fand Hector Halt an der Wand. Doch als Paul versuchte aufzustehen, konnte er sich kaum noch halten. Inzwischen war Paul vollkommen verängstigt. Als er sich anschickte, die Knie durchzustrecken, zitterte er so sehr, dass er die obere Kante nicht zu fassen bekam.

»Ziemlich hoch hier«, sagte Paul mit bebender Stimme und wankenden Beinen.

Allie sagte: »Er braucht einen besseren Halt.«

»Was soll das denn heißen?«, fragte Hector missmutig.

Sie tätschelte ihm mit ihrer sorgfältig manikürten Hand den Arm. »Es ist schwer, bei jemandem auf den Schultern zu stehen. Glaub mir, ich war bei den Cheerleadern. Man braucht ewig, bis man es kann. Eine Pyramide ist viel stabiler.«

Eine Cheerleaderin, warum überraschte mich das nicht?

Unter Allies Anweisung formierte sich die Gruppe vor der Wand zu einer Pyramide mit ihr an der Spitze. Bis zum oberen Ende der Wand war es höchstens noch einen halben Meter.

»Halt, stopp!«, rief Marika, als Allie sich gerade hochstemmen wollte. »Sollten wir das nicht strategisch angehen? Ich meine, wenn Allie einmal drüben ist, darf sie nicht mehr helfen. Sollten wir uns nicht erst mal über die Reihenfolge Gedanken machen?«

Hier und da stöhnten einige. Doch nach kurzer Zeit sagte Allie: »Du hast recht, Marika.« Rasch kletterte sie von den Schultern und sprang dann behände zu Boden. Um sie herum löste sich die Pyramide auf.

»Sollen wir das etwa noch mal machen?«, fragte Hector und rieb sich die Schultern.

»Tja, Cheerleading ist schwerer als man denkt!«, sagte Allie mit einem Augenzwinkern. Allgemeines Gelächter.

Na super, Perfect Girl war nicht nur hübsch, sondern auch noch witzig.

Nach einigem Hin und Her fingen die Leute an, Vorschläge zu machen. Alle, bis auf Jack und mich. Ich hatte nicht vor, mit dämlichen Vorschlägen auf mich aufmerksam zu machen. Jack schien die gleiche Absicht zu haben, nur dass er mir dabei unentwegt folgte und ständig irgendetwas zischelte. »Bestimmt wollen die nur testen, ob wir dumm genug sind, über eine dreieinhalb Meter hohe Wand zu klettern, weil Trevor es sagt!«

Damit konnte er recht haben.

Schließlich entschlossen sich die anderen, Gideon als Ersten zu schicken und dann abwechselnd ein Mädchen und einen Jungen. Für mich kam das böse Erwachen, als es darum ging, wer als Letzter klettern sollte.

»Es muss jemand Leichtes sein, denn derjenige soll sich ja an meinen Füßen festhalten, während ich an der Wand hänge. Dann können uns die anderen gemeinsam hochziehen«, sagte Yashir.

»Groß muss er auch noch sein, sonst kommt er gar nicht an deine Beine ran«, fügte Marika hinzu. »Und dazu noch so stark, dass er sich notfalls auch allein hochziehen kann.«

»Wie wäre es denn mit Dancia? Sie ist groß und dünn.« Jack und ich standen etwas abseits von der Gruppe, und Yashir winkte uns heran. »Dancia, kannst du einen Klimmzug machen?«

Zugegeben, ich fühlte mich so geschmeichelt, dass mich jemand als dünn bezeichnete, dass meine Antwort wie aus der Pistole geschossen kam. »Ja, ein oder zwei.« Warum hatte ich nur nicht den

Mund gehalten? Doch noch bevor ich meine Bemerkung wieder zurücknehmen konnte, hatten Yashir und Marika, unsere Entscheidungsmacher, schon einvernehmlich genickt.

»Okay, so machen wir es. Dancia geht als Letzte.«

Ich protestierte noch halbherzig, aber keiner hörte mehr hin, denn die anderen waren schon vollauf damit beschäftigt, sich zu einer Pyramide zu formieren und Gideon nach oben zu bringen. Sich über eine Wand zu wuchten, ist gar nicht so leicht. Und während ich zusah, wie Gideon sich abmühte, wurde mir allmählich mulmig. Das sollte ich ganz allein bewerkstelligen? Was hatten sich die anderen nur dabei gedacht? Panik ergriff mich, also stürzte ich mich ins Getümmel.

Auch wenn ich gemeinhin versuche, mich nicht einzumischen, macht es mich völlig verrückt, untätig zu sein. Ich glaube, deshalb laufe ich auch so gerne. Es lenkt mich ab, wenn ich gestresst bin.

Nach zwanzig Minuten Schufterei in der Hitze hatte ich einen knallroten Kopf, und mein T-Shirt war durchgeschwitzt. Alle waren vollkommen in die Aufgabe vertieft, außer Jack natürlich. Marika zerriss sich beim Hinüberklettern fast die Hose, und Yashir schlug sich heftig das Knie, als er Hector hochhob. Das Kichern und Johlen, als Yashir endlich auf die Wand zutrat, war ansteckend. Jack hatte zwar auch in der Pyramide gestanden und sich im rechten Augenblick mit erstaunlicher Kraft über die Wand gewuchtet, aber mit seiner gelangweilten und gleichgültigen Art machte er mich wahnsinnig.

Dann war ich an der Reihe. Emma und Alessandro standen auf der Wand und hielten Yashir an den Armen fest.

»Was genau soll ich noch mal tun?«, fragte ich und blinzelte zu Yashir hoch.

»Schnapp dir einfach seine Füße«, rief Alessandro hinunter. »Wir ziehen euch dann beide hoch.«

Emma sah aus, als könnte sie nicht einmal ein Kleinkind hochziehen, geschweige denn zwei Teenager. Dennoch nickte ich. Zumindest Alessandro hatte geklungen, als würde er an den Erfolg der Mission glauben.

»Beeil dich«, sagte Yashir. »Das tut nämlich höllisch weh.«

»Alles klar!« Ich nahm all meinen Mut zusammen und sprang hoch. Aber die ersten Male erreichte ich ihn nicht. Dann endlich bekam ich kurz einen Knöchel zu fassen, landete aber gleich wieder auf dem Boden.

»Dancia, Dancia«, begann Allie leise zu rufen. Andere stimmten ein. Einerseits spornte es mich an, andererseits wurde mir übel davon, denn ich hatte Angst, sie zu enttäuschen. Wieder und wieder musste ich mir die schwitzigen Hände an der Hose abwischen, bevor ich es erneut versuchte. Nach drei weiteren Anläufen bekam ich dann endlich Yashirs Gelenke zu fassen, und die anderen begannen, uns hochzuziehen.

Sofort schoss mir ein heftiger Schmerz vom Ellenbogen bis in die Schultern. Ich hatte das Gefühl, mir würden die Arme ausgerissen, dennoch ließ ich nicht locker.

In diesem Moment wurde mir klar, dass mir das alles mehr bedeutete, als es mir lieb war. Ich wollte unbedingt über diese Wand kommen. Auch wenn ich keine Freunde haben und sich am Ende der Schulzeit kein Mensch mehr an mich erinnern würde, ich würde es verdammt noch mal über diese Wand schaffen.

Nur … dass ich abrutschte. Langsam aber sicher glitt ich dem Boden entgegen. Yashir war schon fast bäuchlings über die Wand hinüber, da glitt ich mit einer Hand ab und hielt mich nur noch an seinem Schuh fest. Alessandro versuchte mich von oben zu packen, aber bekam nur meinen Pferdeschwanz zu fassen. In diesem Moment hätte ich jede einzelne Locke dafür gegeben, um hinüberzukommen.

»Noch zwei Minuten!« Trevor hatte sich nur kurz von seinem Baum losgeeist, um uns anzubrüllen. Sofort wurden die Anfeuerungsrufe lauter. Wenn mich nicht alles täuschte, vollführte Allie mir zu Ehren sogar ein oder zwei Hampelmänner.

Ich klammerte mich noch fester an Yashirs Schuh und befahl meinen Fingern, nicht loszulassen. Aber meine Finger schienen keine Befehle mehr vom Gehirn anzunehmen.

Flehentlich sah ich zu Boden, als könnte ich den Boden überreden, sich von meinen Füßen zu entfernen. In diesem Moment bemerkte ich, dass Jack zu mir hinaufsah, die Brauen leicht gerunzelt. Als sich unsere Blicke trafen, nickte er mir zu.

»Kein Problem«, formte er mit den Lippen.

Ich wandte meine Aufmerksamkeit wieder Yashirs Schuh zu – einer Riesengalosche, größer als mein Kopf, aus schwarzem Leder und einer harten Sohle. Und wieder rutschten meine Finger ein Stückchen weiter ab. Mein Hirn arbeitete auf Hochtouren. Hatte Jack mir eine Frage gestellt? Warum hatte er genickt? Glaubte er, ich bräuchte seine Hilfe?

Noch während mir diese Fragen durch den Kopf gingen, geschah etwas Unglaubliches: Die Luft unter mir fühlte sich plötzlich fest an. Ich stemmte mich dagegen und konnte so erst Yashirs

Knöchel und dann seine Wade packen. Ich stieß mich erneut von der festen Luft ab und streckte nun eine Hand empor. Alessandro ergriff sie und zog mich mit einem einarmigen Todesgriff, den ich wohl nie vergessen werde, hoch. Und da lag ich nun mit dem Bauch oben auf der Wand, bereit, mich hinüberzustürzen.

Unser Team flippte völlig aus. Yashir brüllte Emma und Alessandro zu, sie mögen von der Plattform verschwinden, damit wir auch endlich runterspringen konnten. Yashir plumpste mehr oder minder darauf und riss mich mit sich. Nachdem ich mich ein wenig beruhigt und das Zittern in meinen Händen nachgelassen hatte, stand ich auf und blickte über die Wand, dabei grinste ich von einem Ohr zum anderen.

Alle lachten und jubelten, doch ich schaute nur Jack an. Achselzuckend sah er sich um, als würde er sagen wollen: »Was für ein Haufen Idioten.«

Dann zwinkerte er mir zu.

Mir erstarb das Lächeln auf den Lippen. Hatte Jack mir über die Wand geholfen? Hatte er mir das mit dem Nicken sagen wollen?

Aber ich wusste auch, dass er mich nicht berührt hatte. Die Regeln waren ja auch eindeutig: Wer über die Wand war, durfte nicht mehr helfen. Wenn Jack mich hochgestemmt hätte, dann hätten es alle gemerkt, und Trevor hätte ihn sofort auffliegen lassen. Dennoch hatte ich eindeutig etwas Festes unter meinen Füßen gespürt.

Konnte es denn sein, dass mir Jack einen Schubs gegeben hatte, ohne mich zu berühren?

Wie benommen kletterte ich die Leiter hinab, meine Euphorie war verschwunden. Allie kam auf mich zugerannt und umarmte mich. Ich wollte gar nicht gemein sein, aber ich erwiderte ihre

Umarmung nicht. Irgendwie konnte ich es nicht über mich bringen, Perfect Girl in die Augen zu schauen und die Glückliche zu mimen. Jedenfalls nicht mit diesem Mühlstein um den Hals. Allie schien das gar nicht zu bemerken, hüpfte auf Hector zu, gab ihm Highfive und hängte sich anschließend bei Emma ein.

»Glückwunsch«, sagte Trevor und winkte uns herbei. »Ich hätte nicht gedacht, dass ihr das schafft. Eure Teamarbeit hat mich schwer beeindruckt.«

Ich spürte Jacks Energie neben mir. War es Freude oder Genugtuung, die er verströmte? Abwechselnd sah er gelangweilt zu Trevor und dann wieder zu mir. Am liebsten hätte ich ihn am T-Shirt gepackt und ihn zur Rede gestellt.

Wie war das überhaupt möglich? Ich traute mich kaum, den Gedanken zu Ende zu führen. Alle Anzeichen deuteten auf eine einzige Erklärung hin, aber ich weigerte mich, sie anzunehmen. Denn in diesem Fall hätte Jack genau wie ich besondere Fähigkeiten. Und im Gegensatz zu mir scheute er sich nicht, sie einzusetzen.

10

Die restliche Woche verging wie im Flug. Der Unterricht begann, und wir gewöhnten uns an den Schulalltag. Alle gingen mit Begeisterung ihren jeweiligen Vorlieben nach – die Tänzer hingen in den Studios ab, die Wissenschaftsfreaks saßen geifernd im Labor, und Yashir und seine Freunde verbrachten jede freie Minute zeichnend im Gemeinschaftsraum.

Alle außer mir natürlich, die ich weder besondere Vorlieben hatte noch Fächer, in denen ich besonders gut war. Ungelogen, ich war die Einzige, außer Jack natürlich, die in sämtlichen Förderklassen saß.

Cam sah ich während dieser Woche mehrmals, doch immer nur kurz zwischen zwei Veranstaltungen. Er war kein Gruppenleiter wie Trevor, deshalb aß er nicht mit uns Neuntklässlern in der Cafeteria. Meistens sah ich ihn in Begleitung von Mr Judan oder eines anderen Lehrers. Cam winkte mir immer zu und lächelte. Manchmal blieb er sogar stehen, um Hallo zu sagen und zu fragen, wie es mir ging. Er erzählte mir, dass er für Mr Judan langweiligen Bürokram zu erledigen hätte. In seiner Gegenwart bekam ich kaum den Mund auf. Ich glaube, das lag daran, dass ich erst einmal zehn Minuten brauchte, um mich an sein umwerfendes Äußeres zu gewöhnen, also blieb mir bei diesen kurzen Begegnungen im Flur nichts anderes übrig, als zusammenhanglos zu stammeln.

Einmal kam ich an Hennie vorbei, als sie sich mit einem Mädchen auf Chinesisch unterhielt, ein anderes Mal sprach sie mit einem Jungen Spanisch. Beide Male versuchte sie mich anzuhalten, aber ich blockte ab und sagte, ich müsse schnell zum Unterricht. Esther fand ich stets herzhaft lachend in einem Pulk von Jungs. In ihrer Umgebung wirkten alle immer glücklich. Es war zum Schreien, wie sie die Lehrer und selbst Direktorin Solom nachmachte. Irgendwie gelang es ihr, sich ganz in die Person einzufinden. Und wenn sie die Direktorin imitierte, konnte man sie förmlich schrumpfen sehen, ehrlich wahr.

Sobald ich Hennie oder Esther erblickte, verdrückte ich mich, aber es fiel mir schwer. Denn es war ja nicht so, dass ich die beiden nicht mochte. Ganz im Gegenteil, ich mochte sie zu sehr. Unter der Woche konnte ich ihnen ganz gut aus dem Weg gehen, ohne allzu unfreundlich zu wirken. In den ersten Tagen mussten wir die Nachmittage und auch die Mahlzeiten in unseren Gruppen verbringen, aber abends nach den Hausaufgaben war es unmöglich, ihnen ganz auszuweichen. Wir drei passten einfach zu gut zusammen – als wären wir dafür geschaffen, Freunde zu sein.

In dieser Hinsicht kam mir Catherine wie gerufen. Um Punkt zehn schloss sie unsere Zimmertür und ließ keine Besucher mehr hinein. Und wenn ich Esther und Hennie sagte, dass ich jede freie Minute zum Lernen brauchte, war das nicht gelogen. Unsere Lehrer hatten uns schon gleich am ersten Tag Hausaufgaben aufgegeben, und als der Unterricht dann richtig losging, konnte ich mich vor Arbeit kaum noch retten. Dabei besuchte ich noch nicht mal die schwierigen Kurse. Andere mussten richtig anspruchsvolles Zeug machen, wie Physik und Differenzialgleichungen. Die wiederholten ihren Stoff, bis die höheren Semester am Montag darauf kamen. Ich hingegen musste nur Bücher lesen und einfache Matheaufgaben lösen, trotzdem war ich total gestresst. Sagen wir mal so, meine alte Schule in Danville war nicht gerade die beste Vorbereitung für die Night Academy.

Unterdessen war Jack zu meinem ständigen Begleiter geworden, der mir im Unterricht kleine Zettelchen zusteckte und abfällige Kommentare in mein Ohr raunte, wenn Trevor sich mal wieder anschickte, uns zu einer Gruppenaktivität zu bewegen. Es kam zu keinem weiteren Zwischenfall, und je länger die Sache mit der Wand zurücklag, desto mehr zweifelte ich an meiner Wahrnehmung. Vielleicht war ich stärker, als ich dachte. Vielleicht hatte ich mir nur eingebildet, dass mir die Luft plötzlich Halt gegeben hatte. Vielleicht war Jack auch nur ein begnadeter Schummler, der Trevors Argusaugen entgangen war.

Außerdem vermisste ich Oma. Ich gab mein Bestes, mich nicht mit den beiden nettesten Mädchen überhaupt anzufreunden, und teilte mir zudem das Zimmer mit einer krankhaften Diktatorin, die unsere Schränke vermessen und mit Kreppband eine Grenze geklebt hatte, damit ich ja nicht in ihre Hälfte kam! Wahrscheinlich hatte ich deshalb nicht auch noch die Kraft, Jack abzuweisen. Schon bald tauschten wir CDs und quatschten über unsere alten Schulen. Jack bekam sehr schnell spitz, wie schrecklich Catherine war und machte sich unermüdlich darüber lustig, wie sie die Night

Academy verehrte und sich bei den Lehrern einschleimte. Er hatte ihr sogar den perfekten Spitznamen verpasst: die Zugeknöpfte, denn Catherine trug ausschließlich hochgeschlossene weiße Blusen, wahlweise mit dunkelblauen Hosen oder Röcken. Wahrscheinlich waren das die Restbestände ihrer alten Schuluniform, aber ich schmiss mich jedes Mal weg vor Lachen, wenn Jack sie so nannte.

Während wir am Freitagnachmittag auf die Silberkugel warteten, die uns für unseren Wochenendbesuch zu Hause zum Parkplatz bringen sollte, wurde mir klar, dass ich die Dancia-Lewis-Methode über Bord werfen musste. Wir standen mit Beuteln schmutziger Wäsche und Rucksäcken voller Hausaufgaben vor dem Hauptgebäude. Alle freuten sich, die Eltern wiederzusehen, nur ein paar Drama-Queens jammerten jetzt schon, wie sehr sie ihre neuen Freunde vermissen würden.

Esther erdrückte mich fast mit ihrer Umarmung. »Dancia, ich habe dich die ganze Woche kaum gesehen«, klagte sie. »Wo bist du nur immer gewesen? Ich weiß schon, im Zimmer zum Lernen, klar, kann ich dir auch nicht verdenken. Mein Vater wird mich umbringen – wirklich umbringen –, wenn ich keine guten Noten nach Hause bringe. Aber gestern Abend haben wir dich vermisst. Wir haben bei mir im Zimmer Musik gehört. Warum bist du nicht gekommen?«

Ich ließ den Kopf hängen. »Gleichungen. Sobald man mir Zahlen *und* Buchstaben vorsetzt, fange ich an zu schielen. Und ihr glaubt gar nicht, was für einen komplizierten Aufsatz ich in Englisch schreiben muss. Da habe ich lieber schon mal gestern Abend damit angefangen.«

Hennie drückte mich sanft und musterte mich eingehend. »Alles okay?«, fragte sie. »Wie ist denn deine Gruppe so? Verstehst du dich mit den anderen?«

»Ja, schon.« Ich trat von einem Fuß auf den anderen. »Na ja, Jack und ich haben viel zusammen gemacht.«

»Jack? Der Typ mit dem Tattoo?« Hennie grinste. »Sicher, dass ihr nur Freunde seid?«

»Auf jeden Fall.« Ich nickte eifrig. »Nur Freunde.«

Esther schnaubte. »So fängt es immer an, Dancia. Glaub mir, das ist immer das Gleiche. Und wenn du am wenigsten damit rechnest, ändert sich auf einmal alles.«

»Bei uns nicht.« Rasch sah ich mich um, um sicherzugehen, dass Jack nicht direkt hinter uns stand. »Nie im Leben.«

Esther räusperte sich und rückte sich eine imaginäre Brille im Haar zurecht, genau wie Mrs Pasket, unsere Geschichtslehrerin. »Natürlich, Liebes, natürlich. Wie recht du hast. Wie konnte ich das nur vergessen?« Ihre Stimme rutschte zwei Oktaven höher und bebte wie die von Mrs Pasket. Hennie und ich krümmten uns vor Lachen.

Als ich wieder sprechen konnte, stieß ich Hennie in die Seite. »Also, wann sprichst du Yashir denn mal an? Der ist ja in meiner Gruppe. Scheint echt nett zu sein.«

Hennie warf die Hände theatralisch in die Luft. »Als würde ich mich das je trauen! Wir haben Spanisch zusammen, aber er sagt kaum was. Erzähl mir mal von ihm. Ich brauche Einzelheiten!«

Ich versuchte, mich an möglichst viel zu erinnern, dabei war ich froh, dass ich das Thema wechseln konnte. »Meistens gehört er zu den Anführern der Gruppe. Er kommandiert zwar nicht rum, aber die anderen hören auf ihn. Zeichnen und Malen liebt er natürlich über alles, klar. Er kommt aus Kalifornien, und seine Mutter macht ihm die Piercings.« Irgendwie überraschte es mich selbst, wie viel ich über ihn wusste. Wahrscheinlich hatten Trevors Kennenlernspiele doch gefruchtet.

»Ihr passt perfekt zusammen, Hennie«, sagte Esther. »Und wenn du dich nicht traust, dann kann Dancia dir helfen.«

Hennie biss sich auf die Lippen. »Ich weiß nicht, Esther, du kennst doch meinen Vater. Der dreht durch, wenn er die Piercings sieht.«

»Hallo, Internat, Dummerchen. Das kriegt dein Vater doch gar nicht mit.«

»Aber ich habe mich noch gar nicht so richtig mit Yashir unterhalten«, sagte ich. »Wie soll ich Hennie da helfen?«

Esther tätschelte meine Hand. »Sei unbesorgt. Jungen sind einfach gestrickt. Ich kann euch alles über sie beibringen.«

Hennie strich sich ihren glatten Rock noch glatter und seufzte. »Das stimmt. Was das männliche Geschlecht angeht, ist Esther ein wandelndes Lexikon.«

Bedächtig nickte Esther. »Wisst ihr, ich sage immer: Jungs sind wie Mädchen, nur anders. Also, Dancia, wenn er bei dir in der Gruppe ist, seid ihr dann nicht schon Freunde?«

»Hmm, schon … ich meine, ich kann mit ihm reden. Wir sind uns nicht völlig fremd, aber Freunde sind wir nun auch wieder nicht.«

Esther wischte meine Bedenken einfach fort. »Bis Thanksgiving bist du mit allen in der Schule bestens befreundet. Ist nur eine Frage der Zeit.«

Angesichts dieser erschreckenden Prognose wechselte ich das Thema und kam auf unsere gemeinsamen Fächer zu sprechen. Außer Geschichte hatten wir nur noch Chemie zusammen. Zwar mussten alle Neuntklässler Ethik belegen, aber Hennie und Esther waren in einer anderen Gruppe. Mein Ethiklehrer war ein vertrotteltes Männchen namens Mr Fritz. Mit seinem langen weißen Haarbüschel und den riesigen Ohren sah er aus wie eine Mischung aus Albert Einstein und einer Trollpuppe. Mathe war auch Pflicht, aber auf unterschiedlichen Niveaus – ich schlug mich noch mit einfachen Gleichungen rum, während sich Esther und Hennie schon Integralrechungen widmeten.

Am Nachmittag hatte ich zwei Stunden Wahlpflichtkurse, die, wie meine Tutorin Mrs Dade sagte, im Laufe des Jahres wechseln würden. Begonnen hatte ich mit einem Selbstverteidigungs- und einem Rhetorikseminar. Warum nun ausgerechnet diese beiden Fächer, hatte mir Mrs Dade nicht verraten, nur dass jeder Schüler nachmittags seinen Schwerpunkten nachgehen sollte.

Leider hatte ich im Gegensatz zu allen anderen Schülern der Night Academy keinen Schwerpunkt. Esther ging ganz im Theaterspielen auf; sie hatte nachmittags einen Schauspielkurs und einen, in dem sie berühmte Dramatiker wie Shakespeare und irgendwelche uralten Griechen lasen, von denen ich noch nie gehört hatte. Hennie besuchte alle möglichen Sprachkurse: Hindi-Urdu, Chinesisch und einen französischen Literaturkurs.

»Spanisch machst du also auch? Bist du so ein Sprachgenie?«, fragte ich.

Hennie senkte beschämt die Augen. »Bislang spreche ich fünf Sprachen, aber mein Vater spricht zehn. So viele will ich wenigstens auch noch lernen, damit ich eines Tages für die UNO arbeiten kann. Mein Vater kennt zwei Botschafter, die auch auf die Night Academy gegangen sind, und die meinten, die Academy sei super zum Sprachenlernen.«

Ihr Schwerpunkt war also unschwer auszumachen.

»Eines Tages möchte ich auch mal Spanisch lernen«, sagte ich sehnsüchtig. An meiner alten Schule hatten sie früher mal Spanischkurse angeboten, aber noch während ich in den unteren Klassen war, wurde das Budget dafür gestrichen. Als ich dann so weit war, wurde nur noch einmal pro Woche ein Video gezeigt. Absurd. Die Farben hatte ich drauf, und bis zehn zählen konnte ich auch, aber damit hatte es sich auch schon.

»Ich kann es dir beibringen«, sagte Hennie.

»Echt?«

»Ist ganz einfach. Du brauchst nur jemanden, mit dem du das Sprechen übst. Wir können es abends machen. Jeden Abend ein paar Minuten.« Hennie schenkte mir ihr sanftes Lächeln, und ich musste mich abwenden, sonst wären mir die Tränen gekommen.

Es läutete, und wir begannen in den Bus zu steigen. Ich ging an Catherine vorbei, die mich aus zusammengekniffenen Augen böse ansah. Dann passierte ich Jack, der mit geschlossenen Augen Musik hörte. Das überraschte mich nicht weiter. Jack hasste Menschenansammlungen. Überhaupt schien er sich mit Menschen schwerzutun, und bislang hatte er auch nicht gerade viele Freundschaften geschlossen. Massen waren ihm komplett verhasst.

Vor fünf Tagen hatte ich noch gedacht, dass mir Jack nur Ärger einbringen würde und ich ihm um jeden Preis aus dem Weg gehen sollte. Und jetzt? Wenn es selbst Hennie aufgefallen war, dass wir ständig zusammenhockten, mussten wir uns wohl nähergekommen sein, als mir bewusst war.

Ich schlüpfte an ihm vorbei zum hinteren Teil des Busses, wo Hennie und Esther auf mich warteten. Esther klopfte grinsend auf die Ecke ihres Sitzes. Verstohlen sah ich mich noch einmal nach Jack und Catherine um und ließ mich dann neben Esther und Hennie plumpsen. Eigentlich war dort kaum Platz für drei, also balancierte ich auf der Sitzkante mit den Füßen im Gang.

»Du musst mir unbedingt deine Telefonnummer geben«, sagte Esther. »Dann können wir am Wochenende quatschen.«

Hennie nahm ihren Rucksack auf den Schoß. »Gib mir auch die Nummer, dann machen wir eine Konferenzschaltung.«

Die Silberkugel fuhr ganz abrupt an, als Hennie gerade dabei war, den Reißverschluss ihres Rucksacks zu öffnen. Sie glitt ab und schlug sich selbst mit der Hand auf die Nase. Esther prustete los. Hennie funkelte sie an, doch als es erneut ruckelte und ich daraufhin im Gang landete, lachte auch sie. Der Busfahrer brüllte, ich solle mich gefälligst wieder hinsetzen, und das tat ich auch, indem ich mehr oder minder auf Esthers Schoß sprang.

Und hier im Bus, der sich durch die Grünanlagen der Schule schlängelte, unter den Rufen und dem Grölen der anderen Neuntklässler, lachte ich, und auf einmal löste sich der Knoten in mir.

Ich hatte Freunde gefunden. Esther und Hennie waren meine Freundinnen. Auch Jack war mein Freund, Unruhestifter hin oder her. Und so unglaublich es klingen mochte: Vielleicht war sogar Cam mein Freund. Auch wenn ich wusste, wie gefährlich das werden konnte, kam es mir albern vor, weiter dagegen anzukämpfen. Denn dann müsste ich mich entweder in eine komplette Außenseiterin oder eine total blöde Kuh verwandeln, und das lag mir beides nicht.

Mein Leben veränderte sich von Tag zu Tag. Ich wusste noch nicht, wo das alles hinführen würde, aber eines stand fest: Nichts würde so bleiben, wie es war.

II

Als am Montag auch für die höheren Semester der Unterricht begann, fühlten sich das Res und das Hauptgebäude zunehmend wie eine gewöhnliche Schule an. Von nun an nahm ich die Mahlzeiten mit Esther und Hennie ein. Jack mied die Cafeteria, weil Trevor dort meist herumlungerte und ihn böse anstarrte, so wirkte es zumindest. Obgleich Trevor nun nicht mehr mit unserer Gruppe essen musste, sah er während der Mahlzeiten nach uns.

Ich versuchte Jack davon zu überzeugen, dass es von Trevor einfach nur eine nette Geste war, damit wir in diesem ganzen Schülerhaufen nicht untergingen, aber Jack ließ sich nicht davon abbringen, dass Trevor es auf ihn abgesehen hatte. Also schlang Jack das Essen immer nur schnell hinunter und verdrückte sich dann in die Bibliothek oder nahm das Essen mit raus auf den Sportplatz. Doch zwischen den Unterrichtsstunden und in unserer Freizeit hingen wir immer noch gemeinsam rum, wir begannen sogar zusammen zu lernen, da wir fast alle Kurse zusammen hatten. Jack war ziemlich klug, und wenn er sich mal dazu herabließ, Hausaufgaben zu machen, bekam er auch gute Noten.

Natürlich ließ er sich nur selten dazu herab.

Am Donnerstag fand ein Probetraining für die Laufmannschaft statt. Probetraining ist vielleicht schon zu viel gesagt, denn jeder durfte in die Mannschaft. Bei so einer kleinen Schule war der Andrang nicht gerade überwältigend.

Esther und Hennie wollten mir zuliebe auch mitmachen. Esthers Mom hielt es für eine gute Idee, dass ihre Tochter Sport trieb, und Esther hoffte, dass sie sich beim Laufen besser unterhalten könnte als beim Volleyball oder beim Schwimmen. Mir schien das eher naiv, aber vielleicht kam sie ja beim Laufen nicht so sehr aus der Puste wie ich. Hennie wiederum suchte eine Sportart, die keine allzu großen Anforderungen an ihre Koordination stellte, was sicher schlau war. Noch nie war mir jemand untergekommen, der so oft und aus solch nichtigem Anlass ins Stolpern geriet.

Auf dem Weg zu den Sportanlagen zupfte ich nervös an meinen Shorts herum. In der Nacht hatte es geregnet, und der Platz war durchweicht, doch seit ein paar Stunden war die Sonne draußen, und vom Boden stiegen kleine Nebelschwaden auf. Die Fußballsaison begann erst im Frühling wieder, doch ein paar Jungen schossen sich den Ball hin und her. Die Sportplätze lagen am Rand der Grünanlagen und waren auf einer Seite von hohen Tannen begrenzt. Die Sonne stand direkt über den Bäumen, hell und strahlend.

Ich bückte mich, um mir die Schnürsenkel fester zu binden. Bislang war ich immer nur allein gelaufen, und nun befürchtete ich, mit den anderen nicht mithalten zu können.

»Ist das hier das neue Laufteam?«

Ich erstarrte. Cam war direkt hinter Hennie getreten. Mit großen Augen drehte sie sich zu ihm um und trat dann beiseite, damit er sich neben mich stellen konnte. Ich hatte Mühe, ruhig zu bleiben, denn er war nur einen Schritt entfernt.

Wie kam es, dass er mit jedem Tag besser aussah? Zu den schwarzweiß gestreiften Fußballschuhen trug er Schienbeinschoner, und im Licht der gleißenden Sonne sah er aus wie ein Superheld – größer und stärker noch als in meiner Erinnerung. Die Sonnenstrahlen reflektierten das Rot und Gold in seinem Haar und brachten das goldene Kreuz der Night Academy auf seinem Shirt zum Glitzern.

Esther war natürlich mal wieder die Erste, die sich gefasst hatte. Mit einem Grinsen warf sie das Haar zurück. »Da bin ich mir noch nicht sicher. Vielleicht muss auch jemand den Krankenwagen rufen, wenn ich mitten im Lauf einen Herzinfarkt erleide.«

Cam lächelte, wobei sich süße Fältchen in seinen Augenwinkeln bildeten. »Mach dir keine Sorgen, da kann Dancia dir bestimmt ein paar Tipps geben.«

Überrascht schluckte ich. Offenbar hatte Cam sich gemerkt, dass ich gerne lief. »Mhm.«

Brillant. Eloquenz hoch zehn.

Hennie und Esther blickten von mir zu Cam.

»Was meinst du, wie weit müssen wir heute wohl laufen?«, fragte Hennie. Dabei war ihre Stimme kaum mehr als ein Flüstern, zudem rang sie nervös die Hände.

Esther hatte nicht übertrieben, Hennie war Jungs gegenüber total schüchtern. Erst gestern hatte ich im Gemeinschaftsraum versucht, ein Gespräch zwischen ihr und Yashir in Gang zu bringen, doch Hennie zerbrach vor Schreck ihren Stift.

»Höchstens ein paar Kilometer«, sagte Cam. »Bei den Neuntklässlern lassen sie es erst mal langsam angehen. Am Anfang kann man noch ganz locker laufen. Ich glaube, mit den Sprints fangen sie frühestens in ein oder zwei Wochen an.«

Esther sah ihn entsetzt an. »Ein paar Kilometer? Kilometer?«

Ich musste lachen. »Was hast du denn gedacht, Esther? Meter?«

Esther griff sich an die Stirn. »Das war es dann wohl. Das überlebe ich nicht. Eigentlich könnt ihr schon mal meine Mom anrufen oder vielleicht gleich einen Hubschrauber. Haben die einen eigenen Schulhubschrauber? Die müssen mich dann umgehend ins Krankenhaus bringen. Ruf an, die sollen sich schon mal bereit machen.«

»Dancia holt dich da schon raus. Aber sieh zu, dass du nicht auf der falschen Seite der Wand landest, Dancia. Ich weiß nicht, ob Esther da in ihrem geschwächten Zustand rüberkommt.« Cam sah mich vielsagend an, woraufhin ich mich beinahe verschluckt hätte.

Cam musste mit Trevor über mich gesprochen haben. Oder zumindest über unsere Gruppe, denn ansonsten hätte er nicht von der Wand wissen können.

»Was für eine Wand?«, fragte Esther. »Meinst du die, über die Dancias Gruppe während der Orientierungsveranstaltungen klettern musste? Davon habe ich gehört. Schrecklich. Warum veranstaltet die Schule diese Nummer im Wald überhaupt? Hennies Gruppe musste von einem zehn Meter hohen Turm springen.« Esther zog die Nase kraus. »Sei mal ehrlich! Ist das nicht nur ein ausgeklügeltes System, um die Neuntklässler fertigzumachen?«

»Ja, hauptsächlich«, sagte Cam, ohne die Miene zu verziehen. »Wir haben es auch mit anderen Mitteln versucht, aber da hatten wir dann ständig die Polizei am Hals.«

Wir lachten alle herzlich, selbst Hennie, die sich offensichtlich noch nicht ganz von dem Schock erholt hatte, Cam angesprochen zu haben.

»Jetzt mal im Ernst, die Schule setzt solche Herausforderungen immer wieder ein, nicht nur während der Orientierungsveranstaltungen«, sagte Cam. »Wir sehen darin eine Möglichkeit, Führungskompetenz zu überprüfen und zu fördern. Im Alltag wird man nur selten mit Herausforderungen wie der Wand konfrontiert. In solchen Situationen lernt ihr, wie ihr auf Druck reagiert. Wachst ihr über euch hinaus? Gebt ihr auf? Schummelt ihr?«

Obgleich er lächelte, hatte ich das Gefühl, dass er mir etwas Wichtiges sagen wollte. Meine Kehle war wie zugeschnürt, denn beim Gedanken an die Wand und den Schubs von Jack überkamen mich schwere Schuldgefühle. Ich hatte ja gar nicht schummeln wollen, aber hatte ich denn geschummelt? Hatte mir eine unsichtbare Hand über die Wand geholfen?

»Guten Tag, Cameron, meine Damen.«

Die Stimme klang vertraut. Als ich mich umsah, kam Mr Judan auf uns zu, blendend weiße Zähne, das Haar in dicken Wellen elegant zurückgekämmt. Ich konnte nicht umhin, mir erneut die Frage zu stellen, was dieser übermäßig gut aussehende Mann mit seinen teuren Klamotten in einer Highschool zu suchen hatte. Selbst mitten auf dem Sportplatz unter all den Schülern in Shorts und T-Shirts kleidete sich Mr Judan, als würde er sich gerade mit dem Präsidenten zum Essen treffen: schicker Anzug, rote Seidenkrawatte, edle Lederslipper.

Auch wenn er jedem von uns ein Lächeln schenkte, entspannte mich das keineswegs, und beim Klang seiner Moderatorenstimme grub ich mir die Fingernägel in die Handflächen. »Dancia ist mir ja bekannt, und Esther erkenne ich auch. Du musst Henrietta sein. Wie schön, euch zu sehen.«

Höflich erwiderten wir sein Lächeln. Alle schienen sich unwohl zu fühlen, selbst Cam. Keiner von uns sagte einen Ton.

»Wie gefällt euch denn die Schule?« Mr Judan bedachte uns mit einem weiteren Zahnpastalächeln, offenbar hatte er nicht mitbekommen, wie unbehaglich wir uns in seiner Gegenwart fühlten.

Sogar Esther rang nach Worten, ihr Mund öffnete und schloss sich mehrmals. Überraschenderweise sprach Hennie für uns alle: »Wundervoll, Sir, aber wir haben uns gerade über die Herausforderungen in der ersten Woche unterhalten. Ich wusste gar nicht, dass die Night Academy Stresstests einsetzt, um Führungsqualitäten abzuprüfen. Warum eigentlich?«

Bei Hennies süßer gehauchter Stimme konnte einem beinahe der scharfe Unterton der Frage entgehen.

Mr Judan hob eine dunkle Braue. »Was meinst du, Liebes?«

Oh, oh. Offenbar war ihm die Schärfe nicht entgangen.

»Cam hat uns erklärt, dass uns die Schule vor Herausforderungen stellt, um zu sehen, wie wir unter Druck reagieren. Ich finde das faszinierend und frage mich jetzt: Soll das irgendwie ein Test sein? Und wenn ja, was, wenn wir ihn nicht bestehen?«

Mann, von der Seite hatte ich es ja noch gar nicht betrachtet. Hennie wuchs in meiner Achtung. Auf einmal hatte ich ein Bild von ihr vor mir, wie sie ihrem brillanten Vater gegenübersitzt und mit ihm in einer ihrer fünf Sprachen leise, aber überzeugend über Außenpolitik debattiert.

Mit Hennie legte ich mich besser nicht an!

Mr Judan warf Cam einen Blick zu, den ich nicht deuten konnte. War er sauer? Sollte der Grund dieser Stresstests ein Geheimnis bleiben? Cams gebräuntes Gesicht spielte eine Spur ins Rötliche.

»Nein, nein.« Mr Judan schmunzelte. »Das ist überhaupt kein Test. Ich glaube, da hat Cameron den Zweck unserer Übung missverstanden. Seht mal, für eine Gruppe ist die gemeinsame Erfahrung am allerwichtigsten, das haben wissenschaftliche Untersuchungen ergeben. Wir möchten euch die Gelegenheit geben, zu einer erfolgreichen Gruppe zusammenzuwachsen, in der jeder den anderen unterstützt, also setzen wir euch solchen Erfahrungen aus.«

Dann sah er Cam an, der eine stumme Botschaft zu erhalten schien, denn kurz darauf nickte er.

»Jetzt muss ich aber los. Es war schön, euch zu sehen. Und Cameron, komm doch bitte nach dem Spiel in mein Büro, ich habe etwas mit dir zu besprechen.« Beim Gehen winkte er noch dem Lauftrainer Mr Yerkinly zu, der vom Hauptgebäude herüberkam.

Beklommenes Schweigen trat ein. Aber dann rief einer der Fußballer Cam etwas zu, der daraufhin auf seine Uhr sah. »Zeit für unser Spiel. Ich gehe dann mal lieber.« Er hielt inne. »Dancia, hast du noch mal eine Minute?«

Mir stockte der Atem. »Was?«

»Ich wollte dich nur mal ganz kurz allein sprechen.«

Rasch warf ich Esther einen hysterischen Blick zu. »Klar.«

Wir liefen ein paar Schritte zum Spielfeldrand. Mein Herz klopfte so schnell, dass ich Angst hatte, gleich zu kollabieren. Sobald wir ein paar Schritte entfernt waren, schenkte mir Cam ein zartes Lächeln: »Hör zu, ich weiß, dass Trevor euch angehalten hat, viel Zeit in der Gruppe zu verbringen, aber du brauchst nicht denken, dass du jetzt nach der ersten Woche immer noch ständig mit den Leuten rumhängen musst.«

Ich blinzelte verwirrt und versuchte, mich auf seine Worte zu konzentrieren. Offenbar hatte er mich nicht zur Seite genommen, um mir seine Liebe zu gestehen.

»Wie meinst du das?«, fragte ich.

»Na ja, vielleicht sind in deiner Gruppe Leute, die dir nicht gut tun. Mehr nicht. Esther und … wie heißt sie noch gleich? Hennie? Esther und Hennie scheinen nett zu sein. Man merkt, dass ihr drei schon gute Freunde seid.«

Immer noch war mir nicht klar, worauf Cam eigentlich hinauswollte. Ich legte den Kopf schief und sah ihn an. »Ja, Esther und Hennie sind toll«, sagte ich verunsichert. »Wir haben jede Menge Spaß zusammen.«

Cam wirkte zufrieden. »Das habe ich mir gedacht. Das ist auch voll okay, weißt du. Ich meine, dass du mit ihnen rumhängst statt mit den Leuten in deiner Gruppe. Und komm doch mal in der Mittagspause vorbei, dann stelle ich dir auch ein paar meiner Freunde vor.«

Wenn Cam es darauf abgesehen hatte, mich in Verwirrung zu stürzen, dann war ihm das voll und ganz geglückt. Erst redete er von meiner Gruppe, dann von Esther und Hennie, und plötzlich sollte ich seine Freunde kennenlernen? Warum ich? Warum nicht Esther, die sich zumindest anständig mit ihm unterhalten und ihn zum Lachen bringen konnte? Oder Hennie, die aussah wie ein Model? Doch trotz meiner kompletten Ratlosigkeit freute ich mich ungemein.

»Okay«, sagte ich. »Mache ich gerne.«

Er brachte mich wieder zu Hennie und Esther und schenkte jeder von uns noch ein umwerfendes Lächeln, mir zuerst. »Und Dancia, ganz gleich, was du brauchst, sag mir Bescheid. Das gilt für euch alle. Ich bin gerne behilflich.«

Sobald Cam außer Hörweite war, schlug mich Esther mit ihrem Notizblock.

»›Ganz gleich, was du brauchst, ich bin gerne behilflich‹?«, wiederholte sie. »Was läuft da zwischen dir und Cam?! Seid ihr etwa zusammen?«

»Was meinst du damit?« Meine Stimme versagte. Ich schluckte und rang nach Fassung. »Ich habe euch doch schon gesagt, dass er mich angeworben hat. Wahrscheinlich muss er deshalb extra nett zu mir sein. Außerdem hat er gesagt ›Das gilt für euch alle‹. Er hat nicht nur mich gemeint.«

Esther schnaubte. »Von wegen.« Sie tauschte bedeutsame Blicke mit Hennie. »Uns hat er kaum wahrgenommen, er hatte nur Augen für dich. Was hat er denn noch gewollt?«

Ich warf den Kopf zurück, schloss die Augen und machte mir einen neuen Pferdeschwanz. »Keine Ahnung. Dass er es gut findet, dass ich mit euch befreundet bin, und dass ich nicht unbedingt immer mit meiner Gruppe zusammen sein muss. Ich konnte ihm nicht so ganz folgen.«

»Du meinst wohl, er will nicht, dass du deine ganze Zeit mit Jack verbringst«, sagte Hennie überzeugt.

Mir fiel die Kinnlade herunter. Daran hatte ich überhaupt nicht gedacht, aber Jack war der Einzige aus meiner Gruppe, mit dem ich mich angefreundet hatte. Wollte er mir irgendetwas über Jack zu verstehen geben?

Esther kicherte. »Oh, Hennie, du bist einfach genial! Cam ist eifersüchtig! Er hat Dancia und Jack die letzten zwei Wochen beobachtet und kommt um vor Eifersucht!«

»Du spinnst doch«, sagte ich, denn an diese Möglichkeit wollte ich erst gar nicht denken, auch wenn sich vor meinem geistigen Auge ein Regenbogen zeigte. »Und du auch«, sagte ich zu Hennie. »Er hat das doch nur gesagt, weil er euch beide toll findet. Esther hat ihn gerade eben total zum Lachen gebracht. Und Hennie, du siehst hundertmal besser aus als ich, Cam konnte seine Augen gar nicht von dir lassen.«

»Ja, genau«, sagte Hennie. »Er konnte seine Augen nicht von mir lassen, aus Angst, dass ich ihn vor Nervosität gleich vollkotze.«

Damit brachte sie mich zum Lachen. »Er ist schon ziemlich süß, oder?«

»Nein, nicht ziemlich süß«, sagte Hennie. »Versuch es mal mit zum Umfallen schön.«

»Und null interessiert an uns, Dancia«, sagte Esther. »Mal im Ernst, was soll ich noch groß sagen, der hat ein Auge auf dich geworfen. Hat sogar seinen Kumpel Trevor nach dir ausgefragt. Was nun eindeutig ein gutes Zeichen ist.«

»Das ist doch alles total verrückt. Selbst wenn er Interesse hat, ich wüsste gar nicht, wie ich mich verhalten sollte. Ich hatte noch nie einen Freund.« Keine Ahnung, welcher Teufel mich ritt, das zu sagen, aber die Worte sprudelten nur so aus mir heraus. Als würde mir endlich die Last eines dunklen Geheimnisses abgenommen.

Von Hennie erntete ich einen mitfühlenden Seufzer. »Ich auch nicht. Meine Eltern würden das nie erlauben. Mach dir keine Sorgen, Esther hatte schon ganz viele Freunde. Die weiß, was zu tun ist.«

Esther wurde knallrot. »Ich habe einfach viele Freunde, die Jungen sind«, erklärte sie. »Und irgendwie sind sie dann am Ende immer in mich verliebt. Was völlig blöd ist, denn wenn ich mich trenne, verliere ich nicht nur meinen Freund, sondern auch einen guten Kumpel.«

Hennie verdrehte die Augen. »Du tust mir waaahnsinnig leid.«

Übermütig stieß ich ihr in die Rippen und setzte zum Luftgeigespielen an. Ich war ja so erleichtert, dass sich keiner über meine Unerfahrenheit lustig machte. »Ja, die arme, arme Esther.«

»Echt jetzt, Hennie. Das ist wie früher im Ferienlager, nur dass jetzt auch noch Dancia dabei ist und ihr euch zu zweit über mich lustig machen könnt.«

Hennie salutierte. »Die zwei Musketiere melden sich gehorsamst zum Dienst.«

In diesem Augenblick hielt Mr Yerkinly sein Klemmbrett hoch und blies in die Pfeife. »Jemand hier zum Geländelauf?«

Esther taumelte theatralisch zurück. »Haltet die Handys bereit! Alarmiert den Hubschrauber! Esther Racowitz läuft los!«

Langsam trabte sie auf Mr Yerkinly zu. Hennie und ich grinsten einander an und folgten ihr.

12

Da bestimmt die Hälfte der Neuntklässler aus Kalifornien stammte, fragten sie uns anderen aus Washington und Oregon andauernd, wann denn endlich der Regen käme. Natürlich hatten sie gehört, dass es hier ständig regnete, also waren sie einigermaßen verwundert, dass der September hier so heiß und trocken war, nur hin und wieder hatte der Regen die Sonne verscheucht. In solchen Momenten sagte ich dann immer, sie sollten das schöne Wetter genießen, denn der Regen käme noch früh genug.

Am fünften Oktober war es dann endlich so weit.

Ich mag den Regen. Die meisten beklagen sich darüber, aber mich beruhigt er. Ich laufe auch gerne im Regen, denn er hält mein Gesicht schön kühl, außerdem mag ich das klatschende Geräusch der Turnschuhe auf der matschigen Erde und dem nassen Asphalt. Ich sehe gerne die Wolken am Himmel ziehen. Nachts höre ich dann den Regen aufs Dach trommeln, und in der Schule beobachte ich den Lauf der Tropfen am Fenster. Hier in Washington regnet es nicht einfach. Manchmal regnet es, manchmal nieselt es und manchmal schüttet es. Das ist ein großer Unterschied.

Kein Witz.

Mit dem Regen kamen auch mehr Hausaufgaben. Als würden sich die Lehrer denken, da wir nun eh nicht mehr rauskonnten, könnten wir auch genauso gut lernen. Zwischen dem Lauftraining, Mathe- und Englischhausaufgaben hatte ich kaum noch Zeit, blieb mir kaum eine Atempause. Von Chemie gar nicht zu reden. Ich sah nicht den geringsten Sinn darin, das Periodensystem auswendig zu lernen.

Unsere Schwerpunktfächer wurden auch gewechselt. Mein Rhetorikseminar endete (Gott sei Dank, ich will nie im Leben Politikerin werden), stattdessen sollte ich nun einen Töpferkurs besuchen.

Warum ausgerechnet töpfern? Keine Ahnung. Ich habe nicht groß nachgefragt, sondern bin brav hingegangen.

Der Töpferkurs bestand aus Leuten wie mir, die kaum oder gar kein künstlerisches Talent hatten, und aus Leuten wie Cara. Cara hatte dicke Brillengläser, ein Mondgesicht und kurzes dunkles Haar mit Pony. In meinem Englischkurs war sie auch. Sie hatte einen heftigen Akzent, offenbar war Englisch nicht ihre Muttersprache. Doch wenn sie an der Töpferscheibe saß, blieb mir der Mund offen stehen, wie sie aus einem Klumpen Ton und ein wenig Wasser eine perfekte Vase formte.

Mein Klumpen blieb meist, was er war, nichts weiter als ein Klumpen eben.

Nachdem unsere Meisterwerke dann gebrannt worden waren, sah meine »Schale« aus wie ein Kindergartenprojekt, während Caras Vase ohne Weiteres in einer Kunstgalerie für mehrere tausend Dollar hätte verkauft werden können.

In jedem Kurs war es das Gleiche, immer gab es ein oder zwei Genies, und im Lauf des Schuljahres wusste man dann, wer worin gut war: Hennie in Sprachen, Esther im Schauspiel, Catherine in Mathe und Cara im Töpfern. Es gab da einen Jungen, Amir, der sich für das Amt des Stufensprechers bewarb. Keiner machte sich die Mühe, gegen ihn anzutreten, denn mit ihm war es wie mit Cam, alle hielten ihn für den Besten.

In Sachen Jungs änderte sich bei mir nicht viel. Esther glaubte immer noch, dass Jack und ich eines Tages zusammenkommen würden, so nach dem »Aus-Freundschaft-wird-mehr«-Schema, wie sie es ständig am eigenen Leib erlebte. An jedem zweiten Tag glaubte sie allerdings, Cam und ich seien füreinander bestimmt.

Ich war einfach nur dankbar für jedes Fitzelchen Aufmerksamkeit, das Cam mir entgegenbrachte. Und er brachte mir eigentlich schon sehr regelmäßig Aufmerksamkeit entgegen, aber nicht so regelmäßig, dass ich mir irgendwelche Märchen ausmalen konnte. Wir waren gute Freunde geworden, mehr auch nicht.

Jack und ich waren uns mittlerweile wirklich nah. Niemand hier auf der Schule, nicht einmal Hennie oder Esther, verstand mich so gut wie Jack. Aber wir waren Freunde.

Nur Freunde.

Mittlerweile hatten sich schon überall Cliquen gebildet, aber sie waren noch recht offen. Anfangs hatten die Leute mit anderen aus ihrer Gruppe abgehangen und dann auch mit ihren Zimmergenossen. Nun orientierten sie sich allmählich auch an Leuten mit den gleichen Interessen. Das machte es natürlich schwieriger, denn so viele Leute gab es hier nun auch nicht, dass man sich nur auf die anderen Schauspieler, Tänzer oder Musiker beschränken konnte.

Selbstverständlich blieb ich das Mädchen ohne Schwerpunkt. Ich versuchte, mir nicht allzu viele Gedanken darüber zu machen, und wimmelte entsprechende Fragen möglichst ab. Ganz offensichtlich wollten die anderen wissen, warum ich hier war, doch es traute sich keiner, mich offen zu fragen.

Mitte Oktober spitzte sich die Sache dann zu. Wir hatten Töpfern, und ich saß an einem Tisch mit Cara, Marika, Allie und Catherine. Gerade bemalten wir unsere neuesten Kreationen, und die anderen schwärmten von der Night Academy und wie sie sich endlich zugehörig fühlten. Selbst Catherine lächelte und blickte weniger griesgrämig.

»Es ist ja so toll«, sagte Marika. »Ich hatte nie Gelegenheit, Freunde zu finden, weil ich immer in höheren Klassen war. Die Großen haben mich ignoriert, und die in meinem Alter hielten mich für total bescheuert.«

Catherine nickte. »Ich konnte schon mit drei lesen, also haben sie mich einfach in die zweite Klasse gesteckt. Sogar auf dem Internat hatte ich extra Tutoren. Wie soll man da Freunde finden?«

Indem man weniger fies ist!

Catherine hatte ihre eigene kleine Gruppe von »Zugeknöpften«, die wie sie ihre alten Schuluniformen für die Night Academy recycelt hatten und morgens vor dem Unterricht ihre weißen Blusen und blauen Faltenröcke bügelten. Gerne wollte ich glauben, dass sie zu den unbeliebtesten Schülern gehörte. Aber auf der Night Academy hatte jeder irgendwelche Freunde, dieses Gruppending am Anfang hatte wirklich dazu geführt, dass keiner allein dastand.

Trotzdem malte ich mir aus, dass die anderen Catherine genauso wenig leiden konnten wie ich.

»Ich hatte nie Zeit für Freunde«, sagte Allie. »Nach der Schule hatte ich immer Turnen oder Cheerleading, außerdem habe ich noch Kurse für Hochbegabte besucht, da blieb mir nie Zeit. Die anderen dachten dann, ich wäre arrogant, aber das stimmte gar nicht. Ich war einfach nur beschäftigt.«

Marika sah mich an. »Dancia, bist du nicht hier in Danville zur Schule gegangen? Wie war das für dich?«

»Wie die Schule war?« Ich überlegte krampfhaft, was ich Interessantes berichten könnte. Mir fiel nichts ein. »Ganz okay. Das Übliche, nervige Lehrer, nervige Leute …« Ich wusste nicht, was ich sonst noch sagen sollte.

»Haben sie dich für die Begabtenförderung dann aus der Klasse geholt? So haben sie es in meiner Schule gehandhabt. War echt übel, denn alle haben sich lustig gemacht«, sagte Cara.

Ich räusperte mich. »Eigentlich nicht. Nein.«

»Sie haben dich nicht aus der Klasse geholt?«, fragte Cara.

»Nein, ich war nicht begabt.«

Cara blieb der Mund offen stehen. Allmählich nahm ihr Gesicht die Farbe einer Tomate an. »Ich wollte dir nicht … Tut mir leid …«

»Das heißt doch nichts. Ich meine, wenn sie jemanden für begabt halten. Diese Förderprogramme sind total bescheuert. An unserer Schule gab es massenhaft begabte Schüler, die nicht im Förderprogramm waren. Keine Ahnung, wonach die gehen. Muss irgendwie ein Zufallsgenerator sein.« Allie war für mich in die Bresche gesprungen, wollte mich nicht wie eine Vollidiotin dastehen lassen.

Alle sahen sich betreten an. Catherine warf mir einen vernichtenden Blick zu.

»Was … ähm … war denn so dein *Ding*?«, fragte Cara.

Sie wollte nur nett sein und mir Gelegenheit geben, ihr zu erklären, worin meine Begabung bestand. Da ich auf der Night Academy war, ging sie automatisch davon aus, dass ich in irgendetwas wahnsinnig gut sein musste. War ich aber nicht. Leider hatte ich kein *Ding*, außer dass ich gelegentlich Autounfälle verursachte und Äste auf andere Leute fallen ließ.

Krampfhaft suchte ich nach einer Ausflucht. »Ich habe das meiste nicht mitmachen können, weil ich bei meiner Oma wohnte und die mich immer gebraucht hat.«

Allie nickte geradezu erleichtert. »Selbstverständlich. Das war wirklich nett von dir.«

»Na ja.« Betretenes Schweigen. Ich sah zu meiner verunglückten Schale und dann zur Glasur vor mir. »Oh, ich glaube, ich brauche noch mehr Glasur, wenn das noch was werden soll.« Ich stand auf. »Da hole ich mal lieber noch ein bisschen Rot.«

Das war ja wohl die lahmste Ausrede überhaupt, und alle wussten es. Aber sie lächelten und unterhielten sich weiter, als hätten sie mich nicht gerade als größte Versagerin an dieser Schule geoutet. Manchmal wünschte ich, ich könnte meine Kräfte nur ein einziges Mal einsetzen, um zu zeigen, dass ich mehr war als ein armseliger Tonklumpen, eine missgestaltete Schale, die nicht mal wasserdicht war. Aber was würde das schon bringen? Marika würde im Krankenhaus landen, oder Catherine würde einen Arm verlieren.

Na, so schlimm wäre das gar nicht. Ich quetschte rote Farbe auf meine Palette und stellte mir das Szenario vor. Eigentlich brauchte Catherine doch gar nicht beide Arme, sie war ohnehin nur ein Riesenhirn in griesgrämiger Verpackung.

Ich quälte mich durch den Rest der Stunde, und beim ersten

Klingeln schnappte ich mir sofort meinen Rucksack und rannte aus der Tür. Bis zum Lauftraining hatte ich noch eine Stunde Zeit, aber genauso gut konnte ich früher hingehen. Ich musste unbedingt laufen.

Als ich schon halb beim Res war, fiel mir plötzlich ein, dass ich die Pinsel noch nicht ausgewaschen hatte. Unsere Lehrerin war total pingelig mit ihren Pinsel und hatte sogar gedroht, unsere Zensur um eine ganze Note herunterzusetzen, wenn wir sie nicht sofort nach der Stunde auswuschen. Deshalb rannte ich zurück zum Kunstraum.

Ich war nur noch ein paar Schritte entfernt, da hörte ich Catherines Stimme aus dem Kunstraum. Zögernd blieb ich stehen, vielleicht würde sie ja gleich herauskommen, dann müsste ich wenigstens nicht mit ihr reden. Doch dann hörte ich sie meinen Namen sagen.

»Warum ist Dancia überhaupt hier?«, fragte sie.

Mit klopfendem Herzen drückte ich mich an die Wand. Catherine hatte mir schon viele Gemeinheiten ins Gesicht gesagt, aber ich hätte nicht gedacht, dass sie es auch hinter meinem Rücken tat.

»Wie meinst du das?« Die Stimme klang nach Marika.

»Sie ist doch nur so ein armes Ding aus Danville«, sagte Catherine. »Warum haben die sie hier nur aufgenommen?«

»Jeder von uns ist anders«, sagte Allie. »Vielleicht hat sie etwas, von dem wir nichts wissen.«

»Ganz bestimmt«, schnaubte Catherine verächtlich.

Allein ihre Stimme löste Ekel in mir aus.

»Kommt schon. Ihr habt sie doch selbst gehört, sie kann gar nichts«, fuhr Catherine fort. »Lebt ihr doch mal mit ihr zusammen.

Das ist einfach lächerlich. Ich kenne Fünftklässler, die sind klüger als sie. Ich warte immer nur darauf, dass sie wie ein Kindergartenkind eine Pappmaschee-Laterne anschleppt.« Daraufhin kicherten alle. »Wahrscheinlich mussten sie einen Schüler aus Danville aufnehmen, um die Stadt bei Laune zu halten, und da war sie dann die Klügste. Was nicht gerade für Danville spricht, das kann ich euch sagen.«

Catherine redete noch weiter, aber ich konnte nicht mehr zuhören. Auf einmal waren mir die schmutzigen Pinsel ganz egal, und ich stürzte die Treppe zum Res hinunter.

Der Gemeinschaftsraum war leer, also ging ich direkt zum Telefon und rief zu Hause an. Ich ließ es bestimmt fünfzehn Mal bimmeln, bevor ich frustriert einhängte. Meine Kehle war wie zugeschnürt, und meine Augen brannten. Ich kämpfte mit den Tränen. Wegen dieser dummen Kuh Catherine würde ich nicht heulen! Außerdem hatte sie mir ja eigentlich nichts Neues erzählt. Ich gehörte nicht auf die Night Academy, so einfach war das.

»Alles okay?«

Ich fuhr herum und war nicht sonderlich überrascht, Jack an einem der Tische sitzen zu sehen, ein Chemiebuch vor sich aufgeschlagen. Irgendwie tauchte er immer genau dann auf, wenn ich ihn brauchte. Ich rieb mir schnell die Augen. »Ich glaube schon.«

»Lass mich raten: Die Zugeknöpfte hat dich mal wieder gemobbt?«

Ich lachte zaghaft. »Woher weißt du das?«

»Weil sie eine seelenlose Schreckschraube ist, eine Maschine, die nicht selbst denken kann, außer um andere Leute fertigzumachen.

Im Grunde ist Catherine nur neidisch, weil andere einen freien Willen haben.«

Jacks Tiraden gegen Catherine trösteten mich immer. Wir lächelten uns an, und allmählich kam ich wieder zur Ruhe.

»Wolltest du deine Oma anrufen?«, fragte er.

»Ja, aber sie hat wohl ihr Hörgerät abgestellt. Mitunter macht sie das nachmittags.« Ich deutete auf sein Buch. »Jetzt schon Hausaufgaben? Stillarbeit ist doch erst in drei Stunden. Ich weiß nicht, ob das erlaubt ist!«

»Yashir hört mit seinen Kumpels bei uns im Zimmer Musik. Ziemlich laut. Ich brauchte meine Ruhe.«

Yashir und Jack waren Zimmergenossen. Zwar hassten sie sich nicht wie Catherine und ich, aber die besten Freunde waren sie auch nicht gerade. Denn erstens machte es Jack wahnsinnig, dass Yashir den ganzen Tag Musik hörte, und zweitens machte es Jack überhaupt wahnsinnig, das Zimmer mit jemandem zu teilen. Vor allem beim Schlafen mochte er niemanden um sich haben. Er sagte, nachts vermisse er seine Privatsphäre am allermeisten.

»Du brauchst ständig deine Ruhe. Auch wenn man für dich ein eigenes Haus bauen würde, würdest du dich noch immer eingeengt fühlen.«

Jack grinste und kippelte mit dem Stuhl nach hinten. »Hey, ich habe heute zwei Ecken in meinem Zimmer entdeckt, die sich perfekt für eine Kamera eignen würden. Hast du bei dir schon nachgesehen?«

Ich lachte. Jack und ich hatten uns ein Spiel ausgedacht, bei dem wir so taten, als würde uns die Schule überwachen, und wir suchten nach Möglichkeiten der Überwachung. Damit angefangen hatte

Jack, als Trevor ihn täglich beim Mittagessen beobachtete. Und jedes Mal, wenn wir unsere elektronischen Ausweise benutzen mussten, um entweder in ein Gebäude hinein- oder hinauszugelangen oder einen Sicherheitscode eingaben, brachte er das Thema erneut auf. Natürlich wies er mich auch darauf hin, dass sich die Fenster im Res im Gegensatz zu denen im Bly und denen im Hauptgebäude nicht öffnen ließen. Dann gab es da noch die Tore. Jack hasste die Tore. Für ihn gab es keinen guten Grund, uns hinter eiserne Gitterstäbe zu sperren.

»Das mache ich, sobald ich wieder auf dem Zimmer bin.« Ich setzte mich zu ihm an den Tisch und drehte sein Buch um, um den Titel zu lesen. »Das Boyle-Mariotte'sche Gesetz? Gase behandeln wir doch erst im nächsten Halbjahr.«

Er zuckte die Achseln. »Sah interessant aus.«

»Ich hätte nicht gedacht, dass ein Schulbuch je interessant sein könnte. Und schon gar nicht ein Chemiebuch.«

»Tja, ich muss wohl ziemlich verzweifelt sein.«

»Hast du vielleicht Lust, mit mir zu lernen? Ich hätte nichts dagegen, schon mal an der Aufgabe für Freitag zu knobeln.«

»Hört sich gut an.«

Ich holte rasch mein Chemiebuch aus dem Zimmer, und gemeinsam arbeiteten wir fast eine ganze Stunde. Zum Glück beherrschte Jack den Großteil des Stoffes schon. Als ich ihn fragte, warum er sich denn nicht für einen der fortgeschrittenen Kurse eingeschrieben hatte, antwortete er, er wolle sich nicht so anstrengen müssen. Typisch.

Wir machten Chemie und besprachen auch noch unsere Ethikhausaufgaben. Wie immer tat mir Jacks Gegenwart gut, er war der

Einzige an der Schule, bei dem ich nicht befürchten musste, ihn zu enttäuschen. Gerade als wir fast fertig waren, kamen Esther und Hennie. Hennie blieb am Türpfosten hängen und wäre beinahe auf unserem Tisch gelandet. Esther hielt sie noch am Arm fest, und die beiden lächelten mich entschuldigend an.

»Bereit zum Training?«, fragte Esther. Sie beugte sich vor, legte eine Hand auf das Knie und dehnte die Wade. »Heute laufe ich anderthalb Kilometer. Ernsthaft.«

Ich seufzte. »Kann ich mich nicht irgendwie drücken?«

Während ich die Freistunde mit Jack verbracht hatte, waren dunkle Wolken aufgezogen, und es schüttete heftig. Außerdem gehörte Allie zu unserem Laufteam, und nachdem ich das Gespräch im Kunstraum belauscht hatte, konnte ich ihr nicht unter die Augen treten.

Hennie riss erschrocken die Augen auf. »Du spinnst wohl! Du kriegst Riesenärger. Mr Yerkinly hat gesagt, wir dürfen nicht fehlen. Außer wir sind im Krankenzimmer, weil wir uns übergeben müssen. Und selbst dann sollen wir anschließend noch zum Training kommen.«

»Ich gehe mal lieber«, sagte Jack.

»Nein, nein«, sagte Esther. »Wir hätten euch nicht stören sollen.« Sie blinzelte mir übertrieben zu. »Wenn du dich nicht gut fühlst, Dancia, solltest du nicht laufen.«

»Nein, ihr habt recht«, sagte ich, schloss das Buch und stand auf. »Ich kann nicht einfach schwänzen.«

»Ich muss eh auf mein Zimmer«, erwiderte Jack. »Yashir wollte mein Tattoo für ein Kunstprojekt zeichnen.«

»Yashir?«, wiederholte Hennie leicht hysterisch.

»Vielleicht kommen wir nachher noch mal vorbei«, sagte ich. Warum war mir das nur nicht schon früher eingefallen, Yashir und Hennie durch Jack zusammenzubringen. Wahrscheinlich weil Yashir und Jack kaum je gleichzeitig im Zimmer waren, außer nachts.

Jack nickte. »Klar, kommt doch vorbei.« Dann schlenderte er mit den Büchern unter dem Arm davon.

»Heute schien er aber netter als sonst«, bemerkte Esther.

»Er ist nett«, sagte ich. »Vielleicht nicht lieb nett, aber er hat ein gutes Herz.«

Hennie sah gedankenverloren zur Tür, durch die Jack gerade verschwunden war. »Er hat was Trauriges an sich«, bemerkte sie. »Bestimmt ist er froh, eine Freundin wie dich zu haben, Dancia.«

»Woher willst du das wissen?«, fragte ich verwundert.

»Hennie weiß solche Sachen einfach«, sagte Esther. »Sie kann praktisch Gedanken lesen.«

Hennie wurde rot. »Manchmal bekomme ich so ein Gefühl, wenn ich mich mit jemandem unterhalte. Als würde der andere mit einer zweiten Stimme sprechen. Dann höre ich, was die Person sagen möchte, aber nicht sagen kann. Das ist nicht immer so, und ich habe auch nicht jedes Mal recht. Meine Mom meint, ich könnte einfach nur gut in Gesichtern lesen. Angeblich hat mein Vater die gleiche Gabe, deshalb kann er auch so gut vermitteln.«

Warum überraschte mich das nicht? Von Anfang an hatte ich gespürt, dass Hennie mich weitaus besser verstand, als mir lieb war. Doch auf einmal kam mir noch ein ganz anderer Verdacht.

»Esther, du bist spielst ja so gern Theater«, sagte ich. »Kam es schon mal zu eigenartigen Begebenheiten? Ich meine, ist schon mal was Seltsames passiert, als du eine Szene gespielt hast?«

Esther sah mich an, als hätte ich den Verstand verloren. »Was Seltsames?«, fragte sie. »Ich glaube nicht. Wobei ich mich manchmal so stark in jemanden hineinversetze, dass es mir beinahe vorkommt, als sei ich diese Person. Letztens habe ich Mr Yerkinly nachgemacht, und ich schwöre euch, plötzlich saßen meine Hosen lockerer.« Sie kicherte. »Das ist doch eher im guten Sinne seltsam, oder?«

Mir wurde schwindelig, und ich schloss die Augen. Zum ersten Mal kamen mir Zweifel. Hatte ich die Night Academy womöglich ganz falsch eingeschätzt? Bislang war ich davon ausgegangen, dass ich anders war als die anderen, weil ich keinerlei Begabung hatte. Aber ich hatte doch eine Begabung! Ich hatte sie versteckt, unterdrückt und ignoriert, in der Hoffnung, sie würde von selbst verschwinden. Aber es gab sie immer noch, tief in mir drin. Ich hatte die Gabe, Dinge geschehen zu lassen. Seltsame, unglaubliche Dinge. Zwar verfügte ich über keinerlei mathematisches oder naturwissenschaftliches Talent, aber meine Begabung war anderer Art.

Und mit einem Mal fragte ich mich, ob vielleicht jeder hier auf der Night Academy auch ein Talent anderer Art hatte?

13

Beim Training versuchte ich krampfhaft, nicht zu Allie zu schauen, aber sie kam von sich aus zu mir herüber und fragte mich, ob wir nicht zusammen laufen sollten. Da Hennie und Esther die halbe Streckte nur langsam trabten oder gingen, blieb ich so gut wie nie bei ihnen; mit Allie war ich bislang noch nicht gelaufen. Ich willigte schließlich ein, was blieb mir auch anderes übrig? Zum Glück arbeiteten wir vor allem an Sprints, und schon bald waren wir so aus der Puste, dass wir kaum noch miteinander reden konnten. Wir waren ein gutes Team, und wenn ich nicht dermaßen entschlossen gewesen wäre, sie nicht zu mögen, hätte ich richtig Spaß mit ihr haben können.

Vielleicht sollte ich lieber sagen, ich hätte Spaß gehabt, wenn die Angst nicht so an mir genagt hätte wie Mrs Burkers Hund an Omas Suppenknochen. Doch nach einer Weile kam ich zu dem Schluss, dass ich mich irren musste. Denn wenn die anderen Schüler ähnliche Begabungen hatten wie ich, dann hätte das bestimmt schon jemand spitzgekriegt. So etwas konnte man kaum verbergen, zumal heutzutage. Ehe man sichs versah, würde es im

Netz stehen. Kids würden damit herumprahlen, und die Eltern würden versuchen, damit Geld zu scheffeln. So lief das nun mal.

Doch auch nachdem ich den Gedanken als absurd verworfen hatte, blieb das Unbehagen und lag mir wie ein Stein im Magen. Unentwegt sah ich mich nach meinen Mitschülern um und fragte mich, über welche geheimen Kräfte sie wohl verfügen mochten.

Nach dem Training sprang ich unter die Dusche, raffte meine Sachen zusammen und verschwand ohne Abendessen in der Bibliothek. Die Bibliothek erinnerte mich an die in meiner alten Schule, nur war sie dreimal so groß, und statt schlecht gelaunter ehrenamtlicher Teilzeitkräfte gab es hier eine hilfsbereite Bibliothekarin.

In der Mitte standen zwei lange Tischreihen, ringsum waren Einzelkabinen. Wenn man konzentriert arbeiten wollte, musste man sich in eine Kabine zurückziehen. An den langen Tischen konnte man gut in der Gruppe arbeiten oder Blödsinn machen, wenn man eigentlich hätte lernen sollte.

Ich wollte weder Catherine noch einem der anderen Mädchen aus dem Töpferkurs beim Abendbrot begegnen, deshalb verkroch ich mich mit meinem Mathebuch in einer Kabine.

Als ich mit Mathe fertig war und das Englischbuch herausholte, hatte sich die Bibliothek bereits gefüllt, denn wir hatten jetzt Stillarbeitszeit. Ich blätterte durch die Seiten einer Geschichte, die ich eigentlich erst für die nächste Woche lesen musste, da fiel ein Schatten über meine Kabine. Ich schaute auf und erwartete Catherines mürrisches Gesicht oder allenfalls Jacks.

Doch es war Cam.

Ich setzte mich in meinem Stuhl auf. »Hey, wie geht es dir?«, fragte ich lässig. Für Catherine mochte ich eine dumme Fünftklässlerin sein, doch hier würde ich mich endlich einmal wie eine Highschool-Schülerin benehmen.

»Und dir?«, fragte er. Auf seiner Stirn bildete sich eine kleine Falte. »Trevor und ich haben beim Abendbrot vergeblich nach dir Ausschau gehalten. Ist alles in Ordnung?«

Innerlich jubilierte ich vor Freude, dass Cam nach mir gesucht hatte. »Ja, ich hatte irgendwie keinen Hunger.«

Er nahm sich einen Stuhl von dem langen Tisch und setzte sich neben mich. »Du und keinen Hunger? Das glaube ich dir nicht. Wie willst du denn morgen das Training durchstehen, wenn du nichts isst?«

Ich zuckte die Achseln. »Das schaffe ich schon. Ich musste noch einiges für den Unterricht machen.«

Cam schüttelte den Kopf, dabei fielen ihm einzelne Strähnen in die Augen. Er beugte sich zu mir vor: »Bist du denn jetzt fertig?«

Mein Herz flatterte, denn er war mir so nah, dass sein T-Shirt meinen Arm berührte. Aber ich kämpfte gegen dieses Gefühl an. Schon oft hatte mich seine Nähe aus der Fassung gebracht, doch mittlerweile sollte ich wissen, dass das nichts weiter zu bedeuten hatte. »Ja, mehr oder weniger. Warum?«

Er erhob sich und deutete mit dem Kopf zur Hintertür der Bibliothek. »Wollen wir was zu essen auftreiben?«

Ich musterte ihn mit zusammengekniffenen Augen. »Wir haben jetzt Stillarbeit. Außerdem hat die Küche geschlossen.«

Cam hielt mir seine Hand hin. »Komm mit.«

Wir verließen die Bibliothek, meine Hand fest in seiner. Mir schossen mindestens hundert verschiedene Gründe durch den Kopf, warum er nun meine Hand hielt, Liebe und Zuneigung waren nicht darunter. Vielleicht tat ich ihm leid. So mutterseelenallein in der Bibliothek hatte ich wahrscheinlich ein Bild des Jammers abgegeben, da hat er sich dann gezwungen gefühlt, sich zu kümmern. Oder er hatte herausgefunden, was Catherine über mich gesagt hatte.

Ziemlich weit hergeholt, aber wenn er jetzt meine Hand hielt, gab es offenbar noch Zeichen und Wunder. Natürlich könnte er damit auch eine andere eifersüchtig machen wollen, aber das schien ebenso weit hergeholt, denn Cam konnte bestimmt jedes Mädchen haben. Aber es war immerhin möglich.

Vielleicht war er auch nur ein unglaublich lieber Kerl, der fand, dass ich etwas zu essen brauchte und einfach aus Nettigkeit meine Hand hielt.

Leider kam diese banale Erklärung der Wahrheit wohl am nächsten.

Er führte mich durch einen Gang im ersten Stock, und wir näherten uns der Cafeteria von hinten. Vor einer großen Stahltür mit einem Fenster blieben wir stehen, wahrscheinlich die Küchentür. Zu meiner Bestürzung ließ er meine Hand nun los und tippte einen Code in die Tastatur.

Zögernd trat ich einen Schritt beiseite, als er die Tür öffnete. »Meinst du nicht, die erwischen uns?«

»Alles okay. Ich habe eine Sondergenehmigung«, sagte Cam. »Weil ich doch für Mr Judan arbeite.«

Ich nickte. »Klar, natürlich.« Cam würde nie gegen die Regeln verstoßen. Er war ja fast schon selbst ein Lehrer. Was hatte mich nur geritten?

Er lächelte mir aufmunternd zu. »Aber gut, dass du dir deshalb Gedanken machst. Mit den Regeln nehmen sie es echt sehr genau hier. Aber solange du mit mir zusammen bist, brauchst du dir keine Sorgen machen.«

Cam betätigte einen Schalter hinter der Tür, und schon erstrahlte der Raum im Licht. Ein rechteckiger Tisch, eine Gefriertruhe aus Edelstahl, zwei hohe Kühlschränke. Hinten an der Wand mehrere Spülen und ein Herd mit acht Platten.

Cam nahm eine Packung Eier aus dem Kühlschrank. Dann griff er unter den Tresen und zog eine große Schüssel hervor.

»Magst du Eier?«, fragte er.

Als könnte ich in so einem Moment nein sagen. »Meinst du, das dürfen wir?«

Er wischte meine Bedenken fort. »Kein Problem. Solange wir hinterher alles wieder aufräumen.« Er schlug drei Eier auf, holte Milch aus dem Kühlschrank und gab einen Schuss dazu. Dann nahm er eine Gabel aus der Schublade hinter sich und rührte die Mischung durch.

»Machst du das oft?«

»Nicht während der Schulzeit, aber ich habe ja einen Großteil der Sommerferien hier verbracht, dann gibt es keinen Koch.«

»Kann ich irgendwie helfen?«, fragte ich.

»Klar. Hinten links in der Speisekammer liegt das Brot. Hol ein paar Scheiben und steck sie in den Toaster.«

Ich nickte. Und während das Brot röstete und die Eier in der Pfanne brieten, schüttelte ich ungläubig den Kopf. »Ich fasse es nicht, dass du für mich kochst. Ich wusste nicht, dass Typen auch kochen können.«

Das Rührei war perfekt gestockt, nicht so angebrannt wie bei Oma. »Mein Dad war abends oft unterwegs. Wenn ich nicht verhungern wollte, musste ich also kochen lernen.«

»Und dein Dad hat dich ganz allein gelassen?«, fragte ich. »In der Grundschule schon?«

Cam bestrich das Brot mit Butter und reichte mir dann die Pfanne. Er schenkte mir ein strahlendes Lächeln. »Tut mir leid, aber Teller gibt es hier nicht. Die sind nebenan. Aber so müssen wir auch weniger abwaschen. Stört es dich?«

Ich schüttelte den Kopf und stellte die Pfanne vor mir auf den Tresen. Beim Geruch des warmen Brots und der Eier lief mir das Wasser im Mund zusammen. Ich schlang das Essen hinunter und vergaß derweil, dass ich ja angeblich keinen Hunger hatte.

»Jedenfalls, um auf deine Frage zurückzukommen«, sagte Cam, »ihm blieb nichts anderes übrig. Meine Eltern haben sich getrennt, als ich noch klein war; meine Mom ist nach Florida gezogen, hat neu geheiratet und noch mal Kinder bekommen. Wir hatten in Seattle keine weiteren Angehörigen, und mein Dad hat nicht genug Geld verdient, um mich nach der Schule in den Hort zu schicken. Wir haben in einem Wohnblock gewohnt, da war im Notfall immer jemand zu Hause. War schon okay. Aber eines Tages hatte ich die Erdnussbutter-Marmeladen-Stullen zum Abendbrot über.«

Irgendwie hatte ich komplett vergessen, dass ja auch Cam ein Stipendium hatte. »Bei mir war es genau anders herum«, sagte ich. »Oma war immer zu Hause. Das hat mich manchmal echt verrückt gemacht. Ich habe davon geträumt, mal allein im Haus zu sein, nur einen Nachmittag lang. Einfach um zu beweisen, dass ich das kann.«

»Jeder will immer genau das, was er nicht hat, findest du nicht?«, sagte Cam.

»Glaub schon.«

Ich hörte auf, zu schlingen, denn ich wollte diesen Moment allein mit Cam auskosten.

»Yerkinly meint, dass du dich richtig gut im Laufteam machst.«

»Beim ersten Training habe ich mich echt dumm angestellt«, gab ich zu. »Ich hatte ja überhaupt keine Ahnung, wie schwer der Berg am Ende ist. Am Schluss ging mir dann die Puste aus, und ich musste gehen.«

»Mein erstes Jahr in der Fußballmannschaft war eine Katastrophe. Ich glaube, ich habe kein einziges Tor geschossen. Bist du schon mal mit Anna gelaufen? Die läuft bestimmt mal mit dir, dann kann sie dir ein paar Tipps geben. Ich meine, nur, falls du ein wenig Hilfe möchtest.«

Anna war die Kapitänin des Mädchenteams. Sie hatte langes braunes Haar und riesige Augen, die von dichten Wimpern umrahmt waren. Ihr Haaransatz lief vorne spitz zu, was ihrem Gesicht die Form eines Herzens verlieh. Ich wusste zwar, dass Cam mit Anna befreundet war, wollte aber lieber nicht daran denken. Anna war wunderschön, superschnell und aß jeden Mittag mit Cam zusammen. Kurz und gut, sie war, wie ich gerne sein wollte.

»Das wäre toll.« Ich biss mir auf die Lippe. Nur allzu gerne hätte ich ihn gefragt, warum er sich bei meinem Trainer nach mir erkundigt hatte, aber ich ließ es bleiben. Wahrscheinlich wollte ich nicht hören, dass es mit Mr Judan und dem Anwerbekram zu tun hatte. Ich wollte, dass er mich einfach so mochte.

Die nächste Stunde unterhielten wir uns in der Küche. Cam fand, dass mein Rührei so gut aussah, dass er auch unbedingt noch was essen musste, also briet er sich selbst auch ein paar Eier. Dann standen wir einfach nur herum, tranken Milch, unterhielten uns übers Laufen, unsere Schulfreunde und den Unterricht. Beinahe hätte ich ihm von dem Vorfall mit Catherine heute erzählt, aber ich sagte einfach nur, dass ich meine Zimmergenossin nicht besonders mögen würde, und er nickte. Ihm war es in der Neunten mit seinem Zimmergenossen ähnlich ergangen.

Als er das sagte, hatte ich das Gefühl, er wusste, wie gemein Catherine war und wollte andeuten, dass er mit mir fühlte.

Auf dem Rückweg zum Res hielt Cam nicht wieder meine Hand, aber er legte in der Dunkelheit die Hand auf meine Schulter, und für einen kurzen Moment überlegte ich panisch, was wohl wäre, wenn er mich jetzt küssen würde.

Vor der Haustür blieben wir stehen und sahen einander an. Mir stockte der Atem, und ich sah leicht verschwommen, dennoch versuchte ich cool zu bleiben.

Er küsst dich ganz bestimmt nicht, schalt ich mich. Behalt mal die Nerven. Da passiert nichts.

Nach einem endlos scheinenden Augenblick sagte Cam leise: »Es ist bestimmt nicht leicht für dich. Aber ich beschütze dich, Dancia. Das weißt du doch, oder?«

Wusste ich nicht, bis jetzt jedenfalls nicht. Ich bekam keinen Ton raus, konnte nicht glauben, was ich da hörte. Wie vor den Kopf geschlagen nickte ich.

»Gut. Wenn dich irgendetwas bedrückt, dann möchte ich, dass du mir das sagst. Ich bin für dich da, Dancia. Vergiss das nicht.«

Wieder stand ich nur stumm da, traute mich kaum zu atmen, bis mir klar wurde, dass er auf eine Reaktion von mir wartete. »Ähm … das ist echt … nett von dir. Danke. Und danke auch noch mal fürs Rührei.«

Verflucht noch mal, hätte ich nicht wenigstens etwas halbwegs Interessantes rausbringen können. Ich winkte zum Abschied und rannte die Treppen zu meinem Zimmer hoch. Catherine brütete über Differenzialgleichungen und rümpfte die Nase, als ich hereinkam.

»Du hast das Abendessen verpasst«, sagte sie. »Und ich habe ein paar deiner Klamotten auf meiner Schrankseite gefunden. Ich habe sie dahinten hingetan.« Sie zeigte auf ein Knäuel in der Ecke unter meinem Schreibtisch. »Sieh zu, dass das nicht noch mal vorkommt.«

In diesem Moment konnte ich nur allzu gut verstehen, wie es Jack mit seinem Mitbewohner ging.

Aber es war mir egal. Ich war glücklich, Catherine und ihre Gemeinheiten konnten mir nichts anhaben.

Zwischen Cam und mir gab es eine Verbindung, eine echte Verbindung. Er beschützte mich. Warum, wusste ich nicht recht, und ich traute mich kaum zu hoffen, was es bedeuten könnte. Aber diese Verbindung gab es. Einfach unglaublich!

Wer war schon diese blöde Catherine Arkane?

Am Wochenende hatten Schüler den Gemeinschaftsraum und die Cafeteria mit Luftschlangen, künstlichen Spinnweben und orangenen Lichterketten dekoriert. Als wir anderen am Montag zurückkamen, hörte ich Catherine zu Paul sagen: »Ich kann nicht begreifen, wie man so kindisch sein kann. Halloween ist doch ein ausgedachter Feiertag, der auf Teufelskulte zurückgeht. Da muss man schon echt dumm sein, das auch noch zu feiern.«

Ich lächelte vergnügt in mich hinein, rückte die Plastikspinne an meinem Rucksack zurecht und begab mich zum Unterricht.

14

Seit Platon und Aristoteles beschäftigen sich die Menschen mit der Ethik. In diesem Kurs stellen wir schwierige Fragen, die die Philosophen schon seit Jahrhunderten umtreiben. Wann ist eine Handlung moralisch gerechtfertigt und wann nicht? Wie unterscheiden wir Gut und Böse? Lässt sich die Richtigkeit einer Entscheidung allein durch die Anzahl der Betroffenen rechtfertigen?«

Mr Fritz, die Trollpuppe mit dem weißen Haarbüschel, sprang vom Pult auf und begann vorne auf und ab zu tigern, dabei gestikulierte er wild mit den Armen.

»Mann, der geht echt auf in seinem Fach«, murmelte Jack. Er saß neben mir in der letzten Reihe.

Ich ignorierte seine Bemerkung und widmete mich Mr Fritz' Ausführungen.

»Irgendwie finde ich ihn ganz niedlich«, sagte Jack und rieb sich nachdenklich das Kinn.

»Schhh!«, fauchte ich. Seit ich wusste, dass Cam mich beschützte, wollte ich alles tun, um Ärger zu vermeiden. Aber mir fiel es schwer, Jack das zu sagen, wo wir uns hier hinten schon seit Wochen über Mr Fritz und die anderen lustig machten.

»Schon gut, schon gut.« Jack hob die Hand und tat, als würde er kapitulieren. Er straffte sich und hielt den Stift mit spitzen Fingern, als wollte er sich Notizen machen.

Mr Fritz faselte weiter von Kant und John Stuart Mill, die wir gerade durchnahmen. Meine Gedanken schweiften ab, und ich fand mich in einem schönen Tagtraum wieder, in dem Cam mir Rührei machte und meine Hand hielt. Auch wenn es erbärmlich war, befand ich mich doch seit jenem Abend in einem halbkomatösen Zustand. Dass niemand davon wusste, beflügelte meine Euphorie noch. Nicht, dass ich es Esther und Hennie unbedingt verschweigen wollte, aber ich fürchtete, es würde seinen Zauber verlieren, wenn sie davon erfuhren.

Ich weiß nicht, wie viel Zeit verstrichen war, aber als ich wieder einen Blick auf Jack warf, hörte der Mr Fritz tatsächlich zu, nickte mitunter und schrieb mit. Beschämt sah ich auf mein eigenes unbeschriebenes Blatt. Wenn Jack aufpassen konnte, konnte ich es ja wohl auch.

»Jetzt wollen wir ein kleines Spiel spielen. Bitte steht alle auf und rückt die Tische an die Wand. Wir brauchen Platz.«

Hier und da ertönte ein Stöhnen, doch alle erhoben sich. Zwanzig Stühle und Tische schabten über den Linoleumboden. In Ethik waren wir mit einer anderen Gruppe zusammengelegt, von denen ich die meisten mittlerweile auch ganz gut kannte, denn wir hatten in den vergangenen anderthalb Monaten viel Zeit miteinander verbracht. Zum Glück war Catherine nicht mit von der Partie, aber Cara war dabei. Seit dem Zwischenfall beim Töpfern hatte ich sie links liegen lassen, aber es schien ihr nicht weiter aufgefallen zu sein.

Gehorsam schob auch ich meine Sachen an die Wand. Da ich nicht zugehört hatte, wusste ich nicht, was überhaupt los war.

Als wir fertig waren, zerrte Mr Fritz eine große Holzpalette hinter seinem Schreibtisch hervor und ließ sie mit lautem Krach in der Mitte des Raumes fallen. Sie war etwa 30 Zentimeter hoch und einen Meter breit. »Meine lieben Astronauten, auf der Erde werden die Menschen von einer gefährlichen Epidemie dahingerafft, und ihr habt auf einem fernen Planeten das Gegenmittel besorgt. Eure Notkapsel hier hat gerade noch genug Treibstoff, um genau einmal auf die Erde zurückzukehren. Jeder, der zurückbleibt, ist zum Sterben verdammt. Um abzuheben, müssen alle zusammen drei Sekunden lang auf der Plattform stehen.«

Mr Fritz strahlte uns an und fuhr sich durchs wolkige Haar. »Ach übrigens, in einer Viertelstunde geht euch der Sauerstoff in den Raumfahrtanzügen aus. Ich würde mich sputen.«

Kurt, ein mageres Bürschchen mit plattem Haar, schob sich die dicke Brille mit einem Bleistift zurecht. »Nichts für ungut, Mr Fritz, aber wir sind zwanzig. Wir passen nicht alle gleichzeitig auf die Palette.«

Andere Schüler, darunter auch Gideon und Hector, nickten zustimmend.

»Es ist euer Schiff«, sagte Mr Fritz. »Und eure Mannschaft. Ihr müsst es irgendwie möglich machen.«

Neuerliches Stöhnen. Mir kam sofort wieder die Wand in den Sinn. Was hatte es mit diesen gruppendynamischen Aufgaben hier auf sich? Ich versuchte, mich im Hintergrund zu halten, doch konnte nicht umhin, auch hier und da mal einen Vorschlag zu machen, während wir verschiedene Formationen ausprobierten. Einige wurden auf die Schultern gewuchtet, andere standen auf den Füßen ihrer Mitschüler, und wir hielten einander fest. Da ich so groß bin, musste ich am Rand stehen, und kleine niedliche Mädchen wie Allie durften sich dann auf meine Füße stellen, was mich nicht gerade begeisterte. Aber da alle durcheinanderstöhnten und -lachten, schob ich meinen Ärger beiseite. Wir hatten es fast geschafft, doch dann berührte jemand zu früh mit dem Fuß den Boden.

»Soll uns das etwa Sinnlosigkeit lehren?«, kicherte Alessandro. »Ist das ein moralisch vertretbares ›Ich gebe es auf‹?«

»Das ist doch total bescheuert«, sagte ein dunkelhaariges Mädchen ziemlich laut.

Danach ging die Gruppenenergie flöten, und es gab nur noch vereinzelte hilflose Versuche. Die Minuten vergingen. Aufzugeben gefiel mir gar nicht, aber ich hatte auch keine Ideen mehr.

Jack, der an einem Tisch lehnte, hob die Stimme und sagte: »Wir müssen einige aus der Gruppe opfern.«

»Hast du sie noch alle?« Yashir sah entsetzt aus. »Opfern, du meinst zurücklassen?«

»Ja. Das ist die einzige Möglichkeit, das Gegenmittel zur Erde zu bringen.« Jack hatte es ganz lässig dahingesagt, die Hände tief in den Taschen vergraben.

Auf einmal wurde laut durcheinandergeredet.

»Was soll das denn?«

»Ich bleibe jedenfalls nicht zurück.«

»Wir dürfen die Gruppe nicht teilen.«

»Du bist echt krank, Mann.«

Um Jacks Lippen spielte ein Lächeln, und in dem Moment platzte mir der Kragen. Klar, irgendwie kamen wir nicht weiter, aber wir hatten Riesenspaß beim Versuchen. Alle waren gut gelaunt. Warum musste Jack das kaputt machen?

»Dann lassen wir ihn eben zurück.«

»Ja, genau, wenn schon jemand hierbleiben muss, warum nicht du?«

Jack setzte sich auf einen der Stühle. Er verschränkte die Hände hinter dem Kopf und lehnte sich zurück. »Ich habe nur eine Möglichkeit angesprochen. Ihr könnt mich gerne zurücklassen, wenn ihr wollt.«

»Ihr habt noch drei Minuten«, rief Mr Fritz hinter seinem Pult.

Ich hätte schwören können, dass er sich ein Lachen verkneifen musste. Da wurde mir klar, dass er von Anfang an gewusst hat, dass die Palette zu klein für alle war. Die ganze Übung war nur darauf ausgelegt, uns deutlich zu machen, dass wir einschneidende Maßnahmen ergreifen mussten, um unsere »Mission« nicht zu gefährden.

Alle gerieten in Panik. Yashir und Marika und ein Paar aus der anderen Gruppe brüllten wild Befehle. Geboten uns, zurück auf die Palette zu klettern und uns festzuhalten wie zuvor. Ich sah einfach nur zu. Mitschüler riefen, ich sollte auf die Palette springen, doch ich winkte ab. Meine Hände waren zu Fäusten geballt.

Mit ungewohntem Ernst bauten sich die anderen auf der Palette auf. Alle paar Sekunden rutschte jemand ab und mühte sich sogleich wieder, in die Gruppe zu finden.

»Eine Minute noch!« Mr Fritz hielt seine Uhr hoch.

Jack kam zu mir herüber. »Was für ein Haufen Idioten«, flüsterte er. »Fast könnte man glauben, die wollen die Welt wirklich retten. Wollen wir ihnen einen kleinen Stoß verpassen?«

»Kommt nicht infrage«, sagte ich. »Ich will, dass sie es schaffen.«

Cam würde es wollen. Und genau deshalb machte mich Jacks Verhalten so wütend. Cam würde es gar nicht gefallen, wie Jack alles unterminierte. Er würde wollen, dass die anderen es schafften und ich dabei half.

»Komm schon, das wäre doch lustig«, sagte Jack. »Nur einen kleinen Schubs, und schon purzeln sie wie die Dominosteine. Das würdest du doch auch gerne sehen, gib es zu.«

»Nein, würde ich nicht, Jack.«

Zugegeben, Allie hätte ich schon gerne fallen sehen oder Marika und Cara. Ich starrte sie an, wie sie einander glücklich umklammert hielten, und einen Moment lang stand ich wieder hinter dieser Tür im Kunstraum, hörte sie über mich reden … über mich lachen …

»Na gut, dann mache ich es eben, und du guckst nur zu.«

Ich schüttelte den Kopf, versuchte die schrecklichen Gefühle zu verbannen. Ich würde nicht zulassen, dass Jack etwas Gemeines tat.

Im Nachhinein weiß ich nicht mehr, wie ich mir das genau vorgestellt hatte. Etwa, dass ich die gesamte Gruppe auf dem Holzpodest halten könnte? Etwas Schweres auf Jack fallen ließ? Was auch immer es war, der Impuls, etwas geschehen zu lassen, war übermächtig. Es war beinahe ein körperlicher Zwang, ich spürte das vertraute Kribbeln, vernahm das Rauschen in den Ohren.

Meine Kräfte waren erwacht. Sofort kniff ich die Augen zu und ballte die Fäuste. Nein, bettelte ich, bitte nicht jetzt. Wenn ich nun einen meiner Mitschüler verletzte! Was, wenn die gesamte Schule von meinen Kräften erfuhr?

Wenn sie jetzt die Kontrolle übernahmen, würde ich Riesenärger bekommen. Keine Ahnung, wie meine Strafe aussehen würde, aber auf jeden Fall könnte ich nicht länger auf der Night Academy bleiben und so tun, als wäre ich eine stinknormale Schülerin.

Ich holte tief Luft und zwang mich, einzuhalten. Ich wusste genau, ganz egal, welches Bild mir in den Kopf kam, es würde sich erfüllen. Und wenn ich mir vorstellte, dass gar nichts geschah?

Hörte sich verrückt an, aber es war einen Versuch wert.

Ich öffnete die Augen und starrte aufs Podest, ließ mich auch nicht von Jack ablenken, der meinen Namen flüsterte. Konzentriert blickte ich auf die Palette, versuchte meine Gedanken verzweifelt auf den Ist-Zustand zu lenken. Wenn ich meinen Geist damit füllte, konnte schließlich nichts Schlimmes geschehen.

Der Impuls wegzuschauen war so stark, dass meine Hände zitterten. Entschlossen presste ich die Kiefer aufeinander. Ich versuchte mir einzureden, dass dies wie ein Blickduell mit Oma war. Auch wenn mir die Bretter schon vor den Augen verschwammen, blieben sie zumindest in Sicht.

Kurz darauf verging das Kribbeln. Die Anspannung in meinem Körper ließ so abrupt nach, dass ich das Gleichgewicht verlor und beinahe umkippte. Gleichzeitig hörte ich die Gruppe singen: »Eins, zwei, drei!«

Dann brachen sie in Jubel aus. Sie mussten es geschafft haben, dachte ich matt. Urplötzlich kam mir die Galle hoch.

Ich meldete mich. »Ich muss mal auf die Toilette, Mr Fritz«, krächzte ich, und mein Magen zog sich krampfhaft zusammen.

Ohne seine Antwort abzuwarten, sprintete ich den Gang hinunter zum Mädchenklo. Ich schaffte es gerade noch rechtzeitig zur

Schüssel, wo ich die widerlichen Überreste meiner zuckrigen Frühstücksflocken erbrach.

Wieder und wieder übergab ich mich, bis mein Magen so leer war, dass ich nur noch eine fiese Säure hervorbrachte, die mir in Mund und Nase brannte. Anschließend lehnte ich mich gegen die Klotür und wischte mir zitternd den Schweiß von der Stirn. Mir war gleichzeitig heiß und kalt, und ich war so müde, dass ich auf der Stelle hätte wegdösen können.

War das der Preis dafür, dass ich meine Kräfte unterdrückt hatte? Immer noch tobte mein Magen, meine Arme und Beine hingen schlaff herunter. Eine Träne quoll mir aus dem Augenwinkel und rann die Wange hinunter. Ich war zu schwach, sie wegzuwischen.

Es klopfte an der Klotür. »Dancia, alles okay?«

Na toll. Ein Rettungstrupp hatte mir gerade noch gefehlt!

»Ja, danke«, ich unterdrückte ein Stöhnen.

»Sicher? Mr Fritz hat mich gebeten, nach dir zu sehen.«

Durch den Schlitz unter der Toilettentür sah ich ein paar hübsche braune Stiefel mit Keilabsatz. Allie.

»Nein, mir geht es schon besser. Habe wohl heute zum Frühstück was Falsches gegessen.« Ich versuchte mit fester Stimme zu sprechen, was mir nicht unbedingt gelang.

»Okay.« Sie klang wenig überzeugt. »Bist du sicher?«

»Ganz sicher.«

Einen Augenblick lang standen die Stiefel still, dann stapften sie davon. Ich strich mir das Haar aus dem Gesicht und versuchte hochzukommen. Meine Beine waren so weich, dass ich mich zwischendurch aufs Klo setzen musste.

Als es mir nach einer Weile weder besser noch schlechter zu gehen schien, entschloss ich mich, zurück in die Klasse zu gehen. Mir wurde schwindelig, als ich aufstehen und die Tür öffnen wollte.

Sobald ich vorsichtig die Beine belastete, drohten sie nachzugeben, also lehnte ich mich notgedrungen gegen die Wand. Wie eine Qualle glitt ich an dem kalten Metall hinunter. Als ich auf dem Boden saß, vergrub ich den Kopf im Schoß.

Blöder Mist. Vor Wut und Frust hätte ich heulen mögen, aber ich wollte nicht. Nicht hier, wo Mr Fritz jeden Moment hereinplatzen konnte.

Der Triumph, meine Gabe unterdrückt zu haben, währte nur kurz, denn mir tanzten unentwegt bunte Sterne vor den Augen. Vielleicht hatte ich einen Weg entdeckt, meine Kräfte aufzuhalten, aber eine wirkliche Alternative war das bestimmt nicht. Schließlich konnte ich ja nicht den Rest meines Lebens kotzend auf dem Klo verbringen. Offenbar war meine Gabe ein Teil von mir, den man genauso wenig abschneiden konnte wie einen Arm.

Aber worin bestand denn die Alternative? Sollte wieder alles so werden wie damals an meiner alten Schule? Sollte ich mich wieder unsichtbar machen? Cam, Jack und sogar Esther und Hennie vor den Kopf stoßen und wieder zur Einsiedlerin werden? Für mich kam das nicht mehr infrage. Denn zum einen hatte es ohnehin nie wirklich funktioniert, und zum anderen … tja … ich brauchte bloß daran zu denken, wie Cam meine Hand genommen hatte und mir das Herz vor Freude gehüpft war, als er sagte: »Ich beschütze dich, Dancia.« Vor Cam konnte ich mich nicht verstecken. Selbst wenn ich es könnte, würde ich es nicht wollen. Und Esther und Hennie waren die besten Freundinnen, die ich je hatte. In ihrer Gegenwart vergaß ich, dass ich anders war und fühlte mich wie eine von ihnen. Als gehörte ich dazu.

Auf eine seltsame Art gab mir die Night Academy die Gelegenheit, normal zu sein, und das wollte ich nicht aufs Spiel setzen. Nein, ich weigerte mich regelrecht, das aufzugeben. Seit Mr Judan und Cam bei uns zu Hause aufgekreuzt waren, hatte ich mich verändert. Mich unsichtbar machen und verstecken reichte mir nicht.

Nicht mehr.

15

Als ich aus dem Klo kam, hatte es bereits geklingelt, und alle gingen runter zum Mittagessen. Ich wartete, bis sich der erste Ansturm gelegt hatte und versuchte dann, den Gang hinunterzulaufen. Nur langsam humpelnd kam ich vorwärts, mir war nach wie vor schwindelig, und alle paar Meter musste ich stehen bleiben, um nach Luft zu schnappen. Keine Ahnung, wie ich es bis zu meinem Schließfach im Keller schaffen sollte. Dann hörte ich eine vertraute Stimme hinter mir.

»Du siehst schrecklich aus.«

»Jack, ich will jetzt nicht mit dir reden.«

Ich wollte ihn einfach links liegen lassen, aber er nahm mir den Rucksack ab und hängte ihn sich über die Schulter, dann griff er nach meinem Ellenbogen und stützte mich beim Vorwärtshumpeln.

»Weil ich in Ethik einen dummen Spruch gemacht habe?«, fragte er ungläubig. »Das kapier ich nicht. Was hast du nur?«

»Hör zu«, schnauzte ich. »Das war ein echter Scheißtag heute, und ich will jetzt nicht auch noch mit dir streiten.«

Er runzelte die Stirn und sah mich besorgt an. »Sorry. Willst du darüber reden?«

Ich biss die Zähne zusammen, um gegen die Tränen anzukämpfen. Jahrelang war ich ganz allein klargekommen, und nun schien ich mir alle naslang den Kummer von der Seele reden zu müssen. Ich hatte mich daran gewöhnt, Jack alles zu erzählen, aber es gab ein großes, schreckliches Problem, von dem auch er nie erfahren durfte.

»Nein.«

»Wegen mir musst du kein Blatt vor den Mund nehmen.«

Um meine Mundwinkel zuckte es leicht. »Tut mir leid, ich wollte nicht fies sein. Nur …«

Wir erreichten die Treppe und blickten übers Geländer. Unten stand eine lange Schlange vor der Cafeteria an. Es war ein Höllenlärm, die Leute riefen einander zu und lachten. Hennie und Esther standen ganz in der Nähe.

Mir entfuhr ein Seufzer. »Das ist mir gerade zu viel.«

Jack nickte. »Du bist ziemlich grün im Gesicht. Die Cafeteria ist wohl nicht gerade das Beste für dich. Komm, wir schwänzen das Mittagessen. Ich wollte dir eh was zeigen.«

»Was willst du mir zeigen?«

»Nicht so leicht zu erklären. Komm einfach mit.«

Hennie und Esther waren mal wieder lebhaft ins Gespräch vertieft, also hatten sie uns noch nicht gesehen. Wenn sie mich entdeckten, gäbe es keinen guten Grund, nicht mit ihnen zu Mittag zu essen. Ich sah wieder zu Jack.

Heute Morgen war einfach zu viel geschehen, und ich wollte keinesfalls, dass Hennie mit ihrem verrückten siebten Sinn etwas mitbekam. Und Esthers fröhliche Art konnte ich jetzt auch nicht verkraften.

»Komm schon«, sagte Jack, und seine grauen Augen blitzten schelmisch. »Wir bekommen auch bestimmt keinen Ärger, versprochen.«

Ich schüttelte den Kopf. »Irgendwie überzeugen mich deine Versprechungen nicht so wirklich.«

Er lachte. »Du bist ein kluges Köpfen, Dancia. Jetzt komm endlich.«

Er drehte sich um und nahm die Treppe nach oben, mit ein paar Schritten Abstand folgte ich ihm. Gerade hatten wir uns noch im zweiten Stock befunden, wo die meisten Unterrichtsräume lagen, nun führte mich Jack aber hoch in den dritten. Seit unseren Einführungsveranstaltungen war ich nicht mehr dort gewesen. Trevor hatte uns kurz herumgeführt, um uns die Tanzsäle und die Übungsräume fürs Orchester zu zeigen. Ich glaube, die höheren Semester hatten hier auch Unterricht.

»Wir machen einen kleinen Rundgang, und ich möchte, dass du dir dabei vorstellst, wie das Haus von außen aussieht.«

»Wie meinst du das?«

»Die Form«, sagte er geduldig. »Von außen.«

Ich stellte mir das dreistöckige Backsteingebäude mit seinen hohen Seitenfenstern vor. »Gut, mache ich. Was hast du vor?«

»Komm weiter.«

Wir kamen an Tanzsälen und mehreren kleinen Räumen vorbei, in denen die Stühle im Kreis angeordnet waren. Die Gänge lagen wie ausgestorben, nur das Quietschen meiner Turnschuhe war in der Stille zu vernehmen.

Das Schulgebäude war wie ein quadratischer Donut geformt, wobei die Aula den Mittelpunkt bildete. Jack öffnete ein paar Türen und machte mich darauf aufmerksam, dass die Fenster der äußeren Räume die Grünanlage überblickten, während die Fenster der inneren Räume zum Dach der Aula hinausgingen. Alle Zimmer schienen die gleiche Form und Größe zu haben. Dann gingen wir zweimal um die Ecke und gelangten so zur Rückseite des Gebäudes.

»Das hier sind die Übungsräume.« Jack drückte die Tür zu einem strahlend weißen Musikzimmer auf, vereinzelt standen Stühle herum, an der Wand prangte eine Tafel mit Notenlinien. »Die sind jetzt rechteckig, nicht wahr? Und im Gegensatz zu den äußeren Räumen auf der anderen Seite haben sie keine Fenster.«

Ich trippelte nervös von einem Fuß auf den anderen. »Ja, weil sie schallgedämpft sind.« Zögernd trat ich ein. »Das haben die uns doch erzählt. Ich erinnere mich noch, wie Tony von der Akustik in diesen Räumen geschwärmt hat.«

»Klar«, stimmte er mir zu. »Aber lass uns spaßeshalber mal was ausprobieren.« Vorsichtig setzte er Schritt vor Schritt und maß den Abstand von der Tür bis zur Wand. »Dreißig Schritte«, sagte er triumphierend. »Heute Morgen bin ich die Räume auf der Vorderseite abgelaufen, die sind fünfundvierzig Schritte lang. Allerdings war ich heute Morgen in Eile, weil wir uns mit unseren Tutoren treffen sollten, aber trotzdem. Es gibt also einen großen Unterschied, obwohl das Gebäude quadratisch ist und die Aula auch, also sollten die Räume vorne und hinten gleich groß sein!«

Ich zog mich in den Flur zurück. »Du musst dich vermessen haben. Wir sollten lieber wieder runtergehen. Mir geht es schon besser, und wenn wir gleich gehen, können wir noch was essen.«

Als Jack Schritt für Schritt auf mich zukam, konnte ich nicht umhin mitzuzählen: dreißig Schritte.

»Uns ist es nicht verboten, herzukommen.« Er strich sich eine schwarze Strähne aus den Augen und starrte auf seine Schuhe. »Außerdem haben die gerade erst angefangen zu essen. Trevor hat noch gar nicht mitbekommen, dass wir fehlen. Meistens sucht er mich erst nach zehn Minuten. Wir müssen jetzt noch zu den vorderen Räumen, dann kannst du mitzählen.«

Ich biss mir auf die Lippe. Irgendwie kam es mir vor, als täten wir etwas Verbotenes. Dabei sahen wir uns doch einfach nur die Klassenzimmer an, und was war schon dabei? Wäre schon seltsam, wenn sie unterschiedlich groß wären!

»Okay, dann aber schnell.«

Wir rannten zurück, und nur das klatschende Geräusch unserer Schuhe auf dem glatten Holzboden war in den Korridoren zu vernehmen. Die vorbeiziehenden Wolken gaben die Sonne frei, und der vordere Teil der Schule wurde in strahlendes Gelb getaucht. Gleißendes Licht spiegelte sich in den Dutzenden von Glasscheiben, aus denen sich die hohen Fenster der Klassenzimmer zusammensetzten.

Jack schritt den Raum sorgfältig ab. Fünfundvierzig Schritte von der Tür bis zum Fenster. Erneut maß er nach. Fünfundvierzig Schritte.

»Wenn das rauskommt, kriegt der Architekt aber Ärger«, witzelte ich. »Sein Quadrat ist gar kein Quadrat.«

Jack drehte sich zum Fenster. »Irgendetwas stimmt hier nicht. Ich habe es gleich gewusst, als Judan bei mir zu Hause aufgetaucht ist. Bestimmt verläuft in der Schule ein Geheimgang. In den unteren Stockwerken konnten sie es schlecht machen, aber hier haben sie einen angelegt. Ich frage mich, wofür! Und wie man hineingelangt!«

Seine Worte überraschten mich. An Mr Judan und das Anwerben hatte ich seit meinem ersten Tag hier nicht mehr gedacht. Also war Mr Judan auch bei Jack gewesen! Warum hatte er Jack besucht und nicht Esther?

»Du meinst, er hat dich angeworben?«, fragte ich. »Ist zu dir nach Hause gekommen?«

»Klar. Zusammen mit Pretty Boy.«

»Pretty Boy?«, fragte ich, obwohl ich insgeheim schon ahnte, wen er dabei im Sinn hatte.

»Du weißt schon, *Cameron*«, sagte er gewichtig.

Cam war also mit Mr Judan bei Jack gewesen, nicht aber bei Esther oder Catherine? Dabei wohnte Jack noch nicht mal in Danville, was meine Theorie mit der örtlichen Nähe sprengte.

Was hatte das zu bedeuten?

»Ich gehe jetzt wieder runter«, sagte ich. »Das ist doch verrückt. Die Aula muss auf einer Seite kürzer sein, oder die Klassenräume auf der Innenseite sind unterschiedlich groß.«

»Wetten, dass nicht?«

Ich schüttelte den Kopf. »Nein, ich habe keine Lust zu wetten.«

»Was ist mit den Toren, den elektronischen Ausweisen, den Sicherheitscodes und den versteckten Kameras? Was ist damit, Dancia?«

»Das war doch ein Witz, Jack.«

»Für dich vielleicht.«

»Du spinnst. Das sind nur die Sicherheitsvorkehrungen hier, mehr nicht. Wenn ich gewusst hätte, dass du unser Spiel so ernst nimmst, hätte ich schon längst damit aufgehört.« Ich wandte mich um, und stieg die Stufen hinab. Kurz darauf hörte ich Jacks Schritte hinter mir.

»Vielleicht kannst du das alles verdrängen, ich aber nicht. Nicht mehr.« Er stellte sich vor mich. »Cam hat mich mit seinem elektrischen Handschlag fast umgebracht, und Judan macht doch selbst eine Schlange nervös. Und jetzt auch noch das? Wahrscheinlich ist das ganze Gebäude verwanzt, damit sie uns nachspionieren können. Wer weiß, was sich in dem Geheimgang hier verbirgt!«

Ich starrte ihn mit großen Augen an. Cam hatte ihm auch einen Schlag verpasst?

Jack wusste gleich, was Sache war. »Der hat dir auch einen Schlag verpasst, nicht wahr?«, sagte Jack triumphierend. »Habe ich mir's doch gedacht. Wir sind handverlesen, Dancia. Du und ich. Aber warum? Und zu welchem Zweck?«

»Die beiden sind Anwerber«, giftete ich zurück. »Dazu sind sie doch da. Sie suchen Schüler mit besonderen Begabungen und holen sie auf die Night Academy. Wo ist da das Geheimnis?«

»Schön, dann erkläre mir doch mal, was ich hier mache. Wir wissen ja wohl beide, dass ich hier nicht hergehöre. Die Schüler der Night Academy sind Tänzer oder Redner, haben Eltern, die sie schon mit zwei Jahren in irgendwelche Hochbegabten-Camps geschickt haben. Das sind Laborheinis und ›Zugeknöpfte‹ wie deine Freundin Catherine. Ich habe knapp die Achte geschafft.« Dann begann er an den Fingern abzuzählen. »Im Sport, im Tanzen, im

Zeichnen und im Singen bin ich schlecht. Kopfrechnen kann ich auch nicht gut. Mit meiner Schreibkunst hapert es. Warum bin ich hier, sag es mir! Was ist das Besondere an mir?«

Halt suchend griff ich zum Geländer. »Woher soll ich das wissen? Vielleicht brauchten sie ein paar arme Schüler?« In diesem Moment verabscheute ich mich, denn ich klang genau wie Catherine. Doch da waren die Worte schon heraus.

Jack stellte sich mir in den Weg. »Wenn sie nur jemand Armes gesucht hätten, dann hätten sie jemand Netteren und Klügeren nehmen können. Ich mache nur Ärger, da kannst du jeden fragen. Ich halte mich hier gerade so über Wasser. Wie oft hast du mir schon gesagt, dass du keine Ahnung hast, warum sie dich ausgesucht haben! Du bist in allem mittelmäßig. Also, was läuft hier wirklich?«

Da platzte mir der Kragen. Auch wenn ich selbst fand, dass ich nicht auf die Night Academy gehörte, musste ich mir das nach der fiesen Catherine-Gang nicht auch noch von Jack unter die Nase reiben lassen. »Hör zu«, sagte ich und bohrte ihm meinen Finger in die Brust. »Wenn dir hier alles so seltsam vorkommt, was machst du denn noch hier? Warum gehst du nicht dahin zurück, wo sie Leute wie dich nehmen? Bestimmt wären alle froh, wenn du den Bus zurück nach Portland nehmen würdest.«

Er starrte mich an. Wir waren uns so nah, dass ich sehen konnte, wie sich seine Nasenflügel blähten. Jetzt war ich zu weit gegangen, gleich würde er wutentbrannt davonstampfen. Aber das tat er nicht, er sah mich einfach nur an.

Von unten drang Lärm die Treppe herauf.

Jack strich sich das Haar aus den Augen. »Ich kann nirgendwo hin«, sagte er schlicht. »Die haben mir versprochen, dass ich hier noch mal von vorne anfangen kann. Alles würde anders werden, haben sie gesagt, und ich habe es geglaubt. Ich weiß nicht wieso, aber irgendwie habe ich es Pretty Boy abgekauft. Ich muss verrückt gewesen sein.«

In Gedanken ging ich noch mal die Situation mit Cam in Bev's Café und unsere nächtliche Küchenaktion durch, auch mich hatte er jedes Mal überzeugt. Manchmal kam es mir vor, als könnte Cam sagen, was er wollte, ich würde es glauben. Und als er mir versprochen hatte, mich zu beschützen?

Auch das hatte ich geglaubt.

»Er hat recht«, sagte ich zuversichtlicher, als mir zumute war. »Die Night Academy ist anders. Ich weiß, manches kommt einem hier merkwürdig vor, und manchmal habe ich ein seltsames Gefühl, aber wir müssen es wenigstens versuchen. Vielleicht ist das unsere einzige Chance.«

»Ich habe es ja versucht«, sagte er. »Aber es geht nicht. Mir mit jemandem das Zimmer zu teilen ist überhaupt nichts für mich, und dann auch noch diese Tore. Du weißt ja, wie ich zu den Toren stehe. Und ich glaube, die folgen mir, wenn ich am Wochenende die Schule verlasse.« Niedergeschlagen lehnte er sich an die Wand. »Manchmal will ich einfach nur abhauen und nie wiederkommen.«

Überrascht sah ich ihn an. Ich hatte ja keine Ahnung gehabt, wie schlimm es um Jack stand. Der Gedanke, er könnte auf einmal verschwinden, versetzte mich in Panik. Auch wenn Jack immer Ärger machte, so war er doch manchmal der Einzige, mit dem ich reden konnte. Was sollte ich nur ohne ihn machen?

»Ich habe Oma versprochen, bis Weihnachten zu bleiben. Bis dahin muss man wenigsten bleiben, um sich zu entscheiden. Du kannst doch jetzt nicht einfach gehen! Ist noch nicht mal Thanksgiving. So lange musst du mindestens noch bleiben«, stammelte ich.

»Vielleicht.« Sehr überzeugt klang er nicht.

»Manches gefällt mir an der Schule auch nicht, aber es ist einen Versuch wert.« Ich weiß nicht, ob ich es mehr zu Jack oder zu mir sagte, doch auf einmal war mir nur wichtig, dass er zustimmte.

Jack starrte an die Wand. Nach einer halben Ewigkeit seufzte er und sah mich an. »Okay. Solange wir es zusammen durchstehen. Und stoß mich nicht weg, wenn du sauer bist, okay?«

Mir fiel ein Stein vom Herzen, und ich ließ mich gegen ihn fallen. »Okay, ich bin dabei. Aber du musst aufhören, unsere Mitschüler umzubringen!«

Er grinste. »Manchmal muss man einfach die Erde retten, Dancia.«

Lachend gingen wir die Treppe hinunter, dabei berührten sich unsere Schultern fast. Am unteren Treppenabsatz prallte ich beim Abbiegen gegen eine breite männliche Brust. Als mein Blick auf wildes braunes Haar und ein besorgtes Augenpaar fiel, hielt ich vor Schreck die Luft an.

»Cam?«

»Dancia? Was machst du denn hier oben?« Er legte die Hand auf meine Schulter und musterte mich eingehend.

Ich versuchte, meine Gedanken zu sortieren. War es uns etwa verboten, in den dritten Stock zu gehen? Bekamen wir jetzt Ärger? »Ich … wir …« Cams brennende Hand auf meiner Schulter machte es mir unmöglich, einen klaren Gedanken zu fassen.

»Dancia dachte, sie hätte ein Buch oben bei ihrer Tutorin liegen gelassen«, warf Jack ein.

Cam ließ mich los und sah zu Jack. »Landry, was hast du hier zu suchen?« Wieder wandte er sich mir zu. »Isst du nicht sonst mit Hennie und Esther zusammen zu Mittag?«

Ich nickte eifrig. Schlagartig wurde mir bewusst, dass Jack und ich viel zu dicht nebeneinander gelaufen waren. Oh Gott, wenn Cam nun glaubte, dass wir ... Das hatte mir noch gefehlt, dass Cam dachte, ich und Jack wären ...

»Ja«, stimmte ich atemlos zu. »Es hatte gerade zum Essen geläutet, da fiel mir auf, dass das Buch weg ist. Jack war zufällig in der Nähe, als ich die Treppen hoch bin.«

»Genau. Ich war zufällig in der Nähe.« Jack lehnte an der Wand und wirkte extrem gelangweilt. »Was gibt es denn heute Gutes zu Mittag?«

Dankbar sah ich ihn an.

Cam verschränkte die Arme vor der Brust, und sein Blick huschte zwischen uns beiden hin und her. »Keine Ahnung«, sagte er brüsk. »Warum gehst du nicht selbst gucken?«

Jack zuckte mit den Achseln. »Hab nichts dagegen.« Betont lässig schlenderte er davon.

Sobald er außer Hörweite war, ließ Cam die Arme sinken und sah mich sorgenvoll an. »Ich will hier nicht wie eine Gouvernante klingen, aber weißt du überhaupt, was du hier machst? Mit Landry, meine ich?«

Oh, nein! Jetzt dachte er, wir wären zusammen. »Wir sind uns zufällig in die Arme gelaufen, Cam«, stotterte ich. »Er ist in meiner Gruppe. Wir sind Freunde, aber ich mache nichts mit ihm.«

Cam fuhr sich durchs Haar. »Ich wollte damit nichts andeuten. Auf mich wirkt er nur wie einer von der harten Sorte. Ich möchte nicht, dass du seinetwegen möglicherweise in Schwierigkeiten gerätst.«

»Mach dir keine Sorgen«, sagte ich voller Inbrunst. »Da war nichts.« Ich schenkte ihm meinen ernstesten und aufrichtigsten Blick. »Wir haben in ein paar Klassenräumen nach dem Buch gesucht, aber ich war mir dann nicht mehr sicher, wo ich es gelassen hatte.«

Offenbar hatte ich Erfolg, denn seine Schultern entspannten sich, und auch seine Stimme klang viel lockerer. »Da oben verliert man leicht den Überblick. Das Gebäude ist ja ein Quadrat, also sehen die Räume alle gleich aus.«

»Außer den Übungsräumen, nicht wahr?«

Er lachte. »Die haben keine Fenster, von daher sind sie wohl anders.«

Ich brannte darauf, Cam nach Jacks und meiner Entdeckung zu fragen, aber das würde ja bedeuten, dass wir wegen des Buchs gelogen hatten. Und obgleich ich sicher war, dass Cam nur allzu gerne Jack für die Lüge verantwortlich machen würde, wäre mir das unfair vorgekommen. Schließlich hatte Jack schon einmal für mich gelogen.

Zudem schien die Frage absurd. Bestimmt gab es einen triftigen Grund für die unterschiedliche Größe der Räume.

»Jedenfalls mache ich mir ein bisschen Sorgen, weil du so viel Zeit mit Jack verbringst.« Wieder legte er die Hand auf meine Schulter und sah mich eindringlich an. »Er macht ja nichts Unrechtes, aber ich werde das Gefühl nicht los, dass er einen schlechten Einfluss auf dich hat. Ich will nicht, dass du seinetwegen auf Abwege gerätst.«

Ich nickte, unter seiner Berührung wurde ich vollkommen willfährig. »Brauchst dir keine Sorgen zu machen, Cam. Ich mache schon keine Dummheiten.«

Er lachte, und gemeinsam gingen wir nach unten.

Ich hatte das Gefühl, Cam wartete darauf, dass ich noch mehr sagen würde, etwa ihm versprechen, dass ich mich von Jack in Zukunft fernhalten würde. Aber ich brachte es nicht fertig.

Hennie hatte gesagt, dass Jack irgendwie traurig wirkte. Und heute hatte ich es mehr als sonst gespürt.

Wie sollte ich ihm fernbleiben, wenn mein Herz mir sagte, dass er dringend eine Freundin brauchte?

Cam ging runter zum Mittagessen, und ich begab mich zum Münztelefon neben dem Sekretariat, um Oma anzurufen. Ich war so durcheinander, dass ich ihre Stimme hören musste, auch wenn es nur ganz kurz war. Als ich den Hörer abnahm, hörte ich Stimmen aus dem Sekretariat.

»Gut, dann habe ich heute Morgen das Treffen mit meiner Tutorin eben verpasst«, sagte Jack. »Was ist schon dabei?«

Auch wenn ich mir schlecht vorkam, beim Klang von Jacks Stimme lehnte ich mich noch weiter zur Tür.

»Wir erwarten von unseren Schülern, dass sie sich an ihre Stundenpläne halten. Ein Stundenplan ist kein Wunschkonzert, Mr Landry, bei dem man nach Gutdünken wählt.« Das war Mr Judan.

»Was soll's.«

Mich schauderte. Jack hatte diesen Ihr-könnt-mich-alle-mal-Tonfall drauf, den er auch Trevor oder anderen Lehrern gegenüber einsetzte, die ihn zur Vernunft bringen wollten. Bei Mr Judan kam das bestimmt nicht gut an!

Mr Judan senkte die Stimme, und ich lauschte angestrengt. »Verehrter Mr Landry, ich habe Sie unter einer Brücke hervorgeholt und Ihnen ein Stipendium an unserer Schule angeboten. Im Gegenzug haben Sie mir versprochen, sich an unsere Regeln zu halten. Sie haben doch nicht etwa vor, Ihren Teil der Abmachung zu brechen?«

Jack schwieg. Was tat er wohl gerade, wohin sah er? Ich sandte ihm eine stumme Bitte, er möge nach unten schauen und nicken und keinen Streit vom Zaun brechen.

»An Ihrer Stelle«, fuhr Mr Judan fort, »würde ich die harte Tour schleunigst ablegen und darüber nachdenken, wie Sie es hier schaffen können. Es muss sich etwas ändern, und das sollten lieber Sie sein. Sie können gleich damit anfangen, indem Sie sich bei mir und Mrs Harbiner entschuldigen.«

Diese Stimme erschütterte mich bis ins Mark. Ein unterdrücktes Gemurmel erklang, hoffentlich Jacks Entschuldigung, danach wieder Stille. Eilig steckte ich Kleingeld in den Apparat und wählte die Nummer. Gerade als das Telefon zu klingeln begann, trat Jack aus dem Sekretariat.

Er blieb vor der Tür stehen und ließ seinen Rucksack fallen. Ich glaube nicht, dass er mich gesehen hat, denn er seufzte tief und ließ die Schultern hängen. Er sah so geknickt aus, dass ich ohne Nachzudenken auf ihn zutrat. Die Telefonschnur riss mich zurück. Jacks Kopf fuhr hoch, er sah mich an, und in dem Moment nahm Oma den Hörer ab.

»Hallo. Bist du das, Dancia?«

»Ja, Oma.« Ich sah Jack entschuldigend an. Mit einem Ruck warf er den Kopf zurück und nahm wieder seine gleichgültige Pose an. Dann hob er den Rucksack auf, winkte lässig und verschwand Richtung Haupteingang.

16

In den nächsten zwei Wochen war es schwer, alles unter einen Hut zu bekommen. Einerseits wollte ich Cam gefallen, andererseits sorgte ich mich um Jack, der immer mutloser wirkte. Von nun an tauchte Cam regelmäßig in meiner Kabine in der Bibliothek auf, und vor dem Lauftraining oder nach dem Abendbrot gingen wir auf dem Campus zusammen spazieren. Wir brauchten immer ewig, um irgendwohin zu gelangen, denn jeder in der Schule kannte Cam, und alle wollten ihm Hallo sagen. Sie behandelten ihn wie eine Mischung aus Held, Nachbarsjungen und besten Freund. Irgendwie war er zu bescheiden, um die Leute einzuschüchtern, aber auch zu vollkommen, um normal zu sein. Bestimmt würde er eines Tages Präsident werden.

Cam machte mich mit allen bekannt, dabei legte er großen Wert darauf, mich als eine Freundin vorzustellen. Das war sowohl gut als auch schlecht. Gut, weil nun die ganze Schule wusste, dass Cam mich mochte. Schlecht, weil er das *eine* Freundin sehr ernst zu nehmen schien. Esther und Hennie sagte ich nichts von den Eiern und dem Spruch von wegen »Ich beschütze dich«. Die würden das nur unnötig aufbauschen, und da ja eigentlich gar nichts lief, wollte ich mich nicht lächerlich machen, weil ich ja insgeheim doch noch Hoffnung hatte.

Und dann gab es da noch Jack, der in allen meinen Kursen saß, mit dunklen Augenschatten und wachsamem Blick. Er benahm sich immer öfter daneben, bekam Ärger und gab seine Hausaufgaben nicht ab. Ich machte mir Sorgen um ihn, wusste aber nicht, wie ich ihm helfen konnte, ohne es mir mit Cam zu verderben. Ich ging ihm in der Cafeteria aus dem Weg und versuchte, während des Unterrichts weniger mit ihm zu reden, aber dann brachte er mich wieder mit einem kleinen Zettel zum Lachen, oder ich brauchte seine Hilfe bei Chemie, und wir saßen zusammen an den Hausaufgaben und verquatschten den ganzen Abend.

Die Wochenenden waren eine Erlösung, wenigstens musste ich mich da nicht vorsehen, mit wem ich sprach oder wer mich dabei beobachtete.

Halloween fiel diesmal auf einen Sonntag, also trug der halbe Jahrgang am Freitag Kostüme im Bus. Allie und Marika trugen Feenkostüme, die natürlich aus winzigen Bodys und durchsichtigen Tüllröcken bestanden. Yashir und seine Kumpels hatten sich als Musiker einer mir unbekannten Band verkleidet. In ihren Lederhosen und den zerrissenen Shirts sahen sie eigentlich aus wie immer, eine ziemliche lahme Verkleidung, wie ich fand. Esther, Hennie und ich hatten uns als Hexen verkleidet. Es hatte Spaß gemacht, sich gemeinsam zu schminken und die Haare zu stylen, aber so ganz war ich nicht bei der Sache. Cam, Trevor und ihre Freunde hatten sich in American-Football-Trikots geworfen, und Anna und ihre Freundinnen trugen Cheerleader-Outfits.

Jack hatte sich gar nicht verkleidet.

Catherine auch nicht.

Auf dem Parkplatz wartete schon Oma auf mich. Es regnete, also sprintete ich schnell zu ihrem Wagen hinüber und winkte Jack, Hennie und Esther noch einmal zu.

Ich küsste Oma flüchtig auf die nach Babypuder duftende Wange und machte es mir erleichtert im Sitz bequem. Die Fahrt in der Silberkugel war furchtbar gewesen, Jack hatte vorne gesessen und beim Einsteigen kaum Notiz von mir genommen. Seit Mr Judan ihn so zusammengestaucht hatte, war es noch schlimmer mit ihm geworden. Hinter seiner gleichgültigen Fassade waren Wut und Frustration deutlich spürbar.

Stattdessen lenkte ich meine Gedanken lieber auf Cam, aber das hob meine Laune auch nicht unbedingt. Cam hatte mich zum Abschied in den Arm genommen, war dann aber mit seinen Freunden und Anna abgezogen. Die meisten Oberstufenschüler verbrachten das Wochenende in der Schule, um dort Halloween zu feiern. In meinem Kopf spielten sich grauenhafte Szenarien ab, ich stellte mir vor, wie er auf der Party mit Anna zusammenkam. Passte ja: Quarterback und Cheerleaderin.

»Wie war deine Woche?«, fragte Oma und zockelte langsam mit dem Volvo los.

Mit Oma Auto zu fahren war immer ein Abenteuer. Entweder fuhr sie so langsam, dass die Leute sie hupend überholten und drohend die Faust schwangen, oder sie raste über Stoppschilder und Kreuzungen hinweg, als hätte sie sie nicht gesehen.

Hatte sie natürlich auch nicht.

Ich suchte nach einem unverfänglichen Thema. »War okay. In

Mathe haben wir was Neues angefangen. Irgendwas mit Vektoren. Und zusammen mit Esther und Hennie arbeite ich an einem Geschichtsprojekt. Wir haben uns die Ruinen der Mayas ausgesucht.«

»Hast du den Jungen wiedergesehen, den du so magst? Wie heißt er noch gleich, Christopher?«

Hört sich zwar total merkwürdig an, aber Oma wollte unbedingt, dass ich einen Freund hatte. Denn jedes Wochenende fragte sie mich danach aus. Natürlich hatte sie die Antwort schon in derselben Minute wieder vergessen und stellte mir die gleiche Frage nächste Woche wieder, aber trotzdem war es nett. Wenigstens interessierte sie sich für mich.

»Cam. Er heißt Cam. Und ja, wir hängen manchmal zusammen rum. Aber wir sind nur so befreundet.«

Mit seiner Oma redet man doch nicht über Jungs! Nicht, dass es da bei mir bislang etwas zu bereden gegeben hätte. Im Moment allerdings hätte ich nichts dagegen gehabt, ihr mein Dilemma mit Cam und Jack anzuvertrauen, aber das wäre ein Fehler gewesen. Denn wenn ich ihr erzählen würde, wie sehr ich Cam mochte, aber Jack auch, und dass ich nicht wusste, wie ich mich zwischen den beiden entscheiden sollte, dann wäre die Gefahr groß, ihr gleich alles zu erzählen. Damit würde ich mich auf sehr dünnem Eis bewegen.

Oma wartete darauf, dass ich noch mehr sagen würde, aber ich schaffte es, den Mund zu halten. »Ah, ja. Und was ist mit den anderen Jungs? Was ist mit dem Jungen, dem du zum Abschied auf dem Parkplatz zugewunken hast? Wie heißt er?«

Auf Oma war wirklich Verlass, sie verstand es, immer die richtigen Fragen zu stellen.

»Er heißt Jack. Wir haben fast alle Kurse zusammen. Wir sind auch befreundet, aber ich weiß nicht, ob das so gut ist. Ständig steckt er in Schwierigkeiten.«

Oma richtete den Blick wieder auf die Straße. »Vertrau deinem Instinkt, Liebes. In dieser Schule wirst du viele neue Bekanntschaften machen, und die Menschen werden sich sehr von denen unterscheiden, die dir bislang begegnet sind. Lass dich nicht von Äußerlichkeiten blenden.«

»Wie meinst du das?«

Oma betätigte den Blinker, obwohl wir noch sechs Straßen weiter wohnten. »Nach solch einem langen Tag musst du erschöpft sein. Zum Abendbrot gibt es Hackbällchen und Spaghetti.« Auf meine Frage ging sie nicht ein, entweder hatte sie unser Gespräch schon wieder vergessen, oder sie wollte einfach nicht antworten. Das kam häufiger vor und trieb mich jedes Mal zur Weißglut.

»Schön.«

Das unablässige Klicken des Blinkers füllte die Stille im Wagen. Schließlich bog Oma in unsere Straße ein.

»Oma, woher weißt du, was dein Instinkt ist? Ich meine, wenn du nun zwei verschiedene Instinkte hast, was machst du dann?«

Wahrscheinlich bombardierte ich sie mit diesen Fragen, weil ich nicht mit einer Antwort rechnete und weil ich sauer war, dass sie erst über Instinkte sprach und dann das Thema so abrupt fallen ließ. Doch als die Worte heraus waren, wurde mir klar, dass ich eine Antwort darauf brauchte.

Cam dachte ganz offensichtlich, dass Jack einen schlechten Einfluss ausübte, und ein Stück weit glaubte ich ihm. Andererseits kam es mir vor, als spräche Jack nur aus, was ich im Stillen auch dachte.

Unter der Woche, während des Unterrichts, beim Training oder bei den Hausaufgaben, wenn wir uns alle wie stinknormale Teenager verhielten, kamen mir Jacks Mutmaßungen, die Schule würde uns überwachen und uns einsperren, ja selbst mein eigener Verdacht, alle könnten geheime Kräfte haben, abstrus vor. Aber jetzt im Auto auf dem Weg nach Hause konnte ich das Gefühl nicht abschütteln, dass Jack mit seinen Vermutungen richtig lag. Irgendetwas stimmte nicht mit der Night Academy, ihren vielen Toren, Codes und Schlössern und all den Schülern mit ihren verrückten Gaben. Ganz zu schweigen von dem unheimlichen Mr Judan, der ausgerechnet mich und Jack angeworben hatte, und den ungleichen Räumen im dritten Stock.

Und wenn Jack in allem recht hatte, konnte Cam sich vielleicht bezüglich Jack irren?

Vor lauter wirren Gedanken tat mir der Kopf weh.

Oma bog gemächlich in unsere Auffahrt ein, überfuhr den Gartenschlauch und eine leere Brauseflasche, die ich letzte Woche dort liegen gelassen hatte, und kam kurz vor dem Garagentor zum Stehen. Sie stellte den Motor aus, und beide saßen wir reglos da. Wir verharrten so lange, dass ich beinahe schon meine Frage vergessen hatte, als Oma das Wort ergriff.

»Ich glaube, darauf gibt es keine richtig gute Antwort, Danny. Leider. Aber wenn du den falschen Weg einschlägst, macht sich ein mulmiges Gefühl in dir breit. Manches lässt sich nur so entscheiden.«

Ihre Worte lasteten schwer auf mir. »Du meinst, ich weiß erst im Nachhinein, ob ich falsch gehandelt habe?«

»Das habe ich nicht gesagt.«

Entnervt riss ich die Hände hoch. Manchmal kam es mir vor, als spräche Oma in Codes, die nur sie allein verstand. »Woher willst du das überhaupt wissen?«, fragte ich. »Hast du denn schon mal einen Fehler gemacht?«

»Natürlich«, sagte sie und eine Träne rann ihr die Wange hinunter. »Jeder hat Dinge getan, die er nachher bereut. Aber ich habe die Hackbällchen auf dem Herd gelassen. Schnell, bevor sie noch anbrennen.«

17

Am Samstag ließ mich Oma größtenteils in Ruhe, wir besorgten nur rasch eine neue Decke beim Roten Kreuz, um die Löcher im Sofa zu verdecken, und holten im Krankenhaus Rezepte ab.

Sonntagnachmittag fuhren wir zu Wal-Mart, um Süßigkeiten für Halloween zu kaufen. Oma fragte mich, ob ich was Neues zum Anziehen für die Schule brauchte, also streifte ich ziellos umher und beobachtete andere Mädchen, wie sie kichernd und kreischend einander Sachen anhielten. Bei ihnen wirkte alles so leicht und spielerisch.

Ich verweilte bei den Pullis, rieb den weichen Baumwollstoff eines figurbetonten pinken Kapuzenpullis zwischen den Fingern und fragte mich, ob Cam wohl auf leuchtende Farben stand. Wahrscheinlich gefiel ihm das Braun und Grau und noch mehr Braun meiner Garderobe nicht sonderlich.

Oma hob die Brauen, als sie mich entdeckte. »Pink?«, fragte sie überrascht. »Das ist ja mal was ganz Neues. Wäre schön, dich mal in einer anständigen Farbe zu sehen.«

Sie durchwühlte den Ständer und zog einen Pulli in L hervor. »Sieht aus wie für eine Achtjährige«, sagte sie naserümpfend. »Na, probier es an. Kann ja nicht schaden.« Auf dem Weg zu den Umkleidekabinen gabelte Oma noch weitere Oberteile auf. Noch einen pinken Pulli, einen blauen Pullover mit V-Ausschnitt und eine lila gestreifte Bluse. Geschäftig nahm sie Pullis von den Ständern und reichte sie mir, und als ich protestieren wollte, brachte sie mich mit einer ungeduldigen Handbewegung zum Schweigen. Am Ende stand ich in der Umkleidekabine mit sechs Oberteilen, keines davon war braun.

Als Erstes probierte ich den pinken Kapuzenpulli an. Er schmiegte sich an mich wie sonst keine meiner Klamotten, aber schlecht sah es nicht aus. Die ganze Rennerei hatte mir wohl gut getan. Ich trat hinaus, um mich von Oma begutachten zu lassen. Alle Klamotten mussten von ihr abgesegnet werden, da war sie gnadenlos.

»Mein Gott, Kind, lassen die euch auf der Night Academy denn so was tragen?«

Das Pink hatte es mir ohnehin nicht so angetan. »Wahrscheinlich nicht. Ich ziehe es wieder aus.«

»Nein, nein, nein, ich habe ja nur gefragt.« Sie schürzte die Lippen. »Dreh dich um, und lass mich mal von hinten sehen.«

Langsam drehte ich mich um die eigene Achse und hoffte, dass niemand sah, wie ich meiner Oma wie eine Sechsjährige Klamotten vorführte.

»Prima. Das nehmen wir.«

»Aber Oma, ich weiß nicht.«

Sie schüttelte den Kopf. »Ich bin es leid, dich nur in Braun zu sehen.«

Mir ging es genauso. Die Farbe hatte etwas Betörendes, ließ meine Wangen cremig wirken statt ausgeblichen. Außerdem kam es mir allmählich albern vor, wie ich mich anzog. Bewahrte mich ein brauner Schlabberlook tatsächlich vor Ärger?

Das lila Streifenteil war unmöglich, aber der blaue Pullover brachte meine Augen gut zur Geltung. Den nahmen wir dann auch noch und außerdem ein Paar Jeans, die nicht ganz so weit saßen wie meine übrigen Modelle. Oma wirkte richtig glücklich. Meine Garderobe war ihr schon immer ein Dorn im Auge gewesen.

Daneben luden wir noch ein paar Notizblöcke für mich und ein Schundblättchen und Gebissreiniger für Oma in den Wagen und begaben uns zur Kasse. Die Frau vor uns hatte gerade erst angefangen, ihren vollen Wagen aufs Band zu packen, also sah ich mich derweil nach dem Zeitschriftenständer um.

Ich drehte mich zu dem Regal hinter mir und machte sogleich einen Schritt zurück.

Neben dem Ständer mit Süßigkeiten und Kaugummis lümmelte Jack herum, das Haar fiel ihm in die Augen, die Hände hatte er tief in die Taschen seiner abgeschnittenen Khaki-Shorts vergraben, neben ihm stand ein Wagen voller Asia-Nudelsuppentüten.

»Willst du das pinke Teil echt nehmen?«, fragte er. »Hält bestimmt nichts aus. Wenn die uns wieder über die Wand schicken, ist es vielleicht hin.«

Jack bei Wal-Mart zu sehen, war so unerwartet, dass ich ihn mit offenem Mund anstarrte. Für mich war die Night Academy meilenweit entfernt und vollkommen losgelöst von meinem Leben in Danville. Aber da stand Jack, in den gleichen zerschlissenen Shorts, die er vor ein paar Tagen in der Schule angehabt hatte.

»He, Danny. Wer ist das?« Oma schob sich die Brille höher auf die Nase und drängte mich beiseite, um Jack in Augenschein zu nehmen. »Wie heißt du? Du kommst mir bekannt vor.«

»Jack Landry.« Er richtete sich auf und streckte ihr die Hand entgegen. »Aber ich glaube nicht, dass wir uns kennen. Ich bin erst vor ein paar Monaten hergekommen, kurz vor Schulbeginn.«

»Woher kommst du?« Oma schlurfte näher, um ihm die Hand zu schütteln.

»Portland. Ich bin hergezogen, um auf die Night Academy zu gehen. Dancia und ich sind in der gleichen Gruppe.«

»Hast du noch nie zuvor in Danville gelebt?«, fragte Oma.

»Doch, für kurze Zeit«, räumte er ein. »Mit fünf bin ich weggezogen.«

Oma begutachtete ihn eine Weile, dann hellte sich ihre Miene plötzlich auf. »Ah-ha!«, rief sie triumphierend. »Dann bist du Tom Landrys Sohn, deshalb kommst du mir so bekannt vor.«

Das Lächeln auf Jacks Gesicht erstarb. »Sie kannten meinen Vater?«

Oma schnaubte. »Er wohnte ja nur ein paar Ecken weiter. Dich und deine Mutter habe ich allerdings nicht viel zu Gesicht bekommen.« Sie stieß mich in die Seite. »An Tom erinnerst du dich noch, oder? War hier Lehrer an der Highschool, ist vor ein oder zwei Jahren nach Kalifornien gezogen. Wie geht es ihm?«

»Wir sehen ihn nie«, sagte Jack, und verzog dabei die Lippen, als hinterließen die Worte einen bitteren Geschmack.

Die Frau vor uns stritt mit dem Kassierer; sie behauptete beharrlich, das Nachthemd von einer Stange mit Sonderposten genommen zu haben und wollte es deshalb zum halben Preis.

»Bist du mit deiner Mutter hergezogen?«, fragte Oma.

Ich warf ihr einen finsteren Blick zu. Wusste sie denn nicht, dass man bei Wal-Mart an der Kasse nicht solche persönlichen Dinge fragte? Schon ein paarmal hatte ich Jack auf seine Eltern angesprochen, aber er redete nicht gerne über sie. Irgendetwas hatte er gegen seine Mutter, denn er wechselte immer gleich das Thema.

»Ich wohne bei einem Freund«, gab er zurück.

Von dem Freund hatte ich schon gehört, eigentlich war es nur der ältere Bruder von jemandem, den Jack aus Portland kannte. Der Typ hatte keinen Job, und wenn er keine Drogen nahm, dann pennte er in dem Haus, das ihm seine Eltern nach ihrem Tod vermacht hatten.

Hörte sich nicht optimal an.

Die Frau vor uns hatte die Nase voll. Sie warf dem Kassierer das Nachthemd entgegen und stampfte aus dem Laden. Oma rückte vor und begann, in ihrem riesigen Portemonnaie zu wühlen, während der Kassierer unsere Artikel scannte.

»Und, bereit für Halloween?«, fragte ich Jack. »Ich sehe gar keine Süßigkeiten in deinem Wagen.«

»Nee. Ich mache einfach das Licht aus. Kleinen Kindern möchte ich unser Haus nicht zumuten.«

»Komm doch zum Essen zu uns«, sagte Oma, nahm dem Kassierer die Tüte ab und verstaute den Bon in ihrem Portemonnaie. Beim Anblick von Jacks Einkaufswagen blickten ihre milchig blauen Augen ganz sanft. »Du siehst aus, als könntest du ein anständiges Essen vertragen.«

Jack sah von Oma zu mir und hob leicht die Brauen. Ich spürte die Frage in seinen Augen.

Ich brachte es nicht fertig, zu widersprechen. Auch wenn ich noch nicht so recht wusste, was mit mir und Jack werden sollte, war der Gedanke an ihn, wie er allein im Dunkeln Asia-Tütensuppen aß, furchtbar.

»Klar«, sagte ich. »Komm vorbei.«

Trotz meiner Ängste, Oma könnte sich furchtbar peinlich benehmen oder Jack könnte merkwürdige Dinge über die Night Academy erzählen, verlief der Abend überraschend nett. Jack entpuppte sich als ein richtiger Charmeur, der Erwachsene nur so um den kleinen Finger wickeln konnte. Er gab Geschichten aus seiner Kindheit zum Besten, dass er zum Beispiel erst mit zehn Fahrradfahren gelernt hatte, weil er so ungeschickt war, und es zweimal nicht in den Kindergarten geschafft hatte, weil er sein Spielzeug nicht teilen wollte. Er stellte Oma unzählige Fragen und brachte sie sogar dazu, zu erzählen, wie sie vor fünfzig Jahren mit meinem Opa nach Danville gezogen war. Opa war Holzfäller. Er starb noch vor meiner Geburt.

Jack lobte Omas Hühnersuppe, als sei sie von Starkoch Jamie Oliver, und es schien ihm wirklich zu schmecken, denn er verdrückte drei Teller. Wahrscheinlich war er vollkommen ausgehungert. Dann brachte Oma noch Sorbet auf den Tisch, und wir aßen jeder eine große Schale.

»Mrs Lewis, so gut habe ich seit Jahren nicht mehr gegessen«, sagte Jack und klang aufrichtig.

Oma lächelte, sagte dann aber ernst: »Du kannst hier jederzeit zum Essen kommen, Jack. Iss bloß nicht dieses Nudelzeug. Du bist im Wachstum, da brauchst du Proteine.«

»Das ist nett von Ihnen. Ich kann nicht gut kochen. Aber in der Schule bekommen wir anständiges Essen.«

Oma beugte sich vor und tätschelte seine Hand. »Aber kein Vergleich zu echter Hausmannskost. Wenn du was Richtiges zu essen willst, dann kommst du her.«

So hatte ich Oma ja noch nie erlebt, Jack hatte es ihr offenbar angetan. Mir war ihr Verhalten echt peinlich.

Ich stand auf und räumte die Sorbetschalen zusammen. Oma nahm sie mir aus der Hand und sagte: »Warum setzt ihr beiden euch nicht noch ein wenig raus und haltet nach den Halloweengängern Ausschau. Ich räume das allein weg.«

Was ging denn jetzt ab? Wollte Oma mit dem unschuldigen Blick in ihren tropfenden Augen mich etwa mit Jack verkuppeln? Das stand aber nicht auf dem Speiseplan für heute. Jack und ich waren Freunde. Mehr nicht.

»Ich glaube nicht …«

»Ich muss auch gleich nach Hause«, sagte Jack.

»Geht.« Oma schubste mich zur Haustür. »Ihr habt noch ein paar Minuten, bis Jack los muss.«

Wir traten auf die Veranda, wo eine alte Holzbank langsam vor sich hinrottete. Ich setzte mich ans Ende, Jack daneben. Dichter als nötig, fand ich. Tagsüber war es warm und sonnig gewesen, nur selten bekamen wir an Halloween noch den Sommer zu spüren, und ich rieb mir nervös über die nackten Arme. Hier zu Hause fühlte sich alles ganz anders an als in der Schule. In der Schule hatten wir schon hundertmal beim Essen oder bei den Hausaufgaben nebeneinandergesessen. Doch da waren wir immer unter Beobachtung. Hier hingegen war alles so intim, als könnte alles geschehen.

»Meine Oma ist manchmal etwas forsch«, sagte ich entschuldigend.

»Deine Oma ist toll. Ich wünschte, ich hätte auch so jemanden.«

»War das dein Ernst, als du gesagt hast, du wüsstest nicht, ob du Großeltern hast?« Ich starrte geradeaus, konzentrierte mich darauf, dass uns jeder von der Straße aus sehen konnte. Kleine Kinder in Kostümen begannen ein paar Querstraßen weiter mit ihrer Runde. Jack würde sich ja wohl kaum hier auf mich stürzen. Aber andererseits gab es einen Teil von mir, der neugierig war, wie sich das wohl anfühlen würde.

»Ja. Wahrscheinlich sind sie schon gestorben. Mom und ich reden kaum miteinander. Sie hat sie nie erwähnt.«

»Lebt deine Mom in Portland?«

»Keine Ahnung, wo sie jetzt steckt. Seit dem Frühjahr habe ich sie nicht mehr gesehen.«

Ich stutzte. »Ehrlich? Bei wem hast du denn gewohnt?«

Von der Seite warf er mir einen kurzen Blick zu. »Ich will dich jetzt ja nicht schockieren, aber nicht alle Kids haben ein kuscheliges Heim. Ich bin rumgezogen. Gibt genug Möglichkeiten unterzukommen.«

Jetzt drehte ich mich zu ihm, konnte den Schock nicht verbergen. »Du warst obdachlos?«

Er zuckte die Achseln. »Meistens konnte ich bei einem Freund pennen. Ich bin eh am liebsten allein.«

»Ist das nicht verboten? Ich meine, dass du ganz allein lebst. Stecken die dich dann nicht in ein Heim oder so?«

»Hat ja keiner mitgekriegt«, sagte Jack. »Alle haben gedacht, ich lebe bei meiner Mom.«

Ich lehnte mich auf der Bank zurück. Meistens hatte Jack bei einem Freund übernachtet, aber was hatte er die restliche Zeit gemacht? Ich dachte daran, was Mr Judan gesagt hatte, dass Jack unter einer Brücke gelebt hatte. War das so in Portland? Lebten obdachlose Jugendliche dort unter Brücken?

Bei meinem Gesichtsausdruck verdunkelte sich Jacks Miene. »Hör mal, so ungewöhnlich ist das nun auch wieder nicht. Viele Kids leben auf der Straße. Ich bin immer noch zur Schule gegangen. Habe mich mit Gelegenheitsarbeiten über Wasser gehalten. So schlecht ist es mir nicht gegangen.«

»Aber wie … ich meine, hat es dir keine Angst gemacht?«

Nun bedachte er mich mit diesem schiefen Lächeln, das er so erfolgreich bei Oma eingesetzt hatte. »Ehrlich, das war alles gar nicht so schlimm. Aber ich will nicht die ganze Zeit über mich reden. Wie geht es mit dem Laufen voran? Du hast schon lange nichts mehr davon erzählt.«

»Ganz okay.« Ich versuchte, die Bilder von Jack, zusammengerollt auf der Straße oder unter einer Brücke nächtigend, abzuschütteln. Was er wohl für Gelegenheitsarbeiten gemacht hatte? »Wir legen ziemliche Strecken zurück, so viel bin ich allein nie gelaufen. Macht Spaß. Vor allem bekomme ich den Kopf frei.«

»Ich bin nicht gerade der große Sportler. Wahrscheinlich würde ich es nicht mal bis zur Ecke schaffen.« Jack lehnte sich nach hinten und legte einen Arm über die Bank, dabei berührte er meine Schultern, und ich bekam eine Gänsehaut. Schnell rückte ich ein wenig zur Seite.

»Bestimmt hast du noch viel vor«, sagte ich. »Wahrscheinlich möchtest du nach Hause.«

»Ja, wahrscheinlich.« Jack blickte gedankenverloren auf die Straße. »Mir gefällt es hier.« In seiner Stimme lag Sehnsucht, und ich hatte den Impuls, seine Hand zu nehmen.

Er musste meine Gedanken gelesen haben, denn er drehte den Kopf und sah mich an. Kein Lächeln umspielte seine Lippen, er sah mich nur an, wie mich noch nie ein Junge angesehen hatte.

Ich schluckte in der Hoffnung, dass er den Blick abwenden würde, tat er aber nicht.

Gleich würde er mich küssen. Das spürte ich. Mein erster Kuss.

Aber das durfte nicht sein! Ich kämpfte gegen die unsichtbaren Finger, die mich an Ort und Stelle hielten. Ich mochte Jack doch gar nicht. Jedenfalls nicht so. Ich mochte Cam. Cam war der Richtige. Nicht Jack.

Ich sollte schleunigst aufstehen, bevor er sich noch zu mir beugte und seine Lippen auf meine presste, aber mein Körper war entschlossen, zu bleiben.

Mir schossen eine Million Fragen durch den Kopf. Wären seine Lippen warm? Feucht oder trocken? Sollte man den Kopf zur Seite legen wie im Film? Vielleicht war ich auch ganz schlecht darin …

Meine panischen Gedanken wurden von dem Schrillen des Telefons unterbrochen.

Kurz darauf rief Oma: »Dancia! Telefon für dich.«

Ich sprang auf und flog geradezu über die Veranda. »Bin gleich wieder da.« Und als ich ins Haus stürzte, klopfte mein Herz so wild wie nach einem Lauf.

Oma gab mir den Hörer. »Esther ist dran.«

Ich atmete ein paarmal tief durch, bevor ich den Hörer ans Ohr hielt.

»Hallo?«

Esther blubberte fröhlich drauflos. »Dancia! Hast du dein Kostüm an? Bist du bereit für Halloween? Ich fasse es nicht, als ich nach Hause kam, hatte sich meine kleine Schwester als Kürbis verkleidet. Das sieht so süß aus, dass ich ihr immer in die Wange kneifen muss. Das macht sie wahnsinnig!«

»Esther, kann ich dich gleich zurückrufen? Ich habe einen Freund zu Besuch.«

Jack stand in der Tür. Hinter ihm ging die Sonne gerade unter, also sah ich nur seine Umrisse. Da Esther mir unablässig ins Ohr schnatterte, konnte ich nicht verstehen, was er zu Oma sagte. Er schnappte sich seine Wal-Mart-Tüte vom Sofa, winkte mir noch einmal zu und wandte sich zum Gehen um.

»Esther, warte mal kurz.« Mit einer Hand hielt ich den Hörer zu, lief, so weit die Schnur reichte, und brüllte: »Bis Montag.«

Er drehte sich noch einmal um und lächelte mich an, dann schwang er die Tüte über die Schulter und ging davon. Mir fiel ein Stein vom Herzen, und nur ein Körnchen Bedauern blieb zurück.

18

Als Oma und ich am Montag in der Früh zum Schulparkplatz fuhren, sah ich ständig in den Außenspiegel. Draußen war es kalt und dunkel, und ich hatte das unheimliche Gefühl, als beobachtete uns jemand. Eine Weile glaubte ich sogar, ein beiger Buick verfolge uns, doch dann bog er ab, und ich verfluchte Jack, dass er mich mit seiner Paranoia angesteckt hatte.

Wir kamen eine Viertelstunde zu früh, doch es warteten schon ein halbes Duzend Wagen am Treffpunkt. Ich stellte mich ins trübe Licht einer Straßenlaterne. Paul und Alessandro trafen als Erste aus meiner Gruppe ein und stellten sich zu mir. Wir winkten uns zu, unterhielten uns aber nicht groß. Seit der Einführungswoche hatten wir kaum Zeit miteinander verbracht, dennoch mochte ich die beiden.

Als Nächste kam Marika. Nach dem Zwischenfall beim Töpfern mochte ich ihr nicht mehr unter die Augen treten. Zu Marikas Verteidigung muss ich aber sagen, dass sie Catherine auch nicht sonderlich zu mögen schien. Meistens hing sie mit Allie und Emma rum.

Ich trug den pinken Kapuzenpulli und eine alte tief geschnittene Jeans. Esther hatte mich am Abend zuvor noch überredet, das Haar offen zu lassen. Ein Fehler, wie ich fand, aber ständig lag sie mir in den Ohren, dass ich meine Locken nicht immer im Pferdeschwanz verstecken sollte. Esther setzte auf natürliche Schönheit, so nach dem Motto »Liebe dich, wie du bist«.

Auch wenn ich es für kompletten Blödsinn hielt, bei ihr schien es zu funktionieren. Und da sie nicht locker gelassen hatte, fragte ich mich irgendwann doch, ob es Cam vielleicht gefallen würde. Also stand ich hier im engen pinken Shirt mit blondem lockigem Haar, das in alle Richtungen abstand wie ein Mopp. Hier zeigte sich die wahre Dancia, und jeder konnte sie sehen.

Es kamen immer mehr Schüler, und der Himmel färbte sich bereits blassgrau, als die Silberkugel angefahren kam. Ich sah mich nach Esther und Hennie um, konnte sie aber nirgends entdecken. An diesem Wochenende waren ungewöhnlich viele Schüler nach Hause gefahren, wahrscheinlich wegen Halloween, von daher standen eine Menge Eltern samt Wagen herum. Mit einem lauten Ächzen öffneten sich die schmiedeeisernen Tore und ließen den Bus passieren. Ich fröstelte beim Gedanken an Jacks Worte.

Die Bösen draußen oder uns drinnen halten?

Jack ist paranoid, versuchte ich mich zu beruhigen. Natürlich denkt der sich schräge Sachen über die Tore aus.

Die Silberkugel kam zum Stehen, und Cam sprang heraus. Jedes Mal wurde ein älterer Schüler mitgeschickt, um sicherzugehen, dass alle Neuntklässler, die übers Wochenende zu Hause gewesen waren, am Montag auch wieder im Bus saßen. Keine Ahnung, was geschehen würde, wenn man nicht aufkreuzte. Wahrscheinlich würden sie Alarm schlagen und die Eltern benachrichtigen. Bislang hatte noch niemand den Bus verpasst.

Wie immer schlug mein Herz bei Cams Anblick einen Purzelbaum. Alle schienen es eilig zu haben, in den Bus zu kommen, also wartete ich ab und stellte mich ganz ans Ende der Schlange. Esther und Hennie winkten mir von vorne zu. Von Jack keine Spur.

Als ich an Cam vorbeikam, sah er kurz von seiner Liste auf. Ein harter Zug lag um seinen Mund. Er fuhr sich durchs Haar und sagte: »He, Dancia, du hast nicht zufällig Landry gesehen?«

Wir hatten uns seit Tagen nicht gesehen, ich fror mich zu Tode in diesem dünnen rosa Teil, mein Haar war offen, und ihm fiel nichts Besseres ein, als nach Jack zu fragen?

»Nein, habe ich nicht.«

Verärgert schüttelte er den Kopf und presste die Lippen fest aufeinander. Dann aber schenkte er mir ein umwerfend süßes Lächeln. »Manche müssen es eben auf die harte Tour lernen«, sagte er. »Trevor hat damals keine Witze gemacht. Wer den Bus verpasst, kriegt tierisch Ärger.«

»Tja, dann steig ich mal lieber ein.«

Cam nickte und hielt weiter nach Jack Ausschau. Esther und Hennie saßen ganz hinten im Bus, doch rechts und links von ihnen war alles belegt, also setzte ich mich auf den nächsten freien Sitz und rutschte zum Fenster durch.

Cam sprang in den Bus und gab dem Fahrer ein Zeichen, der daraufhin die Türen schloss. Beim Anfahren sah ich aus den Augenwinkeln einen schwarzen Wagen. Ich war mir ziemlich sicher, dass Jack darin saß.

Ein schreckliches Gefühl, mitanzusehen, wie der Wagen über den Parkplatz schoss. Sofort fiel mir ein, wie sauer Mr Judan gewesen war, nur weil Jack nicht zum Gespräch mit seiner Tutorin erschienen war, und dass er gesagt hatte, es müsse sich etwas ändern.

Bestimmt hatte Mr Judan etwas anderes im Sinn gehabt als einen verpassten Bus.

Die Silberkugel fuhr in gemächlichem Tempo um den Parkplatz und hielt vor den Toren. Cam und der Fahrer sahen einander an und lachten, dann ließ der Fahrer das Fenster runter und streckte seine Schlüsselkarte raus. Ungelogen, ich wollte das eigentlich gar nicht, aber auf einmal hatte ich das verrückte Gefühl, dass Jack mich brauchte. Genau wie damals, als ihn dieser Sonnenbrillentyp verfolgt hatte. Ich konnte nicht anders, ich musste ihm einfach helfen.

Ich fixierte die Karte und stellte mir vor, wie sie durch die Luft segelte, dabei füllte das Rauschen meinen Kopf. Seltsam war nur, dass die Karte nicht tat, was ich mir vorstellte; stattdessen bewegte sie sich nur minimal, dann flimmerte sie und schien sich auszudehnen. So etwas hatte ich noch nie zuvor gesehen: Das ganze Ding verblasste und schien sich in Rauch aufzulösen. Die Enden ringelten sich wie Schlangen um die Hand des Fahrers.

Und dann war die Karte auf einmal verschwunden.

Ich hielt die Luft an, das hatte ich mir doch überhaupt nicht vorgestellt. Bislang hatte ich noch nie etwas verschwinden lassen.

Cam zuckte zusammen, dann wirbelte er herum und blickte sich im Bus um. Unsere Blicke trafen sich, doch seine Augen wanderten suchend weiter. Hektisch bewegte er den Kopf hin und her und sah durch die Tür auf den Parkplatz.

Der Fahrer fluchte leise. »Was zum … das Scheißding ist mir einfach aus der Hand gesprungen!« Er steckte kurz den Kopf aus dem Fenster und fluchte abermals.

»Ich hole sie«, sagte Cam grimmig.

»Nein, ist ja meine Schuld. Muss unterm Bus gelandet sein.« Der Fahrer stampfte aus dem Bus, ließ die Türen offen. Der schwarze Wagen flog an meinem Fenster vorbei, wirbelte Schotter auf. Sobald er außer Sicht war, tauchte Jacks schwarze Mähne in der Tür auf.

»Ich hoffe, ich bin nicht zu spät«, sagte er zu Cam.

Cam starrte ihn aus zusammengekniffenen Augen an, aus der anfänglichen Verwunderung wurde Misstrauen. »Wann bist du gekommen?«

»Gerade eben.«

Jack und Cam standen sich gegenüber. Sie waren fast gleich groß, nur dass Cam etwa zehn Kilo Muskeln mehr drauf hatte.

»Das bedeutet, dass du zu spät bist. Beim nächsten Mal wird uns kein glücklicher *Zufall* aufhalten.« Cam sprach leise, seine Augen bohrten sich in Jack. Das Lachen und Grölen von mindestens dreißig Gesprächen erfüllte den Bus. Sicher hatten die anderen noch nicht einmal mitbekommen, dass wir angehalten hatten.

Jack zuckte die Achseln und wollte sich vorbeidrängeln. Doch Cam versperrte ihm den Weg, indem er rechts und links eine Hand auf die Polster legte. »Das ist mein voller Ernst, Landry.«

»Ja, logo.« Jack bohrte ihm die Schulter in den Arm. Cam ließ ihn durch und sah ihm kopfschüttelnd nach.

Ich rutschte tiefer in meinen Sitz, in der Hoffnung, Jack würde nicht zu mir hinübersehen. Mit finsterem Gesicht setzte er sich neben Tony, den Bassisten aus Yashirs Pseudoband.

Vor sich hinschimpfend nahm der Fahrer zwei Stufen auf einmal und ließ sich dann in seinen Sitz plumpsen. »Musste unter den verdammten Bus kriechen«, murmelte er. »Und jetzt hinke ich hinter dem Zeitplan her.«

Während sich die Tore schlossen, setzte sich Cam neben mich. Eigentlich hätte ich ja außer mir vor Freude sein sollen, aber mir wollte die Karte nicht aus dem Sinn gehen. Wie eine Rauchsäule war sie aus der Hand des Fahrers emporgestiegen. Das Rauschen hatte aufgehört, und die Wirkung meiner Kräfte war verflogen. Alles war so schnell gegangen, dass ich nicht einmal Zeit gehabt hatte, mich verrückt zu machen. Aber was war eigentlich geschehen? Hatte ich das mit der Karte bewirkt? Oder war es Jack gewesen? Welche Gabe er wohl hatte …

Wenn ich heute Morgen verwirrt gewesen war, dann wusste ich jetzt gar nichts mehr.

Cam strich sich seufzend eine Haarsträhne aus dem Gesicht. Seine Augenbrauen waren zusammengezogen, ob nun aus Sorge oder Trauer, vermochte ich nicht zu sagen. »Hi, Dancia«, sagte er.

Alle Hirnaktivitäten kamen in seiner Nähe zum Erliegen. »Hi.«

»Alles okay?« Die Sorgenfalte grub sich noch tiefer in seine Stirn. Unsere Blicke verschmolzen, und er drehte sich ganz zu mir herum, so dass seine Schultern den Rest der Welt ausblendeten. »Du wirkst so aufgelöst. Hoffentlich nicht wegen dem da.« Er deutete mit dem Daumen in Richtung Jack, ließ aber die Augen fest auf mir ruhen.

Seine Worte hatten eine unglaublich beruhigende Wirkung auf mich. »Nein, mir geht es gut«, sagte ich. »Bin vielleicht noch nicht ganz wach. Ist ja auch Montagmorgen.«

Allmählich glättete sich die Falte auf seiner Stirn, und er lächelte verschmitzt. »Gut. Mach dir bloß keinen Kopf wegen Landry.«

Landry? Wer war das noch gleich? Cams Lächeln verwandelte mein Hirn in Zuckerwatte. »Wie war Halloween?«

Er beugte sich näher, und unsere Schultern berührten sich. »Ganz okay. Aber du hast mir gefehlt. Hättest zur Party bleiben sollen.«

Wollte er mich umbringen? Sollte ich einen Herzinfakrt bekommen? Schnell sah ich aus dem Fenster und rang nach Luft. Gerade ging die Sonne über den Bäumen auf, und die graugrünen Wiesen flogen vorbei. Allmählich näherten wir uns dem roten Backsteinbau.

»Konntest du am Wochenende ein wenig trainieren?«, fragte ich, nachdem ich mich wieder einigermaßen gefasst hatte.

»Ja, ich habe ein paar Gewichte gestemmt und habe mit Trevor und den anderen Jungs Fußball gespielt. Einmal sind wir auch gegen Anna und ihr Team angetreten. Fast hätten sie uns alle gemacht, aber ihnen fehlt eine Stürmerin. Wenn du erst im Frühling mit dem Fußball anfängst … Die Mannschaft wird sich totfreuen.«

Eifersucht stieg in mir hoch, doch ich versuchte, mir nichts anmerken zu lassen. »Na ja, erst mal abwarten. Ich mache mir Sorgen wegen der Noten. Oma lässt mich nur spielen, wenn ich mindestens überall Zweien habe. Letzte Woche habe ich eine Englischarbeit zurückbekommen, da war mehr rot als blau.«

»Mir geht es nicht viel besser. Bei dem Physiktest letzten Montag habe ich sogar meinen Namen falsch geschrieben.«

Ich kicherte. »Ich glaube dir kein Wort.«

»Doch wirklich.« Feierlich schüttelte er sein Haupt. »Wenn

Trevor mich nicht immer die Hausaufgaben abschreiben lassen würde, käme ich nie zum Fußball.«

Ein paar Minuten lang witzelten wir noch herum, dann hielt der Bus. Cam glitt aus seinem Sitz. »Iss doch heute mit mir zu Mittag«, sagte er. »Ich lade dich dauernd ein, aber du kommst nie. Allmählich glaube ich, du magst mich nicht.«

Auf meinem Gesicht erschien ein breites Grinsen. »Klar. Als ob's so wäre!«

»Na dann …?«

»Okay, okay, abgemacht!«

»Gut.«

Der Fahrer öffnete die Türen und verabschiedete sich noch von Cam, der die Stufen hinuntersprang. Ich wartete, bis die Menge in den Gang strömte und aus dem Bus strebte.

Gedankenversunken starrte ich auf das grüne Polster vor mir. Cam schien sich wirklich mit mir zum Mittagessen treffen zu wollen. Er hatte es nicht nur gesagt, um nett zu sein. Er wollte es wirklich.

Zwar hatte er mich angeworben, aber allein damit ließ sich sein Interesse an mir nicht erklären. In den letzten Wochen hatte ich mich eher bedeckt gehalten, aber Cam war immer wieder angekommen. Er schenkte mir wohl mit Abstand die meiste Aufmerksamkeit, und jetzt sollte ich auch noch seine Freunde kennenlernen! Könnte Esther mit ihrer Vermutung recht haben? Ob er sich wirklich für mich interessierte? War es möglich, dass etwas in meinem Leben auf wundersame Weise wunschgemäß verlief?

In die anfängliche Freude mischte sich Panik. Was sollte ich nur zu einem Haufen Elftklässlern sagen? Vielleicht rutschte mir irgendeine blöde Bemerkung heraus, und Cam hielt mich auf einmal für eine totale Loserin!

Esther zerrte mich förmlich aus dem Sitz. »Was hat er zu dir gesagt? Gefallen ihm deine Haare so? Du hast fünf Minuten, spuck's aus.«

»Esther übertreibt es mal wieder.« Hennies Augen funkelten hinterlistig. »Du darfst uns auch alles beim Mittagessen erzählen.«

Wir stiegen aus, und ich vergewisserte mich, dass Cam anderweitig beschäftigt war, bevor ich lässig sagte: »Also, ehrlich gesagt bin ich mittags schon mit Cam verabredet.«

Esther kreischte. Laut.

Panisch sah ich mich um, hoffentlich war Cam außer Hörweite. »Bist du wahnsinnig!«, sagte ich. »Der hält uns noch für bekloppt.«

»Das ist mir egal«, sagte sie vergnügt. »Siehst du, ihr kommt doch zusammen! Hab ich's nicht gesagt!«

Ich funkelte sie an. »Brüll doch nicht so.«

Obwohl sie kein bisschen reumütig wirkte, flüsterte sie: »Sorry. Jetzt erzähl uns endlich, was Sache ist.«

Ich zog die beiden die Stufen hoch zu unserem Gemeinschaftsraum. Als wir endlich allein in einer stillen Ecke neben dem Büro waren, atmete ich erleichtert auf. Und plötzlich sprudelten die Worte nur so aus mir heraus. »Das wüsste ich selbst gerne. Ich habe keine Ahnung, was da läuft.«

Hennie schmollte. »Weißt du es nicht, oder kannst du es uns nicht sagen?«

»Ich weiß es wirklich nicht«, sagte ich beharrlich. »Jetzt mal ehrlich, der kann doch nicht auf mich stehen. Ich meine, ich bin zwei Jahre unter ihm! Und nicht gerade eine Schönheit.«

»Spinn doch nicht. Du bist groß und hast eine tolle Figur. Und die Jungs fahren auf blonde Haare und blaue Augen ab«, seufzte Hennie. »Ich bin eine zu kurz geratene Inderin. Yashir wird mich bestimmt nie beachten.«

Mit einer unwirschen Geste brachte Esther sie zum Schweigen. »Das ist doch albern. Du bist wunderschön, und Jungen stehen auf die süßen Stillen. Das weiß doch jeder.«

»Im Bus heute Morgen hat er mich noch nicht einmal angesehen«, sagte sie.

»Ja, weil du nie mit ihm sprichst«, sagte Esther. »Was wir schleunigst ändern werden.« Sie durchbohrte mich mit ihrem Blick. »So, Dancia, nun wollen wir mal Tacheles reden. Du bist klug, witzig, hart im Nehmen und lässt dich von niemandem herumschubsen. Du bist einfach scharf, auch wenn du erst in der Neunten bist, und Cam ist das keineswegs entgangen. Der verfolgt dich doch schon seit Anfang des Schuljahrs, ihr hängt nach der Schule zusammen ab, und jetzt will er mit dir die Mittagspause verbringen …« Vielsagend verstummte sie. »Ist doch wohl ganz offensichtlich, was da läuft.«

»Für mich aber nicht«, jammerte ich. »Entweder behandelt er mich wie seine kleine Schwester oder als wären wir nur gute Freunde. Und wisst ihr, er verbringt auch extrem viel Zeit mit Anna. Vielleicht sind die ja auch zusammen? Das weiß ich ja noch nicht mal!«

Und das war die Wahrheit. Bislang hatte ich noch nicht herausgefunden, in welcher Beziehung er zu Anna stand. Ich wusste, dass sie sich gerne mochten, aber was bedeutete das?

Beim Klingeln zuckten wir alle zusammen.

»Ich muss noch mal zu meinem Spind«, sagte Hennie mit nervösem Blick auf die Schülertrauben, die nun an uns vorbeiströmten. »Wir müssen später weiterreden. Weißt du, was wir machen, Dancia? Wir hören uns einfach für dich um, okay?«

Dankbar nickte ich. War Highschool immer so kompliziert?

Unsere Spinde lagen im Keller, in engen Reihen um weiße Stützbalken angeordnet. Tagsüber war es uns nicht erlaubt, in unsere Zimmer zu gehen, also bunkerten wir die Bücher für die verschiedenen Kurse im Spind. Da unsere Schränke in unterschiedlichen Gängen lagen, umarmten Esther, Hennie und ich uns kurz zum Abschied und verabredeten uns dann für nachmittags.

Mit Bildern von schmelzenden braunen Augen machte ich mich blinzelnd an der Zahlenkombination meines Spinds zu schaffen. Unterricht. Ich hatte heute Unterricht. Was für Fächer waren es noch gleich?

»Wo ist denn dein Prinz Charming?«

Jacks Stimme brachte mich in die Wirklichkeit zurück. Gewaltsam riss ich den Spind auf, schnappte mir ein Buch und stopfte es in meinen Rucksack. Die Cameron-Starre fiel schlagartig von mir ab.

Was sollte ich nur zu ihm sagen? Ich fühlte mich unsanft an heute früh erinnert, wieder hatte ich meine Kräfte eingesetzt, um Jack zu beschützen. Zumindest hatte ich es versucht. Jack weckte in mir den Beschützerinstinkt, und das machte mir Angst. Offenbar war er wild entschlossen, sich in Schwierigkeiten zu bringen, und ich schien nicht minder entschlossen, ihn jedes Mal rauszuhauen.

Dann stand auch noch die Verandaszene von gestern Abend zwischen uns, wo wir uns vielleicht fast geküsst hätten. Oder hatte ich mir das auch nur eingebildet?

Ich drehte mich um und versuchte, möglichst gelassen und freundlich zu klingen. »Hi, Jack, wie geht's? Hast du den Wecker verpennt?«

»Hab vergessen, ihn zu stellen.« In einer Hand hielt er ein paar Bücher, die andere steckte tief in der Hosentasche, dabei lehnte er lässig an den Spinden. Er trug dunkle Baggypants und ein enges schwarzes T-Shirt.

»Red keinen Unsinn. Wie kann man denn vergessen, seinen Wecker zu stellen? Legst du es drauf an, Ärger zu kriegen?«

Jack schüttelte sich das Haar aus dem Gesicht und stellte sich neben mich. »Was sollen die schon groß machen? Mich beurlauben? Wohl kaum. Denn dann haben dein Prinz Charming und die anderen mich nicht mehr im Blick.«

Nervös nagte ich an meiner Unterlippe, überging die Anspielung auf Cam. »Wie meinst du das?«

»Weißt du, solange wir hier schön hinter den Toren bleiben, können die uns bequem im Auge behalten.« Er hielt seinen Ausweis hoch. »Die überwachen uns auf Schritt und Tritt, Dancia. Glaub mir, die werden mich schon nicht beurlauben.«

Ich seufzte. »Das haben wir doch schon alles hundertmal durchgekaut, Jack. Das müssen die machen, das dient doch nur unserem eigenen Schutz.«

»Das behaupten sie immer, aber wovor beschützen sie uns denn? Die meisten in unserem Alter überleben auch ohne hinter fette Eisentore gesperrt zu werden.«

»Woher soll ich das wissen? Terroristen? Irgendwelche kranken Kindesentführer?«

»Wenn du meinst.«

»Was hat Cam deiner Meinung nach damit zu tun?« Womit genau, wusste ich eigentlich gar nicht, aber in Jacks Gegenwart fiel es mir schwer, so tun, als würde hier alles mit rechten Dingen zugehen.

»Ist dir mal aufgefallen, wie er mich ansieht? Als wollte ich jeden Moment irgendwo eine Bombe legen.«

Ich warf mir den Rucksack über die Schulter. Es stimmte, Cam sah ihn wirklich immer komisch an. Cam traute ihm nicht über den Weg. Und wenn Jack auch nur ansatzweise wüsste, was Cam schon alles über ihn gesagt hatte, dann wäre er felsenfest davon überzeugt, dass gegen ihn ein Komplott im Gange war.

»Was soll's. Du spinnst einfach. Können wir jetzt endlich zum Unterricht?«

Er zuckte die Achseln. »Klar. Übrigens, danke noch mal für das Essen gestern. War nett, mal was Richtiges zu futtern. Und auch noch in Gesellschaft von Leuten, die nicht dauerbekifft sind.«

Ich schnitt eine Grimasse, erleichtert, dass er nicht länger auf dem anderen Thema herumritt. »Oma findet dich süß.«

»Oh nein, wirklich? Sie hat mich süß genannt?« Er lachte. »Nachdem mir ihre Enkeltochter nur die kalte Schulter zeigt, habe ich schon an mir gezweifelt.«

Ich zuckte zusammen. Jack hatte mich also doch gestern küssen wollen. Dabei hatte ich gehofft, dass wir die peinliche Verandanummer ganz schnell vergessen könnten. Auch wenn ich ein kleines bisschen neugierig war, was hätte passieren können, wollte ich im Grunde doch Cam. Auf keinen Fall sollte Jack denken, dass sich zwischen uns etwas entwickeln könnte. Innerlich wappnete ich mich, ehrlich zu ihm zu sein.

»Jack, nicht, dass ich dich nicht … ich meine, ich mag dich, nur … na ja, weißt du, Cam und … so …«

Lachend legte er einen Arm um mich. »Wie?«, fragte er theatralisch und zog mich an sich. »Willst du mir etwa sagen, dass Aschenputtel ihren Prinzen schon gefunden hat? Und ich bin es nicht? Ich bin am Boden zerstört. Tief verletzt!«

»Jack!« Ich wand mich aus seiner Umarmung, auch wenn er wirklich gut roch, nach Zimt und Kaffee, und es sich schön in seinem Arm anfühlte. Stattdessen konzentrierte ich mich ganz auf seine Worte. Offenbar hatte ihn nicht gestört, was ich gesagt habe. Vielleicht hatte ich alles ganz falsch gedeutet.

»Du glaubst doch nicht im Ernst, dass ich mir von Pretty Boy den Rang ablaufen lasse, oder?« Er zwinkerte mir zu und lächelte unverwandt. »Schätzchen, wir beide sind füreinander bestimmt. Basta.«

Was sollte das denn heißen? Irgendwie klang alles nach Spaß, aber meinte er es vielleicht doch ernst? Nun war ich noch verwirrter als zuvor.

»Jack …«

»Vergiss es, Danny. Zerbrich dir darüber nicht deinen hübschen Lockenkopf.« Er drückte mich noch mal und grüßte dann Hector, der die Treppe herunterkam.

»Was geht? Jack. Dancia.« Hector nickte uns zu und hob die Augenbrauen im Vorbeigehen. Ich ließ den Kopf hängen. Verdammt! Jetzt musste Hector doch denken, wir wären zusammen.

Jack und ich stiegen die Treppe hoch, da fiel mein Blick auf das Buch unter seinem Arm: *Aufsätze in Ethik*.

»Oh, nein!« Ich schlug mir gegen die Stirn. »Ich habe mein Ethikbuch im Schrank vergessen.«

»Kein Problem.« Grinsend reichte er mir seins. »Du weißt ja, auf wen du dich hier immer verlassen kannst.«

19

Die Cafeteria der Night Academy ähnelte der an meiner alten Schule, überall standen lange Tische, und hinten an der Rückwand konnte man sich am warmen und kalten Buffet anstellen. Die Schüler brüllten kreuz und quer durch den Raum, und die Lehrer, die das Pech hatten, Aufsicht zu führen, lehnten genervt an den Wänden und versuchten, den Lärm auszublenden. Im Gegensatz zu meiner früheren Schule hatte man aus den riesigen Fenstern einen herrlichen Blick über die grünen Hügel und den dichten Wald in der Ferne. Natürlich nahm kaum jemand Notiz von dem Ausblick, dafür war das wilde Treiben hier drinnen viel zu interessant.

Ich aß jetzt schon seit fast zwei Monaten in der Cafeteria, und das Panorama nahm ich längst nicht mehr wahr. Aber heute sollte sich alles ändern.

Heute aß ich mit Cam zu Mittag.

Sobald ich eingetreten war, wurde mir ganz schwindelig bei dem Gedanken, Cam, Trevor und Anna allein gegenüberzutreten. Mir zitterten die Knie, und ich sah mich ängstlich nach einem Tisch um, bevor ich noch zusammenklappte.

»Dancia, da bist du ja! Diesmal entkommst du mir nicht. Komm her, ich stelle dich allen vor.«

Cam. Er bahnte sich den Weg durch die Menge auf mich zu und sah mal wieder umwerfend aus. Als er bei mir war, nahm er mich beim Ellenbogen.

Seine Berührung schnürte mir die Kehle zu, doch ich riss mich zusammen und schluckte schwer. Aufs Reden verzichtete ich lieber und nickte bloß.

Wir steuerten auf einen Tisch zu, an dem fünf weitere schöne Menschen saßen. Trevor war auch unter ihnen. Irgendwie sah er auf seine harte, etwas einschüchternde Art gut aus.

»Trevor und Anna kennst du ja bereits. Das hier sind David, Claire und Molly.« Anna sprang sogleich auf und wich mir nicht mehr von der Seite.

Cam mochte vielleicht denken, sie seien nur gute Freunde, doch Annas Gesichtsausdruck verriet mir, dass sie mehr für ihn empfand.

»Dancia, schön, dass du uns Gesellschaft leistest. Setz dich doch zu mir, dann können wir schon mal die Strategie für diese Woche durchgehen.« Sie zog mich förmlich von Cam weg und stieß mich auf einen Stuhl.

»Danke«, würgte ich hervor.

»Kein Ding.« Sie wandte sich mit ihrem strahlenden Lächeln wieder Cam zu. »Du kannst ja eh nicht lange bleiben, oder? Hast du nicht gesagt, dass du vor Ethik noch ein Treffen mit Mr Judan hast?«

»Ja, aber ich habe noch Zeit zu essen«, sagte Cam und sah mich entschuldigend an. »Ich muss ein bisschen früher weg. Aber vorher haben wir noch Zeit zusammen.«

Cam setzte sich neben mich. Ich rückte ein wenig von Anna ab und näher zu Cam.

Anna kniff ihre Puppenaugen zusammen. »Schön.«

»He, hast du nicht auch Mr Fritz in Ethik?« Cam machte eine Geste in die Runde. »Wir hatten ihn alle im ersten Jahr. Der ist doch cool, oder?«

»Ja, der ist schon okay. Hat es aber ziemlich mit Kant.«

Trevor stöhnte vom anderen Ende des Tisches. »Du sagst es! Schade nur, dass man kein Wort versteht.«

So menschlich hatte Trevor ja noch nie geklungen, ich lächelte ihn sogar an. »Neulich habe ich allein zwanzig Minuten gebraucht, um einen Satz zu lesen«, stimmte ich ihm zu. »Als spräche der Typ eine unbekannte Sprache.«

Anna rümpfte die Nase. »So schwer fand ich die Texte gar nicht.«

Trevor brach in Gelächter aus. »Das ist selbst für dich etwas hochgegriffen, Anna. Niemand steigt bei Mr Fritz durch, erst recht nicht bei Kant.«

»Wenigstens gibt er einem coole Aufgaben«, sagte Molly. »Wie die mit dem Raumschiff. Habt ihr das auch gemacht?«

»Meinst du, wo sich alle auf diese winzige Palette quetschen mussten, um die Erde zu retten?« Ich dachte lieber nicht daran, wie ich mich danach im Klo übergeben hatte. »Ja, haben wir auch gemacht.«

»Ich erinnere mich noch, wie Anna und Claire mir dabei fast die Zehen gebrochen haben«, sagte Cam.

Anna sah Cam wehmütig an. »Ich habe das Spiel geliebt.«

Trevor verdrehte die Augen. »Du liebst ja alles, solange du nur auf Cam draufstehen darfst, Anna.«

Claire und Molly kicherten. Sie erzählten sich, wie sie versucht hatten, die Mädchen Huckepack zu nehmen, und es am Ende keiner mit der Arznei zur Erde geschafft hatte.

»Wie ist es bei euch ausgegangen, Dancia?«, fragte David.

Ich erstarrte. Weder wollte ich ihnen erzählen, dass mir ganz übel geworden war, noch wollte ich unnötig Aufmerksamkeit auf Jack lenken. »Einer aus der Gruppe hat vorgeschlagen, dass wir Leute zurücklassen, danach hat dann der Rest aufs Podest gepasst.«

»Wessen Idee war das?«, fragte Cam.

»Jacks«, sagte ich widerstrebend.

»Landry hat was getan?«, fragte Trevor.

Warum nannten sie ihn immer nur Landry? Als hätte er den Namen Jack nicht verdient! Irgendwie ärgerte mich das.

»Wir haben alles Mögliche versucht und schließlich festgestellt, dass wir nicht alle draufpassen. Jack hat vorgeschlagen, lieber ein paar Leute zurückzulassen, als die Mission zu gefährden und alle auf der Erde sterben zu lassen. Schon sinnvoll irgendwie.«

Tatsächlich ergab es Sinn, auch wenn ich das damals nicht wahrhaben wollte. Ich glaube, mich hat vielmehr verstört, mit welcher Leichtigkeit Jack den Vorschlag gemacht hat, als wäre gar nichts dabei, Gruppenmitglieder zu opfern. Aber es war ja nur ein Spiel gewesen, oder? Bloß ein Spiel. Im Nachhinein konnte ich nicht mehr sagen, warum es mir damals so ernst vorgekommen war.

Auf Cams Stirn erschien eine Sorgenfalte. Er und Trevor tauschten bedeutsame Blicke. Je mehr Zeit ich mit den beiden verbrachte, desto eher war ich bereit, Jack zu glauben. Was hatten sie nur gegen ihn?

Ich versuchte, das Gefühl abzuschütteln. Jetzt war ich doch selbst schon paranoid und dachte wie Jack.

Cam zeigte auf das Tablett vor sich. »Willst du was abhaben?«

Sein Teller mit Pommes und dem Riesenburger sah nicht gerade verlockend aus. »Nein, danke. Ich hatte heute ein dickes Frühstück. Wahrscheinlich bekomme ich erst wieder Hunger, wenn das Mittagessen vorbei ist.«

Anna stocherte in einer winzigen Salatschüssel herum. »Du solltest wirklich etwas essen«, sagte sie zuckersüß. »Ich will nicht, dass du dein Training versäumst.«

In Anbetracht ihres Salats, der bestimmt nicht mehr als zehn Kalorien enthielt, musste ich mir das Lachen verbeißen. »Danke, Anna, aber du brauchst dir keine Sorgen machen.«

Cam nahm seinen Burger und biss herzhaft hinein. Ich ließ den Blick durch die Cafeteria wandern und entdeckte Esther und Hennie ein paar Tische weiter. Esther zwinkerte mir zu und hielt die Daumen hoch, hoffentlich hatte das keiner von meinem Tisch mitbekommen. Auf der anderen Seite des Raumes saß Jack inmitten unserer Gruppe. Er saß dicht neben Allie, die ihn anzuhimmeln schien – wahrscheinlich bedachte ich Cam mit einem ebenso schwärmerischen Blick.

Das war neu. Klar waren Jack und Allie seit der Orientierungswoche befreundet, aber ich hatte sie noch nie beim Mittagessen zusammen gesehen. Und diesen Blick hatte ich auch noch nie bei Allie gesehen. Als würde sie Supermann anstarren.

Jack schien das nicht groß zu stören. Im Gegenteil, statt des üblichen ironischen Grinsens lächelte er richtig.

Jack konnte reden, mit wem er wollte, schalt ich mich.

Allie legte die Hand auf seinen Arm, und er beugte sich zu ihr und flüsterte ihr etwas ins Ohr. Ich zwang mich, wegzuschauen, und in diesem Moment bemerkte ich, dass Anna mich die ganze Zeit beobachtet hatte. Ihr Blick huschte zwischen mir und Jack hin und her, auf ihrem Gesicht erschien ein kalter Zug. Dann verzog sie spöttisch die Mundwinkel, nahm die Gabel und stach auf ein Salatblatt ein.

»Gibt es was Neues aus dem Schülerparlament?« Ich versuchte, fröhlich zu klingen und das Bild von Allie, wie sie Jacks Arm berührte, aus dem Kopf zu bekommen. »Plant ihr nicht eine große Party kurz vor den Weihnachtsferien?«

»Random Flash of Genius werden spielen.« Cam sprach zwischen zwei Riesenbissen Fleisch. »Das wird super.«

Ich musste an mich halten, um mich nicht wieder zu Jack und Allie umzudrehen. Tapfer biss ich mir auf die Lippen. »Wo soll das denn stattfinden?«

Cam tauchte eine Handvoll Fritten in den Ketschup. »Hier in der Cafeteria. Aber wir schmücken vorher alles. Anna ist übrigens für das Schmücken zuständig.«

War ja klar. Ich nickte, als würde mich das wirklich interessieren, und stellte mir kurz vor, mit Cam eng zu tanzen. In der Zwischenzeit warf Trevor misstrauische Blicke zu Jack hinüber und sprach dann leise mit David. Gerne hätte ich mich vorgebeugt, um zu verstehen, was die beiden sagten, aber Anna ließ mich nicht aus den Augen. Also lächelte ich sie süßlich an und lehnte mich in meinem Stuhl zurück.

»Wo lauft ihr denn diese Woche, Anna?«, fragte Cam.

»Saint Marks. Heftiger Parcours. Am Ende muss man noch

durchs Wasser. Im letzten Jahr haben die meisten Neuntklässler aufgegeben.« Feixend sah Anna mich an, hatte aber sogleich wieder ein holdes Lächeln für Cam übrig.

»Vielleicht kannst du ja mal mit Dancia laufen, Anna.«

Anna durchstach eine Gurkenscheibe und knabberte den Rand ab. »Neben dem normalen Training laufe ich noch morgens vor der Schule. Ich gebe dir gerne eine Privatstunde, Dancia, wenn du mal mitkommen magst. Nächste Woche vielleicht?«

Mir fiel absolut keine Ausrede ein. »Wow, ähm, danke.«

»Gerne.« Sie klimperte mit den Wimpern und sah Cam dabei an, obwohl sie ja eigentlich mit mir sprach.

Cam sah glücklich aus. »Das ist echt supernett von dir, Anna.«

Supernett? Auch wenn ich Anna kaum kannte, »supernett« war kaum das richtige Wort für diese Frau.

Nachdem Cam seinen Teller aufgegessen hatte, entschuldigte er sich und verschwand. Ich winkte ihm hinterher, dann gab ich vor, mit Esther und Hennie noch Hausaufgaben besprechen zu müssen, und machte mich aus dem Staub. Wahrscheinlich war es den anderen auch egal, warum ich ging, aber irgendetwas musste ich ja sagen.

Esther konnte kaum an sich halten, als ich an ihren Tisch trat. Sie war überzeugt davon, Cam hätte mich nie zum Mittagessen eingeladen, wenn er mich nicht mögen würde. In ihren Augen war das der Anfang von etwas Großem. Hennie hatte herausgefunden, dass Cam und Anna wohl mal zusammen waren, sich aber diesen Sommer getrennt hatten, doch niemand wusste genau, warum. Esther meinte daraufhin, dass jetzt genau der richtige Zeitpunkt für Cam wäre, mit jemand Neuem zusammenzukommen. Offensichtlich verzehrte er sich nicht nach Anna, sonst wären sie jetzt keine Freunde, und somit war er Single, ein Pluspunkt also.

Verwundert schüttelte ich den Kopf. Der Jahrgangssprecher der Elften, der schönste Junge der Schule wollte mit mir Zeit verbringen? Ich konnte das kaum glauben. Irgendwas war doch faul hier! Ich konnte nicht aufhören zu grinsen und sah an meinem pinken Shirt hinunter, als wäre es ein magischer Glücksbringer.

20

Ein paar Tage später wurde mir klar, dass sich zwischen mir und Cam tatsächlich etwas verändert hatte. Gerade hatte ich einen Zehn-Kilometer-Lauf absolviert – mein längster Lauf bislang – und war vollkommen fertig. Es nieselte, den meisten Regen fingen die Bäume ab, nur hin und wieder gelangte ein Tropfen durch das Blätterdach. Mein T-Shirt war schweißgetränkt, mein ganzer Rücken war nass und auch der Bund meiner Leggings. Meine Beine zitterten, aber ich befand mich in dieser euphorischen Stimmung, wie so oft nach einem anstrengenden Lauf.

In dem Moment sah ich Cam auf mich zukommen. Er trug Fußballschuhe, Jogginghosen und ein T-Shirt.

Noch nie hatte ich diesen Ausdruck bei ihm gesehen: blanke Wut. Klar hatte ich ihn schon verärgert erlebt, sogar stocksauer, wie damals, als Jack zu spät kam. Aber kein Vergleich zu jetzt. Sein ganzer Körper war steif, er bewegte sich wie eine Maschine, als hätte er ganz dringend irgendwo etwas zu erledigen.

Beinahe traute ich mich gar nicht, ihn zu grüßen, aber er sah mich zuerst und hob die Hand. »Wie war dein Lauf?«, fragte er.

»Gut.« Meine Atmung hatte sich noch nicht wieder beruhigt, also holte ich vor den nächsten Worten tief Luft. »Alles okay?«

Wir blieben voreinander stehen.

»Ja, nein …« Nervös fuhr er sich durchs Haar. »Wahrscheinlich.«

»Das hört sich aber nicht gut an«, sagte ich, verwundert über meine eigene Courage. »Willst du darüber reden?«

Er zögerte, dann sagte er: »Ich war gerade auf dem Weg zu einem abgelegenen Ort. Willst du mitkommen?«

Abgelegen hörte sich gut an. Wobei er in seinem Zustand wohl kaum an mich dachte. »Klar. Vor dem Abendessen haben wir bestimmt noch zwanzig Minuten Zeit, oder?«

Er nickte. Ich drehte mich um, und gemeinsam liefen wir in die Richtung, aus der ich gekommen war. Eine Weile lauschten wir schweigend dem Regen, dann fragte ich mich, ob ich etwas sagen sollte.

Esther wüsste sofort, was zu sagen wäre. Wahrscheinlich hätte sie ihn zum Lachen gebracht.

Hennie wüsste genau, wie er sich fühlte. Sie würde ihm in die Augen schauen und genau das Richtige sagen.

Ich hingegen hatte keinen Plan.

»Mein Dad hat angerufen«, sagte Cam schließlich. »Über Thanksgiving muss er Doppelschichten arbeiten, also hat er vorgeschlagen, ich solle den Feiertag in der Schule verbringen.« Er hob einen Stock auf und schleuderte ihn in den Wald. Wütend wirkten seine Schultern noch breiter, sein ganzer Körper sah aus, als könnte er ordentlich Zerstörung anrichten.

»Warst du letztes Jahr zu Thanksgiving auch in der Schule?«

Er nickte. »War ganz okay. Ich war nicht der Einzige, und die haben uns einen Truthahn mit allem Pipapo serviert. Von den Lehrern war keiner mehr da, nur Mr Judan ist geblieben. Ganz ehrlich, ich verbringe mehr Zeit mit Mr Judan als mit meinem eigenen Vater.« Vom Hauptweg zweigte ein schmaler Pfad ab, an dem Cam stehen blieb. »Hier entlang.«

Der Pfad war kaum breit genug für uns, nasse Blätter klatschten mir gegen die Beine, und meine Hose war in Nullkommanichts durchweicht. Je weiter wir uns vom Weg entfernten, desto dichter wurde der Wald, das Unterholz bestand vor allem aus Brombeersträuchern, an den Baumstämmen rankte üppiges Efeu empor.

Schließlich stießen wir auf einen alten Stamm, der wie eine Brücke über einem Felsspalt lag. In mehreren Metern Tiefe plätscherte ein kleines Bächlein dahin. Cam balancierte über den Stamm, drehte sich dann um und streckte mir die Hand entgegen.

»Kommst du?«

»Ähm, ich bin nicht gerade scharf drauf, über einen glitschigen Stamm zu balancieren«, sagte ich halb zum Spaß.

Aus Cams Schultern wich ein wenig die Spannung, und um seinen Mund spielte ein leises Lächeln. »Die tapfere Dancia traut sich nicht über einen kleinen Stamm? Das gibt es doch nicht.«

Ich stemmte die Hände in die Hüften. »Machst du dich etwa über mich lustig?«

»Absolut.«

»In diesem Fall«, ich streckte den Arm aus und winkte ihn gebieterisch heran. »Hältst du mal lieber meine Hand, Supermann.«

Cam machte einen Schritt auf mich zu und geriet ins Wanken. Gleich darauf fing er sich aber wieder und grinste mich breit an.

»Vielleicht habe ich den Mund zu voll genommen. Ist alles etwas nass heute.«

Kichernd wagte ich mich einen Schritt vor und ergriff seine Hand. Mit schwankenden Schritten balancierten wir über den Stamm, bis wir fast auf der anderen Seite waren. Doch dann erwischte er dieselbe glitschige Stelle wie zuvor, kippte nach rechts und nach links. Das brachte mich aus dem Gleichgewicht, und ich stürzte vorwärts direkt in seine Arme.

Schnell tat Cam noch zwei Schritte zurück, verlor dann den Halt und landete in einer Matschpfütze. Ich fiel direkt auf ihn drauf. Wir lachten uns tot.

Eine Minute lang hielt er mich in seinen Armen, grinsend lagen wir im Matsch. Irgendwie hoffte ich auf mehr – ich meine, wenn er auf mich stand, war das nicht der perfekte Moment für einen Kuss? –, andererseits wünschte ich, dieser Augenblick würde nie enden. Cam fühlte sich warm und stark an, seine muskulösen Arme umschlossen mich ganz. Noch nie war ich von jemandem umarmt worden, der so viel größer und kräftiger war als ich. Ich fühlte mich sicher und geborgen.

»War das dein Ziel?«, fragte ich.

»Nicht ganz«, sagte er reuevoll.

»Nicht, dass es hier nicht nett wäre«, sagte ich. »Ich meine, nette Pfütze hier.«

Cam lachte. »Du verträgst echt Spaß, Dancia. Sorry, dass ich dich hergeschleppt habe.«

»Schon okay«, sagte ich. Ich spürte seinen Herzschlag unter meiner Wange, und am liebsten hätte ich mein Gesicht in seiner Brust vergraben. »Dafür hat man doch Freunde, oder?«

Cam schwieg, und ich geriet in Panik. Hatte ich etwa etwas Falsches gesagt? Waren wir keine Freunde? Schließlich setzte er sich auf. Widerstrebend tat ich es ihm gleich, wir entknoteten unsere Körper und saßen einander gegenüber im Matsch.

Cam sah mich eindringlich an. »Weißt du, irgendwie ist es komisch. Nach dem Anruf von meinem Vater wollte ich nur mit einem Menschen reden, und zwar mit dir.«

»Echt? Mit mir?«

Er boxte mich in die Schulter. »Ja, mit dir. Du bist so ehrlich, Dancia. Wenn ich mit dir zusammen bin, muss ich mich nicht verstellen. Ich kann einfach nur ich selbst sein. Alle hier erwarten immer so viel von mir. Aber bei dir –, hm, habe ich das Gefühl, du möchtest, dass ich ich bin.«

»Cam, du bist ein toller Typ. Wie kann irgendjemand noch mehr erwarten?«

Er wandte den Blick ab, ein Muskel in seinem Kiefer zuckte. »Das ist kompliziert. Ich kann das nicht erklären.«

»Versuch es.«

»Na ja, da ist zunächst mal Mr Judan. Ich verdanke ihm so viel, aber manchmal …« Hilflos streckte er die Hände vor.

»Mr Judan?« Ich konnte ihm nicht ganz folgen, aber mir war klar, dass Cam sich etwas von der Seele reden musste, deshalb sollte ich vielleicht gar nicht viel fragen.

»Ja. Er ist immer für mich da. Im Sommer besorgt er mir einen Job, lässt mich in den Ferien in der Schule bleiben. Und mit ihm kann ich reden. Ich weiß, dass ihn manche für seltsam halten, aber bei ihm kann man wirklich gut was abladen.«

Ich konnte mir nicht vorstellen, Mr Judan mein Herz auszuschütten, doch das musste ich Cam ja nicht gerade jetzt auf die Nase binden. »Und er erwartet sehr viel von dir?«

»Er erwartet, dass ich immer richtig handele. Du weißt schon, die Nummer mit dem Schuleid.«

»Das nimmt er ernst.«

Cam nickte. »Und wie.«

»Puh«, sagte ich schleppend. »Davon hatte ich keine Ahnung.«

Cam stand auf und lachte, doch es klang gezwungen. »Aber genug jetzt. Frierst du? Wenn du willst, können wir auch umkehren.«

Ich würde mit Eiswürfeln zwischen den Zehen ins Polarmeer springen, wenn nur Cam bei mir wäre.

»Nein, alles gut.«

»Dann komm.«

Cams lauschiges Plätzchen entpuppte sich als alte Tanne mit tiefhängenden Zweigen, an denen man leicht hochklettern konnte. Ich folgte Cam vielleicht fünf Meter hoch, dann bekam ich es mit der Angst zu tun. Cam kletterte bestimmt noch mal drei Meter höher und machte es sich auf einem Ast bequem, der kaum stabil genug wirkte, sein Gewicht zu halten. Er sagte, von da hätte er einen tollen Ausblick auf die Schule und an sonnigen Tagen auch auf Mount Rainier. Schweigend saßen wir im Baum, ließen unsere Stirn vom Regen benetzen und schauten in den Himmel. Es war friedlich und still, und als wir hinunterkletterten, schien Cams Wut verflogen. Auf dem Rückweg lachten und scherzten wir.

Mittlerweile hatte ich völlig die Kontrolle verloren.

Ich war hoffnungslos und bis über beide Ohren verliebt.

21

Von da an war in meinem Hirn kein Platz mehr für klare Gedanken, so verrückt war ich nach Cam. Weder Jack noch die Talente, Tore oder sonstige Merkwürdigkeiten auf der Night Academy interessierten mich. Mich interessierte nur Cam.

Ich lernte seinen Stundenplan auswendig und lief »rein zufällig« an seinem Klassenzimmer vorbei, wenn er gerade Schluss hatte. Morgens hing ich in der Nähe seines Spinds ab, in der Hoffnung, ihn vor dem Unterricht noch einmal zu sehen. Ich lungerte sogar auf den Treppen im Res herum, um ihn vielleicht noch auf dem Weg zum Frühstück oder Abendessen abzupassen. Und wenn er mich berührte? Selbst nach einer beiläufigen Umarmung oder einem zufälligen Anstoßen war mit mir für den Rest des Tages nichts mehr anzufangen.

Leider schien sich an unserem Verhältnis nichts zu ändern. Wir waren richtig gute Freunde geworden, aber irgendetwas stand zwischen uns. Ich wusste, dass ich besonders und wichtig für ihn war, aber allmählich fürchtete ich, dass ich eben doch nur *eine* Freundin war.

»Endlich Wochenende!«, stöhnte Esther beim Einsteigen in die Silberkugel. Es war Mitte November, und wir waren dick vermummt mit Fleecejacken und Regenzeug. Die Busfenster beschlugen auf dem Weg nach unten ins Tal, und wir mussten sie fortwährend freiwischen, um einen Blick auf die kalte, graue Landschaft zu erhaschen. Winkende Eltern nahmen ihre Kinder in Empfang und geleiteten sie zu ihren Wagen.

»Ich bin froh, endlich mal ausschlafen zu können«, sagte ich. »Obwohl Oma irgendeinen Ausverkauf morgen früh ausfindig gemacht hat, zu dem sie mich unbedingt mitschleppen will.«

Esther und Hennie seufzten mitfühlend.

Hennie strahlte, als eine wunderschöne dunkelhaarige Frau ihr zuwinkte. »Da ist meine Mom. Ich muss los. Bis bald, Leute!« Sie umarmte mich und Esther noch einmal und stob dann zu einem riesigen silbernen Geländewagen.

Esther entdeckte den Wagen ihres Vaters. »Ruf mich heute Abend an, dann können wir unsere nächsten Schritte in Sachen Hennie und Yashir planen. Ich glaube, die besten Chancen haben wir auf dieser Weihnachtsparty.«

Bislang war es uns gelungen, die beiden einander vorzustellen und sie sogar ein paarmal ins gleiche Zimmer zu lotsen, aber weiter waren wir noch nicht. Hennie bekam kaum mehr als zwei Sätze in Yashirs Gegenwart heraus. Auch wenn sie praktisch Gedanken lesen konnte, schien sie keinen Schimmer zu haben, wie süß Yashir sie fand.

»Klar, ich melde mich.« Ich rang mir ein Lächeln ab. Die Schule übers Wochenende zu verlassen, stimmte mich immer ein wenig traurig. Auch wenn ich Oma unter der Woche vermisste und mir

Sorgen um sie machte, waren meine Tage an der Night Academy so intensiv – im Guten wie im Schlechten –, dass es mir seltsam vorkam, zu Hause am Wochenende einfach nur herumzuhängen, Musik zu hören und ein wenig zu lernen. Zudem konnte ich die Angst nicht abschütteln, dass Jack die Schule eines Tages verlassen und nicht mehr zurückkommen würde.

Vor allem aber litt ich unter der Trennung von Cam, auch wenn es nur ein paar Tage waren.

»Alles in Ordnung?« Esther legte den Kopf schief und musterte mich. »Sollen wir dich irgendwo absetzen?«

»Oma ist bestimmt gleich hier. Sie musste noch kurz etwas erledigen. Ich warte einfach.«

Das war glatt gelogen. Oma hatte im Sekretariat eine Nachricht hinterlassen, dass ich den Bus nehmen sollte, da der Arzt ihren Termin verlegt hatte. Aber ich wollte Esther nicht ständig zur Last fallen, sie lieh mir schon regelmäßig ihr Handy, damit ich zu Hause anrufen konnte.

»Bist du ganz sicher?« Esther schaute zwischen mir und dem Auto ihres Vaters hin und her.

»Ganz sicher. Hau endlich ab.« Sanft schob ich sie in Richtung ihres Dads. Sie zögerte, also gab ich ihr einen richtigen Schubs. »Esther! Ich bin hier aufgewachsen. Wir wohnen nicht mal fünf Kilometer von hier.«

Aus dem Autofenster schob sich ein wild gestikulierender Arm. »Mein Dad wird ungeduldig, ansonsten würde ich noch mit dir warten.«

»Sei nicht albern. Wir sehen uns Montag!« Ich schenkte ihr mein strahlendstes Lächeln, und sie flitzte davon.

Nach und nach leerte sich der Parkplatz. Ich setzte meinen Rucksack auf und schlenderte zum Ausgang. Beim Laufen kickte ich ein paar Steine, hoffentlich waren die anderen gleich alle weg, damit mich niemand an der Bushaltestelle warten sah.

Auch wenn es albern war, fragte ich mich, wie es wohl wäre, wenn ich Eltern hätte, die mich abholen kämen. Würde ich ihnen von meinen Kräften erzählen? Von Cam?

Auf dem Parkplatz standen noch ein paar Wagen, doch mein Blick fiel auf eine alte schwarze Kiste mit zerbeulter Tür, daneben stand ein hochgewachsener Junge. Natürlich Jack. Er unterhielt sich mit Allie und Alessandro.

In seiner typisch lässigen Art lehnte er an dem Wagen. Er sah hoch und fing meinen Blick auf. Ich schaute weg und lief weiter.

Und während die letzten Nachzügler vom Platz fuhren, kamen zwei neue Wagen an. Kurz darauf hörte ich, wie Alessandro und Allie ihre Eltern begrüßten und sich dann voneinander verabschiedeten.

»Rufst du mich nachher an?«, rief Allie, und es klang vielmehr nach einer Feststellung als nach einer Frage. Daraufhin war keine Antwort zu vernehmen, aber ich hatte das unbestimmte Gefühl, dass Jack einvernehmlich nickte. Wagentüren wurden zugeschlagen, und Reifen knirschten. Die Wagen rollten auf dem Weg zur Ausfahrt an mir vorbei.

Allie lehnte sich aus dem Wagenfenster. »Willst du mitfahren?«

»Nein, danke.« Ich winkte ihr zu. »Ich werde gleich abgeholt.«

»Okay, bis Montag.« Allie schenkte mir ihr Cheerleader-Lächeln. Ihre Mutter, die ebenfalls dickes braunes Haar und blaue Augen hatte, bedachte mich mit dem gleichen Lächeln.

Im nächsten Augenblick waren sie auch schon verschwunden, gefolgt von Alessandro und seinen Eltern. Ich vergewisserte mich, dass ich allein war. Oder fast allein. Der schwarze Wagen fuhr zur Ausfahrt vor und setzte dann bis zu mir zurück.

Jack lehnte sich über den Beifahrersitz und kurbelte das Fenster runter. »He, wohin des Weges? Wartest du auf ein scharfes Date?«

»Klar. Ich und Freitagnacht sind eine heiße Mischung.«

»Das habe ich mir gedacht. Wo ist denn dein Prinz?«

»Er ist nicht mein Prinz, und woher soll ich wissen, wo er steckt?« In letzter Zeit zog mich Jack damit auf, wie viel Zeit ich mit Cam verbrachte. Mich regte das auf, aber eigentlich nur, weil ich Schuldgefühle hatte, dass ich ihn in Cams Gegenwart links liegen ließ. Andererseits war ich auch froh, denn wenn es Jack schon auffiel und er uns für ein Paar hielt, musste es anderen Leuten, beispielsweise Anna, auch schon aufgefallen sein.

»Wenn du das meinst.«

Ich lief unbeirrt weiter, und Jack folgte mir langsam.

»Wie kommst du überhaupt dazu, Auto zu fahren?«, fragte ich. »Du bist doch noch nicht mal sechzehn.«

»Ich habe einen Führerschein, auf dem steht, dass ich sechzehn bin.«

Ich schüttelte den Kopf. »Du bist echt kriminell.«

»Reg dich ab. Mein Freund ist mit Kumpels übers Wochenende nach Seattle gefahren und hat mir die Karre überlassen.«

»Und den Führerschein?«

»Wo ist deine Oma?« Er überging meine Frage einfach.

»Sie ist beim Arzt.«

»Warum steigst du nicht ein? Ich fahre dich nach Hause. Der

Bus kommt erst in zwanzig Minuten, und die Wolken sehen echt übel aus.«

Große Lust hatte ich wirklich nicht, an der Straße zu stehen und auf einen Wolkenbruch zu warten. Highway 87 war die Fernfahrerstraße durch Danville, nicht gerade der malerischste Ort, um seinen Freitagnachmittag zu verbringen. Außerdem stand man hier wie in einem Windkanal, wenn die Laster vorbeibretterten. »Das sollte ich besser nicht tun.«

»Deine Oma würde nicht wollen, dass ich dich hier allein stehen lasse. Wo ich doch so süß bin.« Er beförderte einen Haufen Fastfood-Kartons und Zeitungen nach hinten und deutete auf den Beifahrersitz. »Sind doch nur ein paar Kilometer. Komm schon.«

»Also schön.« Ich zerrte am Türgriff, und unter einiger Gewaltanwendung ließ sich die Tür schließlich öffnen. Der Sitz war aus glänzend schwarzem Plastik mit ein paar Rissen. Auf dem Boden und um die Sitze herum türmte sich der Müll. Ich schaufelte einen Platz für mich und meinen Rucksack frei und setzte mich vorsichtig. »Toller Schlitten.«

»Danke.«

Ich sah ihn von der Seite an. Manchmal lag in Jacks Augen etwas Dunkles, Trauriges. Vielleicht war es das, was auch Hennie wahrnahm. Er wirkte dann so verloren, und mich packte die Wut auf seine Mutter und alle anderen, die sich um ihn hätten kümmern sollen.

Ich schloss die Augen und lehnte mich im Sitz zurück. Auf einmal konnte ich es kaum abwarten, nach Hause zu kommen.

»Meinst du, ich werde noch mal zum Essen eingeladen? Oder bist du zu dem Entschluss gekommen, dass dein Prinz es nicht gutheißt, genauso wie er es nicht gutheißt, dass du in der Schule mit mir sprichst?«

Mit dieser Attacke hatte ich nun überhaupt nicht gerechnet. Ich hielt die Augen geschlossen, Panik überkam mich. »Was meinst du damit?«

»Für wie blöd hältst du mich eigentlich? Meinst du, ich merke nicht, dass du mich meidest, jedenfalls wenn andere dabei sind? Und der Grund ist unschwer zu erraten.«

»Ich weiß nicht, was du meinst. In der Schule habe ich total viel zu tun, und ich habe außer dir auch noch andere Freunde«, erwiderte ich genervt.

»Lüg doch nicht«, sagte er mit einer müden Handbewegung. »Das ist doch ganz offensichtlich.«

»Ich lüge nicht«, beteuerte ich.

»Danny«, sagte er leise. »Das haben wir doch nicht nötig. Ich dachte, wir sind nicht so wie die anderen.«

Wahrscheinlich fühlte ich mich angegriffen und beschämt zugleich, denn was als Nächstes herauskam, war vollkommen unerwartet: »Was ist damals an der Wand passiert? Wenn wir schon so superehrlich sind, dann sag's mir doch!«

Umgehend bereute ich die Worte. Darüber war ich doch hinaus. An der Wand war nichts geschehen. Jedenfalls nichts Übernatürliches.

Jack warf einen Blick in den Rückspiegel. »Ich habe dir rübergeholfen.«

»Das habe ich mir schon …«

»Ist dir der hellbraune Wagen hinter uns aufgefallen?« Ich richtete mich in meinem Sitz auf und wollte mich gerade umdrehen.

Jack schüttelte den Kopf. »Dreh dich nicht um, schau in deinen Spiegel. Siehst du ihn?«

Zwei Querstraßen hinter uns hielt eine unauffällige Limousine, vielleicht ein Buick, am Stoppschild. »Ja, sehe ich.«

»Dann pass mal auf.« Jack drückte aufs Gas und bog scharf links ab. Nachdem wir über zwei Kreuzungen geprescht waren, drosselte er das Tempo und kroch förmlich die Straße entlang. Kurz darauf bog der Buick mit quietschenden Reifen um die gleiche Kurve, bremste abrupt und fuhr in sicherem Abstand hinter uns her.

Jack wiederholte das Manöver noch ein paarmal, schoss mit Tempo um eine Kurve und kroch anschließend im Schneckentempo durch die Straßen. Jedes Mal erschien der hellbraune Wagen nur eine Minute später, erst schnell, dann langsam. Ließ sich an Kreuzungen zurückfallen und kam uns nie wirklich nah. Wenn Jack mich nicht darauf aufmerksam gemacht hätte, wäre der Wagen mir wahrscheinlich nicht aufgefallen.

»Was wird hier gespielt?«, fragte ich. Meine Knöchel waren schneeweiß, so fest hielt ich den Türgriff umklammert. So ungern ich mich daran erinnerte, aber der Buick sah verdammt so aus wie der Wagen, der Oma und mir nach Halloween gefolgt war.

Jack überfuhr die nächsten beiden Stoppschilder, bog zweimal rechts ab, wendete und bretterte durch eine Einbahnstraße. Ein paar Querstraßen von meinem Haus entfernt hielt er an. Mit zitternden Händen fuhr er sich durchs Haar.

»Alles okay?«, fragte ich.

Er atmete aus und schlug mit der Faust gegen das Lenkrad. »Ich hasse es, verfolgt zu werden.«

Sein Zorn war deutlich spürbar.

»Vielleicht war das nur Zufall«, sagte ich.

Er lachte freudlos. »Logo.« Er hielt inne und sagte: »Ich sollte dich jetzt nach Hause bringen. Dort warten die eh auf uns. Warum mache ich mir eigentlich noch die Mühe?«

Schweigend fuhren wir bis zu mir. Ich inspizierte die Straße, konnte jedoch keinen hellbraunen Buick entdecken. Jack hielt den Wagen an und starrte vor sich hin.

»Willst du noch einen Augenblick bleiben?« Hatte ich denn komplett den Verstand verloren? Aber seine Lippen waren ganz weiß, und seine Hände krampften sich zitternd um das Lenkrad.

Er atmete tief durch. »Bist du sicher, dass du das willst?« Seine grauen Augen schimmerten jetzt silbern.

Sicher war ich mir nicht, aber ich konnte wohl schlecht einen Rückzieher machen. »Oma wird gleich hier sein. Solange können wir uns ja auf die Veranda setzen.« Ich gab mir Mühe, es so klingen zu lassen, als hätte Oma diese Regel aufgestellt. In Wahrheit hatte ich Angst, ihn ins Haus zu lassen.

Er nickte.

Wir stiegen die Veranda hoch, und ich setzte mich auf die Bank. Jack hingegen lief vor mir auf und ab, von Zeit zu Zeit boxte er sich in die Hand. Die Stille wuchs, und ich wusste nicht, wie ich sie durchbrechen sollte.

Schließlich fuhr er zu mir herum und bannte mich mit seinem Silberblick. »Ich war im Gefängnis. Ist schon ein paar Jahre her.«

»Oh«, flüsterte ich.

»In der Jugendstrafanstalt. Ich war damals dreizehn und gehörte zu einer Gang in Portland, die Autos geklaut hat. Die behielten mich für ein paar Monate drin, dann bekam ich ein Jahr auf Bewährung. Mom kam zur Verhandlung und tat so, als lebte ich bei ihr. Sie hatte einfach keine Lust auf den Stress mit einer Pflegefamilie. Mir war klar, dass sie keinen Bock auf mich hatte, also bin ich möglichst wenig nach Hause gekommen. Als ich auf Bewährung draußen war, musste ich mich ständig mit ihr und meinem Bewährungshelfer treffen, regelmäßig die ranzige Schule besuchen. Das war echt zum Kotzen. Ich konnte nirgendwo hin, ohne dass irgendjemand Bescheid wusste.«

Wieder tigerte er auf unserer Veranda auf und ab, ich traute mich kaum zu atmen, denn ich wollte seinen Redestrom nicht unterbrechen. »Bringt es dich deshalb so aus der Fassung, wenn dich jemand verfolgt?«

»Wahrscheinlich.« Er ließ sich neben mich auf die Bank fallen. »Als ich noch klein war, hat uns mein Dad verfolgt. Ich weiß echt nicht, was schlimmer ist, er oder die Typen von der Night Academy.«

Mir schnürte sich der Magen zusammen. »Warum hat dein Dad euch verfolgt?«

»Er war ein ziemlich übler Typ. Mom hat sich jahrelang vor ihm versteckt, aber er hat uns immer wieder gefunden.«

»Oh.« Auf mich hatte Tom Landry immer wie ein netter Kerl gewirkt. Still. Stille Wasser sind ja bekanntlich tief.

»Scheiße.« Jack fuhr sich durchs Haar. »Mich macht das einfach stinksauer.«

»Machst du das immer noch?« Ich versuchte, mir den dreizehnjährigen Jack beim Autoklau vorzustellen. »Ich meine Klauen? Hattest du keine Angst, erwischt zu werden? Hattest du nie Skrupel?«

»Ich bin ja erwischt worden.« Er stand auf und versenkte die Hände in den Taschen. »Und Skrupel hatte ich keine. Habe ich immer noch nicht. So wie ich es sehe, habe ich die Arschkarte gezogen. Mein Vater hat mich nur geschlagen, meine Mutter ist ein Junkie, und wegen meiner komischen Kräfte hassen mich beide auch noch. Wenn ich mich hin und wieder bei anderen bediene, finde ich das nur gerecht.«

Auch wenn es vielleicht nicht ganz unerwartet kam, wich mir beim Wort »Kräfte« alle Luft aus den Lungen. Verzweifelt versuchte ich, an meine Vernunft zu appellieren und dieses Unwort zu verdrängen. »Jack«, presste ich hervor, »bist du in Schwierigkeiten?«

Er bellte vor Lachen. »Außer was deinen Freund angeht? Nein. Ich bin nicht in Schwierigkeiten.«

Cam und ich ein Paar? Bei der Vorstellung rann mir ein wohliger Schauder über den Rücken. »Ich meine nicht in der Schule, sondern mit dem Typ, der dir das Auto geliehen hat oder mit dem du zusammenwohnst?«

Jack schüttelte den Kopf. »Es sind die Leute von der Night Academy. Das weiß ich genau. Seit ich nach Danville gezogen bin, weichen die mir nicht mehr von der Seite. Am Wochenende versuche ich sie abzuschütteln, aber die sind gut. Ich bemerke sie oft erst in letzter Minute. So wie heute.«

»Wie den Sonnenbrillentyp?«

Er legte den Kopf schief. »Wer zum Teufel ist der Sonnenbrillentyp?«

Ich wurde rot. »Na der Typ, der dir bei unserer ersten Begegnung auf den Fersen war.«

»Oh. Ja, der gehörte auch dazu.«

»Ich kann mir nicht vorstellen, dass das Leute von der Night Academy sind«, sagte ich und verschränkte die Arme vor der Brust. »Das ergibt doch gar keinen Sinn.«

Jack trat auf mich zu. »Dancia«, sagte er, »hast du es denn immer noch nicht kapiert? Die Night Academy ist keine gewöhnliche Schule. Die suchen gezielt nach Leuten wie dir und mir. Zwar habe ich noch nicht ganz herausbekommen, was die mit uns vorhaben, aber glaub mir, die lassen uns nicht so leicht wieder gehen. Seit Schulbeginn habe ich alles versucht, an den Wochenenden unterzutauchen. Es ist so gut wie unmöglich. Die finden einen überall.«

»Was meinst du mit Leuten wie dir und mir?« Ich starrte auf die Haustür, denn ich fürchtete mich vor seiner Antwort.

Jack kniete sich vor mich hin und ergriff meine Hand. »Zeit, Farbe zu bekennen. Ehrlich zu sein. Für uns beide. Immer wenn du sauer wirst, dann spüre ich etwas. So wie an dem Morgen damals ... keine Ahnung, was du mit dem Typen angestellt hast, aber mir haben sich die Haare gesträubt. Und dann im Unterricht bei Mr Fritz. Du warst kurz davor, etwas zu tun, das weiß ich genau. Und dann ist es dir schlecht gegangen, weil du es unterdrückt hast. Und die Wand. Willst du wirklich darüber reden? Denn da habe ich dir geholfen, und das weißt du auch. Also sind wir gleich, du und ich. Wir sind nicht normal. Keiner von uns. Gib es endlich zu!«

Tränen schossen mir in die Augen. Auf einmal wollte ich nur noch weg. Ich wollte nicht mit Jack über meine Kräfte reden oder über die Night Academy oder Typen in hellbraunen Buicks. Ich wollte einfach nur meine Ruhe.

Ich sprang von der Bank auf und stürzte zur Haustür, mit zitternden Händen zog ich den Schlüssel aus der Hosentasche. Nach mehreren Versuchen gelang es mir endlich, ihn ins Schloss zu stecken. Ich ignorierte Jacks Stimme, die beharrlich auf mich einredete, riss die Tür auf und wollte hineinstürmen, doch etwas versperrte mir den Weg. Ich stemmte die Hände dagegen, doch ich bekam nichts zu fassen.

Hatte sich die Luft verfestigt, oder blockierte etwas den Eingang?

Etwas Unsichtbares?

22

Ich wirbelte herum. »Ist das dein Werk?« Mit der Faust schlug ich gegen die unsichtbare Wand. Sie flirrte und flimmerte wie Asphalt bei sengender Hitze. »Setzt du so deine Kräfte ein? Um Leute zu schikanieren? Lass mich gehen, Jack. Ich will nicht reden.«

Jack lehnte sich gegen die Balustrade, lässig wie immer. Seine Stimme war sanft und schmeichelnd. »Wie kannst du das sagen? Ich schikaniere niemanden.«

Die Wand gab nicht nach, also eilte ich die Verandastufen hinab und machte mich zum Garten auf. In mir herrschte das totale Gefühlschaos, vor allem war ich geschockt, aber auch wütend. Und während ich noch dabei war, meine Gefühle zu sortieren, übernahm mein Körper die Kontrolle. Ganz klar, was er wollte. Weglaufen.

»Komm schon, warum willst du denn nicht reden?«, rief Jack. »Ist doch kein Geheimnis mehr. Jedenfalls für mich nicht. Und ich bin dann auch ganz ehrlich zu dir. Willst du nicht wissen, was wirklich an der Wand geschehen ist?«

»Nein.« Ich stieß das Gartentor auf. Dahinter lag ein Meer aus Unkraut: unser Garten. Ein schmaler, überwucherter Weg führte zur Hintertreppe, doch nach ein paar Schritten stieß ich mit dem Fuß gegen eine Barriere aus fester Luft. Ich trat dagegen, aber außer dass mir der Fuß jetzt wehtat, rührte sich nichts.

»Lass den Quatsch«, brüllte ich.

In den Fingerspitzen spürte ich das vertraute Kribbeln. Mir war klar, was als Nächstes geschehen würde, doch ausnahmsweise hatte ich nicht den Wunsch, es zu verhindern. Ich drehte mich zu Jack um, der selbstgefällig neben dem offenen Gartentor stand. Normalerweise schlug ich in solchen Situationen ohne Nachzudenken einfach los, der Instinkt übernahm dann das Kommando. Doch mit der unsichtbaren Wand vor mir und Jacks dämlichem Grinsen hinter mir sah ich mich eiskalt berechnend um.

Im nächsten Moment flog das Gartentor zu, erwischte Jack an der Brust und katapultierte ihn aus unserem Garten.

»Uff.« Er taumelte rückwärts. Die Wand vor mir löste sich auf, und ich stürmte voran. Jack rieb sich die Brust und lächelte matt. »Nicht schlecht. Hätte ich mir denken können.«

»Lass mich in Ruhe!«

Innerlich jubilierte ich. Zum ersten Mal hatte ich meine Kräfte gegen jemanden eingesetzt, der sich wehren konnte, und das war unglaublich toll. Keine Schuldgefühle, keine Reue. Immer noch jagte die knisternde Energie durch meinen Körper, und ich genoss ihre Kraft. Auf einmal fühlte sich alles richtig an, als hätte ich diesmal die Kontrolle behalten.

Jack steckte den Kopf durchs Gartentor. »Was hast du nur? Ich dachte, wir sind Freunde!«

»Ach ja? Und das gibt dir das Recht, mich einfach so rumzuschubsen.«

»Das ist doch alles nur wegen Prinz Charming! Was hat er dir über mich erzählt?«

Ich sah ihn finster an. »Mit Cam hat das überhaupt nichts zu tun, du bist hier der Arsch.«

»Wieso bin ich ein Arsch? Ich will doch nur mit dir reden. Mehr nicht.« Flehend hob er die Hände. »Komm schon, Danny, du kannst mir eh nicht lange böse sein, das weißt du doch.«

Allmählich verrauchte mein Ärger. Jack hatte ja recht. Außerdem war ich auch gar nicht auf ihn sauer, sondern … auf mein Schicksal oder so. Eigentlich hätte ich mich doch freuen sollen, dass ich endlich jemanden gefunden hatte, der wie ich war, aber in dem Moment wurde dadurch alles nur noch schlimmer. Denn wenn Jack wie ich war, war ich auch wie Jack, und damit waren wir untrennbar miteinander verbunden.

Und ich konnte diesen Teil von mir nicht länger leugnen.

»Keine unsichtbaren Wände mehr?«, fragte ich.

»Keine fliegenden Gartentore mehr?«, konterte Jack.

Schmollend schob ich die Unterlippe vor. »Einverstanden.«

Ohne mich noch mal nach Jack umzudrehen, stapfte ich zur Hintertür.

Sorgfältig, wie Oma nun mal war, hatte sie erst gar nicht abgeschlossen. Im Haus war es kühl und dunkel, die Vorhänge der beiden großen Fenster zur Straße waren ganz zugezogen. Auf dem Weg zum Kühlschrank zog ich mir die Jacke aus.

»Willst du auch was trinken?«, rief ich über die Schulter.

»Gerne.«

Während ich die Tür unseres alten zerbeulten Kühlschranks aufriss, spürte ich, wie Jack in die Küche kam. Die Kraft pulsierte noch immer in mir, und ich konnte das Zittern nur mit Mühe unterdrücken. Ich schnappte mir zwei Dosen Limo und warf Jack eine zu. Grinsend fing er sie auf, und wir gingen ins Wohnzimmer.

Ich setzte mich in Omas Lehnstuhl. Jack zog sich die Jacke aus und machte es sich auf dem Sofa bequem, die Füße auf dem Tisch.

»Oma hat es nicht so gern, wenn man die Füße auf ihre Möbel legt«, sagte ich.

Mit lautem Rumms ließ er die Füße zu Boden fallen. »Mit deiner Oma verscherze ich es mir lieber nicht.« Er öffnete die Dose, wartete das Sprudeln ab und nahm dann einen Schluck.

Ich ballte die Fäuste, in diesem Moment wusste ich nicht, ob ich ihn nun mochte oder nicht. Eine schwierige Entscheidung. »Also … worüber willst du reden?«

»Was genau kannst du?«, fragte er und stellte die Limo ab. »Meine Kräfte verändern die Aggregatzustände. Ich kann Gase verfestigen oder Festes in Flüssiges verwandeln.« Er lächelte. »Über die Folgen bin ich mir noch nicht ganz im Klaren. Ich habe mich ein wenig mit Chemie befasst, um sicherzugehen, dass ich nichts Gefährliches anstelle, aber wie alles genau funktioniert, weiß ich nicht.«

Auch wenn ich mich gegen dieses Gespräch so gewehrt hatte, faszinierten mich seine Worte. »Könntest du … jemanden verdampfen lassen?«, fragte ich.

»Wahrscheinlich. Ich habe es noch nie versucht. Ganz ehrlich, allein der Gedanke macht mich irre. Im Grunde ändert sich ja nur die Form, die Essenz bleibt. Keine Ahnung, was das bei einem Menschen anrichten könnte.« Er zeigte auf die Holzstehlampe mit dem breiten weißen Schirm. »Pass mal auf.«

Als würde man zusehen, wie Wachs in Windeseile schmilzt. Der goldene Lampenknauf wurde weich und zerfloss. Dann fiel der weiße Schirm in sich zusammen und verwandelte sich in dichten Nebel, der in einer Wolke über dem Boden schwebte. Schließlich verflüssigte sich auch noch der Holzständer und löste sich in gelblichen Dunst auf.

»Wow«, hauchte ich. »Das kannst du jederzeit machen?«

»Klar.« Er nickte, und die Lampe montierte sich wieder zusammen: Ständer, Schirm und Glühbirne. »Ist nicht immer so praktisch. Zur Selbstverteidigung ist es ganz nützlich: Ich kann Luft verfestigen und Waffen aus der Hand schlagen oder notfalls auch in Position halten, aber seine Miete kann man damit nicht bezahlen.«

Als Jack damals zu spät zum Bus gekommen war und ich ihm hatte helfen wollen, war der Ausweis des Busfahrers in Rauch aufgegangen. Also war das doch Jacks Werk gewesen. »Wann hast du angefangen, deine Kräfte zu nutzen?«

»Als Kind. Vielleicht mit zwei oder drei. Damals haben meine Eltern noch zusammengelebt. Einmal wollte Dad meine Mom schlagen, da habe ich die Luft wie eine Kette um seinen Hals geschnürt. Er ist total durchgedreht.« Jack verkrampfte sich zusehends, schlug sich wiederholt mit der Faust aufs Knie. »Er hat viel gesoffen, also hat er am Anfang noch gedacht, er halluziniert. Als er dann spitzgekriegt hat, dass ich dahinterstecke, ist er ausgerastet. Mit vier habe ich ihm dann gedroht, ihn in Luft aufzulösen, wenn er Mom nicht in Ruhe lässt. Wahrscheinlich hat er es mir nicht hundertprozentig abgekauft, aber zumindest hatte er so viel Schiss, dass er uns rausgeworfen hat.«

Ich drehte meine Dose zwischen den Händen. »Hat deine Mom davon gewusst? Von deinen Kräften, meine ich?«

Daraufhin stieß er ein so furchtbares, trauriges Lachen aus, dass mir sicher die Tränen gekommen wären, wenn ich nicht so eisern auf die Dose gestarrt hätte. »Für sie war ich ein Monster. Bestimmt hätte sie mich dem Jugendamt übergeben, wenn sie nicht Angst gehabt hätte, dass man ihr das Meth wegnimmt oder sie womöglich zwingt, sich wirklich um mich zu kümmern.«

»Wenn dein Dad euch rausgeworfen hat, dann kapiere ich nicht, warum er euch gesucht hat.«

Jack nahm einen Schluck und betrachtete die Stehlampe eine Weile gedankenverloren, bevor er antwortete. Unter seinem Blick war die Birne bald gasförmig, bald fest, bald gasförmig. »So genau weiß ich das nicht. Er hat immer behauptet, er fühle sich mies und wolle sich vergewissern, dass es uns gut geht, aber sobald Mom irgendetwas sagte, was ihn aufregte, ging alles wieder von vorne los. Sie ist nach Portland gezogen, um von ihm wegzukommen, aber da war sie schon ziemlich fertig. Voll auf Crystal. Mit zehn war ich dann praktisch auf mich allein gestellt. Ich habe mich einer Gang angeschlossen, denen aber nie von meinen Kräften erzählt. Doch heimlich habe ich geübt, damit ich im Notfall entwischen kann.«

Jack quetschte die Dose zusammen, ging zur Küche rüber und zielte neben den Mülleimer. Mit einem gequälten Lächeln hob er sie wieder auf. »Bin eben nicht der große Ballkünstler.« Nachdem er die Dose in den Müll befördert hatte, blieb er im Türrahmen stehen. »Wie war es bei dir? Wann hast du deine Kräfte entdeckt?«

»Weiß ich nicht mehr.«

Nur zögernd kamen die Worte aus meinem Mund. Auf einmal

sollte ich etwas erklären, was ich jahrelang für mich behalten hatte. Mir kam die Situation mit Jack irgendwie absurd vor, als wäre alles nur ein Traum.

»Lange Zeit habe ich es für Zufall gehalten, dass Dinge genauso geschahen, wie ich sie mir vorgestellt hatte. Doch die Vorkommnisse wurden immer ungewöhnlicher. Nicht unmöglich, aber ungewöhnlich und schwer zu erklären.« Ich beschrieb ihm den Vorfall im Wasserpark und die Sache mit meiner besten Freundin Aileen.

»Irgendwann wurde mir dann klar, dass ich dafür verantwortlich bin, denn nur in meiner Gegenwart geschahen diese seltsamen Dinge, weißt du. An den Zufall glaubte ich bald nicht mehr, dafür war alles zu merkwürdig und ungewöhnlich. Und außerdem habe ich kurz vorher immer dieses Gefühl ... so als ob ...« Ich rang nach den passenden Worten. »Als müsste ich etwas tun, als würde sich eine Energie ihren Weg nach draußen bahnen. Als würden sich in meinem Körper Kräfte sammeln, die zwar in mir sind, die aber von überall zu kommen scheinen.

Bislang hatte ich noch nie versucht, Worte dafür zu finden. Noch während ich sprach, fühlte ich mich seltsam befreit, als würde sich ein Riesenknoten lösen.

Jack lehnte sich im Sofa zurück. »Wow. Deine Kräfte sind ganz anders als meine. Ich weiß nicht, wie du es machst, aber es klingt unglaublich.«

»Vielleicht, aber es ist auch gefährlich. Am Ende verletzte ich immer jemanden. Den Typ, der meine Oma bedroht hat, habe ich ins Koma befördert. Der Sonnenbrillenheini hätte ohne Gurt hops gehen können. Ich versuche, meine Kräfte nicht zu nutzen, denn sie machen mir Angst. Ich mache mir Angst.«

»Interessant.« Jack sank noch tiefer in die Polster und verschränkte die Arme über dem Kopf. Ich konnte nicht umhin, Jacks gemütliche Haltung mit Cams und Mr Judans zu vergleichen, die hier in meinem Wohnzimmer so deplaziert gewirkt hatten. »Ist das schon immer so gewesen? Ich meine, was hast du angestellt, als du klein warst?«

Ich zuckte die Schultern. »An die Zeit vor dem Wasserpark kann ich mich nicht erinnern. Wie gesagt, damals habe ich es für Zufall gehalten. Ich kann mich nur an Schlimmes erinnern.«

Jack überlegte eine Weile. »Wetten, dass du deine Kräfte als Kind ganz oft eingesetzt hast? Doch als du dir dessen bewusst geworden bist, hast du deine Gabe als etwas Negatives gesehen. Aber mal ehrlich, das ist doch nur eine Seite der Medaille. Menschen zu retten ist gut. Mir zu helfen, dem Sonnenbrillentyp zu entkommen, war auch gut. Jemanden ins Koma verfrachten? Schwer zu sagen, aber wenn du damit das Leben deiner Oma gerettet hast, dann hat es sich gelohnt, finde ich. Jedenfalls ist an deinen Kräften nichts Schlechtes. Sie sind weder gut noch schlecht, es kommt nur darauf an, wie du sie nutzt.«

Ich drückte mich aus dem Lehnstuhl hoch. »Du hast gut reden. Schließlich beförderst du nicht ständig Leute ins Krankenhaus.«

»Dafür rette ich auch keine Menschenleben«, sagte Jack leise. »Du gehst Risiken ein, um andere zu beschützen. Nur willst du die Verantwortung nicht, die das nach sich zieht.«

»Natürlich will ich die Verantwortung nicht«, schrie ich. »Ich will nur ein ganz normaler Teenager sein.«

»Meinst du, normale Teenager müssen keine Entscheidungen treffen? Entscheidungen, die anderen auch wehtun? Das Böse steckt in jedem von uns, Dancia«, sagte er und kam mir in diesem Moment viel älter als fünfzehn vor. »Niemand ist nur gut. Du hast eine Gabe, und du wärst verrückt, sie nicht zu nutzen. Denk doch nur, wie vielen Menschen du helfen könntest!«

Ich ging an ihm vorbei in die Küche. In der Spüle stapelte sich dreckiges Geschirr. Ich öffnete den Geschirrspüler und begann ihn zu beladen, dabei starrte ich aus dem Küchenfenster, mein Körper vollführte die Bewegungen ganz von selbst.

»Du sprichst von meinen Kräften, als könnte ich sie kontrollieren, aber das ist es ja. Ich kann sie nicht kontrollieren. Wenn ich sauer bin oder Angst habe, dann geschieht alles ohne mein Zutun. Bei mir ist es anders als bei dir.«

»Das glaube ich nicht.« Er lehnte sich neben mich an den Küchentresen. »Das mit dem Gartentor eben war ziemlich beeindruckend. Und das soll aus Versehen geschehen sein?«

»Nicht aus Versehen, aber …« Was war es noch gleich? Auf einmal ergaben meine eigenen Erklärungen keinen Sinn mehr. »Aus Reflex.«

Jack schnaubte. »Ein Reflex? Dann hast du aber gut durchdachte *Reflexe*. Ich glaube, du hattest deine Kräfte schon immer im Griff. Du unterdrückst sie, bis irgendetwas geschieht, was du nicht so einfach ignorieren kannst. Dann redest du dich mit einem Instinkt heraus, damit du keine Verantwortung übernehmen musst.«

Er war mir so nah, dass sich mein Bauch zusammenkrampfte. Seine Worte klangen schmerzhaft in mir nach. Könnte er recht haben? »Das kann nicht wahr sein«, sagte ich. »Du weißt nicht, wie es sich anfühlt. Es schwappt über mich wie eine Welle! Wie soll ich das kontrollieren?«

Jack ergriff meine Hände und drehte mich zu sich. »Lassen wir es auf einen Versuch ankommen«, sagte er und sah mir dabei in die Augen. »Mal sehen, was du so drauf hast.«

Ich erstarrte. Meine Hände waren feucht und glitschig vom Geschirr, seine waren warm und rau. Ich versuchte mich zu befreien, aber er ließ nicht locker.

»Was machst du da, Jack?«

Er kicherte. »Ich gehe mit dir raus, was hast du denn gedacht?«

»Aber wir bewegen uns doch gar nicht«, sagte ich mit erstickter Stimme.

»Oh, stimmt ja.« Noch immer rührte er sich nicht vom Fleck.

Mein Puls flatterte wie ein Kolibri. Unsere Blicke verschmolzen, genau wie damals auf der Veranda, als ich dachte, er würde mich jeden Augenblick küssen.

Und aus einem unerklärlichen Grund machte ich einen Schritt auf ihn zu. Er lachte, ließ meine Hände los, schnappte sich seine Jacke und rannte aus der Tür. Mir blieb nur, ihm nachzusehen.

Was hatte ich mir nur dabei gedacht? Ich konnte mich doch nicht von Jack küssen lassen. Ich stand doch auf Cam. CAM. Nicht Jack, CAM.

Mist! Ich nahm mir gleichfalls meine Jacke und folgte ihm nach draußen.

Wir liefen im Garten umher. Im Gras lagen ein paar Dosen und Plastikflaschen, die es nicht bis in den Recyclingcontainer geschafft hatten. Im hinteren Teil des Gartens, im Schatten eines knorrigen Apfelbaums, stand ein alter Baumstumpf. Jack sammelte ein paar Dosen ein und stellte sie auf den Stumpf.

Er kam auf mich zu und verschränkte die Arme. »Hau sie weg.«

»Was?«

»Nutz deine Kräfte, und puste sie weg. Wie die Äste oder die Gartenpforte. Stell dir vor, wie sich die Energie in dir sammelt, und dann kanalisiere sie. Und mach diesmal alles ganz bewusst. Konzentrier dich auf deine Kräfte, und versuch dahinterzukommen, wie du sie nutzt.«

Ich hob eine Augenbraue. »Wer bist du? Obi-Wan Kenobi?«

Er lachte. »Dann haben wir ein Problem, denn dann bist du Darth Vader.«

»Oder Luke Skywalker«, gab ich empört zurück. Ich legte den Kopf in den Nacken und schüttelte mir das Haar aus dem Gesicht. »Mit Prinzessin Lea verwechselt mich bestimmt keiner!«

Das Lächeln erstarb auf seinen Lippen. »Du weißt, dass du wunderschön bist, oder?«

Mir blieb die Luft weg, und mein Herz vollführte ein kleines Tänzchen. »Halt die Klappe.«

»Ich meine es ernst.« Er griff nach einer blonden Locke und berührte dabei leicht meine Wange.

Ich geriet in Panik. Anders kann ich es nicht beschreiben. Ein Blick aus diesen grauen Augen, die unerklärlich sanft blickten, und ich wurde so nervös, dass mir Schweißperlen auf die Stirn traten.

Schnell wich ich einen Schritt zurück. Jack öffnete den Mund, um etwas zu sagen, und weil ich das unbedingt verhindern wollte, konzentrierte ich mich auf die Dosen und versuchte zum ersten Mal in meinem Leben, das vertraute Kribbeln heraufzubeschwören.

Nichts geschah. Ich versuchte es erneut, stellte mir vor, wie sich die Dosen bewegten.

Immer noch nichts.

Ich dachte an die Lampe, die Jack zum Schmelzen gebracht hatte, und die Karte, die sich einfach in Rauch aufgelöst hatte. Wenn Jack seine Kräfte kontrollieren konnte, warum ich nicht?

Ein Vogel zwitscherte, auf der anderen Straßenseite wurde ein Wagen angelassen.

Die Dosen rührten sich nicht.

Langsam wurde ich sauer. Ewig schon hatte ich mit diesen verdammten Kräften auskommen müssen, hatte mein gesamtes Leben darauf abgestellt, und dann kam Jack einfach so daher, und Simsalabim sollte ich alles im Griff haben!

Entnervt hob ich die Hände. »Tut mir leid, Jack! Ich kann es nicht. Du irrst dich.«

»Gib nicht auf«, sagte er sanft. Liebevoll. »Du ringst mit dir selbst. Die Kräfte sind in dir. Gib sie frei.«

Wieder wandte ich mich dem Baumstumpf zu, diesmal strengte ich mich nicht so an, sondern versuchte, ganz entspannt zu bleiben. Statt an die Dosen dachte ich an die Energie in mir. Auch wenn es sich bescheuert anhört, aber ich lauschte in mich hinein.

Explosionsartig durchschoss mich eine kribbelnde Hitzewelle, noch nie zuvor hatte ich eine solche Energie verspürt. Aus meinen Fingerspitzen stoben Funken, Jack verschwamm im Hintergrund. Ich schnippte mit den Fingern, und ein schmerzhaftes, aber zugleich schönes Gefühl durchströmte mich.

Ich fixierte die Dosen und stellte mir vor, wie sie der Reihe nach vom Baumstumpf flogen.

Die Dosen rührten sich nicht vom Fleck.

Abermals besann ich mich auf meine Kräfte. Mir wurde bewusst, dass die Energie in meinem Körper lediglich einen Bruchteil der

Energie um mich herum ausmachte. Ich schaute mich im Garten um, und zum ersten Mal nahm ich die flimmernden Energiewellen war, im Gras, in den Bäumen. Vom Himmel bis zur Erde alles war angefüllt mit Energie. Auf die Dosen wirkten sowohl Kräfte von außen als auch von innen ein, und sie standen im Gleichgewicht. Bedächtig streckte ich einen Finger aus, um das Kräftegleichgewicht kurz aus der Balance zu bringen.

Die Dosen explodierten in der Luft, als hätte man mit einem Gewehr darauf geschossen. Es dauerte eine ganze Weile, bis sie wieder auf dem Boden landeten.

Ich sah zum Stumpf und dann zu Jack, in mir prickelte die Energie.

»Das war unglaublich«, sagte Jack beinahe ehrfürchtig. »Du bist unglaublich.«

Und bevor ich michs versah, spürte ich seine Lippen auf meinem Mund.

23

Ehrlich gesagt, habe ich mich nicht gerührt. Jedenfalls nicht gleich. Ich hätte es tun sollen, ich weiß. Aber Jack hatte recht – ich konnte meine Kräfte kontrollieren. Es war ein unglaublich tolles Gefühl! Und in dem Moment kam es mir ganz natürlich vor, dieses Glücksgefühl in einen Kuss zu legen.

Also habe ich ihn nicht weggeschubst, auch wenn mir da schon klar war, dass ich es später bereuen würde. Es war aufregend und beängstigend zugleich. Seine Lippen waren sanft, und doch schienen sie etwas zu suchen, nur wusste ich nicht, was. Am Anfang waren wir wie zwei Puzzleteile, die nicht recht zusammengehen wollten. Unsere Zähne schlugen gegeneinander, ich wusste nicht, wohin mit meinen Armen, und dachte schon, dass das mit dem Küssen wohl doch nicht so toll ist, wie alle behaupten. Aber dann machte es plötzlich Klick, und ich vergaß alles um mich herum. Vergaß meine Kräfte, Cam, ob Jack auch der Richtige war, und genoss meinen allerersten Kuss.

Keine Ahnung, wie lange ich gebraucht habe, um wieder zur Besinnung zu kommen. Jedenfalls muss ich ziemlich weggetreten gewesen sein, denn als ich mich endlich von ihm lösen wollte, knieten wir bereits im Gras, und meine Jeans waren ganz nass. Mit seltsam kraftlosen Händen drückte ich mich von ihm ab und rang nach Atem.

»Wir müssen damit aufhören, Jack.«

Er leistete keinen Widerstand, als ich mich aus seiner Umarmung löste. Dann ließ er sich rückwärts ins Gras fallen und sah mich schweigend an.

Ich holte tief Luft und strich mir das Haar aus dem Gesicht. Mir war heiß. Beim Aufstehen starrte ich auf die Abdrücke unserer Knie im Gras.

»Das hätten wir nicht tun sollen.« Was Besseres fiel mir nicht ein.

»Was? Wir hätten uns nicht küssen sollen? Das war doch nur eine Frage der Zeit. Ich bin ja wohl nicht der Einzige, der hier Gefühle hat. Das weiß ich ganz genau.« In seiner Stimme schwang Ärger mit.

»Aber das war nicht richtig, Jack. Heute war einfach ein heftiger Tag, mehr nicht. Keiner von uns wollte das doch.« Hilflos deutete ich auf den Boden, wo sich die niedergedrückten Halme langsam wieder aufrichteten. Meine Lippen fühlten sich wund an, und die Haut drumherum brannte ein wenig von Jacks winzigen Stoppeln.

Ich war ziemlich überzeugt, dass ich recht hatte. Nicht hundertprozentig, aber fast.

Jack sprang auf. Seine Bewegungen waren anmutig wie die einer Katze und so lässig, als wollte er auf keinen Fall zu viel Energie aufwenden.

»Das ist nicht dein Ernst.«

»Das ist mein Ernst. Ich finde, wir sollten einfach Freunde sein.« Ich stieß die Worte hektisch aus, bevor mich noch der Mut verließ.

»Freunde?«, sagte er schleppend. Er sah mich undurchdringlich an. »Vor ein paar Minuten hat das aber noch nicht so gewirkt.«

»Ich weiß. Ich hätte dich nicht küssen dürfen. Ich will einfach nur mit dir befreundet sein, Jack. Mehr nicht.« Ich versuchte, überzeugend zu klingen. Jack hatte schon viel mitgemacht, und irgendwie wäre ich gerne das Mädchen gewesen, das ihn verstand und sich um ihn kümmerte. Aber gleichzeitig konnte ich diese Bürde nicht auf mich laden. Jack erwartete etwas von mir, das ich ihm nicht geben konnte. Ich konnte weder seinen Vater noch seine schreckliche Kindheit wettmachen. Stattdessen sollte ich lieber zusehen, wie ich meinen eigenen Kopf klar bekam, und mich um meine Kräfte kümmern.

Meine Kräfte.

Ich hatte sie kontrolliert eingesetzt. Hatte Energie aus der Umgebung abgezogen und damit die Dosen weggepustet. Ich war meinen Kräften nicht länger ausgeliefert, sondern konnte sie beherrschen!

Die Freude darüber überstrahlte kurz, dass ich gerade Jack geküsst hatte – und was Cam wohl dazu sagen würde, wenn er Wind davon bekäme …

Jack verzog die Lippen zu einem dünnen Strich. »Du weißt, dass Prinz Charming gar nicht wirklich auf dich steht, oder?«

Ich erstarrte. »Was soll das denn heißen?«

»Er arbeitet für sie, Danny. Er ist nur nett zu dir, damit er dich im Auge behalten kann.«

»Das ist doch albern.« Mein Magen krampfte sich zusammen, den gleichen Gedanken hatte ich doch auch schon gehabt.

»Denk doch mal nach. Warum sollte er dir so viel Aufmerksamkeit schenken? Du gehst erst in die Neunte! Ich meine, du bist süß und so, aber guck dir doch mal die Mädchen an, mit denen er sich umgibt.«

Innerhalb einer Sekunde war Jack von einer Katze zu einer Schlange mutiert, inklusive halbgeschlossener Lider und fieser gespaltener Zunge.

»Warum sollte er dich sonst immer vor mir warnen?«, fuhr er fort. »Ich bin ihnen auf die Schliche gekommen. Jetzt haben sie Angst, dass du auch noch abtrünnig wirst. Cam ist der Köder, mit dem sie dich ruhigstellen.«

Tränen schossen mir in die Augen. »Du bist echt mies, Jack Landry«, schrie ich. »Ich fasse es nicht, dass du mir leid getan hast und ich dich geküsst habe!« Ich stürmte auf ihn zu und packte ihn am Arm, auf einmal fühlte ich mich voll im Recht. »Verschwinde. Mit dir rede ich kein Wort mehr.«

Jack blieb reglos. In seinen Augen stand so viel Wut und Kummer, dass ich erschreckt inne hielt. Schweigend sahen wir einander an.

»Was macht ihr Kids da?«

Die Stimme jagte uns einen gehörigen Schrecken ein. Jack sprang auf. Ich ließ seinen Arm los und wirbelte herum.

Es war unsere Nachbarin, Shelly Burker. Mrs Burker brachte gut und gerne hundertfünfzig Kilo auf die Waage, umso verblüffender war, wie leise sie sich fortbewegen konnte. Mit den Jahren hatte ich gelernt, sie nicht zu unterschätzen, weder ihre Heimtücke noch die

Freude, die sie daraus zog, mich anzuschwärzen. Ihr war es sogar zuzutrauen, dass sie uns schon die ganze Zeit beobachtet hatte.

»Was meinen Sie damit, Mrs Burker?«, fragte ich argwöhnisch.

Sie stemmte die Hände in die Hüften und sah mich kalt an. »Spielt ihr hier mit Knallern? Ich habe genau gesehen, wie die Dosen in die Luft geflogen sind.«

»Ich trainiere fürs American Football Team«, sagte Jack. »Ich arbeite an meinem Wurf. Muss wohl noch ein bisschen üben.«

Mit ihren kleinen Schweinsäuglein musterte sie Jack eingehend. »Wer bist du? Tom Landrys Junge?«

Ich zuckte zusammen, denn Jack wurde noch blasser als sonst. »Warum wollen Sie das wissen?«, fragte er angespannt.

»Ich kannte ihn, das ist alles. Und du bist ihm wie aus dem Gesicht geschnitten.« Sie wandte sich wieder mir zu. »Weiß deine Oma, dass du diesen Jungen hier hast, Dancia?«

Unruhig trat ich von einem Fuß auf den anderen und versuchte, ihrem Blick standzuhalten. »Er wollte eh gerade gehen«, sagte ich.

Auch wenn ich immer noch total sauer auf ihn war, tat er mir trotzdem leid. Musste echt schlimm sein, ständig auf seinen Vater angesprochen zu werden. Nachdem er sein ganzes Leben vor diesem Mann weggelaufen war, kehrte er nun ausgerechnet an den Ort zurück, wo ihn jeder als Tom Landrys Sohn erkannte. Schrecklich.

Jack wollte etwas erwidern, doch das Röhren von Omas Volvo verschluckte seine Worte. Langsam rollte sie die Auffahrt hoch und verpasste die massige Mrs Burker nur um Haaresbreite.

»Bist du's, Shelly?«, rief Oma durchs Fenster.

»Ja, ich habe mich gerade mit Dancia und ihrem kleinen Freund hier unterhalten.« Triumphierend sah sie mich an.

»Was sagst du da?« Oma stieß die Wagentür auf und streckte ein Bein nach dem anderen hinaus. Mit einem Ächzen hievte sie sich aus dem Sitz. Um die weißen Locken trug sie einen rot-blau geblümten Schal, dazu einen Jogginganzug mit passender amerikanischer Flagge und ihren alten lila Regenmantel. »Oh, Jack!« Ihre wässrigen blauen Augen leuchteten auf. »Wie schön, dich zu sehen! Bleibst du zum Essen?«

Er machte einen kleinen Diener. »Das ist nett, Mrs Lewis. Ich freue mich auch, Sie zu sehen. Aber ich muss leider los. Unmengen Hausaufgaben, wissen Sie.« Er streckte Mrs Burker die Hand entgegen. »Sehr erfreut, Ma'am.«

Misstrauisch kniff sie die Augen zusammen. »Wie du meinst.«

Sie schüttelten sich die Hände, und Jack hob Mrs Burkers Hand an die Lippen. Sie zog sie weg, doch sie wirkte beglückt.

Beim Gehen sah sie ihm noch nach. »Schamloser Kerl«, sagte sie, »aber ich mag ihn.« Sie stemmte die Hände in ihre gewaltigen Hüften. »Aber das heißt nicht, dass ich ihm auch nur ein einziges Wort abkaufe.«

Betreten sah ich zu Boden, dann wandte ich mich direkt an Oma. »Jack und ich haben Blödsinn im Garten gemacht. Er hat mit Dosen geworfen, und Mrs Burker dachte, wir zünden Knaller. Aber das stimmt nicht, ehrlich nicht.«

»Hmm.« Oma drehte sich zu Mrs Burker. »Haben sie dich gestört, Shelly?«

»Eigentlich nicht«, räumte sie ein.

»Schön, dann ist ja alles geregelt.«

Mrs Burker widersprach ihr nicht, auch wenn sie ein wenig verschnupft wirkte. »Dann will ich mal wieder.«

Sobald sich Mrs Burker vom Acker gemacht hatte, sah Oma mich scharf an. »Ihr zwei wart doch nicht etwa allein im Haus? Ich mag den Jungen, aber ich habe nicht erlaubt, dass ihr zwei euch hier einnisten dürft, wenn ich nicht da bin.«

»Einnisten?« Ich spielte die Empörte, hoffentlich verrieten mich meine Lippen nicht! »Mensch, Oma. Jack hat mich nach Hause gefahren, und ich habe ihm was zu trinken angeboten. Ich bin fast fünfzehn. Alt genug, um allein mit einem Jungen zu sein.«

Auf meine Unschuldsnummer fiel sie nicht herein. »Und wenn er dir einen Diamantring geschenkt hätte. In meiner Abwesenheit kommen mir keine Jungen ins Haus.«

Schnaubend verschränkte ich die Arme vor der Brust, doch insgeheim war ich froh, in Zukunft eine Ausrede parat zu haben, Jack nicht hereinzulassen. Meine Lippen fühlten sich wund und geschwollen an, wenn ich mit der Zunge darüberfuhr. Oma sah mich misstrauisch an, deshalb rückte ich Richtung Hintertür vor.

»Ich mache mich mal lieber an die Aufgaben«, ich lachte gezwungen. »Das ist der Hammer, was wir diese Woche aufhaben.«

Oma beäugte mich über die Brille hinweg. »Tut mir leid, dass ich dich nicht von der Schule abholen konnte. Ist alles in Ordnung? Du wirkst irgendwie bedrückt.«

»Schule war okay. Mich bedrückt nichts.«

Oma kicherte. »Das würdest du auch sagen, wenn sie dir Nadeln unter deine Fingernägel gesteckt hätten.«

»Das ist doch gar nicht wahr.« Unweigerlich musste ich lächeln. »Ich habe nichts, wirklich.«

»Wie du meinst.« Sie schlurfte zum Wagen und öffnete den Kofferraum. »Was hältst du von Hühnchen heute Abend?«

»Super.« Erleichtert atmete ich auf, endlich wechselte sie das Thema. Ich lief zum Wagen und holte die Einkaufstüten aus dem Kofferraum.

Irgendwie hätte ich Oma gerne alles erzählt, um sie zu fragen, ob es richtig von mir war, Jack einen Korb zu geben. Er hatte mir sehr wehgetan mit dem, was er über Cam gesagt hatte, aber ich hatte ihm auch wehgetan. Von daher konnte ich ihm schlecht länger böse sein.

Unfassbar, wie schnell die Stimmung zwischen uns umgeschlagen war. Ich hatte gedacht, Jack wüsste, wie ich zu Cam stand, deshalb hatte ich mich in Sicherheit gewähnt. Ich hatte gehofft, wir könnten einfach Freunde sein, ohne dieses ganzes Liebesdrama. Doch nun hatte ich etwas getan, was ich nicht wieder ungeschehen machen konnte. Und ich hatte das schreckliche Gefühl, dass ich diesen Kuss lange bereuen würde.

»Hattet ihr Streit?«, fragte Oma. »Jack wirkte seltsam, als ich kam.«

»Jack und ich sind total unterschiedlich«, sagte ich und wuchtete die Tüten auf die Küchenablage. »Er hat es echt schwer gehabt, Oma. Und ich weiß nicht, wie ich zu ihm stehe.«

Sie seufzte. »Ich habe mich immer gefragt, was wohl aus Jack und seiner Mutter geworden ist. Ich glaube, Tom hat dem Jungen übel zugesetzt. Ich habe dem Kerl nie so recht über den Weg getraut.«

»Ja.« Ich wusste nicht so recht, was ich Oma erzählen durfte, ohne Jacks Vertrauen zu missbrauchen. »Damit hast du wohl nicht ganz unrecht.«

»Du kannst das nicht wiedergutmachen, Danny. Du kannst die Zeit nicht zurückdrehen.«

»Ich weiß.« Irgendwie war das alles so traurig. Jack und seine Mom, Jack und ich. Nichts lief so, wie es sollte. »Manchmal macht er mir einfach Angst. Als würde ihn nichts kümmern, dabei sollte es das.« Dabei kam mir noch ein Gedanke. »Nicht, dass er mir leid tut, eher dass ich wünschte, sein Leben wäre anders verlaufen.«

»Das bringt doch nichts, sich was zu wünschen, was nie sein wird«, sagte Oma unerwartet streng. »Man muss nehmen, was man kriegen kann, und das Beste aus allem machen.«

Typisch Oma. Wenn man auf eine Antwort brannte, hatte sie längst die Frage vergessen. Und wenn man auf Mitleid zählte, durfte man sich anhören, dass man ein Jammerlappen war.

Mittlerweile kannte ich sie zu gut, um dagegen anzugehen. »Ja, ja, Oma.«

24

Am Montag musste ich den Bus nehmen. Oma war erkältet, und mit ihrer Arthritis fiel es ihr bei dem feuchtkalten Wetter zunehmend schwer, morgens in Gang zu kommen. Sie hatte mir versprechen müssen, im Notfall Mrs Burker anzurufen. Ich ließ sie nur sehr ungern allein.

Unterdessen hatte ich meine eigenen Sorgen. Im Bus sah ich mich andauernd um und fragte mich, ob ich wohl beschattet wurde. Hatte es der Typ mit dem schmuddeligen braunen Hut, den er sich so tief in die Augen gezogen hatte, vielleicht auf mich abgesehen? Was war mit der Frau im geblümten Kleid? Hielt sie wirklich nur eine Handtasche im Arm? Oder war darin vielleicht eine Pistole verborgen?

Als ich am Parkplatz ausstieg, war ich zwanzig Minuten zu früh dran. Alles war dunkel und menschenleer. Schon bald würden die Ersten eintreffen, doch für den Moment war ich ganz allein. Ich fröstelte in der kühlen Morgenluft. Dann kickte ich Steine und begann, über Cam und Jack nachzudenken. Das tat mir gar nicht gut, deshalb schaute ich mich nach einer Ablenkung um.

Ich marschierte zur schiefen Eiche am Ende des Parkplatzes und besah mir die tiefhängenden Zweige genauer. Tote braune Blätter hingen daran, rauschten sanft in der Brise. Nachdem ich mich kurz vergewissert hatte, dass ich immer noch allein war, setzte ich den Rucksack ab, rieb meine Hände aneinander und konzentrierte mich auf ein einzelnes großes Blatt.

Sekunden später durchlief mich ein Kribbeln, und das Blatt segelte zu Boden. Ich hob den Blick, und ein zweites Blatt schwebte hinab.

Dann nahm ich mir den Zweig vor. Er war dünn und hing unter der Blätterlast leicht durch. Ich richtete meine ganze Aufmerksamkeit auf den Zweig und vernahm zufrieden das Knacken, als er an der Verästelung zu einem dickeren Zweig durchbrach. Eine Weile hing er noch in einem absonderlichen Winkel vom Baum, dann fiel er mir direkt vor die Füße.

Mit einer Mischung aus Triumph und Furcht betrachtete ich den Zweig. Noch immer verstand ich meine Kräfte nicht, aber ich kam der Sache schon näher. Nachdem ich zwei Tage lang geübt hatte, konnte ich das vertraute Kribbeln jederzeit heraufbeschwören. Auch spürte ich die Kräfte um mich herum deutlicher, selbst wenn ich sie nicht benennen konnte. Teilweise war es wohl die Schwerkraft: die der Sonne, des Mondes und der Erde. Bislang hatte ich die Kräfte nur antippen und sie damit kurz aus dem Gleichgewicht bringen können. Aber was würde wohl geschehen, wenn ich sie vollkommen entfesselte? Bestimmt wäre ich dazu nicht imstande, aber was, wenn doch?

Je länger ich darüber nachdachte, desto panischer wurde ich. Letztes Jahr hatten wir im Gemeinschaftskundeunterricht gelernt, dass die Sprengkraft einer Atombombe dadurch zustande kommt, dass Verbindungen im Atom getrennt werden. Ich hatte vergessen, welche, aber ich erinnerte mich noch gut daran, dass so eine Bombe nur einen Bruchteil der Energie freisetzt, die freigesetzt werden könnte. Wenn ich nun versehentlich ein paar dieser Verbindungen kappte, könnte ich uns alle ins Jenseits befördern! Ich musste unbedingt mehr über meine Kräfte in Erfahrung bringen, doch mit wem konnte ich darüber reden?

Natürlich war der Einzige, der dafür infrage kam, Jack.

Oder vielleicht doch nicht? Seit ich von Jacks Kräften wusste, fragte ich mich, was wirklich an der Night Academy vor sich ging. Denn die Wahrscheinlichkeit, dass zwei Menschen mit solch ungewöhnlichen Begabungen rein zufällig auf einer Schule gelandet waren, war ja wohl gleich null.

Andererseits unterschieden wir uns von allen anderen Schülern auf der Night Academy. Auch Hennie und Esther waren außergewöhnlich begabt, doch waren ihre Talente für jedermann offensichtlich. Bei Jack und mir war das nicht so. Unsere Begabungen waren anderer Art.

Doch ausgerechnet uns hatten Mr Judan und Cam persönlich angeworben. Warum nur?

Das bekannte Reifenknirschen riss mich jäh aus meinen Gedanken. Ich wirbelte herum, in der Hoffnung, dass mich die Ankommenden bei meinen Spielen mit den Blättern nicht beobachtet hatten. Doch auf die Entfernung konnten sie wohl kaum den fallenden Ast oder die tanzenden Blätter gesehen haben.

Ein Wagen nach dem anderen rollte nun vom Highway auf den Parkplatz. Mit der Spielerei war es jetzt vorbei. Ich schlenderte zur Mitte des Parkplatzes und war im Nu von einem Pulk umringt.

Fünf Minuten später kam Esther. In Windeseile hatte sie mich entdeckt und kam auf mich zugestürmt, Brüste und Rucksack hüpften in unregelmäßigem Takt. »Warum hast du nicht angerufen?«, schrie sie schon von Weitem. »Wir wollten doch über Hennie und Yashir reden!«

»Ich hatte so viele Hausaufgaben. Oma hat nicht erlaubt, dass ich telefoniere, bevor alles erledigt ist.«

Esther kam vor mir zum Stehen, ihr Haar umfing sie wie eine schwarze Schaumwolke. »Schon okay, aber wir müssen dir ein Handy besorgen, damit wir uns wenigstens SMS schicken können.« Irgendwie schien sie meinen verstörten Blick auf ihr Haar bemerkt zu haben, denn mit einer Grimasse deutete sie darauf. »Ich musste es einfach kämmen. Ist ein Tick von mir.«

Wir lachten, und ich versuchte, nicht darüber zu sinnieren, wie peinlich es war, als Einzige auf der Schule kein Handy zu besitzen. Esther ließ ihren Rucksack neben meinen fallen und scannte den Parkplatz. »Hast du Hennie schon irgendwo gesehen?«

»Noch nicht.«

Ich fragte mich, ob ich das Thema Jack jetzt gleich anschneiden oder lieber noch warten sollte. Warten wäre wahrscheinlich besser, aber ich platzte förmlich. Da wir zu Hause nur ein Telefon hatten und die Schnur nicht bis in mein Zimmer reichte, hatte ich sie am Wochenende nicht angerufen. Schließlich wollte ich nicht, dass Oma alles mithörte.

»Esther, hast du wirklich schon so viele Jungs geküsst?«

»Na ja«, sagte sie beiläufig und sah sich weiter nach Hennie um.

»Nicht wahnsinnig viele, aber einige schon. Warum?« Sie drehte sich zu mir und blickte mich prüfend an. »Hat das was mit Cam zu tun? Hat er dich etwa geküsst?«

»Nein, nein!« Empört hob ich die Hände. »Ganz bestimmt nicht. Ich bin einfach nur neugierig, na ja, weil ich da eben noch keine Erfahrung habe. Und ich möchte einfach mal wissen, wie das so ist mit dem Küssen. Für die Zukunft, falls es sich mal ergibt.« Wie eine Idiotin stammelte ich irgendwelchen Blödsinn, wobei mich ihr stählerner Blick zu durchbohren schien.

»Na klar.« Sie verdrehte die Augen. »Ehrlich gesagt ist es am Anfang etwas seltsam, aber es bringt Spaß. Wart es nur ab. Du wirst schon sehen.«

»Was, wenn man jemanden küsst, bei dem man nicht ganz sicher ist, ob man ihn wirklich mag?« Mir war schon klar, dass ich mich mit dieser Frage auf dünnes Eis begab, denn Esther würde bestimmt nachhaken. Aber wenn jemand die Antwort darauf kannte, war es Esther. »Kann man daran ablesen, ob man füreinander bestimmt ist? An einem Kuss, meine ich?«

Diese Frage hatte mich das ganze Wochenende über verrückt gemacht. Wenn Cam und ich füreinander bestimmt waren, warum hatte es mir dann Spaß gemacht, Jack zu küssen? Ich wusste, dass Jack nicht der Richtige für mich war und ich niemals die Freundin sein könnte, die er brauchte, dennoch hatte ich im Garten mit ihm rumgeknutscht. Wieso nur? Natürlich konnte ich es auf die Kräfte schieben, denn anschließend war ich immer ziemlich aufgedreht, oder darauf, dass es mein erster Kuss war, denn ich war neugierig und wollte endlich wissen, warum alle Welt so einen Wind darum machte. Aber letztendlich hatte ich Jack aus freien Stücken geküsst.

»Oh! Das kann ich nicht sagen.« Esther runzelte die Stirn, einigermaßen überrascht über diese Lücke in ihrem Wissensschatz. »Ich glaube nicht, dass man total auf jemanden stehen muss, um ihn gerne zu küssen. Aber dann ist es umwerfend. Zum Beispiel, als ich Sam Hopkins zum ersten Mal geküsst habe. Wow.« Ihr Gesicht nahm einen träumerischen Ausdruck an. »Ich habe gedacht, ich bin im Himmel.«

»Im Himmel, hmm?«

Bei dieser Beschreibung ging es mir gleich besser. Als himmlisch würde ich unsere Gartenaktion jetzt nicht gerade bezeichnen. Mir hatte es gefallen, aber Unbehagen war auch dabei gewesen – Unbehagen, weil es nicht richtig war.

Mit Cam wäre das Küssen viel besser. Himmlisch, ganz sicher.

Nicht, dass ein Kuss von Cam in greifbarer Nähe gewesen wäre! Seit Wochen hingen wir nun schon zusammen rum, und nie hatte er auch nur ansatzweise einen Versuch gemacht, dabei hatte es massenhaft Gelegenheiten gegeben. Wenn Cam in mir mehr sah als nur eine gute Freundin, dann hatte er eine seltsame Art, es zu zeigen.

»Und du fragst einfach nur so?« Esther kniff die Augen zusammen. »Es muss doch einen Grund geben!«

»Oh, schau mal.« In der Hoffnung, sie abzulenken, deutete ich quer über den Parkplatz. Ich konnte nicht besonders gut lügen, schon gar nicht, wenn ich alles in Hennies Gegenwart würde wiederholen müssen. Die würde mich sofort durchschauen. »Ist das nicht Hennies Wagen?«

»Ja, sieht ganz danach aus.« Mit erhobenem Finger fuchtelte sie vor meiner Nase herum. »Bild dir bloß nicht ein, dass du mir so leicht davonkommst.«

»Ja, ja.« So eine Freundschaft hatte durchaus ihre Tücken. Einerseits war es ja nett, dass man solche Fragen stellen konnte, andererseits konnte man auch nichts für sich behalten. Jedenfalls nichts, was Jungs betraf.

Hennie sah in ihrem Jeansminirock und dem rosafarbenen Pulli mal wieder toll aus. Natürlich musste Esther ihr haarklein erzählen, was ich gefragt hatte. Ich hätte vor Scham im Boden versinken mögen. Hennie bedachte mich mit ihrem tiefen, sanften Blick, und mir war klar, dass sie gleich wusste, was Sache war.

Aber sie erwähnte weder Cam noch Jack. Stattdessen sagte sie: »Ich habe natürlich nicht so viel Erfahrung mit Jungs wie Esther. Aber letztes Jahr habe ich im Ferienlager mit Walt Maitland geknutscht, für den hatte ich schon ewig geschwärmt.«

»Walt Maitland?«, unterbrach Esther sie. »Ist das dein Ernst?«

»Er sieht viel süßer aus als früher«, sagte Hennie. »Spielt jetzt auch American Football. Egal, jedenfalls war Walt ein totaler Arsch. Aber ich fand ihn so süß, dass es mir egal war. Mir war nur wichtig, endlich den Jungen zu küssen, für den ich schon so lange geschwärmt hatte.«

»Und?«, drängte ich.

»Ja, und …?«, fragte Esther. »Unfassbar, dass du es mir nie erzählt hast.«

»Und er konnte echt gut küssen«, verkündete Hennie grinsend. »Ich fand es toll.«

Esther und ich stöhnten.

»Du erzählst mir jetzt also genau das Gegenteil von dem, was Esther mir weismachen wollte?«, fragte ich.

»Nicht unbedingt. Ich wollte damit nur sagen, dass er für mich eigentlich nicht infrage kam, aber für eine Weile war es ganz nett.«

»Im Prinzip kann mir also keine von euch die Frage beantworten«, sagte ich.

»Ja, so ungefähr«, sagte Esther.

»Schön, dass wir wenigstens das geklärt haben.«

»Stets zu Diensten«, sagte Esther kichernd.

Gleichzeitig mit der Silberkugel fuhr ein zerbeulter schwarzer Wagen mit quietschenden Reifen auf den Parkplatz. Jack stieg aus, die Augen hinter einer dunklen Sonnenbrille verborgen, obwohl sich die Sonne kaum zeigte. Er sah noch härter aus als sonst, die Lederjacke war am Kragen offen, die schwarzen Jeans hingen ihm tief auf den Hüften.

»Wie kommt ein Neuntklässler dazu, selbst Auto zu fahren?«, fragte Esther und kaute auf der Unterlippe.

»Er hat einen gefälschten Führerschein«, sagte ich gedankenlos, dann schalt ich mich sofort. Wahrscheinlich hatte Jack mir das nicht erzählt, damit ich es überall herumposaunte.

»Oh.« Esther riss die Augen auf.

Hennie sah unterdessen zwischen Jack und mir hin und her. Man konnte es quasi in ihrem Hirn rattern hören, und ich fragte mich, ob sie jetzt wohl diese zweite Stimme hörte, von der sie uns schon mal erzählt hatte. Zum Glück war Hennie viel zu nett, um etwas zu sagen.

Esther und Hennie waren nicht die Einzigen, die Jack bemerkt hatten. Mindestens ein Dutzend Köpfe wandten sich zu ihm um, darunter auch Allies. Mir versetzte das einen Stich. Vor Eifersucht? Vor Stolz? Insgeheim wünschte ich mir, dass alle wüssten, dass wir uns geküsst hatten, dass jemand, der so gut und so gefährlich aussah, auf mich stand. Aber vor allem empfand ich Reue. Denn nüchtern betrachtet war ich mir sicherer denn je, dass ich die richtige Entscheidung getroffen hatte.

Die Eisentore öffneten sich, und die blecherne Automatenstimme plärrte für alle weithin hörbar: »Achtung, die Tore öffnen sich! Achtung, die Tore öffnen sich!«

Die Silberkugel fuhr langsam hindurch und kam dann zum Stehen. Allie lief zu Jack hinüber und ging mit ihm gemeinsam zum Bus. Kurz bevor sie aus unserem Blickfeld verschwanden, schob Jack die Brille hoch und sah sich um. Er hätte sich nach allem Möglichen umschauen können, doch ich wusste, dass er mich suchte. Im nächsten Moment trafen sich unsere Blicke.

Dann riss ich die Augen von ihm los.

»Mensch, Dancia, der sieht aber stinksauer aus«, flüsterte Esther. »Was hast du denn mit dem angestellt?«

Ich erschauderte, und gegen meinen Willen musste ich wieder zu ihm hinsehen. Er hatte die Augen zusammengekniffen, und eine Minute lang durchbohrte er mich mit seinem silbernen Blick, dann schob er die Brille wieder auf die Nase, drehte sich zu Allie um und verschwand mit ihr.

»Schwer zu erklären«, sagte ich niedergeschlagen. Nie wieder würde ich einen Freund finden, der wusste, wie es war, übersinnliche Fähigkeiten zu haben. Ich hätte ihn nie küssen dürfen. Hätte seine Avancen von Anfang an abblocken sollen, dann wäre er jetzt vielleicht nicht so böse, so verletzt.

»Du musstest ihm eine Abfuhr erteilen, nicht wahr?«, fragte Hennie leise.

Ich nickte. Hennie tätschelte mir den Arm.

»Egal«, sagte ich, um den Bann zu brechen. »Es ist vorbei. Wir müssen zum Bus.«

Wir hatten schon die Hälfte des Weges zurückgelegt, da fiel Hennie mit einem Mal ein, dass sie ihren Rucksack stehen gelassen hatte, und sie rannte zurück.

»Ist das nicht Yashir?«, fragte Esther, als sich eine vertraute Gestalt mit Rastalocken aus einem Wagen schob.

»Ja.« Ich winkte ihm zu.

Yashir ging auf uns zu und lief direkt Hennie in die Arme. Als sie ihn bemerkte, verlangsamte sich ihr Gang, sie straffte die Schultern. Erst sah sie noch zu Boden, doch dann hob sie ganz plötzlich den Kopf.

»Sie spricht heute mit ihm«, raunte ich Esther zu. »Sie macht es wirklich.«

Im gleichen Moment bemerkte Yashir Hennie auch. Er sagte etwas zu ihr, doch sie standen außer Hörweite. Seinem Lächeln nach zu urteilen, schien Hennie ihm aber geantwortet zu haben.

Die beiden unterhielten sich.

Esther kniff mich in den Arm. »Das ist der Hammer«, sagte sie. Stumm starrten wir die beiden an, die noch immer aufeinander zugingen. Dann stöhnte Esther entsetzt auf: »Dancia, Hennies Rucksack. Sie läuft direkt darauf zu!«

Die süße, tollpatschige Hennie führte ihre erste Unterhaltung mit dem Jungen ihrer Träume, und ausgerechnet in diesem Moment war sie auf Kollisionskurs mit ihrem gigantischen Lederrucksack. Wenn sie jetzt stolperte, würde sie sich von der Blamage nie erholen!

Blitzschnell fasste ich einen Entschluss. »Esther, ist das nicht Chris? Hat der etwa ein Mädchen dabei?« Ich zeigte in die entgegengesetzte Richtung auf einen Jungen, der vor dem Bus in der Schlange stand. Hoffentlich war es nicht wirklich der Chris, den Esther mochte, denn der Typ in der Schlange hatte seinen Arm um die blonde Liz vom Laufteam geschlungen.

»Was?« Esther wirbelte herum.

Diesen Moment nutzte ich, konzentrierte mich auf den Rucksack und sammelte meine Energie. Das Kribbeln begann. Wie beim Zweig versuchte ich, auf die Kräfte Einfluss zu nehmen, die den Rucksack an Ort und Stelle hielten. Er ruckte ein wenig, aber kippte dann zurück in die alte Position. Mir blieben nur noch Sekunden, verzweifelt stellte ich mir vor, wie ich ihn wegschnippte, indem ich eine Seite herunterdrückte, und überraschenderweise funktionierte es. Schwerfällig hüpfte der robuste Rucksack zur Seite und machte den Weg frei für Hennie. Zum Glück waren Hennie und Yashir viel zu sehr miteinander beschäftigt, um das seltsame Verhalten des Lederrucksacks zu registrieren.

»Das ist nicht Chris«, verkündete Esther und wandte sich wieder Hennie zu, die sich noch immer mit Yashir unterhielt. Sie grinste. »Gott sei Dank ist sie nicht gestolpert. Ich hatte sie schon abgeschrieben.«

Ein warmes Gefühl durchflutete mich. »Ja, Gott sei Dank.«

Jack sprach in den nächsten Tagen kein Wort mit mir, und ich versuchte, nicht zu zeigen, wie sehr er mich damit kränkte. Irgendwie verrückt, denn eigentlich kannten wir uns ja erst seit ein paar Monaten, aber ich hatte mich unglaublich auf ihn verlassen. Ohne die Gespräche mit Jack zogen sich die Unterrichtsstunden endlos hin, die Hausaufgaben waren kaum noch zu bewältigen; ich wusste nicht mehr, welche Musik ich hören sollte, und Catherines Sticheleien wurden unerträglich.

Am Donnerstag war ich schließlich ein Wrack. Auch wenn ich ja eigentlich hätte glücklich sein sollen, endlich einen ungefährlichen Weg gefunden zu haben, meine Kräfte zu nutzen, nahm mir Jacks Wut jede Freude. Mit Cam hatte ich währenddessen kaum geredet. Montags hatte er mir gesagt, er sei die ganze Woche mit wichtigen Schulprojekten beschäftigt. Trotzdem hielt ich jeden Tag zu Mittag nach ihm Ausschau und war unsinnigerweise jedes Mal enttäuscht, wenn er nicht da war.

Wahrscheinlich lag es an meinem Streit mit Jack, dass ich mich so verzweifelt danach sehnte, mit Cam zu reden. Wir waren vielleicht nicht beste Freunde, aber ich vermisste ihn und unsere gemeinsamen Spaziergänge. Wenn er mir manchmal im Gang zuwinkte, kam es mir vor, als würde ich ihn gar nicht wirklich kennen, sondern hätte ihn nur mal in einem Kinofilm gesehen.

Danach ging es mir noch schlechter; als hätte ich Jack für einen unerreichbaren Traum verletzt.

Nach einem weiteren endlosen Morgen, an dem Jack mich böse angestarrt und die Lehrer sich über meine unvollständigen Hausaufgaben beschwert hatten, eilte ich in die Cafeteria hinunter. Am Eingang gab ich vor, die Speisekarte zu studieren, statt mich dem kläglichen Unterfangen hinzugeben, Cam in der Menge auszumachen.

Mir stockte der Atem, als ich ihn entdeckte. Er winkte mir zu, während er sich seinen Weg zu seinem Stammtisch bahnte, Anna klebte an seiner Seite. Ich tat so, als sei ich überrascht. Cam bedeutete mir, ihnen zu folgen. Lächelnd imitierte Anna Cams Geste und legte demonstrativ den Arm um ihn, als gehörte er ihr.

So verhielt sie sich immer. Ich weiß nicht, ob sie eifersüchtig war, aber auf jeden Fall wollte sie mich wissen lassen, dass ich nicht zwischen sie und Cam kommen würde.

Auf meinem Weg durch die Menge fing ich mir noch eine verächtliche Bemerkung von Catherine ein, die an einem Tisch mit anderen »Zugeknöpften« saß. Hennie winkte mir aus der Nachtischschlange zu. Jack konnte ich nirgends ausmachen, aber das war nicht weiter ungewöhnlich.

Cam und Anna setzten sich gerade, als ich an ihren Tisch trat. Cam schob sich einen Riesenbissen Spagetti mit Fleischklößchen in den Mund. Schnell schlang er ihn hinunter und wischte sich über die Lippen.

»Wie geht's?«, fragte er. »Dich habe ich ja schon eine Ewigkeit nicht mehr gesehen.«

»Ja, du warst ziemlich beschäftigt.« Sofort bereute ich meine Worte. Denn das Letzte, was ich wollte, war ihm den Eindruck zu vermitteln, ich würde mich beschweren, weil er mir nicht genügend Aufmerksamkeit entgegenbrachte.

»Ich weiß. Absolut meine Schuld, und tut mir auch echt leid. Ich mache es wieder gut, versprochen.« Cam schien geradezu erpicht darauf, mit mir zu reden. Mir kam das ein wenig übertrieben vor. Er rutschte im Sitz herum, um mich direkt ansehen zu können, dadurch war Anna gezwungen, ihren Arm herunterzunehmen. Mit einem wütenden Seitenblick auf mich legte sie die Hände in den Schoß.

Jacks Worte gellten mir im Ohr, und ich rang mir ein Lächeln ab.

Dann war mir auf einmal, als würde ich beobachtet. Rasch sah ich mich um. Und tatsächlich war Jack gerade in die Cafeteria gekommen und starrte zu uns herüber.

»Hol dir mal einen Stuhl«, sagte Cam. »Wir rücken ein bisschen zusammen.«

»Nein, braucht ihr nicht.« Vielleicht war es Annas Feindseligkeit, vielleicht waren es auch Jacks Worte, aber die Aussicht, neben Cam zu sitzen, hatte etwas von ihrem Zauber eingebüßt. Ich deutete mit dem Kopf zu Esther, die jetzt an der Essensausgabe anstand. »Ich habe meinen Freunden versprochen, an ihrem Tisch zu sitzen.«

»Aber wir sind doch auch deine Freunde«, protestierte er.

Wirklich? Das hätte ich gerne gefragt. Bist du wirklich mein Freund? Stattdessen sagte ich: »Ich weiß, aber ich habe es versprochen. Wir wollen unsere Geschichtshausaufgaben vergleichen.«

Anna rückte näher an Cam heran und gurrte: »Dancia, willst du immer noch mit mir laufen? Das Training ist für heute abgesagt, wir könnten also am Nachmittag zusammen laufen.«

Ich hatte das Laufen mit Anna die ganze Zeit hinausgeschoben. Mittlerweile hatte ich wohl alle nur möglichen Ausreden verbraucht. Der Gedanke, mit ihr allein zu sein, war beinahe so Übelkeit erregend wie der, mit ihr gemeinsam Mittag zu essen, dennoch brachte ich ein gekünsteltes Lächeln zustande. »Mensch, Anna, das ist ja so nett von dir. Danke. Sehr gerne.«

»Ich freue mich drauf«, erwiderte sie zuckersüß.

Anna und ich verstanden sehr wohl, dass dieses Workout kein Spaß werden würde.

»Bis bald, Cam.« Ich machte mich davon. Er sprang auf und fing mich zwei Tische weiter ab.

»Lass dich von Anna nicht einschüchtern«, sagte er leise. »Ehrlich gesagt, seit wir uns im Sommer getrennt haben, benimmt sie sich ganz seltsam. Irgendwie bringe ich es nicht übers Herz, ihr zu sagen, dass sie mich in Ruhe lassen soll. Das verstehst du doch, oder?«

Bittend sah Cam mich an. Er wirkte zwar aufrichtig, aber ganz überzeugt war ich nicht, und das musste er wohl gemerkt haben.

Als Cam die Hand auf meinen Arm legte, zuckte ich zusammen. Wie immer wollte ich bei seiner Berührung einfach nur dahinschmelzen. »Morgen hast du in der sechsten Stunde doch Stillarbeit, oder? Ich habe in der fünften und der sechsten Ethik. Dann fangen wir mit unseren eigenen Themen an, also darf ich auch in der Bibliothek arbeiten. Ich könnte Mrs Langdon erzählen, dass du mir bei dem Projekt hilfst, und wir haben ein bisschen Zeit zusammen.«

Ich zögerte. Bei Cam wurde ich jedes Mal schwach, und mein Gehirn setzte aus. Wenn er nun wirklich ein Schwindler war, könnte er mich ohne Weiteres zum Sprechen bringen. Herz und Verstand lieferten sich einen Kampf, doch das Herz gewann die Oberhand. Wie hätte ich auch ein Date mit meinem Traummann ausschlagen können?

»Okay. Ein bisschen Zeit in der Bibliothek kann nicht schaden.«

Cam schenkte mir ein atemberaubendes Lächeln. »Ich hole dich morgen ab.«

Auf wackligen Beinen bewegte ich mich auf die Essensschlange zu, in der ich Esther gesehen hatte. Dabei bemerkte ich gar nicht, dass Jack auf mich zustürmte. Kurz darauf hatte er mich eingeholt.

»Na, hast du deinem Prinz Charming schon erzählt, was du letzten Freitag gemacht hast?«, fragte er.

Ich versuchte, mir die Feindseligkeit in seiner Stimme nicht so zu Herzen zu nehmen. »Sei doch nicht so, Jack.«

Können wir nicht wieder Freunde sein, Jack? Bitte, bitte, bitte!

»Heute Morgen habe ich etwas Interessantes gefunden. Solltest du dir mal ansehen.«

Seufzend wandte ich mich zu ihm um. »Was ist es?«

»Etwas, das ich im Zimmer von deinem Freund gefunden habe. Vielleicht lässt du dann nicht mehr zu, dass er dir überallhin folgt.« Jack hielt ein weißes Papier hoch, das wie ein halb ausgefülltes Anmeldeformular aussah.

»Was hattest du denn in seinem Zimmer zu suchen?« Mit offenem Mund starrte ich ihn an, allerdings hätte es mich wohl nicht so überraschen sollen. »Bist du eingebrochen? Das ist doch verboten.«

»Ich habe ja nichts kaputt gemacht, und die Tür ist wieder wie neu. Niemand wird Verdacht schöpfen. Aber ich finde, du verdienst die Wahrheit.«

»Und warum meinst ausgerechnet du, die Wahrheit zu kennen?«

»Ich habe gute Instinkte«, sagte Jack und presste die Lippen fest aufeinander. Kurz war ich abgelenkt, denn ich stellte mir vor, wie sich diese Lippen auf meinen angefühlt hatten. Doch ich kam sofort wieder zu mir, als Jack auf das Formular tippte. »Schau es dir an. Es geht um dich. Das ist ja wohl nicht verboten, oder? Etwas zu klauen, was einen selbst betrifft! Oder jemanden, den man gern hat. Oder von dem man geglaubt hat, dass er einen gern hat.«

Ich riss ihm das Blatt aus der Hand. Tatsächlich, oben auf der Seite stand: »Kandidatin: Dancia Lewis.« Darunter stand: »Wächter: Cam Sanders.« Danach kam ein freies Kästchen für das Datum, in der nächsten Zeile stand dann: »Heutige Kontakte mit der Kandidatin.« Ins Antwortfeld hatte jemand in akkuraten blauen Buchstaben geschrieben: »Kandidatin im Bus und beim Mittagessen getroffen.«

Meine Hand begann zu zittern.

»Das ist nicht witzig«, stammelte ich. »Das hast du dir doch bestimmt ausgedacht!«

»Warum sollte ich?«

»Um mir das mit Cam zu beweisen. Damit ich mich mies fühle.«

»Lies weiter. Dann weißt du, dass ich mir so was nicht ausdenken würde.« Jack zeigte auf eine Frage weiter unten auf dem Bogen: »Mögliche Probleme und Vorschläge zur Lösung derselben.« In der gleichen akkuraten Handschrift wie oben stand da: »Kandidatin verbringt viel Zeit mit Kandidat Landry. (Bedenken hinsichtlich dieses Kandidaten bereits in vergangenen Berichten erläutert.) Werde Kandidatin ermuntern, sich von Landry fernzuhalten, und versuchen, zwecks besserer Überwachung eine engere Beziehung zu ihr aufzubauen.«

Ich schmeckte Galle.

»Sieh jetzt nicht hin«, raunte Jack mir ins Ohr, »dein Wächter ist wachsam. Ich glaube nicht, dass es ihm gefällt, dass ich dir so nah bin. Was er wohl heute Abend in seinen Bericht schreiben wird?«

Ich riss ihm das Blatt aus der Hand. »Du bist echt schrecklich. Wenn das hier kein Witz ist, dann nehme ich es Cam nicht übel, dass er so über dich schreibt.«

In diesem Moment konnte ich keinen klaren Gedanken mehr fassen, und ich wollte nur noch weg. Weg von Jack, von Cam und von jedem hier an der Night Academy. Aber dann bemerkte ich, dass Cam aufgestanden war und langsam zur Tür schlenderte. Trevor war auf dem Weg zum zweiten Ausgang. Beide bewegten sich ganz lässig und dennoch zielstrebig, wie in einem Film.

Sie versperrten die Ausgänge, damit sie mir notfalls folgen konnten.

Dabei wusste ich noch nicht einmal, ob das Formular überhaupt echt war. Ich würde es Jack glatt zutrauen, sich so etwas auszudenken. Vielleicht war es auch Zufall, dass Cam und Trevor jetzt jeweils neben einer der Türen standen. Womöglich gab es für alles eine plausible Erklärung. Wie bei einem Wissenschaftsprojekt oder so.

Ich versuchte, die Fassung zu bewahren. Esther und Hennie saßen an einem Tisch im hinteren Teil der Cafeteria. Ich machte auf dem Absatz kehrt und ging zu ihnen hinüber.

Keine Ahnung, was hier tatsächlich vor sich ging und ob Cam und Trevor mich tatsächlich beobachteten. Wenn es so war, dann würden sie meine Tränen jedenfalls nicht sehen.

25

Ich knüllte das Papier zusammen und stopfte es hinten in die Hosentasche. Dann setzte ich ein Lächeln auf und trat zu Esther und Hennie an den Tisch.

»Was ist denn in dich gefahren? Du siehst so blass aus, bist du krank?«, fragte Esther sofort.

»Das ist meine normale ungesunde Gesichtsfarbe«, witzelte ich.

Esther zog den Stuhl neben sich hervor und sah mich prüfend an. »Was ist denn mit Cam? Hast du nicht mit ihm zusammengesessen?«

»Ich habe ihm gesagt, dass ich mit meinen Freundinnen essen möchte.«

Hennie richtete sich in ihrem Sitz auf. »Du willst lieber mit uns zusammensitzen als mit ihm? Das ist doch verrückt.«

»Warum denn? So toll ist er nun auch wieder nicht. Und ich kann Anna nicht ausstehen.« Ich ließ mich auf den Stuhl fallen und verbarg die Hände im Schoß, damit die anderen nicht sahen, wie ich zitterte. Cam und Trevor waren nicht mehr zu sehen, und ich fragte mich, ob sie im Gang auf mich lauerten.

»Jetzt weiß ich, dass mit dir etwas nicht stimmt«, verkündete Esther. »Nicht so toll? Cam ist unglaublich. Er ist ein Traum von Mann.«

»Können wir nicht das Thema wechseln? Ich habe jetzt echt keine Lust, über Cam zu reden.«

»Tut mir leid.« Hennie legte die Hand auf meine Schulter. »Können wir irgendwas für dich tun?«

Ich kämpfte gegen eine neuerliche Tränenflut an. Ich weine nicht, ich weine nicht, beschwor ich mich im Stillen. »Nein, kein Ding.«

Kein Ding, es sei denn, Cam war tatsächlich ein Auftragsstalker, der nur vorgab, mich zu mögen, weil es ihm die Schule befohlen hatte.

»Wenn er gemein zu dir war, dann kann er aber was erleben.« Esther ballte die Faust und ließ sie bedrohlich in ihre Handfläche knallen.

»Ja«, stimmte Hennie zu. »Wir machen ihn für dich fertig, Dancia. Kein Problem.«

Auf einmal stellte ich mir vor, wie die kleine zarte Hennie mit einem Baseballschläger auf Cams Knie eindrosch, und ich musste kichern. Es klang ziemlich hysterisch. Esther stimmte mit ein und dann auch Hennie. Vor Lachen rannen mir die Tränen die Wangen hinunter.

Als wir uns wieder beruhigt hatten, sagte Hennie: »Jetzt mal im Ernst, Dancia. Wir würden alles für dich tun. Dafür sind Freunde schließlich da.«

Ich nickte und sah die beiden durch meinen Tränenschleier dankbar an. »Ja, klar. Dafür sind Freunde da.«

Zehn Minuten später würgte ich die Reste meines vegetarischen Burgers hinunter, verabschiedete mich von Esther und Hennie und ging zu meinem Spind, um die Bücher für die Englischstunde zu holen. In den Gängen hallte das Schlagen von Türen, Gelächter und Gebrüll wider. Ich kam mir vor wie in einer Reality-Show und erwartete, jeden Moment zur Night Academy interviewt zu werden. »Alle sind total nett hier«, würde ich dem Kamerateam anvertrauen. »Wir sind ganz normale Schüler.« Und alle Anwesenden würden mit den Augen rollen, denn in Wahrheit waren wir eben kein bisschen normal.

Da ich die Erste im Klassenzimmer war, konnte ich alle hereinkommen sehen. Ich fragte mich, wer außer mir wohl noch alles Kandidat war. Oder waren wir alle Kandidaten? Den Bericht des Wächters über Esther und Hennie konnte ich förmlich vor mir sehen: *Kandidatinnen fügen sich gut ein. Außer Verkehr mit Kandidatin Lewis gibt es keinen Anlass zur Sorge. Strenge Überwachung wird fortgesetzt.*

Wer wohl die anderen Wächter waren? Gehörte Trevor auch dazu? Hin und wieder kreuzte er in unserem Ethikunterricht auf. Mr Fritz hatte behauptet, Trevor würde an einem besonderen Thema arbeiten, aber im Nachhinein fragte ich mich, ob seine Notizen nicht eher uns als Mr Fritz' Vorträgen galten. Dabei fiel mir auch gleich noch ein, dass Jack sich schon vor Wochen beschwert hatte, dass Trevor in ihrem Trakt der Residence Hall praktisch schon zum Inventar gehörte, und wenngleich wir schon fast Thanksgiving hatten, zählte er uns nach wie vor jeden Mittag durch.

Ich war schon fast wieder hysterisch, also versuchte ich mich abzulenken, indem ich meine Unterlagen und meinen Stift aus dem

Rucksack holte und ordentlich vor mich hinlegte. Dummerweise hatte ich überall in mein Heft Cams Namen gekritzelt, also musste ich unweigerlich wieder an ihn denken.

Konnte er mich wirklich so hintergangen haben? Ich glaubte nicht unbedingt, dass er auf mich stand, aber dass er nicht einmal mit mir befreundet sein wollte und nur Zeit mit mir verbrachte, weil der Job es verlangte, hätte ich mir im Traum nicht vorstellen können. Glücklicherweise wurden diese unschönen Gedanken durch den Unterrichtsbeginn unterbrochen.

»Schön, dass ihr alle so rechtzeitig gekommen seid. Nun wollen wir einen Zeitsprung in die englische Politik des 15. Jahrhunderts machen. Kann mir jemand sagen, was er am Wochenende über diese Zeit herausgefunden hat?«

Nach ein paar halbherzigen Antworten stellte Mr Phillips sich vor die Klasse hin und begann mit monotoner Stimme zu rezitieren. Wir nahmen unser erstes Shakespeare-Stück durch, leider war es nicht eines der spannenden wie *Romeo und Julia*, sondern eines dieser öden Königsdramen: *Heinrich der Fünfte*. Daher hatten wir uns über die Zeit, die damalige Politik und Heinrichs verrückte Partygelage vor seiner Krönung zu informieren. Für fünfzehnjährige Jungen waren das vielleicht faszinierende Themen, aber mich berührte das null.

Das Papierknäuel in meiner Hosentasche ließ mir keine Ruhe, ich konnte kaum stillsitzen. Durfte ich Cam so vorschnell verurteilen? Sollte ich ihm nicht die Möglichkeit geben, sich zu erklären? Wenn ich ihn als Freund verlor, nur weil ich Jack Glauben geschenkt hatte, und Jack entpuppte sich hinterher als Lügner, würde ich mir das nie verzeihen.

Dagegen sprachen allerdings die seltsamen Vorkommnisse auf der Night Academy. Die Männer, die Jack und mir gefolgt waren, der seltsame elektrische Schock, den wir beide gespürt hatten, als Cam unsere Hand geschüttelte hatte, Jacks Fähigkeiten, die seltsame Konstruktion der Räume im dritten Stock … die Liste war zu lang, um sie einfach zu ignorieren.

Und wenn ich es mir auch noch so sehr wünschte, das Rätsel würde sich nicht von selbst lösen. Leider gab ich keine besonders gute Nancy Drew ab. Aber einfach rumsitzen und so tun, als sei nichts geschehen, konnte ich auch nicht. Ich wollte die Wahrheit erfahren, und dazu musste ich mit Cam reden.

»Mr Phillips, ich fühle mich nicht so gut. Darf ich auf die Toilette?«

Er räusperte sich, offenbar hatte ich seinen Gedankenstrom mit meiner Frage unterbrochen. »Was sagst du da? Du fühlst dich nicht wohl? Soll ich die Krankenschwester rufen?«

»Nein, nein.« Ich bahnte mir den Weg durch ein Gewirr aus Rucksäcken und Beinen und flüsterte ihm zu: »Das ist ein Mädchending. Ich muss vorher noch mal kurz an meinen Spind, wenn das okay ist.«

Das war eine wasserdichte Methode, Nachfragen seitens männlicher Lehrkräfte im Keim zu ersticken. Sofort lief Mr Phillips dunkelrot an und reichte mir einen Passierschein. »Natürlich«, flüsterte er. »Lass dir Zeit.«

Den Rucksack ließ ich in der Klasse und sprintete die Treppen hoch zum dritten Stock.

Zu Schulbeginn hätte ich sowohl das Formular als auch Jack einfach ignoriert und mich in irgendein Loch verkrochen. Allein der Gedanke, jemanden zur Rede zu stellen und mich zu meinen Kräften zu bekennen, wäre damals undenkbar gewesen – besonders wenn ich in diesen jemand auch noch megaverknallt war. Doch ich hatte mich verändert und war nicht länger bereit, klein beizugeben.

Ich verfügte über Kräfte, die Unglaubliches vermochten. Nur musste ich noch lernen, sie richtig einzusetzen. So viel war mir jetzt klar geworden. Weder meine Kräfte noch ich waren böse. Und es war an der Zeit, sich endgültig davon freizumachen.

Von Geheimnissen hatte ich die Nase voll. Ich wollte endlich die Wahrheit wissen.

Im dritten Stock war es seltsam still. Die meisten Türen waren geschlossen, durch die Fenster im Gang sah ich kleine Schülergruppen, die entweder Instrumente spielten, Noten von der Tafel abschrieben oder um ein Klavier saßen und sangen.

Ich bog in den Flur, wo Jack den Geheimgang vermutete, denn ich dachte, dort seien die Ethikräume. Doch als ich durch die winzigen Fenster in den Türen linste, fand ich sie allesamt leer vor.

Mist. Ich grub die Nägel in die Handflächen und schnaubte. Cam hatte erzählt, in seinem Ethikseminar gäbe es freie Themenwahl, aber das sollte doch erst ab morgen beginnen. Heute hätten sie eigentlich noch hier sein sollen. Frustriert stahl ich mich in einen der Klassenräume, starrte an die Wand und knabberte an den Fingern. Was sollte ich jetzt tun?

Vielleicht erwischte ich Cam nach dem Unterricht, aber anschließend hatte er Fußball, und dann war ja ständig jemand dabei. Da würden wir uns nicht ungestört unterhalten können. Nach dem Training gab es Essen, und anschließend waren Hausaufgaben angesagt. Ich würde bis morgen warten müssen.

Gerade wollte ich schon gehen, da packte mich die Neugier. Kopfschüttelnd schritt ich noch einmal die Entfernung von der Tür zur Wand ab: dreißig Schritte. Genau wie Jack gemessen hatte. Was hatte das nur zu bedeuten?

Und während ich dastand und auf die Wand starrte, hörte ich auf einmal Stimmen. Sie waren gedämpft, wurden allerdings deutlicher, je weiter ich mich der Wand näherte. Die Geräusche kamen aus der Wand, genau von dort, wo Jack den Geheimgang vermutet hatte. Ich lauschte angestrengt, anfangs versuchte ich noch, den Flur dabei im Auge zu behalten, damit ich weglaufen konnte, falls jemand kam. Aber als ich dann einzelne Worte verstand, gab ich jede Vorsicht auf und presste mein Ohr gegen die Wand.

Die Stimmen wurden mal laut, mal leise, als würde jemand umherlaufen. Die Stimmung schien aufgeheizt, vielleicht stritten sich auch zwei. Als ich Cams Stimme erkannte, bekam ich einen solchen Adrenalinstoß, dass ich mich anlehnen musste.

»… mag sie wirklich … nicht, was ein Wächter normalerweise …« Ich strengte mich unglaublich an, alles mitzubekommen, verstand aber nur Bruchstücke.

»Manchmal muss ein Wächter auch mal Einfallsreichtum beweisen«, brummte es überzeugend. Sofort erkannte ich Mr Judans Stimme. Dieser tiefe, warme Bass war unverkennbar.

Dann verlor sich seine Stimme, und ich konnte nur ein Dröhnen wie von einem fernen Zug ausmachen. Als die Stimme wieder näher kam, verstand ich: » … seit Jahrzehnten haben wir nicht mehr so einen mächtigen Kandidaten wie ihn gehabt, mit Ausnahme vielleicht von Dancia selbst.«

Mächtig? Ich?

»Zusammen könnten die beiden das ganze Land in Gefahr bringen«, fuhr Mr Judan fort.

»Ich kann das nicht …« Wieder verklang Cams Stimme.

Red lauter, Cam!, wollte ich brüllen. Doch seine Stimme drang einfach nicht so durch wie Mr Judans. »… stimmt, er ist eine Gefahr … tue mein Bestes, sie auseinanderzuhalten …«

»Keine Ausreden«, schnitt Mr Judans Stimme durch Cams Bariton. »Am Freitag sind sie zusammen nach Hause gefahren. Das darf nicht noch mal passieren. Wie du es verhinderst, ist mir gleich. Du hast einen Eid geleistet, mein Junge, einen Eid, die Night Academy und den Rest der Welt vor Leuten zu beschützen, die ihre Gaben für gefährliche oder eigennützige Zwecke einsetzen. Jetzt hast du die Gelegenheit, dein Versprechen einzulösen.«

Daraufhin herrschte lange Zeit Stille.

Schließlich sagte Cam: »Machen Sie sich keine Sorgen, ich werde Sie nicht enttäuschen.«

Dann erklangen Schritte, und ich riss den Kopf hoch. Auf einmal wurde mir bewusst, dass ich ja keine Ahnung hatte, wie sie hinter die Wand gelangt waren, und ich ihnen möglicherweise im Weg stand. Auf Zehenspitzen schlich ich mich aus dem Klassenraum, rannte den Gang entlang und die Treppen hinunter zum Englischunterricht. In meinem Kopf drehte sich alles.

Offenbar hatte Jack recht. Irgendetwas Eigenartiges ging in der Night Academy vor sich, und Cam steckte anscheinend knietief mit drin.

»Ah, Dancia. Ich wollte gerade jemanden nach dir schicken«, sagte Mr Phillips erleichtert, als ich zurück ins Klassenzimmer marschierte.

Ich ließ den Passierschein auf sein Pult fallen. »Nicht nötig. Da bin ich wieder.« Ich war nur zehn Minuten weg gewesen. In diesen zehn Minuten hatte sich mein Leben verändert.

»Bereit für unseren Lauf?« Anna machte einen Doppelknoten in ihre Schnürsenkel und zog sich den Pferdeschwanz stramm. Es war einer dieser seltenen sonnigen Novembertage, zarte Strahlen fielen durch das dichte Tannendach.

»Heute ist bei mir die lange Strecke dran, also werde ich so ungefähr fünfzehn Kilometer laufen. Aber du kannst ja jederzeit aufhören.« Anna straffte das Band an ihren winzigen schwarz-pinken Shorts, die ihren perfekt trainierten Bauch raffiniert zur Geltung brachten. Dazu trug sie ein passendes Sportbustier.

Ich hingegen war in einem alten T-Shirt mit Krankenhauslogo und Jogginghose unterwegs.

»Gut.« Für mein Ego wäre es echt nett gewesen, mit Anna mithalten zu können, aber keine Chance. Wenn Anna erst mal lief, dann war sie wie eine Maschine. Sie lief und lief und schien nie müde zu werden.

Die ersten hundert Meter ließ sie es langsam angehen. Da der Pfad breit genug für zwei war, liefen wir nebeneinander her, auch wenn ich nur darauf wartete, hinter ihr zurückzufallen, damit ich sie nicht mehr ansehen musste. Wir trabten einen kleinen Abhang hinunter und die Böschung auf der anderen Seite wieder hoch. Für Anna war das offenbar eine Markierung, denn sie preschte auf einmal los, als hätte jemand die Startpistole abgefeuert.

Nur mit Mühe blieb ich an ihr dran, ich keuchte schon, obwohl wir doch gerade erst losgelaufen waren.

»Du stehst wohl ziemlich auf Cam, was?«, fragte sie.

Ich wischte mir die Schweißperlen von der Stirn. »Was?« Ich schnappte nach Luft. »Wir sind bloß befreundet.«

Oder auch nicht. Im Moment wusste ich nicht mehr, was ich eigentlich von ihm halten sollte. Oder von Mr Judan oder allen anderen an dieser dämlichen Schule. Wahrscheinlich lockte mich Anna auch gerade in eine Falle.

Sie schnaubte. »Ach, befreundet?« Vor uns lag ein umgefallener Baumstamm in einer Pfütze. Anna umlief ihn geschickt. Mir stach ein Zweig in den Knöchel, und ich spritzte mir Dreck aufs Shirt.

»Was soll das denn heißen?«, stieß ich schnaufend hervor.

Anna drosselte das Tempo ein klein wenig, auch wenn sie noch nicht einmal ins Schwitzen geraten war. »Ich weiß nicht, wie ich es dir sagen soll, aber an deiner Stelle würde ich mich von ihm fernhalten. Es sei denn, du bist scharf auf ein gebrochenes Herz.«

Das war ja wohl nicht zu fassen! Erst hielt mir Jack einen Vortrag über Cam und jetzt auch noch Anna? Verzweifelt rang ich nach Atem, versuchte gleichzeitig, mich auf Annas Worte zu konzentrieren und nicht über meine eigenen Füße zu stolpern.

»Cam ist wohl eine Nummer zu groß für mich«, sagte ich. »Ich habe ihn immer nur als Freund gesehen.«

Anna nickte, als sei das eine Tatsache. Eine Weile liefen wir schweigend hintereinander her, bis sie sagte: »Und was läuft zwischen dir und Jack?«

Ich blieb abrupt stehen. »Jack?«, stammelte ich.

In Sekundenschnelle war Anna in dem dichten Grün verschwunden. Ich musste mich anstrengen, sie einzuholen, vielleicht drosselte sie das Tempo auch ein wenig, schwer zu sagen.

»Er ist auch nur ein Freund«, rief ich von hinten. »Warum fragst du?« Sie antwortete mir nicht, also lief ich schneller, bis wir wieder nebeneinander waren. Meine Lungen brannten, und ich verspürte schon leichtes Seitenstechen. »Warum will alle Welt über Jack reden?«, brüllte ich wütend.

»Ich habe ja nur gefragt. Er ist total süß.« Leichtfüßig schwebte sie durch eine Wegenge und an einem Strunk vorbei. »Und wenn ich mit ihm befreundet wäre, würde ich ein Auge auf ihn haben.«

»Was soll das denn schon wieder heißen?« In ihrer Stimme lag ein seltsamer Unterton, der mir Schauder über den Rücken trieb.

»Ich meine ja bloß. Nicht jeder hier mag ihn so wie du. Vielleicht solltest du ihm das mal sagen.«

Nach einer Biegung führte der Pfad aus dem Wald heraus und an den Sportplätzen vorbei. Eine Schar Jungen rannte hinter einem Fußball her, während sich eine Gruppe aus Mädchen und Jungen einen Frisbee zuwarf.

Anna blieb plötzlich stehen, und ich wäre fast in sie hineingerasselt. Sie hielt die Arme über den Kopf und starrte zu den Fußballern hinüber. Da wurde mir klar, dass Cam darunter sein musste. Eine Sekunde später löste er sich von der Gruppe, um uns kurz zuzuwinken.

Ich winkte nicht zurück. Vornübergebeugt versuchte ich krampfhaft Atem zu schöpfen. Gleich darauf kehrte Cam zur Gruppe zurück.

»Idiot«, murmelte Anna.

Wir nahmen unseren Lauf wieder auf, diesmal schweigend.

Und während ich langsam in meinen Rhythmus fand, dachte ich über Annas merkwürdige Warnung nach. Dass Cam Jack nicht leiden konnte, war kein Geheimnis, aber wollte Anna mir zu verstehen geben, dass er Jack ernsthaft schaden könnte? Das konnte ich nicht glauben. Höchstwahrscheinlich war Anna einfach verbittert, dass Cam sie abserviert hatte, deshalb dachte sie sich jetzt solche Geschichten über ihn aus. Vielleicht hoffte sie auch, dass ich für Jack in die Bresche springen würde und damit Cam gegen mich hätte.

Irgendwie schien alles etwas weit hergeholt, aber was immer sie mir durch die Blume sagen wollte, unehrlich wirkte Anna nicht.

Ich nahm all meinen Mut zusammen und fragte: »Warum erzählst du mir das? Du kannst mich doch nicht einmal leiden.«

Anna sah auf die Uhr. »Nicht alles dreht sich um dich, Dancia.«

Mit diesen Worten schüttelte sie ihr Haar und verlängerte mühelos ihren Schritt. Ich blieb stehen und sah ihr nach, der braune Pferdeschwanz wedelte wie eine Flagge hinter ihr her.

26

Abends erduldete ich die Stillarbeitszeit, ignorierte Catherine und tat so, als wäre auch ich eine der fünfundzwanzig ahnungslosen Neuntklässler, die keinen Schimmer hatten, was sich hinter den Mauern dieser teuren Privatschule abspielte. Kurz bevor wir das Licht löschen mussten, kam es im Badezimmer zum Streit: Cara warf Hannah vor, ihren Rasierer gestohlen zu haben. Hannah beschuldigte Cara ihrerseits, unerlaubt ihr Haarspray benutzt zu haben. Fronten verhärteten sich, Tränen flossen. Die Streithähne schickten ihre Boten hin und her. Am Ende gelang es Hennie, die Wogen zu glätten und einen Waffenstillstand auszuhandeln.

Catherine bedachte alle mit bitterbösen Blicken, rauschte in unser Zimmer und schlug die Tür hinter sich zu. Zum ersten Mal war ich froh, ihr direkt ins Bett folgen zu können. In meinem Leben gab es schon genug Dramen, da brauchte ich nicht auch noch irgendwelche Pseudoprobleme.

Am nächsten Tag erschien Cam nicht zu Mittag, also setzte ich mich zu Ester und Hennie. Ich drehte der Tür mit Absicht den Rücken zu, damit ich nicht die ganze Zeit auf ihn wartete. Meine

Freundinnen schienen zu ahnen, dass etwas im Busch war, denn sie erwähnten Cam mit keinem Wort. Esther musste eine Kurzgeschichte für ihren Kurs in Kreativem Schreiben abgeben, und Hennie stand ein Vokabeltest in Hindi bevor, also waren beide ohnehin mit eigenen Problemen beschäftigt. Ich knabberte an meinen Nägeln, stocherte lustlos in meinem Tacosalat herum und gönnte Jack nicht den geringsten Blick. Soweit ich es beurteilen konnte, ließ er mich ebenfalls links liegen.

In Englisch hörte ich kaum zu, was Mr Phillips sagte; ich starrte unentwegt auf die Uhr und zählte die Minuten bis zur Stillarbeit. Cam wollte mich vom Gemeinschaftsraum abholen. Annas Warnung war mir noch frisch im Gedächtnis, doch ich wollte ihn unbedingt sehen, auch wenn ich mich vor der Wahrheit fürchtete.

Zwar war ich überzeugt, dass Cam alles abstreiten würde, dennoch hatte ich mich entschlossen, ihn mit dem »Wächterbericht« zu konfrontieren. Ich konnte ihn doch nicht so einfach abschreiben. Irgendwie hoffte ich noch immer, dass es eine Erklärung für diesen ganzen Schlamassel gab. Das Formular steckte nach wie vor zerknittert in meiner Hosentasche.

Als Cam den Raum betrat, verlor ich fast die Nerven. Das wellige Haar, das sich um seine Ohren kringelte, die breiten Schultern und dieses Lächeln, das selbst bei Lehrern Eindruck zu machen schien. All das wirkte wie ein Zauber auf mich, und ich konnte mir auf einmal nicht mehr vorstellen, dass er in so eine schmutzige Sache verwickelt war.

Cam überreichte meiner Lehrerin Mrs Westerly einen offiziell wirkenden gelben Schrieb, und sie winkte mich zu sich ans Pult.

»Dancia, Cameron hat um deine Hilfe bei einem Seminarprojekt gebeten. Normalerweise lasse ich meine Neuntklässler nicht so früh im Jahr aus der Stillarbeit gehen, aber er hat sich persönlich für dich verbürgt.« Über die Brille hinweg funkelte sie mich an.

Mrs Westerly gefiel sich in der Rolle der strengen Lehrerin.

»Du darfst jetzt in die Bibliothek«, fuhr sie strikt fort, »aber nirgendwo anders hin. Haben wir uns verstanden?«

»Ja«, würgte ich hervor.

Cam warf mir einen aufmunternden Mach-dir-keine-Sorgen-ich-kümmere-mich-schon-um-alles-Blick zu. »Danke, Mrs Westerly«, sagte er.

»Du bist persönlich verantwortlich, Cameron«, sagte sie noch warnend.

»Verstanden.«

Ich ging zurück an meinen Tisch, um meine Bücher zu holen. Ein paar der Mädchen sahen neidisch zu mir herüber. Gut, dass ich die Mauerblümchennummer ad acta gelegt hatte. Unter den Neuntklässlerinnen hatte ich es durch meine Freundschaft mit Cam nämlich zu einiger Berühmtheit gebracht. Sogar Allie hatte mich letzte oder vorletzte Woche gefragt, ob wir zusammen wären.

Cams Arm berührte mich, als wir gemeinsam aus der Tür traten, und er zwinkerte mir zu. Meine Verwirrung stieg. War er wirklich so ein guter Schauspieler? Wie konnte er nur so süß und gleichzeitig so durchtrieben sein?

»Wie war das Training mit Anna?«, fragte er. »Ich habe euch gestern am Sportplatz gesehen. Sah ziemlich heftig aus. Ich hoffe, es war okay?« Seine Worte schienen gut gewählt.

Meine Antwort überlegte ich mir auch gut. Schließlich zählte Anna zu Cams besten Freunden und war zudem noch seine Exfreundin. Es würde kein gutes Licht auf mich werfen, wenn ich gehässige Bemerkungen über sie fallen ließ. »Es war … herausfordernd. Sie ist echt schnell. Und nimmt das Training sehr ernst.«

Wir kamen an den Trophäen und Medaillen neben der Eingangstür vorbei. Vor einem Foto mit Läufern blieb ich stehen. Alle hielten eine Silbermedaille in der Hand. Anna stand ganz vorne auf dem Bild, ihr Lächeln wirkte verbissen, als müsste sie sich große Mühe geben, glücklich auszusehen.

»Das war die Landesmeisterschaft im letzten Jahr. Sie war sauer, dass sie nur Zweite geworden sind.« Cam betrachtete das Foto mit einer Mischung aus Bewunderung und … Bedauern? Bereute er es, mit Anna Schluss gemacht zu haben?

»Ein wenig ehrgeizig kommt sie schon rüber.« Ich verweilte vor dem Schaukasten, sah abwechselnd zu Cam und dem Bild. Suchte in seiner Körpersprache nach Anhaltspunkten, die seine Gefühle für Anna preisgaben.

»Das ist ja wohl die Untertreibung schlechthin.« Cam deutete zur Treppe. »Wir müssen weiter. Wenn die uns im Flur erwischen, bekomme ich Ärger.«

Ich warf noch einen letzten Blick auf Anna und folgte dann Cam die Treppe hinauf. Wir gingen an der Ausleihe vorbei und wandelten durch die Regalreihen. Die Bibliothek erstreckte sich über mehrere miteinander verbundene Räume, doch Cam schien genau zu wissen, wohin er wollte, also hielt ich den Mund und folgte ihm, versuchte, die neugierigen Blicke der anderen Schüler zu ignorieren.

Wir drängten uns an Einzelkabinen vorbei, die versteckt am Ende der Regale lagen, duckten uns unter Fensternischen und an dunklen Ecken vorbei. Endlich geleitete mich Cam durch eine

Flügeltür in einen schummrigen, fensterlosen Raum, der nur von einer flackernden Leuchtstoffröhre erhellt wurde.

Wir setzten uns an den einzigen Tisch, und Cam rückte mit seinem Stuhl an mich heran. Er räusperte sich. »Ich muss dir etwas sagen …«, setzte er an, doch ich fiel ihm ins Wort.

»Zuerst muss ich dir was sagen.« Selbst meinem gemarterten Hirn war klar, dass ich ihn sofort zur Rede stellen musste, denn sobald er seinen Charme spielen ließ, würde ich hirntot und sabbernd wie ein Schoßhündchen zu seinen Füßen sitzen und ihn anhimmeln.

Ich holte tief Luft und wappnete mich für die Auseinandersetzung. Dann zog ich das zerknüllte Papier aus meiner Hosentasche und legte es vor uns auf den Tisch. »Was ist das, Cam? Was ist ein Wächter?«

Er beugte sich über das Blatt, und seine Augen wurden immer größer. Zunächst wurde er blass, dann rot. »Wo hast du … Woher hast du das?«

Also war es nicht auf Jacks Mist gewachsen. Mein letztes bisschen Hoffnung schwand dahin. »Das spielt keine Rolle. Sag mir nur, was es bedeutet.«

»Mensch, Dancia. Das solltest du nicht haben.« Seine Stimme war kaum mehr als ein Flüstern.

Der Stich traf mich mitten ins Herz. »Es geht doch um mich, nicht wahr? Habe ich denn kein Recht zu erfahren, dass ich beobachtet werde?«

»Hat Landry dir das gegeben?« Er schlug mit der Hand auf das Blatt. »Irgendwas war in meinem Zimmer gestern anders. Wahrscheinlich ist er eingebrochen, während ich beim Frühstück war.«

»Ist doch egal, woher ich es habe, Cam«, sagte ich tonlos. »Ich will wissen, was es bedeutet.«

»Es ist nur zu deinem Besten«, stieß er hinter zusammengepressten Lippen hervor. »Zum Besten aller.«

»Die Night Academy ist keine gewöhnliche Privatschule, nicht wahr? Was geht hier vor sich? Hat es mit der Regierung zu tun?«

Er schüttelte den Kopf. »Nein, natürlich nicht. Hör zu, es ist nicht so, wie es scheint. Es ist nichts Schlechtes. Ehrlich nicht.«

Ich wartete auf eine Erklärung, doch er saß einfach nur da und starrte mit hochgezogenen Schultern auf das Papier. Unterm Tisch wippte er hektisch mit dem Fuß, als hätte er irgendwelche inneren Kämpfe auszutragen.

Indessen focht ich meinen eigenen Kampf aus: Einerseits hätte ich vor Schmerz zusammenbrechen mögen – meine Vermutungen hatten sich auf schreckliche Weise bewahrheitet, und es brach mir das Herz –, andererseits verspürte ich den starken Wunsch, Cam in sein perfektes Kinn zu boxen. Schließlich nahm ich meinen Rucksack und erhob mich.

»Wenn du mir nicht sagen willst, was hier vor sich geht, dann finde ich es eben selbst heraus. Zumindest weiß ich endlich, warum du immer so nett zu mir gewesen bist. Darauf werde ich von jetzt an nicht mehr hereinfallen.«

»Dancia, ich möchte es dir ja sagen, aber ich darf nicht.« Flehend sah er mich an. »Und ich mag dich. Sehr sogar. Darum ist ja alles so ein Schlamassel. Bitte, glaub mir.«

Ich versuchte, seinen Arm abzuschütteln, aber er verstärkte seinen Griff. »Cam.« Mir brach die Stimme weg. »Hör auf, mich zu verarschen.«

Sanft zog er mich zurück auf den Stuhl und nahm meine Hand. Widerstrebend setzte ich den Rucksack ab und sah ihn an. Derweil beschwor ich mich: Mein Hirn wird nicht zu Erbsensuppe …

»Es stimmt, ich muss dich bewachen«, sagte er, dabei sah er mich sanft, fast schon zärtlich an. »Aber ich hätte es sowieso getan. Was ich damals gesagt habe, als ich den Anruf von meinem Vater bekam, war ehrlich gemeint: Du bist eine echte Freundin. Jemand ganz Besonderes.«

»Du hast genug Freunde, Cam«, sagte ich. »Du brauchst mich doch nicht.«

»Aber du bist anders als die anderen Mädchen. Du bist viel«, er rang nach Worten, »viel echter. Du gibst nicht vor, irgendwer zu sein, der du nicht bist.«

Ich lachte bitter. »Da liegst du aber so was von falsch. Ich habe mich mein ganzes Leben lang verstellt. Und als mein Wächter solltest du das am besten wissen.«

»Du hast vielleicht deine Gabe verborgen«, sagte er, »und dazu hattest du auch guten Grund. Aber du hast nie dich selbst verborgen. Du bist immer Dancia geblieben: humorvoll, stark und wild entschlossen, wenn es darum geht, andere zu verteidigen. Ich bewundere das sehr. Ich bewundere dich. Du musst mir einfach glauben.«

Wie hatte er es nur wieder geschafft, meine Hoffnungen zu wecken! Dabei wusste ich doch, dass er sie am Ende nur wieder zunichte machen würde.

»Deshalb ist doch alles so chaotisch.«

Cam ließ meine Hand los und deutete auf den Bericht. »Ich mag dich wirklich, Dancia.« Zum ersten Mal sah ich Cam zögern.

»Aber wegen der Wächtersache habe ich nie versucht, mehr als ein Freund zu sein. Weil ich nichts durcheinanderbringen wollte. Dafür liegt mir zu viel an dir.« Er rückte vom Tisch ab. »Bestimmt bist du jetzt total sauer auf mich, das verstehe ich auch. Aber zwischen uns ist doch mehr, als auf diesem Papier steht. Bitte, glaub mir!«

Natürlich schmolz mein Herz nur so dahin, zusammen mit dem Restärger, aber irgendwie gelang es mir trotzdem, meine Stimme zu erheben. »Ich verstehe überhaupt nicht, was hier läuft. Wie soll ich dir glauben, wenn du mir gar nichts erzählst?«

Seufzend fuhr er sich durchs Haar, das ihm nun wild ins Gesicht fiel. »Wenn ich es dir sage, dann muss ich es Mr Judan melden«, sagte er leise und sah sich um, als fürchtete er, Mr Judan würde sich hier vor unseren Augen jeden Moment materialisieren. »Er ist eigentlich derjenige, der entscheidet, ob ein Kandidat von dem Programm erfahren soll.« Cam nahm den Wächterbericht in die Hand und starrte wütend auf das Papier, als wäre es an allem schuld.

Gerade als die Stille unerträglich wurde, nahm Cam den Faden wieder auf: »Das ist keine Kleinigkeit, Dancia. Echt. Wenn ich dir das sage, darfst du mit niemandem darüber reden. Das ist mein voller Ernst. Mit niemandem. Willst du die Wahrheit wirklich wissen?«

Ich zögerte. »Ich darf es niemandem sagen? Nicht einmal meiner Oma?« Denn soeben war mir der Gedanke gekommen, dass ich meiner Oma vielleicht endlich von meinen Kräften erzählen durfte, wenn es schon eine ganze Schule mit übersinnlich Begabten wie mich gab.

»Nein.« Noch nie hatte ich diesen harten, entschlossenen Blick an ihm gesehen. »Das dient nur ihrer Sicherheit. Sobald du über die Night Academy Bescheid weißt, könntest du selbst in Gefahr geraten. Das solltest du nicht auf die leichte Schulter nehmen. Und Jack darf nie davon erfahren, das wäre extrem gefährlich. Versprich es mir.«

Ich musste an Annas verrückte Warnung denken, dass es irgendjemand auf Jack abgesehen hatte, aber für Fragen blieb jetzt keine Zeit, außerdem war ich vollkommen benommen. Für mich zählte nur, dass ich endlich die Wahrheit erfuhr.

»Versprochen.«

Unvermittelt stand er auf. »Von jetzt an gibt es kein Zurück mehr, das ist dir hoffentlich klar!«

Wenn er mir Angst einjagen wollte, war ihm das hiermit gelungen. »Ist mir klar«, sagte ich und versuchte, mir nicht anmerken zu lassen, wie eingeschüchtert ich auf einmal war.

Gemächlich schritt er auf die Türen zur Bibliothek zu, drückte sie fest ins Schloss und schob den Riegel vor. Im Neonlicht schimmerte alles im Raum gründgrau.

Selbst Cams Gesicht nahm einen gespenstischen Ausdruck an. »Folg mir.«

27

Wir begaben uns in die hinterste Ecke, wo das flackernde Licht unruhige Schatten auf die Bücher warf. Cam reckte sich zum obersten Regal, schob ein Buch beiseite und drückte Knöpfe auf einer versteckten Tastatur. Ein sanftes Surren ertönte über unseren Köpfen, und die linke Regalwand ächzte leise.

»Nach nur einer Sekunde schließt es sich wieder«, sagte er. »Du musst dich gleich nach mir hindurchzwängen. Bleib ja nicht zurück.«

Wie an einer riesigen Achse schwang die Regalwand zwei Fuß breit auf, gerade weit genug, damit sich Cam seitlich durchquetschen konnte. Unmittelbar nachdem ich hindurchgetreten war, surrte es erneut, und der Spalt schloss sich wieder.

Einen Moment lang war es stockdunkel. Am liebsten hätte ich wie im Horrorfilm laut losgeschrieen, doch irgendwie war alles so absurd, dass ich grinsen musste: ein Geheimgang hinter einem Bücherregal? Das war doch wohl ein Witz! Über uns sprang das Licht an, weiße Glühbirnen erhellten einen schmalen Gang. Von den sterilen grauen Wänden ging Kälte aus.

»Wo sind wir?«, flüsterte ich, das Grinsen war mir mittlerweile vergangen. An diesem Ort fühlte ich mich wie im Gefängnis oder in einer geschlossenen Anstalt.

»Hinter der Bibliothek. Wir gehen jetzt die Treppe zur anderen Bibliothek hinauf. Dort muss ich dir was zeigen.«

Cam schien nicht in Plauderlaune, also hielt ich den Mund und folgte ihm die Wendeltreppe mit ihrem kalten Metallgeländer und den breiten Kunststoffstufen hinauf.

Beim Hochsteigen gingen die Lampen über uns an. Als Cam die oberste Stufe erreicht hatte, verschwand er plötzlich. Krampfhaft hielt ich mich am eisigen Handlauf fest, meine Beine zitterten so sehr, dass ich fürchtete, mir würde gleich etwas schrecklich Peinliches widerfahren – wie zum Beispiel Stolpern und sich das Gesicht an der Treppenstufe aufschlagen.

Die Decke wurde zum Boden der nächsten Etage. Als ich den Kopf durchs Loch steckte, bekam ich einen ersten Einblick in Cams großes Geheimnis.

Eine weitere Bibliothek. Eher klein und dürftig, mit Büchern auf der einen und tiefen Fensternischen auf der anderen Seite, wobei die Fenster mit Sperrholz vernagelt waren. Alles wirkte grau und angeschmuddelt, als wäre hier mal ein Großreinemachen fällig. Ich kletterte ganz durchs Loch und trat vorsichtig ans erste Regal.

Die Wissenschaft vom Schweben

Anleitung zum Gestaltwandeln

Befreien Sie Ihre Kräfte: Nutzen Sie die Energie von Alltagsgegenständen

Ein neuer Zustand: Die Veränderung der Aggregatzustände durch Chemie

»Die Night Academy ist nicht bloß für Genies«, sagte Cam rundheraus. »Die gehören zwar auch dazu, aber vor allem suchen wir Schüler wie dich, Dancia. Schüler mit außerordentlichen Begabungen.«

Ich schluckte. »Was meinst du damit?«

»Deine Kräfte«, sagte er. »Du wolltest doch unbedingt die Wahrheit hören. Wir wissen schon seit geraumer Zeit von deinem Geheimnis. Deshalb haben wir dich ja ausgewählt.«

Eigentlich hätte ich zu diesem Zeitpunkt längst damit rechnen müssen, dennoch hatte ich das Gefühl, mir zöge jemand den Boden unter den Füßen weg. Schwankend hielt ich mich an der Wand fest.

Cam packte mich an der Taille und setzte mich in eine Fensternische. »Leg deinen Kopf auf die Knie«, befahl er.

Ich gehorchte ihm, kam mir aber total bescheuert vor. Als das Karussellfahren aufhörte, hob ich den Kopf. »Es geht schon wieder.«

Er schenkte mir ein vorsichtiges Lächeln. »Tut mir leid, ich wollte dich nicht so aus der Fassung bringen. Ist schon ein ziemlicher Schock, oder?«

»Ein bisschen.«

»Mir ging es damals genauso.«

Schweigend saßen wir einen Moment da. Ich starrte auf die Bücher an der Wand. Viele sahen alt aus, hatten brüchige Ledereinbände oder Goldkanten. Andere wirkten noch ziemlich neu, doch alle waren viel benutzt. Auf den Regalen sah nichts unberührt aus.

Meine Wut löste sich allmählich in Erleichterung auf. Auch wenn alles vollkommen verrückt schien, war mir doch eine Riesenlast von den Schultern genommen: Endlich musste ich mich nicht mehr verstellen.

»Du hast von Anfang an von mir gewusst?«

»Nicht ganz. Wir wussten, dass irgendjemand in Danville über eine Begabung dritten Grades verfügt, doch du hast deine Kräfte nur selten eingesetzt und dabei kaum Aufmerksamkeit erregt. Ohne Ausbildung erreicht kaum einer den dritten Grad, und meistens bekommen wir es dann mit. Du warst viel schwerer auszumachen. Erst nach dem Vorfall im Krankenhaus konnten wir die Geschehnisse zu dir zurückverfolgen.«

Ich lehnte mich gegen das Fenster. »Begabung dritten Grades? Was ist das? Woher wusstet ihr davon?«

Er begann im Zimmer auf und ab zu schreiten, und ich hatte den Eindruck, dass er diese Rede nicht zum ersten Mal hielt. »Auf der Night Academy, nein, auf der ganzen Welt gibt es Menschen mit Begabungen. Meistens sind es ganz normale Dinge wie gut kochen können oder tolle Partys schmeißen. Das ist eine Begabung ersten Grades. Mit einer Begabung zweiten Grades fällt man schon auf. Das sind die landläufigen Genies, wie die Computerfreaks, die wir für die Night Academy anwerben. Zum zweiten Grad gehört zum Beispiel auch deine Freundin Hennie, die sich so gut in Menschen hineinversetzen kann, dass es an Gedankenlesen grenzt; oder Esther, die unvergleichlich gut Leute nachahmt. Manche behalten ihren Grad bei, anderen gelingt es, sich weiterzuentwickeln. Mit ihrer Begabung könnte Hennie es schaffen, tatsächlich Gedanken zu lesen. Esther könnte lernen, die Gestalt zu wandeln. Du gehörst zum dritten Grad. Du kannst bereits jetzt Unglaubliches mit deinem Geist anstellen.«

»Esther könnte die Gestalt wandeln?« Mir fiel ein, dass sie mal erzählt hatte, dass ihre Hosen weiter würden, wenn sie eine bestimmte Person imitierte. Womöglich hatte sie schon den dritten Grad erreicht, nur wusste es niemand. »Kannst du mir sagen, wie es funktioniert?«, flüsterte ich ängstlich gespannt. »Was genau tue ich?«

Er schüttelte den Kopf. »Dazu müssten wir erst ein wenig mit dir herumexperimentieren. Dir bestimmte Aufgaben stellen und sehen, was passiert. Ich vermute, dass du mit Kräften der Natur arbeitest, vielleicht mit Schwerkraft. Jede Gabe ist besonders, dennoch fallen sie in bestimmte Kategorien. Mit Erdkräften wie deinen hast du Einfluss auf die chemischen und physikalischen Vorgänge in der Welt. Jemand mit Lebenskräften kann außergewöhnlich gut mit Menschen und Tieren kommunizieren, sich einfühlen und sie beeinflussen. Und mit Körperkräften verfügt man über besondere körperliche Fähigkeiten, Trevor kann zum Beispiel durch Wände sehen. Ich kann mit meinen Lebenskräften andere Begabte erkennen. Wenn jemand in meiner Nähe seine Kräfte einsetzt, verspüre ich eine Erschütterung. Schwer zu beschreiben, eine Art Schwingung. In den vergangenen Jahren habe ich jedes Mal gespürt, wenn du deine Kräfte eingesetzt hast.«

Kräfte der Natur. Schwerkraft. Hörte sich nach mir an.

»Kann man auch mehr als eine Begabung haben?« Schließlich hatte Jack mir doch erzählt, dass er ähnlich wie Cam meine Kräfte spürte, aber auch die Aggregatzustände verändern konnte.

»Ja, aber meistens ist eine Gabe am ausgeprägtesten. Im Erkennen von Begabungen bin ich ein dritter Grad, im Überzeugen ein zweiter. Deshalb wählen mich immer alle zum Stufensprecher. Wahrscheinlich könnte ich mit meinen Überzeugungskünsten Politiker werden, das war es aber auch schon. Doch wenn das meine

Hauptbegabung wäre, könnte ich lernen, die Gedanken anderer zu kontrollieren. Mr Judan ist ein dritter Grad im Überzeugen.«

Mir war dieser Mr Judan von Anfang an suspekt gewesen. »Gibt es auch einen vierten Grad?«

Cam blieb stehen. »Nach dem dritten Grad wird es etwas vertrackt. Zwar existieren Aufzeichnungen über Begabte vierten Grades, doch heutzutage gibt es keinen, also weiß man nichts Genaues. Aber du bist bereits ein starker dritter Grad, dabei wurdest du noch nicht einmal ausgebildet.«

»Wie funktioniert das? Deine Erkennung, meine ich.«

»Wenn ich das erste Mal einen dritten Grad berühre, empfange ich eine Schwingung. Du musst es doch auch gespürt haben, als wir uns zum ersten Mal die Hand gegeben haben.«

Ich nickte. »Das war wie ein Schlag. Ich habe mich damals total gewundert.«

»Eigentlich hättest du gar nichts spüren sollen. Es ist … ein Zusammentreffen zweier Energien.« Hilflos zuckte er die Schultern. »Ich weiß auch nicht, wie ich es beschreiben soll. In der Regel suchen wir bei den Neuzugängen erst im zweiten Halbjahr nach dritten Graden, davon ahnen die Kandidaten überhaupt nichts. Aber bei dir und Jack war es von Anfang an anders. Als ich dich berührt habe, war es hundertmal intensiver als sonst. Du bist total zusammengezuckt. Selbst Mr Judan ist das aufgefallen. Daran haben wir gemerkt, wie mächtig du bist und wie wichtig es ist, dich auf der Night Academy zu haben.«

»Warum erzählt ihr den« – ich stolperte über das Wort – »Kandidaten denn nicht … worum es in der Night Academy geht?«

»Wir können nicht einfach jeden mit übernatürlichen Fähigkeiten ausbilden. Was, wenn derjenige die Kräfte für unlautere Zwecke einsetzt? Kannst du dir vorstellen, wie gefährlich das ist? Mit dem Schuleid allein ist es nicht getan.«

Ich nickte. Cam sah so ernst aus, dass mir ein wenig angst und bange wurde. Wenn ich schon einfach so einen Menschen ins Koma befördern konnte, zu was wäre ich wohl nach einer Ausbildung erst in der Lage?

Cam führte seine Erklärungen fort: »Vor dem offiziellen Training überprüfen wir die Kandidaten mit Stresstests und anderen Herausforderungen. Wir können es uns nicht leisten, jemanden auszubilden, der seine Kräfte dann für Böses einsetzt. Also beobachten wir sie in aller Ruhe. Deshalb veranstalten wir auch solche Dinge wie die Wand und schwierige Gruppenaufgaben. Anfang der Zehnten oder Elften bieten wir den vertrauenerweckenden Kandidaten an, dem Programm beizutreten.«

Er kam zu mir ans Fenster und stützte eine Hand neben mein Knie. Er beugte sich so weit vor, dass ich seinen Atem auf dem Gesicht spürte. Auf mich prasselten so viele Informationen ein, dass ich kaum alles verdauen konnte, doch in diesem Augenblick dachte ich nur daran, wie er gesagt hatte, dass er nur wegen der Wächtersache nie versucht hatte, mehr als ein Freund zu sein.

Schon wieder wurde mir ganz schwummrig.

»Während der ganzen Zeit überwacht ein Netzwerk von Wächtern die Fortschritte der Kandidaten. Manche Wächter sind Lehrer, wie Mr Fritz, die die Schüler dann während des Unterrichts im Auge haben. Die meisten sind aber selbst noch Schüler, wie Trevor, Anna und ich. Jeder von uns bekommt eine Handvoll Kandidaten zugeteilt, mit denen wir dann irgendwie Zeit verbringen. Wir nehmen an gemeinsamen Aktivitäten teil, helfen bei den Hausaufgaben und beobachten sie beim Essen. Auch wenn jeder von uns für bestimmte Schüler verantwortlich ist, arbeiten wir eng zusammen, damit wir nicht aufdringlich rüberkommen. Zum Beispiel kann Anna dich beim Lauftraining im Auge behalten, und ich bin dann mittags für dich da.«

Ich schluckte. »Also werde ich rund um die Uhr überwacht? Ihr tut so, als wärt ihr meine Freunde, und notiert dann, was ich sage und tue?«

»So, wie du es sagst, klingt es jetzt schlimmer, als es ist. Die meisten Kandidaten ahnen nichts von ihren Begabungen, dennoch spüren sie, dass sie anders sind. Oft sind sie deswegen angefeindet und gemobbt worden. Wir möchten sie unterstützen, ihnen besondere Aufmerksamkeit schenken. Wir beobachten die Kandidaten nicht aus Bosheit, sondern weil wir ihnen helfen wollen. Wir wollen für sie da sein. Und wenn sie auf Abwege geraten, wollen wir auch das wissen.«

Ganz überzeugt war ich ja nicht, aber Cam wirkte so offen und ehrlich, dass es mir schwerfiel, an seinen Worten zu zweifeln. »Hat jeder einen Wächter?«

»Nein. Die Lehrer, Tutoren und Gruppenleiter schreiben auch Berichte über die Neuntklässler. Theoretisch seid ihr alle Kandidaten, aber die meisten kommen nicht über den zweiten Grad hinaus. Nur eine Handvoll Kandidaten wird ins Programm aufgenommen, und zumeist wissen wir schon vor Schulbeginn, wer sie sind. Diese Schüler bekommen dann einen persönlichen Wächter zugeteilt.«

»Beobachtest du auch Jack?« Ich musste das einfach fragen, auch wenn mir der Name wie ein Tabu vorkam.

»Wir alle beobachten Jack«, sagte Cam grimmig. »Wir wissen einfach zu viel über ihn. Aber offiziell ist er Trevor zugewiesen.«

Meine Augen huschten hin und her, ich vermied es, Cam anzusehen, und als mein Blick doch auf ihn fiel, stießen sich unsere Blicke ab wie die gleichen Pole zweier Magneten. »Okay. Wie sieht das Programm aus?«

»Ganz unterschiedlich. Begonnen wird meist mit allgemeinen Themen: Welche Begabungen gibt es, wie wirken die einzelnen Kräfte und so. Danach spezialisiert man sich. Ich muss lernen, die Schwingungen, die ich von anderen empfange, besser zu deuten, damit ich von dem Kandidaten mehr erfahre als nur den Grad seiner Begabung. Vielleicht kann ich in Zukunft gleich beim Anwerben spüren, ob der Kandidat für unser Programm geeignet ist. Man lernt alles über die eigenen Kräfte, damit man sie so beherrscht, dass niemand zu Schaden kommt.«

Ich fühlte mich mit einem Mal ganz unwohl. Ich hatte Menschen verletzt. Wusste Cam das überhaupt? Was würde er wohl dazu sagen?

»Was geschieht mit den Kandidaten, die nicht ins Programm aufgenommen werden?«, fragte ich.

Cam drehte sich mit dem Rücken zum Fenster, lehnte sich gegen das Fensterbrett und starrte vor sich hin, dabei fuhr er sich nervös durchs Haar. »Die meisten erfahren nie, was aus ihnen hätte werden können. Sie gehen durch die Night Academy, werden in ihren schwächeren Begabungen gefördert und leben ihr Leben. Die anderen, die es herausbekommen, die sind dann das Problem und der Grund, warum es dieses Programm überhaupt gibt. Um nämlich den Rest der Welt vor ihnen zu beschützen.«

Ich sah auf meine Hände. »Und du meinst, ich wäre dazu imstande, Menschen zu beschützen?«

Cam ergriff meine Hand und verschränkte unsere Finger. Meine Hand wirkte in seiner so schmal und weiß, beinahe zerbrechlich. »Noch wissen wir nicht, wozu du fähig bist, Dancia. Aber wenn du aufgebracht bist, dann sprüht sogar die Luft um dich herum Funken. Damals in Mr Fritz' Unterricht, als ihr diese Nummer mit dem Raumschiff durchgespielt habt, hat die Erde förmlich gebebt. Ich hätte fast die Tür zum Mädchenklo eingerannt, solche Sorgen habe ich mir um dich gemacht. Mr Fritz musste mich zurückpfeifen und stattdessen Allie schicken.«

Bei diesen Worten hätte ich nur so mit der Fensternische verschmelzen können. Cam hatte sich Sorgen um mich gemacht.

Lächelnd drehte er sich zu mir. In seinen Augenwinkeln bildeten sich Fältchen, und tausend Schmetterlinge flatterten in meinem Bauch. »In dir stecken unglaubliche Kräfte. Wir müssen einen Weg finden, sie vorsichtig herauszulassen.«

Ich weiß nicht, was noch hätte passieren können, doch die Stille wurde plötzlich von trampelnden Füßen durchbrochen, die die Wendeltreppe hinaufstapften. Ein Kopf kam zum Vorschein, dann ein weiterer. Erst Trevor, dann Anna, danach zwei Leute, die mir vom Mittagessen entfernt bekannt vorkamen.

»Scheiße, Cam. Was läuft da?«, wollte Trevor wissen.

Anna fielen fast die Augen aus dem Kopf. Sie sah von Cam zu mir, unsere Hände waren noch immer ineinander verwoben – und sie wurde weiß wie ein Laken.

Cam richtete sich auf, ließ meine Hand aber nicht los. »Ich dachte, ihr wolltet in den Wald.«

»Es hat angefangen zu regnen.« Trevor sprang die letzten Stufen hoch und baute sich mit verschränkten Armen vor uns auf. »Verdammt, Cam, ich weiß ja, dass du auf sie stehst, aber hast du jetzt vollkommen den Verstand verloren?« Wutentbrannt starrte er uns an. Normalerweise wäre ich vor Angst erstarrt, aber sein Zorn schien sich hauptsächlich gegen Cam zu richten. »Wir beobachten und schützen, Cam. Damit beschützt du sie nicht. Du bringst sie eher noch mehr in Gefahr.«

Cams Hand schloss sich noch fester um meine. Vielleicht war es ja albern, aber diese kleine Bestätigung von Trevor bedeutete mir fast noch mehr als Cams Worte. Außerdem war es ein seltsam beruhigendes Gefühl, dass Trevor – der furchteinflößende Trevor – mich beschützte. Und wenn es mir nicht so peinlich gewesen wäre, von allen angestarrt zu werden, hätte ich jetzt gelächelt.

»Du verstehst das nicht«, sagte Cam mit einem schnellen Seitenblick auf mich. »Sie hat es alles ganz von selbst herausgefunden, das meiste jedenfalls. Ich habe ihr nur noch ein paar Details verraten. Aber eigentlich ist das doch sowieso egal, denn früher oder später kommt Dancia doch zu uns hier hoch. Und ich würde für sie einstehen. Notfalls auch jetzt gleich.«

»Wie kannst du für sie einstehen?«, wollte Anna wissen. »Du kennst sie doch kaum. Und was ist mit Jack? Sie hat was mit ihm. Das weiß ich ganz genau.«

Cam presste die Lippen so fest aufeinander, dass nur noch eine dünne Linie zu sehen war. »Ich bin ihr Wächter, und ich habe sie auch angeworben. Ich weiß es einfach. Außerdem kennst du ja wohl auch ihre Geschichte. Sie hat bereits gezeigt, wie sie ihre Begabung einsetzt. Und glaub mir, Landry ist kein Problem.«

Offensichtlich hatte dieses »einstehen« eine wichtige Bedeutung, was irgendwie cool war. Trotzdem fand ich es unverschämt, dass Anna und Cam meine Beziehung zu Jack diskutierten. Wahrscheinlich hatten sie sich schon oft darüber unterhalten, und das machte mich noch wütender! Nur weil sie mich ein paar Monate lang observiert hatten, kannten sie mich noch längst nicht – und Jack auch nicht. Sie hatten keine Ahnung, wie er mir über Catherines Gemeinheiten hinweggeholfen hatte. Wie wir zusammen gelernt und die Schule erkundet hatten.

Sie wussten nicht, welche Ängste Jack ausstand, wenn er verfolgt wurde.

Und was hatte Cam gemeint, als er sagte, Jack wäre kein Problem?

Widerstrebend entzog ich Cam meine Hand und sprang vom Fensterbrett. »Ich gehe jetzt mal lieber«, murmelte ich und wollte an den anderen vorbei.

Anna stemmte die Hände in die Hüften und sah wütend aus, wobei ich nicht wusste, ob ihr Ärger mir oder Cam galt.

Trevor hob kühl eine Augenbraue. »Dancia, ob du willst oder nicht, Cam hat dich gerade zu einer von uns gemacht. Auch wenn du jetzt gehst, ändert das nichts.«

Cam stellte sich neben mich. »Trevor hat recht. Was auch geschieht, du gehörst jetzt zu uns.«

Vom Ende des Ganges dröhnte eine unverkennbare Stimme: »Cameron! Was geht da vor sich!?«

Mr Judan war gekommen.

28

Weltweit arbeitet die Night Academy mit mehreren Ausbildungszentren zusammen, zwei davon befinden sich in den USA. Die meisten unserer Lehrer wissen über unseren eigentlichen Auftrag Bescheid. Wir fördern außergewöhnliche Begabungen und sorgen dafür, dass sie zum Wohl der Menschheit eingesetzt werden.«

Ich wand mich unbehaglich in dem üppig mit Samt bezogenen Lehnstuhl, in den mich Mr Judan dirigiert hatte, nachdem wir in sein Büro getreten waren. Lieber wäre ich wie Cam auf und ab gegangen. Der riesige, fensterlose Raum war überraschend feudal eingerichtet, mit eleganten Messinglampen, einem antik anmutenden Sofa und Gemälden, auf denen Männer in altmodischen Anzügen und Krawatten und Frauen in hochgeschlossenen Spitzenkleidern zu sehen waren.

»Direktorin Solom und ich sind Mitglieder des Hohen Rats, der die Einsätze der Begabten dritten und vierten Grades auf der ganzen Welt überwacht. Der Rat schickt die Begabten in Katastrophengebiete, Kriegsregionen oder andere brenzlige Krisenherde, um zu helfen. Auch wenn wir in der Öffentlichkeit nicht in Erscheinung treten, kann ich dir versichern, dass es nur dem Rat zu verdanken ist, dass in den letzten Jahren in Indien und Pakistan kein Atomkrieg ausgebrochen ist, die Fabrik für chemische Kampfstoffe in Washington nicht ausgeraubt wurde und ein kleiner Virus namens Ebola an der amerikanischen Ostküste nicht ein paar Tausend oder vielleicht sogar Millionen von Menschen getötet hat. Wir greifen entweder direkt ein oder auch schon präventiv. Dank unserer Wächter werden wir über die Machenschaften gefährlicher Subjekte ständig informiert und können so ihre Pläne schon im Keim ersticken. Tatsächlich sind die Wächter – eine Einrichtung, die übrigens ich ins Leben gerufen habe – die wirkungsvollste Waffe, Gefahren von unseren Schutzbefohlenen abzuwenden.«

»Sie meinen, es gibt erwachsene Wächter? Wächter außerhalb der Night Academy?«, fragte ich.

Mit einem selbstgefälligen Lächeln sagte er: »Die Wächter sind die Eckpfeiler unseres neuen Sicherheitskonzepts. Ein paar wenige, hochmotivierte Schüler wie Cameron beginnen mit der Ausbildung zum Wächter bereits in der Schulzeit. Andere beenden zunächst die Schule. In jedem Fall müssen die Wächter eine umfassende Ausbildung absolvieren, sie müssen sowohl in Außenpolitik als auch in Kampfkunst bewandert sein. Anschließend sind sie befähigt, in jedem Land und mit jeder erdenklichen Situation zurechtzukommen. Einfach ausgedrückt besteht die Aufgabe der Wächter darin, zu verhindern, dass ihre Zielperson das Leben anderer Menschen gefährdet. Natürlich ist es schwierig, genügend Wächter zu finden und auszubilden, um alle gefährlichen Individuen im Auge zu behalten. Als Wächter muss man flexibel sein, bereit, überallhin zu gehen und mit jeder Notsituation fertig zu werden.« Ich warf einen Blick auf Cam, stellte ihn mir als eine Kreuzung aus Supermann und James Bond vor. Lächelnd senkte er die Augen, als würden ihn Mr Judans Worte verlegen, aber auch ein wenig stolz machen. »Sie überwachen alle, von Diktatoren bis hin zu deinem Freund Jack Landry, und sie müssen jederzeit bereit sein, einzugreifen.«

Ich dachte an den Wagen, der Jack zu meinem Haus gefolgt war, und an den Typen mit der Sonnenbrille. Dabei sperrte sich alles in mir. »Moment mal, wollen Sie damit sagen, dass Sie Jack auch schon beobachtet haben, bevor er auf die Night Academy gekommen ist? Was ist denn mit Jack? Er ist doch gar nicht gefährlich! Warum haben Sie ihn beobachten lassen?«

Mr Judan thronte hinter seinem Eichenschreibtisch. Beim Sprechen tippte er sich mit dem Bleistift sacht gegen die Hand. »Wächter folgen bekannten Bedrohungen und jungen Menschen, die möglicherweise über eine Begabung dritten Grades verfügen. Jack Landry observieren wir schon, seit er vier ist. Damals hat ihn sein Vater angezeigt, weil er ihn mit unsichtbaren Ketten fast erdrosselt hätte. Von der Polizei werden derlei Berichte meist einfach so abgetan, aber wir nehmen sie ernst. Seitdem hat er seine Kräfte wiederholt eingesetzt.«

Irgendwann zwischen Trevors Erscheinen in der geheimen Bibliothek und Mr Judans schallender Stimme war mir der Schweiß auf die Stirn getreten, und mittlerweile lief mir ein kleines Rinnsal die Wange hinab.

Wann hatten sie angefangen, mich zu verfolgen?

»Aber sein Dad ist ein schrecklicher Mensch. Jack hat sich doch nur verteidigt!«, sagte ich beharrlich.

»Jack hat ein schweres Leben gehabt, da gebe ich dir recht. Aber dieses Leben hat ihn verändert, hat ihn vom Pfad der Tugend abkommen lassen. Hier in der Night Academy wollten wir herausfinden, ob er sich zurück auf die rechte Bahn lenken lässt. Doch inzwischen sind wir uns sicher, dass es zwecklos ist.«

»Sie kennen ihn doch kaum«, rief ich aus. »Wie können Sie da so sicher sein?«

Cam und Mr Judan tauschten vielsagende Blicke, dann kniete sich Cam vor mich hin. »Jack hat schon so einiges angestellt, von dem er dir sicher nichts erzählt hat. Er gehörte einer Gang an, einer von der üblen Sorte. Seit er hier in Danville lebt, hat er zwar nichts Illegales gemacht, aber Jack ist eine Gefahr nicht nur für sich selbst, auch für sein Umfeld.«

Ist er nicht!, hätte ich am liebsten gebrüllt. Im Grunde seines Herzens ist Jack ein guter Mensch, das weiß ich genau! Aber ich hielt den Mund. Dass er in der Lage war, das Gesetz zu brechen, bezweifelte ich keinen Augenblick. Er hatte mir gegenüber ja sogar zugegeben, Autos geklaut zu haben. Ich wusste nur, dass Jack auch noch eine andere Seite hatte.

»Ich war gewillt, ihm eine Chance zu geben«, warf Mr Judan ein, »aber seither haben die Dinge eine ernste Wendung genommen. Heute am frühen Morgen ist Jack in unsere Geheimbibliothek eingebrochen und hat zwei Bücher entwendet.«

»Woher wissen Sie, dass es Jack war?«

»Ganz sicher sind wir nicht«, räumte Cam ein, »aber in der Bibliothek gab es überall Spuren von ihm. Ich habe es gefühlt.«

»Mit Hilfe dieser Bücher könnte Jack seine Kräfte entfesseln«, fuhr Mr Judan fort. »Wir müssen die Bücher zurückbekommen.

Sein Haus haben wir schon durchsucht, aber nichts gefunden. Wir gehen davon aus, dass er sie irgendwo versteckt hält.«

Mr Judan sah mich eindringlich an, dabei zog er eine Braue leicht hoch. Er schien mir eine Frage zu stellen. »Was?«, flüsterte ich.

»Dancia, ich bin mit Camerons Entscheidung, dich hierherzubringen, nicht unbedingt einverstanden« – er bedachte Cam mit einem Stirnrunzeln – »aber wir haben von vornherein gewusst, dass es mit dir und Jack zusammen im gleichen Jahrgang ... Komplikationen geben würde.« Bei »Komplikationen« verzog er den Mund, als würde das Wort einen bitteren Geschmack in seinem Mund hinterlassen.

In mir regte sich Widerstand, was hatten wir schon groß verbrochen? »Wenn Sie mich auf der Night Academy nicht wollen, dann gehe ich eben.«

Um Mr Judans Lippen spielte ein kleines glückloses Lächeln. »Wohl kaum.«

Erleichtert atmete ich auf. Auch wenn mir hier alles etwas bizarr vorkam und mich der seltsame Mr Judan mit seinem Wächterding einschüchterte, wollte ich auf einmal unbedingt auf der Night Academy bleiben und in das Ausbildungsprogramm aufgenommen werden. Sie glaubten, mit meiner Begabung könnte ich Menschen beschützen. Davon hatte ich immer geträumt: meine Kräfte zum Wohl anderer einzusetzen. Dann müsste ich mich nicht länger verstecken und schuldig fühlen. Ich könnte endlich stolz auf mich und meine Gabe sein.

»Aber wir haben auch gewisse Erwartungen an unsere Schüler«, sagte er. »Und da du nun an unserem Ausbildungsprogramm teilnehmen wirst, bist du Teil einer viel größeren und wichtigeren Sache, als du dir vorstellen kannst.«

Mr Judan durchbohrte mich mit seinem Blick. Verunsichert schaute ich weg, dabei fing ich Cams Blick auf, der nicht minder intensiv war. Irgendetwas wollten sie von mir. Und ich hatte das dumme Gefühl, dass ich wusste, was es war.

»Was soll das heißen?«

»Jack muss gestoppt werden.«

Jetzt war es raus.

»Wollen Sie ihn umbringen oder so?«, platzte ich heraus.

Kalt blickten mich Mr Judans Augen an. »Unsere Aufgabe ist es, zu beobachten und alles in unserer Macht Stehende zu tun, um zu verhindern, dass Begabte andere verletzen. Im Moment bedeutet das, dass wir die Bücher von Jack zurückbekommen müssen, bevor er etwas Gefährliches daraus lernt.«

Mir war sehr wohl bewusst, dass er meine Frage nicht beantwortet hatte. »Jack und ich reden gerade nicht miteinander. Ich habe keine Ahnung, wo er die Bücher versteckt haben könnte.«

»Bestimmt kannst du einen Weg finden, wieder mit ihm zu reden. Wenn du ihn dazu bringst, die Bücher umgehend zurückzugeben, dann müssten wir uns keine so großen Sorgen mehr machen.«

»Hören Sie«, sagte ich rundweg, »Jack hasst es, beobachtet zu werden. Es macht ihn wahnsinnig, und er weiß, dass sie ihm auf den Fersen sind. Wenn er die Bücher wirklich hat, dann weiß ich nicht, wie ich ihn dazu bewegen könnte, sie zurückzugeben.«

Mr Judan legte die Fingerspitzen aneinander und stützte das Kinn darauf. Eine Minute lang sah er mich schweigend an, dann schlug er ein rotes Buch auf seinem Schreibtisch auf und machte sich Notizen.

Ohne aufzuschauen sagte er in einem eher beiläufigen Ton: »Offenbar hegst du starke Gefühle für Jack. Das ist verständlich, wir haben sogar damit gerechnet. Aber ich muss die Bücher bis morgen früh zurückhaben. Im Moment sind nur ein paar Wächter vor Ort, aber die Verstärkung ist auf dem Weg. Was von nun an geschieht, liegt allein bei dir.«

Cam eilte die Wendeltreppe forschen, aber sicheren Schrittes hinunter. Ich folgte ihm mit weit weniger Anmut.

»Wohin gehen wir?«, wollte ich wissen.

»Zu Jack nach Hause. Mr Judan hat das Haus schon mit ein paar Leuten durchsucht und nichts gefunden, aber vielleicht siehst du mehr.«

»Habe ich da auch ein Mitspracherecht? Vielleicht möchte ich Jack nicht wie einen Kriminellen jagen. Diese Wächternummer ist schon ein bisschen gruselig, findest du nicht?«

Cam fuhr zu mir herum, und seiner Stimme war anzuhören, dass er verletzt war. »Wir sind überhaupt nicht gruselig! Das ist ein Job. Ein echt wichtiger zudem. Und wenn dir was an Jack liegt, dann hilfst du uns, die Bücher wiederzubeschaffen, bevor die anderen Wächter eintreffen. Wenn du mich schon für übel hältst, dann solltest du mal die Profis sehen. Jack könnte Hunderte, vielleicht sogar Tausende von Leben in Gefahr bringen. Das können die nicht so einfach ignorieren.«

Sogleich bereute ich, was ich gesagt hatte. Ich hatte ganz vergessen, dass Cam ja auch einer werden würde.

Schon einer war.

»Was werden sie mit ihm …« *Anstellen?*, wollte ich fragen, aber ich war nicht sicher, ob Cam die Frage beantworten konnte. Oder ich die Antwort hören wollte.

Danach blieb ich stumm. Einerseits hatte ich Angst vor Mr Judan und der Night Academy, andererseits war ich total aufgeregt. Hier bekam ich die Chance, zu lernen meine Kräfte einzusetzen – diesmal für eine gute Sache. Die Chance, zu einem neuen Team zu gehören, wie Trevor sich ausgedrückt hatte. Cams Freunde wirkten alle so selbstsicher. Als wüssten sie alle Antworten. Wäre schön, zur Abwechslung mal nicht nur Fragen zu haben.

Außerdem hatte ich die Chance bekommen, Jack zu helfen, und vielleicht konnte ich so wiedergutmachen, was ich ihm angetan hatte.

Wir gingen den gleichen Weg zurück, den wir gekommen waren. Am Ende des grauen Gangs drückte Cam auf einen Knopf an der Wand, und ein kleiner Bildschirm kam zum Vorschein, auf dem der fensterlose Raum der Bibliothek zu sehen war. Er war leer, und die Tür war nach wie vor verschlossen. Cam drückte den Knopf abermals, und die Wand öffnete sich.

Cam schlüpfte durch den engen Spalt. Als ich ihm folgte, blieb ich mit dem Pulli an einer Buchattrappe hängen und bekam schon Panik, zermalmt zu werden. Zum Glück konnte ich meine zitternden Hände lange genug ruhig halten, um mich zu befreien.

Cam marschierte schnurstracks durch die Bibliothek. Wir mieden den Haupteingang und liefen eine schmale Treppe hinunter, deren Existenz mir bislang verborgen geblieben war, und gelangten dann durch einen Flur an eine schwere graue Brandschutztür. Wir gingen hindurch, dann einen weiteren Gang entlang bis zu einer unauffälligen schwarzen Tür.

Cam zog einen silbernen Schlüsselring aus der Tasche, der aussah wie ein Flaschenöffner. Er steckte ihn in die Tür und drückte die Klinke. Dahinter wurde die Luft sofort kühler und feuchter. Ein Sicherungskasten links an der Wand wurde von einer Lampe schwach beleuchtet, ansonsten war alles still und dunkel.

»Wo sind wir?« Meine Stimme hallte von den Wänden wider, und sofort stellte ich mir den Raum vor: höhlenartig, mit einer hohen Felsdecke. Ein bisschen wie Batmans Batcave.

»Garage. Wo sie die Silberkugel und ein paar andere Fahrzeuge unterstellen«, sagte Cam. Er drückte eine Reihe von Schaltern, und über uns sprangen riesige Deckenleuchten an.

Meine Vorstellung erwies sich als ziemlich korrekt. Wir befanden uns in einer großen Halle mit zwei Bussen, einem schwarzen Mercedes und einem beigen Buick. Jacks bleiches und wutverzerrtes Gesicht tauchte vor meinem inneren Auge auf: Das war der Wagen, der uns verfolgt hatte. Cam nahm einen Schlüssel aus einem Kasten an der Wand und schloss den Mercedes auf.

»Komm«, rief er mir über die Schulter zu und glitt hinters Lenkrad.

Als ich mich in den weichen Ledersitz sinken ließ, war mir klar, dass ich mich nun endgültig in einem anderen Universum befand. »Ich dachte, nur die Silberkugel kann die Tore passieren.«

»Stimmt auch. Wir nehmen einen anderen Weg.«

Röhrend sprang der Wagen an, und mit glühenden Scheinwerfern, die den Asphalt unter uns beleuchteten, durchfuhren wir einen dunklen Tunnel. Dann ging es steil bergauf bis zu einem

Stahlzaun, hinter dem man das trübe, gelbe Licht der Sonne ausmachen konnte. Cam beugte sich vor und drückte auf eine Art Gegensprechanlage. Eine Stimme erscholl: »Wer ist da?«

»Hier ist Cam Sanders, Pete. Ich bin im Auftrag von Mr Judan unterwegs, habe noch Dancia Lewis bei mir. Sie hilft uns bei einem offiziellen Ermittlungsverfahren.«

Die Stimme ertönte wieder, diesmal klang sie beinahe entschuldigend. »Tut mir leid, Cam. Du weißt doch, was heute Morgen geschehen ist. Absolute Ausgangssperre. Niemand darf das Gelände verlassen. Nicht einmal du.«

»Dafür haben wir jetzt echt keine Zeit. Bitte ruf Mr Judan an«, kläffte Cam.

Ungeduldig trommelte Cam mit den Fingern auf dem Lenkrad herum, während wir warteten. Ich erinnerte mich daran, dass Jack gesagt hatte, die Tore seien dafür gedacht, uns einzusperren.

Alles, was Jack über die Night Academy gesagt hatte, stimmte. Nur wusste Jack nicht, dass alles dem Guten diente. Dass sie die Menschen nur beschützen wollten.

Krächzend kam die Stimme aus dem Lautsprecher: »Er hat es abgesegnet. Seid da draußen vorsichtig.«

Das dicke Stahltor öffnete sich, und Cam drückte so heftig aufs Gas, dass mein Pferdeschwanz gegen die Kopfstütze gepresst wurde. Über eine mir unbekannte Schotterstraße fuhren wir unweit des Schulparkplatzes auf den Highway 78. Durch die hohen Büsche rechts und links war die Straße vom Highway kaum einsehbar.

Während wir durch die Stadt brausten, machte ich mir schreckliche Sorgen um Jack und die Wächter, Cam sah indessen finster entschlossen drein. Von Zeit zu Zeit warf ich ihm aus dem Augenwinkel einen Blick zu, und trotz der Umstände gab es mir jedes Mal einen Freudenstoß. Denn nichts ist so sexy wie ein Typ im schwarzen Benz!

Schließlich fuhren wir in die Auffahrt eines alten Bungalows nicht weit von meinem Haus. Cam stieß die Haustür auf, die nicht einmal verschlossen war. Wer immer hier wohnte, war entweder bettelarm oder ihn kümmerte nichts. Wahrscheinlich beides. Das Haus war zugemüllt mit leeren Bierflaschen, Pizzakartons und Bergen von Post und Papier. In der Spüle und auf der Ablage stapelte sich schmutziges Geschirr, über dem dreckigen Tisch schwirrten Fliegen.

»Hier ist es«, sagte Cam. »Sieh dich um und sag Bescheid, wenn dir was auffällt.«

Vorsichtig schlängelte ich mich an dem Müll vorbei zu den beiden hinteren Zimmern. Eines sah ziemlich ordentlich aus, auf der Kommode lag ein Stapel Zeitungen. Jacks Zimmer. Zögernd und auf Zehenspitzen betrat ich es, ich fühlte mich scheußlich. Was tat ich hier nur? War ich auch eine Wächterin geworden? War es richtig, Jack auszuspionieren? Dann führte ich mir vor Augen, dass es ja zu seinem eigenen Besten war. Wir mussten ihn und die gestohlenen Bücher finden, bevor er oder Mr Judan etwas Drastisches taten.

Behutsam öffnete ich eine Kommodenschublade und fand darin Kleidung und Bücher, nichts Besonderes. Neben dem Spiegel fiel mir ein Foto auf, das halb unter einem Zeitungsstapel steckte. Ich schob den Stapel beiseite und zog das Foto hervor.

Darauf war ich, den Blick vom Betrachter weg gerichtet. Ich trug meine alte Baseballkappe und mein übliches Sommeroutfit: Shorts und T-Shirt.

»Ach du Scheiße«, flüsterte ich.

Cam sah, was ich in den Händen hielt und seufzte. »Kurz vor Schulbeginn hat er angefangen, dir zu folgen. Deshalb habe ich dich ja auch vor ihm gewarnt. Mir war die ganze Zeit nicht wohl dabei, ihn auf die Academy zu holen, aber Mr Judan war nicht davon abzubringen. Ich glaube, insgeheim hat er gehofft, Jack auszubilden zu können.«

Meine Finger krampften sich um das Bild. Er musste mir nach dem Vorfall mit dem Sonnenbrillentyp gefolgt sein, nachdem er meine Kräfte wahrgenommen hatte. Das Foto warf nur noch mehr Fragen auf. Was genau bedeutete ich Jack? Ich wusste, dass er verletzt war, als ich ihn nach dem Kuss weggestoßen hatte. Aber wie sehr verletzt?

Hatte er die Bücher womöglich meinetwegen gestohlen?

Und auf einmal wusste ich, wo Jack war. Er war nicht hierher, in sein schreckliches Haus gekommen.

Er war losgegangen, um mich zu suchen.

Ich hielt das Foto so fest in der Hand, dass es in der Mitte knickte. Ich ließ es fallen und rieb nervös die Hände aneinander.

Widerstrebend wandte ich mich Cam zu. »Ich glaube, ich weiß, wo er ist.«

29

Wir fuhren direkt zu mir nach Hause. Keine Ahnung, warum die Leute von der Night Academy nicht bei mir nachgesehen hatten, aber ich war mir sicher, dass Jack sich bei mir versteckte. Sobald wir hielten, sprang ich aus dem Wagen und rannte zum Haus. Vielleicht hoffte ich im Stillen, kurz einen Moment mit Jack allein zu haben, bevor wir ihn stellten.

Er saß mit Oma am Tisch und trank Limonade aus einem Glas. Er schien nicht im Mindesten überrascht, als ich mit Cam durch die Tür stürmte.

»Du liebe Güte, was hast du es eilig, Danny!«, schimpfte Oma. Sie richtete sich in ihrem Stuhl auf, als sie Cam hinter mir sah. »Oh, haben sie euch heute alle früher aus der Schule gelassen? Wen hast du denn noch dabei?«

Selbst in Eile nickte Cam noch höflich. »Ich bin Cameron, ich werbe Schüler an. Im Sommer war ich mit Mr Judan bei Ihnen.«

Oma warf mir einen raschen Blick zu. »Oh, Cameron, aber ja! Wie schön, dich wiederzusehen.« Sie schob ihren Stuhl zurück. »Kann ich dir was bringen? Limonade oder Saft?«

Cam schenkte ihr ein Lächeln zum Dahinschmelzen. »Nein, danke«, sagte er. »Aber vielen Dank für das Angebot.«

»Oma, wir müssen mit Jack allein reden.« Ich sah mich um, aber leider gab es hier drinnen nicht viele Möglichkeiten. »Wenn es dir nichts ausmacht, gehen wir raus.«

Besorgt legte sie die Stirn in Falten. »Alles in Ordnung?«

»Klar«, warf Jack ein. Er lümmelte im Stuhl herum, als würde ihn das alles nichts angehen. »Wahrscheinlich haben die bloß ein paar Fragen an mich.«

Verdammt noch mal, Jack!, hätte ich am liebsten gebrüllt. *Nimm das endlich mal ernst!* Er sah mich nicht an, strich mit dem Finger am Glas entlang. Unter seiner Berührung sammelte sich das Wasser und rann am Rand hinunter.

»Ich bin da, wenn ihr meine Hilfe braucht«, sagte Oma.

Cam hatte mir erklärt, dass es zu ihrem eigenen Besten sei, wenn ich ihr nichts vom eigentlichen Auftrag der Night Academy erzählte, denn dieses Wissen könnte ihr gefährlich werden. Es schnürte mir die Kehle zu bei dem Gedanken, Oma könnte meinetwegen in Gefahr geraten. Irgendwie fiel es mir dadurch leichter, auf Jack sauer zu sein. Schließlich hatte er keine Oma, um die er sich sorgen musste. Jack musste sich nur um sich selbst sorgen.

»Machen wir, Oma.« Ich zog Jack förmlich aus dem Sitz und schob beide Jungen zur Hintertür hinaus. Von hinten wirkte Jack viel schmaler als Cam. Sie waren so unterschiedlich: Cams breite Schultern strotzten nur so vor geballter Energie, wohingegen Jacks schmächtiger Körper betont lässig wirkte. Im Garten versuchte ich, nicht auf die Dosen rund um den Baumstumpf zu achten.

»Worum geht's?«, fragte Jack. Er versenkte die Hände tief in den Taschen und lehnte sich an die Hauswand. »Planen wir die Schulparty? Soll ich beim Dekorieren mitmachen?«

»Wo sind die Bücher, Landry?«, wollte Cam wissen.

»Mensch, Cameron«, sagte Jack leichthin. »Was regst du dich denn so auf? Und was für Bücher?«

»Die Bücher«, versetzte Cam. »Du weißt ganz genau, wovon ich spreche.«

»Keinen blassen Schimmer, wovon du redest.«

Ich funkelte ihn an. »Das ist kein Spaß, Jack. Sag uns, wo die Bücher sind, ansonsten bekommst du Riesenärger.«

Jack sah mich mit gespieltem Entsetzen an. »Ärger? Ich? Na, das wäre ja mal was ganz Neues. Außerdem habe ich die Bücher nicht mehr. Und seit wann heißt es ›uns‹? Bist du dem Night-Academy-Clan heimlich hinter meinem Rücken beigetreten? Oder sollte ich sagen, während ich diese Mistkerle immer wieder im Kreis herumgeführt und Stunden darauf verwendet habe, falsche Fährten zu legen, damit ich ein paar Minuten mit deiner Oma allein verbringen kann?«

»Bitte, Jack«, sagte ich beschwörend. »Uns bleibt keine Zeit mehr. Bitte, sag uns die Wahrheit. Straf sie Lügen, noch kannst du sie umstimmen. Kannst ihnen zeigen, wer du wirklich bist.«

Er schüttelte sich das Haar aus der Stirn und lachte. Der kalte, harte Klang seines Lachens trieb mir Schauder über den Rücken. »Die haben sich ihre Meinung über mich gebildet, als ich vier war, genau wie der Rest von Danville. Außerdem ist es mir eh egal, weil ich nicht bleibe. Ich bin fertig mit der Night Academy, Danny. Ich bin nur gekommen, um mich von deiner Oma zu verabschieden und mit dir zu reden.«

»Du wirst nirgendwohin gehen«, sagte Cam. »Noch in diesem Moment kommen Wächter aus dem ganzen Land nach Danville. Vielleicht hast du sie für den Moment getäuscht, aber sie kommen wieder. Du kannst genauso gut gleich aufgeben.«

Innerlich zog sich alles in mir zusammen. Cams Worte klangen so grausam. Unsicher warf ich einen Blick zur Auffahrt, fragte mich, wann sie hier wohl auftauchen würden.

»Ich habe mich mein ganzes Leben versteckt«, sagte Jack spöttisch. »Deine Wächter sind nicht so gut, wie du denkst.« Er wandte sich mir zu, und hinter all der Arroganz konnte ich die Angst in seinen Augen sehen, und mir war zum Heulen. »Ich wollte dir die Möglichkeit geben, mitzukommen. Wir wären ein gutes Team. Ich dachte, wenn du erst einmal die Wahrheit über ihn und all die anderen da oben auf dieser so genannten Schule erfährst, dann wird dir das auch klar.«

»Ich kann nicht mit dir gehen, Jack«, sagte ich. »Das weißt du doch.«

»Warum nicht? Wegen deiner Oma? Wir bleiben mit ihr in Verbindung, schicken ihr Briefe. Die kommt schon zurecht.« In seine Stimme mischte sich Dringlichkeit. »Du kannst dir doch von denen nicht dein Leben vorschreiben lassen. Die lassen dich doch nie aus den Augen, auf Schritt und Tritt wirst du überwacht.«

»Unsere eigenen Leute überwachen wir nicht«, unterbrach Cam ihn.

»Natürlich nicht«, sagte Jack. »Und das sollen wir auch noch glauben, nachdem ihr bislang so ehrlich zu uns wart!«

»Glaub doch, was du willst«, sagte Cam. »Dancia will ihre Kräfte für das Gute einsetzen. Sie will nicht so werden wie du.«

»Ah, dann will sie also werden wie du?«, fauchte Jack, und Leben kam in seinen geschmeidigen Körper. Ehe ich michs versah, hatte Jack Cam einen Fausthieb verpasst. Darauf war Cam nicht vorbereitet, und sein Kopf flog zurück, als Jacks Faust auf sein Kinn traf. Er taumelte ein paar Schritte rückwärts.

»Das solltest du lieber lassen«, brüllte Cam warnend. »Ich kann das alles für dich noch viel schlimmer machen.«

Eine unsichtbare Kraft schleuderte Cams Kopf hin und her. Blut trat in seine Mundwinkel, er ächzte.

»Hör auf, Jack!«, brüllte ich. Meine Stimme schien über den ganzen Hof zu schallen. Gleich würde Omas Kopf am Küchenfenster erscheinen, doch nichts dergleichen geschah, und dieses eine Mal war ich froh, dass sie so schlecht hörte.

Ich versuchte mich zwischen Jack und Cam zu zwängen, doch eine Wand aus Luft hinderte mich daran. Als Jack die Wand gegen mich eingesetzt hatte, war sie kaum sichtbar gewesen, nur an den Rändern hatte sich das Licht kräuselnd gebrochen. Diese Wand hingegen war gelblich und schwang wie ein Vorhang, als Cam einen Schlag in Jacks Gesicht landete.

»Ich lasse mich von euch nicht verfolgen, kapier das endlich!« Das Weiße in Jacks Augen glühte förmlich, und er sah aus wie der Mann im Krankenhaus.

Panisch sah ich mich im Garten um, aber ich konnte nichts entdecken, womit ich mich in den Kampf hätte einmischen können. Jack setzte seine Kräfte gegen Cam ein, dem nichts anderes übrig blieb, als mit roher Gewalt zurückzuschlagen. Trotz allem waren ihm ein paar Schläge geglückt, Jacks Nase blutete bereits.

»Du bist ein Kind, Jack«, höhnte Cam. »Merkst du das nicht?

Du hast weder Erfahrung noch Training, deine Kräfte wirklich zu nutzen. In ein paar Minuten geht dir die Puste aus, und dann gibt es nur noch dich und mich.« Cam landete einen heftigen Hieb, und Jack stolperte zurück. Seine Augenlider flatterten, und die Wand begann sich aufzulösen.

Jack blieb stehen, schwankte leicht, schüttelte den Kopf und starrte Cam wutentbrannt an. Die Wand verschwand. »Na schön. Du willst einen fairen Kampf?«

Er trat einen Schritt auf Cam zu und boxte ihm so heftig in den Bauch, dass er nach Luft schnappte. Doch Cam konterte mit einem Kinnhaken, der Jack einen Meter rückwärts beförderte.

Mein Verstand ließ mich mal wieder im Stich. Mir war klar, dass ich helfen musste, aber wie? Ich spürte meine Kräfte, die Energie kribbelte nur so in mir, leider wusste ich nicht, wie ich sie einsetzen sollte. Verzweifelt sah ich mich um. Nur die Dosen lagen noch von letzter Woche herum, also ließ ich sie auf die Jungs zuschlittern. Die beiden mussten schnell sein, um nicht eine der Dosen an die Knöchel zu bekommen oder zu stolpern. Dadurch unterbrachen sie ihren Versuch, einander umzubringen zumindest so lange, dass ich brüllen konnte: »Hör auf damit, Jack! Wenn du die Bücher nicht hast, dann kann dir auch nichts passieren.«

Beide erstarrten, als hätten sie mich längst vergessen.

Jack keuchte und sah mich mit schmerzerfüllten Augen an. »Du verstehst es einfach nicht. Die Bücher sind doch nur eine Ausrede. Das haben die doch schon seit Jahren geplant.«

Cam schüttelte den Kopf und wischte sich Blut vom Mund. »Du hattest deine Chance auf der Night Academy. Aber du hast es vermasselt.«

»Cam, darf ich mal kurz mit Jack allein reden?«, fragte ich.

»Worüber?«, fragte er misstrauisch.

»Ich will einfach nur kurz mit ihm reden. Bitte!«

Cam starrte mich zweifelnd an. »Aber nur eine Minute.«

Jack ergriff meine Hand und zog mich beiseite. »Komm mit mir, Danny«, flehte er so leise, dass Cam ihn nicht hören konnte. »Ich sag dir, was ich gelesen habe. Viel war es nicht, aber es hat gereicht. Wir sind mächtig genug, um auf uns selbst aufzupassen.«

Sein Schuldeingeständnis versetzte mir einen Stich. »Jack, was hast du dir nur dabei gedacht? Wusstest du denn nicht, dass sie dich jagen würden?«

»Ich konnte es nicht ertragen, dass sie dich mit ihren Lügen füttern. Du solltest die Wahrheit erfahren.«

»Oh, Jack.« Mein Kinn zitterte. Ich berührte ihn am Arm. »Ich kenne die Wahrheit. Du hast recht und auch wieder nicht recht. Bitte lass dich unterrichten, lass sie dich ausbilden. Die wollen Menschen helfen. Nur darum geht es.«

»Das nennst du helfen?« Er deutete auf Cam und erhob die Stimme. »Wo waren denn die Wächter, als mein Vater meine Mutter verprügelt hat? Wenn alle sich so große Sorgen um mich gemacht haben, warum hat mir denn niemand früher geholfen?«

Ich hielt inne und sah zu Cam.

Er nahm eine abwehrende Haltung ein. »Wächter können sich nicht so einfach einmischen. Ansonsten würde alle Welt von uns erfahren, und das geht nicht. Unsere Arbeit beruht auf Geheimhaltung.«

Mir gefiel seine Antwort nicht sonderlich, aber im Moment musste sie reichen.

Jack presste die Lippen aufeinander. Er schaute zwischen mir und Cam hin und her. »Es geht nur um ihn, oder? Du glaubst, Prinz Charming kommt auf seinem weißen Pferd und reitet mit dir davon. So läuft das aber nicht.« Er stieß meine Hand weg. »Er ist kein Stück besser als ich.«

»Das weiß ich doch.« Ich wusste auch, dass Jack unter all seiner Wut Gefühle für mich hatte, starke Gefühle, die ich nicht erwiderte, jedenfalls nicht so, wie er es sich wünschte – oder brauchte.

»Ich muss auf der Night Academy bleiben, Jack«, sagte ich. »Ich muss herausfinden, was meine Kräfte bewirken können. Und das will ich nicht herausfinden, indem ich versehentlich jemanden verletze. Wir können Unglaubliches vollbringen, Jack. Willst du nicht mehr darüber lernen?«

»Wir können voneinander lernen«, sagte er verzweifelt.

»Nein, ich will nicht davonlaufen. Verstehst du das denn nicht? Endlich kann ich zu mir stehen. Muss mich nicht mehr verstecken. Mein ganzes Leben habe ich mich selbst bekämpft, und ich habe es satt.« Ich sprach von Herzen. »Ich will meine Gabe für Menschen einsetzen, die meine Hilfe brauchen, und ich fürchte mich nicht vor der Verantwortung. Das hast du mich gelehrt, Jack. Jahrelang habe ich mir eingeredet, keine Kontrolle über meine Kräfte zu haben, bloß weil ich nicht zu meinen Entscheidungen stehen wollte. Du hast mir die Wahrheit gezeigt.« Ich nahm wieder seine Hand und hielt sie in meiner. »Du hast ein gutes Herz, Jack. Ganz gleich, was andere sagen, ich weiß es.«

Jack wandte sich zum Haus, sein Unterkiefer zitterte. »Ich halte es nicht aus, überwacht zu werden«, sagte er verzweifelt. »Das verstehst du doch, oder?«

Ich schloss die Augen und atmete tief durch. Ich verstand ihn.

Dann drehte ich mich zu Cam. »Können wir ihn nicht laufen lassen? Er sagt, er hat die Bücher nicht.«

Cam sah mich groß an. »Ihn laufen lassen? Bist du wahnsinnig? Ich weiß genau, dass er die Bücher genommen hat. Ich habe seine Gegenwart in der Bibliothek gespürt!«

»Jack ist kein schlechter Mensch«, sagte ich flehentlich und vermied dabei das eigentliche Thema. »Er hat ein gutes Herz, das weiß ich. Du darfst ihn nicht zurück in die Night Academy bringen. Wer weiß, was sie dort mit ihm anstellen!«

»Sie behalten ihn im Auge«, sagte Cam und verschränkte die Arme. »Die foltern ihn ja nicht oder so.«

»Glaubst du das wirklich?«, fragte ich leise.

Er wich meinem Blick aus, und damit hatte ich meine Antwort.

»Cam, ich weiß, was sie dir über Jack erzählt haben, aber spürst du denn nicht das Gute in ihm? Du hast ihn angeworben. Du weißt selbst, dass er nicht so übel ist, wie sie ihn darstellen.«

Damit ging ich ein Risiko ein, denn Cam konnte auch genau das Gegenteil fühlen. Er öffnete den Mund, um etwas zu sagen, schloss ihn gleich darauf aber wieder. Cam rang mit sich.

Dann geschah auf einmal etwas sehr Unerwartetes: Die Spannung wich aus Cams Schultern, und er ließ sie hängen, als wäre er zu einer Entscheidung gelangt, die er nicht hatte treffen wollen.

Jack sah von mir zu Cam, versuchte die Situation einzuschätzen.

»Bitte, Cam«, sagte ich. »Für mich.«

»Er ist gefährlich«, sagte Cam, doch seine Stimme klang nun weit weniger überzeugt als zuvor. »Wie kannst du so jemanden laufen lassen?«

»Was sie mit ihm vorhaben, ist nicht richtig«, sagte ich. »Jack ist ein Mensch! Nur haben sie ihn all die Jahre nie so behandelt, und jetzt wird es noch schlimmer werden. Das weißt du ganz genau.«

Cam antwortete nicht.

In diesem Moment hörten wir das Motorengeräusch eines sich nähernden Wagens. Jack erstarrte, und Cam entfuhr ein Seufzer. »Da sind sie. Habe mir schon gedacht, dass es nicht lange dauern kann.«

Ich rannte zum Zaun und sah hinüber. Ein Wagen kam auf unser Haus zugerast, noch war er ein paar Querstraßen entfernt.

»Ich muss etwas tun«, sagte ich und sandte Cam einen bittenden Blick, er möge verstehen.

Cam zögerte. Der Wagen kam näher, und als eines der Fenster heruntergelassen wurde, kam etwas zum Vorschein. Etwas, in dem sich die Sonnenstrahlen spiegelten. Etwas Metallenes.

»Oh Gott, die haben eine Knarre«, keuchte ich.

Cam und Jack kamen zu mir gelaufen. Zu dritt lehnten wir überm Zaun und hielten nach dem Wagen Ausschau.

Ich stieß Cam in die Seite. Heftig.

»Cam, das ist eine Knarre. Du hast gesagt, sie würden ihn nur unter Beobachtung stellen«, flüsterte ich eindringlich. Zu glauben, dass die Wächter imstande wären, Jack zu töten, war eine Sache, den Beweis direkt auf sich zukommen zu sehen, eine andere.

Cam blieb reglos, den Blick auf den Wagen geheftet.

Jack stand ebenfalls stocksteif da, panisch huschten seine Augen von mir zum Auto. Ihm blieb der Mund offen stehen, und sein pfeifender Atem – schnell wie der eines gehetzten Tiers – war schwach zu vernehmen.

Wir waren alle vor Schreck wie gelähmt. Als der Wagen die letzte Querstraße passierte, wurde mir klar, dass ich diejenige sein würde, die Jack retten musste.

Ich holte tief Luft und konzentrierte mich auf die Energie, die noch immer in mir pulsierte. Dann fixierte ich den Wagen. Sobald ich die Kräfte ein wenig anstieß, fiel dem Wächter die Waffe aus der Hand und schlitterte über die Straße.

Die Hand verschwand, nur um Sekunden später mit einer neuen Pistole wieder aufzutauchen. Hinter dem Fenster wurde ein Kopf sichtbar, halb verdeckt von einer Sonnenbrille. Mir wurde ganz anders. Es kam mir vor, als wäre eine halbe Ewigkeit vergangen, seit der Typ Jack gefolgt war.

Nun wusste ich, dass ich zu drastischeren Maßnahmen greifen musste. Also drückte ich einen Finger in Richtung Windschutzscheibe, als würde ich den Himmel darauf abladen. Die Scheibe zersplitterte in tausend Teile. Der Wagen geriet ins Schlingern, fuhr aber unbeirrt weiter.

Uns trennten nur noch zwei Häuser. Schweiß trat mir auf die Stirn. Mein Blick fiel auf einen Telefonmast, und ich riss ihn zu Boden. Dabei stoben Funken aus der Oberleitung. Das Auto, der altbekannte beige Buick, scherte abwechselnd nach rechts und nach links aus, um dem Mast auszuweichen, hielt aber nicht an.

Ich war eine Sekunde zu langsam gewesen. Je näher sie kamen, desto deutlicher konnte ich die Waffe sehen. Da ging unsere Haustür plötzlich auf.

»Gütiger Gott, was geht denn hier vor sich?« Omas Stimme ging beinahe unter in dem Röhren des Automotors und dem zischenden Funkenregen der Leitung.

Oma. Mir blieb fast das Herz stehen. Wenn Oma nun was geschah!

Ich kniff die Augen zusammen. Bislang hatte ich meine Kräfte noch nie über einen längeren Zeitraum eingesetzt. Mein Körper fühlte sich auf einmal schwer an, mein Kopf war eine kaum zu kontrollierende Last auf meinen Schultern. Doch jetzt ging es um meine Oma, und die war mir heilig. Und ich würde alles tun, um sie zu beschützen.

Vor ein paar Tagen hatte ich mir geschworen, nichts auszulösen, was womöglich ein zweites Hiroshima heraufbeschwören könnte, deshalb war ich unschlüssig, wie ich den nahenden Wagen und seine tödliche Fracht aufhalten sollte. Ich schaute auf, als suchte ich himmlischen Beistand, und da fiel mein Blick auf Mount Rainier, halb verborgen hinter einer dichten Wolkenschicht.

Genau, wonach ich suchte. Diesmal brauchte ich Hilfe von einer größeren Macht. Ich konzentrierte mich auf die Straße, auf die unterirdischen Kräfte, den Hexenkessel unter dem Straßenpflaster. Bisher war ich nie darauf gekommen, dort zu suchen, und ich erschrak vor den Kräften, die dort schwelten und wallten wie heiße Lavaströme. Obwohl mir bewusst war, dass ich etwas furchtbar Gefährliches anrichten konnte, streckte ich die Hand aus und ballte sie zur Faust, als könnte ich etwas aus der Tiefe nach oben befördern.

Ein Grollen ertönte, der Boden erbebte unter meinen Füßen, und die Erde tat sich auf. Ein Krater öffnete sich direkt vor unserem Haus. Bremsen quietschten, doch es war zu spät für den Buick. Er stürzte ins Loch, das Wagenvorderteil samt Insassen wurde von der Straße verschluckt.

Einen Moment lang herrschte absolute Stille. Weiße Rauchschwaden stiegen vom hinteren Teil des Wagens auf, der jetzt im Sechzig-Grad-Winkel in die Luft ragte. Dann ging irgendwo in der Nähe eine Autoalarmanlage los, und das Leben nahm wieder seinen Lauf. Wütende Stimmen ertönten aus dem Loch, verfluchten den Wagen und wollten wissen, was geschehen war.

Im Haus gegenüber wurde eine Tür geöffnet. Mr James, ein alter Mann, den man nur im Bademantel antraf, erschien. Kurz darauf kam eine Frau aus dem Nachbarhaus. Als sie den Wagen sahen, schnappten sie nach Luft und rannten wieder in ihre Häuser, wahrscheinlich zum Telefon.

Cam blickte mich ungläubig an, er war käseweiß. »Dafür bekommen wir einen Riesenärger«, flüsterte er.

»Ich konnte doch nicht zulassen, dass sie Jack töten«, sagte ich trotzig. »Und Oma durften sie auch nichts tun.«

Cam wirbelte zu Jack herum. »Wenn sie dich angreifen, konzentrier dich auf deinen Schild«, sagte er schnell. »Lass dich nicht ablenken. Gegen deine Kräfte können sie nichts ausrichten, aber sobald du nachlässt, hast du verloren.«

»Hast du ein Auto?«, fragte ich Jack, dabei flog mein Blick zwischen ihm und dem riesigen Loch in der Straße hin und her. Ich stellte mir vor, wie der Fahrer mit gezückter Pistole herausgeklettert kam, und musste mich zusammenreißen, ruhig zu bleiben.

Jack nickte, die Angst in seinen Augen war einer traurig entschlossenen Härte gewichen. »Hinterm Haus um die Ecke. Ich wollte nicht, dass es jeder gleich sieht.«

Er wusste, was er tat, schließlich lebte er schon lange auf der Flucht. »Geh jetzt lieber. Sie können jeden Moment kommen.«

Jack wischte sich das Blut von der Nase und drehte der Straße demonstrativ den Rücken zu. »Sicher, dass du nicht mitkommen willst?«

»Ganz sicher.« Ohne ein weiteres Wort lief er davon und sprang über den Gartenzaun.

Ob ich ihn wohl je wiedersehen würde?

Als Cam und ich endlich auf die Straße traten, waren von Weitem schon die Sirenen zu hören.

Oma stand vorm Haus und sah sich besorgt um. Ich lief auf sie zu und umarmte sie.

»Gott sei Dank bist du unverletzt«, rief sie und tätschelte mir den Rücken. Abermals blickte sie sich ängstlich suchend um. »Wo ist Jack?«

Ich hatte einen Kloß im Hals. »Er musste weg.«

Oma musterte erst mich und dann Cam, bevor sie ernst nickte, als würde sie alles verstehen.

»Ich muss zurück zur Schule«, sagte Cam, seine Augen huschten über die Straße, die Sirenen kamen näher. Er beugte sich zu mir und drückte mir einen Kuss auf die Wange, dann sprang er in den Mercedes und brauste davon.

Falls Oma es komisch fand, dass er sich so plötzlich verabschiedete, dann behielt sie es für sich, obgleich sie eine Augenbraue hob, als er mich küsste. Ich muss rot angelaufen sein, denn sie kicherte und sagte: »Das wurde auch mal Zeit.«

»Wir sind bloß Freunde«, brachte ich stotternd hervor. Der Kuss hatte mich atemlos gemacht, noch immer spürte ich seine Lippen auf meiner Haut.

»Natürlich«, entgegnete sie. »Denkst du, ich habe was anderes gemeint?«

Die Männer von den Elektrizitätswerken trafen kurz nach der Feuerwehr, der Polizei und dem Krankenwagen ein. Der Buick wurde mit einem Kran aus dem sechs Meter tiefen Loch geborgen. Ein Geologe kam zu dem Schluss, dass ein unterirdischer See für den Krater und auch für die umgestürzten Leitungsmasten verantwortlich sein musste.

Ich stand noch lange auf der Straße und starrte verwundert auf das Loch. Freitag war Omas Bingoabend, also verbrachte ich den restlichen Abend allein, ging in Gedanken noch mal alles durch und fragte mich, was Cam letztendlich bewogen hatte, Jack laufen zu lassen. Hatte er es mir zuliebe getan, oder hatte ihn die Waffe umgestimmt? Wieder und wieder spielte ich die Szene mit dem Kuss durch, dabei fiel mir wieder ein, wie Trevor gesagt hatte: *Ich weiß ja, dass du auf sie stehst …*

Er musste mich wirklich gern haben. Anders konnte es nicht sein.

Als ich mich dann später ins Bett legte, stach mir etwas Hartes in den Kopf. Ich griff unters Kopfkissen und fand zwei Bücher. Sofort wurde mir klar, warum Jack zu mir nach Hause gekommen war. Er hatte nie damit gerechnet, dass ich ihn begleiten würde. Vielleicht hatte er es gehofft, aber Jack hatte schon zu viel erlebt, um darauf zu bauen.

Bevor er ging, sollte ich noch die Wahrheit über die Night Academy erfahren.

Ich machte das Licht an und bestaunte ehrfurchtsvoll die Bücher, die so viel Schaden angerichtet hatten. Es waren schlanke, in

Leder gebundene Ausgaben, teilweise war das Leder schon so abgerieben, dass es gelblich glänzte. Eines trug den Titel *Einführung in die Erdkräfte*, das andere hieß *Die Geschichte des Hohen Rats*.

Ich wollte sie nicht einmal berühren, geschweige denn lesen, was zwischen den Deckeln stand, deshalb wickelte ich sie in einen Kopfkissenbezug und verstaute sie in meinem Rucksack. Jack hatte nicht gelogen. Er hatte die Bücher nicht mehr. Er hatte sie mir gegeben.

30

Am Montag setzte mich Oma auf dem Schulparkplatz ab. Bis Thanksgiving war es nur noch eine Woche, und als ich aus dem Wagen stieg, hatten sich die kalten Regentropfen in weiche weiße Etwasse verwandelt. Ich winkte Oma zum Abschied zu, dann sah ich hinauf in den Himmel. Im Licht der Straßenlaterne trieben weiße Flocken auf mich zu. Einen Augenblick lang überwog die kindliche Freude über den Schnee, dann kehrten die Sorgen und Ängste, die mich das ganze Wochenende geplagt hatten, zurück.

Eine Zeitlang schneeregnete es, bis Eisregen daraus wurde. Hoffentlich schaffte es Oma nach Hause, ohne jemandem hinten drauf zu fahren. Ausgerechnet in diesem Moment fuhr ein grauer Sedan auf den Parkplatz und schlitterte ein paar Meter über den rutschigen Boden. Ein Chauffeur sprang heraus und öffnete die hintere Wagentür. Heraus trat Catherine in einem in der Taille eng geschnürten dunkelblauen Dufflecoat.

Zum ersten Mal empfand ich mehr Mitleid für sie als Abscheu. Auf ihre Art war Catherine genauso eine Außenseiterin wie ich, auch sie hatte keine Eltern, die ihr beistanden. Seit Schulbeginn hatten ihre Eltern sie kein einziges Mal besucht; sie waren meist in Washington D.C. und ließen Catherine von einem Chauffeur jedes Wochenende nach Hause kutschieren, wo sie ihre Zeit dann in einem leeren Haus mit einem Kindermädchen verbringen durfte. Ich hatte wenigstens Oma.

Während sich der Parkplatz allmählich füllte, ertappte ich mich dabei, wie ich nach Jack Ausschau hielt. Er war fort. Und beinahe schien es mir, als hätte es ihn nie gegeben.

Der Rucksack fühlte sich schwer an, das Gewicht erinnerte mich schmerzlich an die Last, die ich zu tragen hatte. Die Schule sah noch genauso aus wie letzte Woche, aber für mich hatte alles eine neue Bedeutung bekommen. Die schmiedeeisernen Tore ragten bedrohlich vor dem schlammig braunen Rasen auf, beinahe als führten sie ein Eigenleben. Zwei riesige Arme, die die Schule fest umklammert hielten. Ich musste an die geheime Bibliothek und den versteckten Tunnel denken, den ich mit Cam durchfahren hatte. Wie viele Geheimnisse wohl noch in dem unschuldig wirkenden roten Backsteinbau verborgen lagen?

Ich wollte glücklich sein. Hätte glücklich sein sollen, denn schließlich hatte ich erst vor drei Tagen die Wahrheit über meine Begabung erfahren, Menschen gefunden, die mich ausbilden würden. Und der Junge, von dem ich seit über drei Monaten träumte, hatte mir seine Zuneigung gestanden. Doch über allem lag ein großer Schatten: Jack war fort, und mit ihm war auch ein Teil von mir gegangen. Ich konnte mir nicht länger vormachen, dass es für alles eine Patentlösung gab, oder den Kopf in den Sand stecken, in der Hoffnung, die Probleme würden von selbst verschwinden. Zudem war ich überzeugt, dass mein Leben von nun an noch komplizierter werden würde.

Bald schon trafen altbekannte Gesichter ein. Allie kam als Erste, mit wippendem Pferdeschwanz. Hector sprang aus einem Geländewagen, und Marika verabschiedete sich von ihrer Mutter mit einem Kuss.

Wahrscheinlich dachten sie über Lehrer und Hausaufgaben nach und darüber, was sie in ein paar Wochen zur Schulparty anziehen würden. Ich hingegen plagte mich mit dem Gedanken, beim nächsten Spiel mit den Naturkräften womöglich eine nukleare Kettenreaktion auszulösen. Hätte ich vielleicht doch mit Jack fliehen sollen, statt auf die Night Academy zurückzukehren?

Natürlich wollte ich mit Cam zusammen sein, und ebenso wollte ich meine Kräfte für das Gute einsetzen, aber wer garantierte mir, dass das hier auf der Night Academy möglich sein würde? Alle schienen Jack für einen schlechten und gefährlichen Menschen zu halten; so sehr, dass sie sogar bereit waren, ihn umzubringen. Das wollte mir einfach nicht in den Kopf. Man konnte doch nicht einen Menschen töten, weil er vielleicht gefährlich werden könnte, vor allem dann nicht, wenn man sich nicht einmal die Mühe gemacht hatte, diesen Menschen zu verstehen.

Und dann all dieser Ärger, den Cam jetzt meinetwegen am Hals hatte. Er hatte so besorgt ausgesehen, als er am Freitag gefahren war. Ich wusste nicht, was genau er Mr Judan nun gesagt hatte, aber mir wurde schlecht bei dem Gedanken, dass alles meine Schuld war. Eigentlich hätte ich ja erst in einem Jahr in die Geheimnisse der Schule eingeweiht werden sollen, also konnte ich auch mit keinem meiner Klassenkameraden darüber reden. Und Anna konnte mich auch nicht ausstehen, vielleicht mochte sie mich jetzt, wo ich Bescheid wusste, sogar noch weniger. Mir hätte es schon geholfen, wenn ich am Wochenende mit Cam über alles hätte reden können. Doch bestimmt war er viel zu beschäftigt gewesen, meinen Schlamassel zu beseitigen, um vorbeizukommen. Ich wusste nicht einmal, ob er die Schule meinetwegen hätte verlassen dürfen. Aber es wäre schön gewesen, seine Stimme zu hören oder sein Lächeln zu sehen. Zu wissen, dass er mich nach wie vor mochte.

Ich war schon drauf und dran, wieder nach Hause zu rennen und mich unter meiner Decke zu verstecken, da kam Esther. Sobald sie mich erspäht hatte, kam sie kreischend auf mich zugerannt, als hätten wir uns Monate nicht gesehen.

»Ich habe am Wochenende mindestens zehnmal bei dir angerufen, aber nie hat jemand den Hörer abgenommen. Schluss damit!« Stolz hielt sie einen kleinen Karton hoch, auf dem ein Handy abgebildet war. »Jetzt red bloß keinen Stuss von wegen du kannst es nicht annehmen oder so, denn eigentlich dient das Handy eher mir als dir. Und da sind auch nur zweihundert Minuten drauf, aber so vernünftig wie du bist, reicht das bestimmt bis Silvester.«

Ich starrte auf den Karton, und meine Augen wurden feucht. Zwei dicke Tränen kullerten mir die Wangen hinab. »Bei mir in der Straße hat es einen Unfall gegeben«, sagte ich mit zitternder Stimme. »Unsere Leitung war tot.«

Verlegen versuchte ich ihrem Blick auszuweichen, doch Esther drückte mich wild an sich und sah mir direkt ins Gesicht.

»Wir haben uns Sorgen um dich gemacht«, sagte sie. »Du hast die ganze letzte Woche so traurig ausgesehen, und als wir dich am Freitag nach der Schule nicht mehr gesehen haben, da …« Nach einer weiteren dicken Umarmung gab sie mich endlich frei. »Hennie und ich haben beschlossen, dass du unbedingt erreichbar sein musst.«

Hennie kam angerannt, ihr langes Haar fiel ihr in perfekten Wellen über den Rücken. Sie stolperte über ihre Schnürsenkel und hielt sich haltsuchend an meinem Arm fest. »Hast du es ihr schon gegeben?« Wütend funkelte sie Esther an. »Ich wollte doch dabei sein, wenn du es ihr überreichst!«

»Das ist echt total nett!«, sagte ich und sah zwischen den beiden hin und her. »Ich weiß nicht, was ich ohne euch zwei machen würde.«

Hennie drückte mich an sich, zwar nicht so heftig wie Esther, aber nicht minder herzlich. »Irgendwie hatte ich das Gefühl, du wolltest die Schule für immer verlassen. Aber das würdest du doch nicht tun, oder? Nicht ohne uns vorher Bescheid zu sagen?«

Ich schüttelte den Kopf und wischte mir die Tränen weg. »Niemals. Ich würde euch viel zu sehr vermissen, außerdem, wer sollte denn sonst meine Handyrechnung bezahlen?«

Wir lachten und drückten uns, und mir wurde ganz leicht ums Herz. »Also, was ist jetzt mit Yashir? Wolltest du ihn nicht dieses Wochenende anrufen?«, fragte ich Hennie.

»Bestimmt hat sie gekniffen«, sagte Esther.

Hennie streckte ihr die Zunge aus. »Das zeigt mal wieder, wie wenig du weißt.«

»Das glaube ich nicht!«, sagte Esther. »Du hast ihn echt angerufen? Und mit ihm geredet?«

»Was soll man denn sonst am Telefon machen?«, fragte Hennie selbstzufrieden.

»Und …?«, fragte ich.

Sie sah sich um, um sicherzugehen, dass auch niemand mithörte, dann flüsterte sie: »Ich glaube, er mag mich.«

Esther warf die Hände in die Luft. »Ein Wunder ist geschehen! Sie hat es endlich gemerkt!«

»Wir haben bestimmt eine Stunde geredet«, sagte sie träumerisch. »Ohne dich hätte ich es nicht geschafft, Dancia.« Dankbar drückte sie meine Hand.

Ich drückte zurück. »Kein Ding. Heißt das, dass du ab jetzt immer meine Geschichtshausaufgaben machen wirst?«

In der Schule ging ich sofort zu Mr Judan ins Büro und gab ihm die Bücher zurück. Er sah ernst drein, sagte aber nichts. Nickte nur und dankte kurz. Als hätte er von Anfang an gewusst, dass ich die Bücher zurückbringen würde.

Als ich aus dem Büro trat, schoben sich Scharen von Schülern durch den Gang. Trevor kam vorbei und zog fragend die Brauen hoch.

»Ich habe sie zurückgebracht«, sagte ich leise.

Er richtete seinen stählernen Blick kurz auf die Wand von Mr Judans Büro, bevor er sich wieder mir zuwandte. »Daran habe ich keinen Moment gezweifelt. Ich finde nur, dass es nicht richtig war, dich damit zu beauftragen.«

Die Antwort blieb mir im Halse stecken, als hinter ihm eine hochgewachsene Gestalt mit kastanienbraunem Haar auftauchte. Cam sah müde aus, hatte dunkle Ringe unter den Augen, und sein Haar stand hinten wild zu Berge. Er hatte ein blaues Auge, und am Kinn klebte ein Pflaster. Normalerweise war er immer wie aus dem

Ei gepellt, deshalb erstaunte es mich umso mehr, ihn in diesem zerzausten Zustand zu sehen.

»Vor dem Unterricht haben wir noch ein paar Minuten Zeit«, sagte er. »Kann ich kurz mit dir reden?«

Er wirkte so düster und ernst, dass ich auf einmal Angst bekam, wir könnten beide von der Schule geflogen sein und ich müsste jetzt doch auf die Danville High gehen.

Ich nickte und folgte ihm über den Flur zum Krankenzimmer. Die Tür stand einen Spalt offen, und die Krankenschwester war ein paar Zimmer weiter mit einer Lehrerin ins Gespräch vertieft. Als sie uns den Rücken zukehrte, um hinter einem Schüler herzubrüllen, schlüpften Cam und ich schnell ins Krankenzimmer und zogen die Tür hinter uns zu.

Das Zimmer war klein, nur ein Schreibtisch und ein Bett hatten darin Platz. Als die Tür ins Schloss fiel, bekam ich das Gefühl, die Wände würden uns einschließen. Cam und ich waren allein.

»Wie geht es dir?«, fragte er.

Ich bemühte mich, fröhlich zu klingen. »Mir geht es gut. Vor unserem Haus ist ein riesiger Krater in der Straße, und die Telefongesellschaft sagt, es würde ein paar Tage dauern, bis sie den Mast ersetzt haben, aber abgesehen davon war es eher langweilig am Wochenende.«

Er schenkte mir ein Lächeln, und einen Moment lang sah ich den alten Cam in seinen Augen aufblitzen. Doch dann kam wieder der neue, nüchterne Cam zum Vorschein. Er ging vor der Tür auf und ab. »Tut mir leid, dass ich einfach so abgehauen bin. Ich dachte einfach nur, dass ich Mr Judan so schnell wie möglich informieren sollte, was geschehen ist.«

»Was hast du ihm denn erzählt?«

»Ich habe ihm erzählt, dass wir Jack gefunden haben, ich mit ihm gekämpft habe und er entwischt ist«, sagte er. »Wir haben ihn das ganze Wochenende lang gesucht, aber er hat recht behalten. Er weiß sich zu verstecken.«

Irgendwie war ich traurig, dass Cam gezwungen gewesen war zu lügen. Ganz offensichtlich behagte ihm das gar nicht. »Kommst du damit klar?«

»Ich weiß es nicht.« Er sah mich an, in seinen dunklen Augen lag ein gequälter Ausdruck. »Ich frage mich die ganze Zeit … ob wir das Richtige getan haben. Wenn er nun etwas Schreckliches anrichtet, jemandem schadet?«

»Oh, Cam, das weiß ich auch nicht.« Ich suchte nach den richtigen Worten, ihm zu erklären, warum ich fand, dass sich das Risiko mit Jack lohnte. »Ich glaube, ich hatte keine andere Wahl. Jack ist ein Mensch. Er hat mich zum Lachen gebracht. Er hat sich um mich gekümmert. Und er hat ein gutes Herz, das weiß ich. Ich konnte ihn doch nicht so einfach abschreiben.«

Jack war mächtig, selbst mir war das klar. Er könnte gefährlich werden. Und vielleicht steckte in ihm auch ein klein wenig Böses.

Aber traf das nicht auf uns alle zu?

Cam seufzte. »Ich weiß. Wenn ich das nicht glauben würde, hätte ich ihn auch nicht ohne Weiteres gehen lassen. Ich hoffe nur, dass das Gute das Böse in ihm überwiegt.«

Daraufhin schwieg er, und mir kam in den Sinn, was Oma vor längerer Zeit über das mulmige Gefühl gesagt hat, wenn man sich falsch entscheidet. Jack den Wächtern zu überlassen, wäre die falsche Entscheidung gewesen. So wie er mich am Freitag angesehen hatte, als die Wächter immer näher rückten, wusste ich es einfach. Spürte es in meinem Herzen.

Es läutete zur ersten Stunde. Ich rückte meinen Rucksack zurecht. »Ich glaube, wir müssen zum Unterricht.«

Cam nickte und streckte mir seine Hand entgegen. »Dancia?«

Ich schlug die Augen nieder. »Ja?«

Sanft zog er mich zu sich heran. Als wir nur noch wenige Zentimeter voneinander entfernt waren, sah ich zu ihm auf. Unsere Lippen berührten sich fast, und er blickte mich zärtlich an. »Ich bin froh, dass du geblieben bist«, raunte er.

Dann beugte er sich herunter und presste seine Lippen auf meine. Der Kuss begann sanft und leicht wie eine Frühlingsbrise, und ich verlor mich darin. Er zog mich fester an sich. In seinen Armen fühlte ich mich sicher und geborgen. War mein Kuss mit Jack aufwühlend, plötzlich und sogar ein wenig beängstigend gewesen, so war dieser Kuss einfach … himmlisch. Unsere Lippen passten perfekt aufeinander. Ich musste nicht erst überlegen, was ich als Nächstes tun sollte.

Und zum ersten Mal in meinem Leben wusste ich, dass ich genau da war, wo ich hingehörte.

Undeutlich vernahm ich ein Klingeln, und wir ließen voneinander ab. Mit einem schiefen Lächeln sah er mich an.

Ich lächelte zurück. »Und ich erst.«

Lust auf noch mehr Romane
zum Nächtedurchlesen?

Lisa Cach

Wir für alle Zeit

Blättere um für ein romantisches Abenteuer …

Kapitel 1

15. OKTOBER, OREGON

Caitlyns Stift bewegte sich in hastigen, schnellen Strichen über das Papier. Allmählich entstand ein Bild: Flammen, Rauch. Ein Gesicht in Todesqualen. Ein Scheiterhaufen.

Sie atmete stoßweise, während ihr Stift die Szene aus dem unheimlichen Traum der vergangenen Nacht zum Leben erweckte. Sie spürte die Hitze der Flammen auf ihrer eigenen Haut, den Rauch, der sie erstickte, ihre Lungen, die von der brennenden Luft, die sie einatmete, versengt wurden. Panik ergriff sie, als sie versuchte, gegen die Stricke zu kämpfen, mit denen sie an dem Brandpfahl gebunden war. Verzweifelt versuchte sie, sich zu befreien, verzweifelt spähte sie in der johlenden Menge jenseits der Flammen nach jemandem, der gegen das Unrecht, das ihr angetan wurde, seine Stimme erheben würde.

»Hey«, sagte eine schnaufende männliche Stimme, die Caitlyn am Rande ihres Bewusstseins wahrnahm. Sie beachtete sie nicht und zeichnete weiter.

Caitlyn konnte die Gedanken der Frau, die auf dem Scheiterhaufen verbrannt wurde, wahrnehmen. *Es hatte keinen Sinn. Sie gehörte nicht zu ihnen. Sie war immer eine Außenseiterin gewesen und hatte ihr ganzes Leben lang die Angst und den Hass der anderen gespürt. Und jetzt hatten sie endlich eine Möglichkeit gefunden, sie für immer loszuwerden: »Hexe« nannten sie sie.*

»Was zeichnest ’n da?«, fragte die männliche Stimme.

Dieses eine Wort war der Freibrief für ihre Vernichtung. Eine Hexe darf nicht leben …

»Hallo!« Eine große blasse Hand wedelte zwischen ihrem Gesicht und dem Skizzenbuch herum. »Bist du da?«

Das Geräusch der knisternden Flammen des mittelalterlichen Scheiterhaufens ging über in das Quietschen von Tennisschuhen auf dem Boden der Turnhalle. Genervt blickte Caitlyn Monahan von dem Skizzenbuch auf ihrem Schoß auf und blinzelte ein paar Mal, um in die Realität zurückzukehren. Pete Fipps, dem verschwitzte dunkle Haarsträhnen an den Schläfen klebten, pustete ihr seinen Atem ins Gesicht. Was wollte er nur? Wahrscheinlich sich über sie lustig machen, wie immer.

»Du malst echt gern, hä?«

»Ja.« Caitlyn legte ihr Lesezeichen – eine Tarotkarte, die »Rad des Schicksals« hieß – in das Buch, schloss es und drückte es an ihre Brust. Sie hatte nicht bemerkt, dass die Schul-Basketballmannschaft der Jungs mit dem Training begonnen hatte. Caitlyns Aussichtsplatz auf der Zuschauertribüne am Ende der fünften Bankreihe war kein stiller, privater Ort mehr, an dem sie auf ihre Freundinnen Sarah und Jacqui warten konnte.

»Was hast du da gezeichnet?«

Sie spürte seinen drängenden Blick und fühlte sich irgendwie bedroht, weil er immer näher kam. Sie wünschte, er würde weggehen. »Nichts.«

»Nichts, hä?«

Caitlyn schwieg und starrte wie gebannt auf einen großen Pickel an seinem Hals, der sich leuchtend rot von seiner blassen Haut abhob.

»Du musst doch *irgendwas* gezeichnet haben.«

Caitlyn drückte das Buch noch fester an ihre Brust und zog die Schultern hoch. »Nur … jemanden, den ich letzte Nacht in einem Traum gesehen habe.«

Was gab Pete das Recht, sie zu quälen? Seit vor einem Monat die Schule angefangen hatte, hatte er jedes Mal, wenn sie an ihm vorbeiging, mit seinen Freunden gelacht. Sie war seit Jahren an dumme Bemerkungen gewöhnt und verstand nicht, warum es nun plötzlich noch schlimmer wurde. Erhöhte sich der Idioten-Faktor bei den Leuten automatisch, wenn sie in die zehnte Klasse kamen?

»Hast du einen *Jungen* gezeichnet?«, fragte Pete anzüglich.

»Nein, keinen Jungen!«, sagte sie etwas zu laut. Warum redete er immer noch mit ihr? Ein paar von seinen Freunden hatten aufgehört, sich Bälle zuzuwerfen, und standen grinsend herum, als warteten sie auf die Pointe eines Witzes. »Ich habe eine weise Frau gezeichnet, wenn du es unbedingt wissen willst.«

»Ist das so was wie ein Wise Guy, ein Schlaumeier?« Pete ahmte einen fiesen New-Jersey-Akzent nach. »So wie ich? Wie *ich*?«

Caitlyn verdrehte die Augen. »Weise Frauen waren Heilerinnen oder Hebammen. Aber manche Leute dachten, sie wären Hexen.«

»Sie ham' sie verbrannt?

Einen Moment lang fühlte sich Caitlyn in ihren Traum zurückgeworfen. *Rund um sie herum Dummheit, die das, was sie nicht verstand, vernichtete.* In ihrem Hals spürte sie den sengenden Rauch, der ihr den Atem raubte. »Ja«, hustete sie.

Er schnaubte. »Hätten halt besser über ihre Berufswahl nachdenken sollen. Hexen! Da weiß man doch, dass man im Feuer landet, so oder so.«

Ärger und Abscheu stiegen in ihr auf, in ihrer Seele brannte Hass. Es waren Gesichter wie das von Pete gewesen, die jenseits der Flammen gelacht hatten; stumpfsinnige Gemüter wie seins, die sie vernichtet hatten.

Caitlyn blinzelte und schüttelte ihre Gedanken ab. Wo war *das* gerade hergekommen?

»Fipps!«, rief Doug Hansen vom Spielfeld.

Pete drehte sich gerade rechtzeitig um, um einen Ball zu fangen, der auf seinen Kopf zuflog.

»Lass Moan-n-Groan in Ruhe und beweg deinen Hintern wieder aufs Spielfeld!«, rief Doug, und seine Freunde lachten.

Caitlyn zuckte zusammen, als sie den Spitznamen Moan-n-Groan, Jammerliese, hörte, ein Wortspiel mit ihrem Nachnamen, Monahan. Diese Spöttelei versetzte ihr noch immer einen Stich ins Herz. Das ging nun schon seit der siebten Klasse so, als sie begonnen hatte, schwarze Kleidung im Gothic-Stil zu tragen, und ihr das Elend ins Gesicht geschrieben stand. In den drei Jahren seither hatte sie gelernt, ihre Gefühle besser zu verbergen, und sie trug nun eher bunte Vintage-Klamotten aus dem Secondhandladen – aber der Spitzname war ihr geblieben. Nur dass die Jungs ihn jetzt mit einem anzüglichen Unterton in der Stimme aussprachen – »moan and groan« bedeutete »stöhnen und ächzen«.

Sie blickte zur Tür der Mädchenumkleide und wünschte sich sehnlichst, Sarah und Jacqui würden kommen und sie retten.

Pete zeigte seinen Freunden den Stinkefinger.

Caitlyn steckte das Skizzenbuch ein und wollte aufstehen.

Pete packte sie am Arm. »Warte!«

Sie riss sich los. »Warum?«, fragte sie misstrauisch.

»Ich mach morgen eine Party, meine Eltern verreisen. Mein Bruder besorgt einen Kasten Bier. Hast du Lust zu kommen?«

Sie starrte ihn verblüfft an. Er lud sie auf eine Party ein? Hatte er sie deswegen angesprochen?

Pete errötete unter ihrem überraschten Blick und gestikulierte wild mit den Händen, als wolle er ein Missverständnis abwenden. »Mit Sarah und Jacqui, meine ich! Wenn ihr wollt. Ich lade die halbe Schule ein. Ich hab nicht speziell *dich* eingeladen.«

Der zarte Schmetterling des Geschmeicheltseins, der in ihrer Brust zu flattern begonnen hatte, wurde unter den Gummisohlen seiner Turnschuhe zerquetscht. »Natürlich hast du nicht mich gemeint«, sagte sie rundheraus, peinlich berührt, dass sie ihn missverstanden hatte. Sie wusste, dass sie bei Typen wie Pete besser in Deckung blieb, sie *wusste* es einfach! Das Einzige, was die wollten, war, sich über sie lustig zu machen. »Warum solltest du Moan-n-Groan einladen? Du würdest dich nie im Leben mit mir sehen lassen wollen.«

Petes gerötete Wangen nahmen ein noch dunkleres Rot an, das bis zu seiner Stirn hinaufkroch. »Caitlyn, ich …«

»Ich muss gehen«, sagte Caitlyn, nahm ihren Rucksack und ging zum Ende der Sitzreihe. »Ich will nicht, dass die Leute auf falsche Gedanken kommen, weil ich hier rumhänge!«

Sie sprang auf die Stufen der Tribüne, gerade als Sarah und Jacqui aus der Umkleide kamen, und lief zu ihnen. Caitlyn hakte Sarah unter und zog sie aus der Turnhalle, Jacqui eilte den beiden hinterher. Pfiffe und Gelächter folgten ihnen.

»Was war das denn jetzt?«, fragte Sarah, als sie in das herbstliche Sonnenlicht hinaustraten und die Turnhallentür hinter ihnen zufiel. Das glänzende braune Haar fiel ihr in dicken Strähnen auf die Schultern, so lässig gestylt, als käme sie direkt aus einer Shampoo-Werbung. Ihre dunklen braunen Augen waren fragend aufgerissen.

Caitlyn verdrehte ihre hellen, meergrünen Augen und erzählte ihnen, was geschehen war.

Als sie fertig war, packte Jacqui sie am Arm und drückte sie, ein wenig zu fest. Ihr rundes, sommersprossiges Gesicht war fleckig vor Aufregung. »Pete steht auf dich!«

Verlegen schüttelte Caitlyn den Kopf. »Nein, tut er nicht. Daran hat er keinen Zweifel gelassen.«

»Oh Mann, natürlich tut er das!«, sagte Sarah und schüttelte den Kopf. »Du kriegst aber auch gar nichts mit.«

»Meinst Du wirklich?«, fragte sie unsicher, und ihr dämmerte allmählich, dass sie sich möglicherweise gerade total bescheuert verhalten hatte.

Sarah gab ihr einen leichten Klaps auf den Kopf. »Er hat dich zu einer Party eingeladen. Wie du das als Beleidigung auffassen kannst, kapier ich nicht.«

»Sie ist zu abweisend«, sagte Jacqui.

Caitlyns Schultern sackten nach vorn. Sie kam sich vor wie eine Idiotin. Vielleicht hatte Pete wirklich versucht, nett zu ihr zu sein, und sie hatte sich benommen, als ob sie nicht ganz dicht wäre. »Okay, selbst wenn er mich mag, na und?«, fragte sie, um sich einen letzten Rest Würde zu bewahren. »*Ich* mag *ihn* nicht.«

»Pete ist nett«, sagte Jacqui. »Du solltest ihm eine Chance geben.«

»Ich muss einen Typen nicht mögen, nur weil er mich mag«, sagte Caitlyn.

»Und warum magst du ihn nicht?«, fragte Jacqui. »Seine Familie ist reich. Ihr gehört eine Möbelhauskette.«

Caitlyn blickte ihre Freundin entgeistert an. »Ich soll ihn wegen der Möbel mögen?«

»Hey, also ich würde gerne einen heiraten, dem eine Möbelhauskette gehört«, sagte Jacqui.

»Wir sind in der zehnten Klasse! Wer denkt denn da ans Heiraten?«, rief Caitlyn.

»Keiner, der alle beisammen hat«, sagte Sarah trocken. Ihre Eltern hatten sich diesen Sommer getrennt, was Sarahs Leben ziemlich erschüttert hatte.

Jacqui zuckte mit den Schultern. »Vergiss das mit dem Heiraten. Aber du willst doch einen Freund, oder, Caitlyn? Jeder, der *normal* ist, will das. Warum nicht Pete?«

»Er ist nicht mein Typ.«

Jacqui lachte. »Du hast gar keinen Typ. Ich kann mich nicht daran erinnern, wann du das letzte Mal jemanden toll fandest. Du magst *überhaupt* keine Jungs. Du glaubst, dass keiner gut genug ist für dich.«

»Das stimmt nicht«, sagte Caitlyn. »Ich mag nur keinen von den Jungs *hier*.«

Sarah stieß genervt die Luft aus. »Sie sind überall gleich, egal wo du hingehst. Du bist bescheuert, wenn du was anderes glaubst.«

Eine Weile gingen sie schweigend weiter. Caitlyn spürte ihre eigene Verwirrung darüber, warum Pete und seinesgleichen in ihren Augen so unzulänglich waren. Warum konnte sie ihn nicht mögen?

»Es ist nicht so, dass ich die Jungs in Spring Creek schlecht finde«, überlegte Caitlyn laut. »Ich denke nur immer, dass es irgendwo da draußen einen besseren gibt. Einen, der mich wirklich versteht.«

»Hältst du dich für so besonders, dass keiner hier dich verstehen kann?«, fragte Jacqui mit einer hochgezogenen Augenbraue.

»Nicht für besonders. Eher für verrückt«, sagte Caitlyn niedergeschlagen.

»Du bist nicht verrückt«, beharrte Sarah, allerdings ohne sehr überzeugend zu wirken.

»Doch, bin ich«, murmelte Caitlyn. »Ihr beide wisst es.«

Jacqui grinste und zeigte mit Daumen und Zeigefinger eine kleine Spanne an. »Na ja, vielleicht bist du ein ganz kleines bisschen verrückt. Aber wir halten es trotzdem mit dir aus.«

»Super. Danke.« Caitlyn versank wieder in Schweigen. Sie würden es nicht verstehen.

Sie verstand es selbst kaum. Solange sie denken konnte, war sie sicher gewesen, dass ihr zukünftiger Freund weit weg lebte vom öden Oregon, Tausende von Kilometern entfernt, und ein völlig anderes Leben führte als so ein eintöniges wie sie.

Dieser unbekannte Junge war ihr Seelengefährte, und eines Tages, wenn sie es am wenigsten erwartete, würden sie sich finden. Es wäre Liebe auf den ersten Blick, denn sie hätten ihr ganzes Leben lang einander gesucht.

Idiotisch romantisch, ja, sicher – aber sie träumte lieber vom Traumprinzen als von Mr. Wrong.

Die drei machten sich auf den Weg nach Hause. Caitlyn hörte mit halbem Ohr zu, wie ihre beiden Freundinnen über andere Mitglieder des Cheerleaderteams tratschten. Es hätte sie interessieren sollen: Zwei Mitglieder des Teams waren beim Rauchen erwischt worden, und nun drohte ihnen der Rausschmiss. Treffen wurden abgehalten, der Rektor wurde eingeschaltet, Eltern waren in Aufruhr. Jeder sprach darüber. Jeder machte sich Gedanken.

Außer Caitlyn. Highschool-Verabredungen, Cheerleading, Schulgeist – sie fand das alles kindisch. Warum kam es ihr so vor, als würde die Highschool ihrer Seele Schaden zufügen? Sie hätte keinen bestimmten Grund nennen können. Sie wusste nur, dass sie nicht hierher gehörte.

Ihr gefiel alte, gebrauchte Kleidung besser als neue; ihr iPod war voller klassischer Musik; und in ihrem Zimmers hingen Fotos von Schlössern und Reproduktionen alter europäischer Gemälde, darunter das Renaissance-Porträt eines jungen Mädchens in Weiß namens Bia. Eigentlich hätten Popsänger oder Filmstars ihre Wände schmücken sollen.

Sie verbrachte ihre ganze Freizeit entweder damit, die seltsamen Dinge zu malen, die sie in ihren Träumen sah, oder sie verschlang historische Romane. Die Welt der Vergangenheit, die darin geschildert wurde, erschien ihr wie die reale Welt. Die Gegenwart kam ihr dagegen vor wie eine Illusion, die sie durchstehen musste, bis sie wieder zu den Seiten eines Buches Zuflucht nehmen konnte.

Oder zu den lebhaften Träumen, die sie im Schlaf hatte. Sie wachte immer nur widerwillig auf, so als zerrte man sie von einer wirklicheren Welt weg. Wenn sie sich an einen Traum erinnerte, dann an kaum mehr als an Bruchstücke, aber die Bilder kamen ihr so echt vor, dass sie von der Realität nicht zu unterscheiden waren. Manchmal wusste sie nicht mehr, ob sie etwas geträumt oder wirklich erlebt hatte.

Dann wieder brachte ihr der Schlaf Albträume, die alle Grenzen des Horrors sprengten und sie selbst und das gesamte Haus mit ihren Schreien weckten. Das waren die Kreischer-Träume. Mitten im Schlaf wurde sie manchmal von gespensterähnlichen, heulenden Erscheinungen heimgesucht. Sie wusste nicht, wer sie waren oder woher sie kamen, ob sie echt waren oder Ausgeburten ihrer Fantasie, Geister oder Wahnvorstellungen. Und weil sie keine bessere Bezeichnung hatte, nannte sie die Erscheinungen die Kreischer.

Sowohl die äußerst lebendigen, guten Träume als auch die quälenden Kreischer-Albträume hatten in der Pubertät begonnen. Sie wusste nicht, ob es ein Segen war oder ein Fluch, beide Arten zu haben. Sie wusste aber, dass ihr Vater und ihre Stiefmutter befürchteten, die Kreischer-Albträume könnten auf eine psychische Instabilität hinweisen, darauf, dass sie ein bisschen verrückt war, so wie ihre seit Langem verstorbene Mutter, die geglaubt hatte, die Zukunft vorhersagen zu können.

Im Großen und Ganzen boten Bücher und Gemälde eine bessere Zuflucht vor der Realität als der Schlaf. Die seltsamen Träume erklärten jedoch nicht ganz, warum sie sich ihren Mitschülern nicht zugehörig fühlte. Da gab es etwas, das tiefer lag, etwas, das sie zu dem Schluss kommen ließ, nicht hierher zu gehören.

Sie musste ihrem jetzigen Leben komplett entkommen. Das College war ihr immer wie ein Licht am Ende des langen, dunklen Tunnels des Erwachsenwerdens erschienen. Seit einer Weile kam es ihr jedoch so vor, als würden bis dahin noch tausend Jahre vergehen. Die drei Jahre, die sie noch zur Schule gehen musste, konnten genauso gut drei Jahrzehnte sein. Die Tatsache, dass sie ihr derzeitiges Leben nicht ändern konnte, ließ sie am Rand eines tiefen Abgrunds der Verzweiflung taumeln. Wenn sich nicht bald etwas änderte, würde sie hinunterstürzen.

Doch es gab eine kleine Hoffnung, wie sie diesem Abgrund entkommen konnte. Im Juli hatte sie von der Fortuna-Schule, einem Mädcheninternat in Frankreich, eine Zufalls-E-Mail bekommen. Sie hatte noch nie von der Schule gehört und nahm an, dass man ihre E-Mail-Adresse von einem Brieffreunde-Service hatte, bei dem sie sich im Jahr zuvor, als sie Französisch belegt hatte, registriert hatte. (Leider hatte die französische Briefpartnerin ihre Bemühungen um Brieffreundschaft nach einer einzigen E-Mail von Caitlyn, die voller Fehler gewesen war, aufgegeben; Französisch gehörte leider nicht zu Caitlyns Stärken.)

Das Mädcheninternat lud sie ein, seine Website zu besuchen und sich um eine Zulassung und ein Stipendium zu bewerben. Sie hatte ungläubig gelacht, als sie das mit dem Stipendium las; offenbar hatte man dort keine Ahnung von ihren Noten. Aber es konnte sicher nicht schaden, sich die Website anzuschauen.

In dem Moment, in dem sich die Seite öffnete und sie das Foto der Burg sah, in der die Schule untergebracht war, das Château de la Fortune, fühlte sich ihre Seele zur Fortuna-Schule hingezogen. Das

Bild der Burg, die in Südwestfrankreich hoch auf einem Felsvorsprung mit Blick auf den Fluss Dordogne stand, überzeugte sie, dass dieses französische Mädcheninternat vielleicht das Einzige war, was sie glücklich machen konnte.

Natürlich gab es praktisch keine Chance, aufgenommen zu werden. Und noch weniger eine Chance, dass sie ein Stipendium bekam. Für ihren Vater, der als Lkw-Fahrer arbeitete, war es unmöglich, die jährlichen Schulgebühren, die auf der Website aufgelistet waren, zu bezahlen: Es war doppelt so viel, wie er in einem Jahr verdiente.

Und trotzdem … Es war, als riefe ihre Seele ihr zu, dass sie es zumindest versuchen musste.

Also hatte sie sich heimlich beworben. Manche Hoffnungen hegte man besser im Stillen, wo die Bemerkungen von anderen sie nicht trüben konnten und wo man eine Enttäuschung ohne die mitleidigen Blicke von Freunden allein bewältigen konnte.

Seit dem Tag, an dem sie ihre Bewerbung abgeschickt hatte, hatte sie sich vor einem Brief in der Post, in dem stehen würde, ob sie angenommen war oder nicht, gleichzeitig gefürchtet und ihn sehnlichst erwartet. Inzwischen waren schon zwei Monate vergangen, und es war zu einer Tortur geworden, am Nachmittag die Post durchzusehen. »Kein Brief« bedeutete, dass die Hoffnung noch einen weiteren Tag leben konnte, aber es bedeutete auch eine weitere Nacht der Angst vor einer unabwendbaren Enttäuschung.

»Bist du so still, weil du an Pete denkst?«, fragte Jacqui und riss Caitlyn aus ihren Gedanken.

»Was?« Sie waren in Caitlyns Straße angekommen. Während der letzten Viertelstunde hatte sie kein einziges Wort von der Unterhaltung ihrer Freundinnen mitbekommen.

»Da hat sich jemand in romantischen Tagträumen verloren«, sagte Jacqui.

»Ja, genau.«

Sarah und Jacqui lachten und winkten zum Abschied. »Bis bald«, sagte Sarah.

»Ja. Bis morgen.« Caitlyn ging die letzten paar hundert Meter allein. Sie dachte an den Brief, der vielleicht daheim auf sie wartete, vielleicht aber auch nicht.

Unglück, Rettung oder Unentschieden: Das waren die drei Möglichkeiten, die der Postbote jeden Tag bis auf Sonntag in ihren Briefkasten stecken konnte.

Was würde es heute sein?

Caitlyn betrat das Haus und stieg über den unvermeidlichen Haufen aus Jacken, Sportklamotten und Schuhen ihrer Brüder, der den Eingang verstopfte. Es war niemand zu Hause, aber sie wusste, dass die Post von heute auf dem Küchentisch lag, so wie immer.

Auf einem Stapel Kataloge lagen mehrere weiße Briefumschläge. Caitlyn biss sich auf die Unterlippe, nahm die Umschläge in die Hand und zwang sich, sie durchzusehen.

Arztrechnung.

Irgendeine Mitteilung von der Grundschule ihrer drei jüngeren Halbbrüder.

Stromrechnung.

Kreditkartenangebot.

Ein letzter Umschlag. Sie drehte ihn mit klopfendem Herzen um.

Kontoauszüge.

Erleichtert ließ sie die Schultern sinken. Ihre Hoffnungen waren vor dem Todesurteil bewahrt worden, zumindest für einen weiteren Tag. Mit leichten Schritten ging sie zu ihrem Zimmer, um ihren Rucksack abzustellen.

Tyler, Wade und Ethan, ihre Halbbrüder, waren in ihren diversen Sportvereinen und Pfadfindergruppen. Ihr Vater und ihre Stiefmutter fuhren sie in zwei Autos herum und waren mit der komplizierten Choreografie beschäftigt, die Jungs irgendwo hinzubringen und irgendwo abzuholen und zwischendrin Pausen zu machen, um ihnen Hamburger und Hühnchenteile vorzuwerfen, als fütterten sie hungrige Löwen. Also hatte Caitlyn das Haus für sich.

Sie öffnete ihre Zimmertür und wollte den Rucksack aufs Bett werfen, als sie ihn sah: einen bereits geöffneten Briefumschlag, der auf einer Ecke ihres Betts lag. Ihr rutschte das Herz in die Hose.

Caitlyn stellte den Rucksack ab und nahm den Brief. Ihre Träume stürzten einer nach dem anderen in sich zusammen. Auf dem Umschlag klebte ein gelber Notizzettel. *Was hat das zu bedeuten? Wir müssen miteinander reden, Mom.*

Na toll. Sie wurde nicht nur abgelehnt, sondern konnte sich auch noch auf das Vergnügen freuen, mit Joy, ihrer Stiefmutter, zu diskutieren, warum sie sich bei einem französischen Internat beworben hatte. Joy nahm es vermutlich persönlich, als würde Caitlyn vor ihr fliehen wollen. Sie schien Caitlyns Verhalten und ihre Stimmungen immer persönlich zu nehmen.

Caitlyns richtige Mutter war bei einem Autounfall ums Leben gekommen, als Caitlyn erst vier Jahre alt gewesen war. Sie hatte nur sehr vage Erinnerungen an sie, eher erfundene als echte, und kannte ihr Gesicht nur von Fotos. Von ihr hatte Caitlyn das schwarze Haar geerbt und – rätselhafterweise – die Tarotkarte »Rad des Schicksals«. An dem Tag, an dem sie starb, hatte sie zuvor die Karte unter Caitlyns Kopfkissen gesteckt. In der Familie ging das Gerücht um, dass sie ihren eigenen Tod vorhergesehen hatte und dass die Tarotkarte ihre Art war, sich von ihrer Tochter zu verabschieden. Ihr Vater weigerte sich, darüber zu sprechen.

Er hatte Joy ein Jahr später geheiratet, und sie hatte Caitlyn wie ihre eigene Tochter angenommen. Caitlyn hatte »Mama« zu ihr gesagt. Joy war einfach und gutherzig. Aber die liebevolle Frau von damals, die ein einsames, kleines Kind verstehen konnte, war ratlos im Umgang mit einem verwirrten Teenager, der selbst nicht wusste, warum ihm so elend zumute war. Je weniger Caitlyn sich von Joy verstanden fühlte, umso größer wurde die Kluft zwischen ihnen.

Ihr Dad dagegen war froh, dass er drei unkomplizierte, sportliche Jungs hatte, um die er sich kümmern konnte. Caitlyn war mittlerweile Joys Problem, nicht seins. Wenn Caitlyn doch einmal versucht hatte, mit ihm über etwas Persönliches zu sprechen, hatte er nur gemeint, sie solle sich an ihre Mutter wenden.

Caitlyn ließ sich mit dem Umschlag in der Hand auf das Bett sinken. Tränen der Hoffnungslosigkeit und der Enttäuschung stiegen ihr in die Augen. Sie konnte keine drei weiteren Jahre auf der Highschool ertragen, sie konnte einfach nicht. Es musste eine andere Möglichkeit geben: einen externen Highschool-Abschluss? Privatunterricht? Online-Unterricht? Irgendetwas. Egal, was.

Sie zog ein Blatt aus dem Umschlag, wischte sich die Tränen weg und faltete es auseinander.

Liebe Caitlyn,
danke für Deine Bewerbung. Ich freue mich, Dir mitteilen zu können, dass wir Dir sowohl eine Zulassung für die Fortuna-Schule ab Ende Januar als auch ein Stipendium anbieten können. Die Anmeldeunterlagen senden wir Dir demnächst gesondert zu.

Hochachtungsvoll
Dr. Eugenia Snowe
Direktorin der Fortuna-Schule

Alice Moss

Kristallkuss

Roman

Was wählst du, Liebe oder Unsterblichkeit?

Als ihre Blicke sich zum ersten Mal treffen, steht für Faye die Welt still. Ihr Herz erinnert sich an diesen Jungen, scheint ihn seit einer Ewigkeit zu kennen. Dabei sind sie sich nie begegnet … Doch Finn ist zunächst abweisend und geht ihr aus dem Weg. Ganz im Gegensatz zu Lucas, dem Neuen in der Klasse. Der bemüht sich umso mehr, Fayes Herz für sich zu gewinnen. Faye weiß nicht mehr, wo ihr der Kopf steht. Und das ausgerechnet jetzt, wo alles um sie herum aus den Fugen gerät: Unheimliche Wölfe streifen durch die Wälder, eine Motorradgang hält die Stadt in Atem, und die Polizei findet die Leiche eines Fremden im Schnee. Der Tote trug ein Foto bei sich. Ein Foto von Faye …

Romantisch, atmosphärisch, mitreißend – ein Roman wie ein Sog!

352 Seiten, broschiert mit Klappe
€ 12,99 [D]
ISBN 978-3-505-13672-6